『경성일보』 문학 · 문화 총서 ⓭

식민지 문화정치와 『경성일보』
:월경적 일본문학·문화론의 가능성을 묻다

〈『경성일보』수록 문학자료 DB 구축〉 사업 수행 구성원

연구책임자

김효순(고려대학교 글로벌일본연구원 교수)

공동연구원

정병호(고려대학교 일어일문학과 교수)

유재진(고려대학교 일어일문학과 교수)

엄인경(고려대학교 글로벌일본연구원 부교수)

윤대석(서울대학교 국어교육과 교수)

강태웅(광운대학교 동북아문화산업학부 교수)

전임연구원

강원주(고려대학교 글로벌일본연구원 연구교수)

이현진(고려대학교 글로벌일본연구원 연구교수)

임다함(고려대학교 글로벌일본연구원 연구교수)

연구보조원

간여운 이보윤 이수미 이훈성 한채민

주관연구기관

고려대학교 글로벌일본연구원

일본학 총서
57

『경성일보』
문학·문화 총서
13

식민지 문화정치와 『경성일보』

: 월경적 일본문학·문화론의 가능성을 묻다

『경성일보』 수록 문학자료 DB 구축 사업팀 | 김효순 편저

역락

『식민지 문화정치와 『경성일보』
: 월경적 일본문학·문화론의 가능성을 묻다』 간행에 즈음하여

　본서는 고려대학교 글로벌일본연구원에서 한국연구재단 토대연구사업(2015.9.1~2020.8.31)의 지원을 받아 수행한 〈『경성일보』 수록 문학자료 DB 구축〉사업을 수행하는 과정에서 나온 연구 성과를 바탕으로 기획, 간행한 연구서이다.

　최근 한국과 일본 인문학계에서는 제국주의·식민지주의, 포스트 콜로니얼리즘과 관련한 연구가 활발해짐에 따라 일제강점기 식민지 조선과 관련된 일본어자료에 대한 관심이 증대되었고, 이들 자료에 관한 정리가 점차 이루어지고 있다. 그에 따라 2000년대 이후 일제강점기 일본어자료 대상 연구는 한일양국 연구자에 의해 '지배와 피지배', '탄압과 저항'이라는 이항대립적 연구의 틀을 뛰어넘어 역사, 문학, 사회, 경제사, 문화사 등 다양한 영역에 걸쳐 식민지의 일상적 문화공간에 관한 연구로 그 폭을 대폭 넓혀 왔다.

　그러나 이들 연구는 주로 잡지 미디어를 대상으로 하고 있어 당시 일상적 문화공간으로서 기능하였을 뿐만 아니라 식민지 통치의 학지 흐름을 대표하고 있었던 일간 신문 미디어에 관한 자료학적 연구는 거의 이루어지지 않았다. 신문 연구는 영인본이 나와 있다고 하더라도 단순히 정치, 사회사적 측면에서 그 매체가 가지는 성격 규명으로 그치는 연구가 대부분이었다. 나아가 신문에 게재된 문학·문화 관련 연구가 다소 이루어지기는 하였지만 이는 발행기간이 짧은 신문을 대상으로 하고 있어서 『경성일보』와 같은 거대 미디어에 게재된 문학·문화 관련기사의 경우는 최근 들어 개별연구가 시작단계에 있는 실정이다. 이와 같이 연구대상에 있어 편중현상을 보이고 있는 것은 일본어 신문자료의 연구 토대가 마련되지 못한 데 기인한다.

이와 같은 문제의식에서 본 연구팀은 『경성일보』의 총 기사목록을 입력하고, 문학·문화 관련기사의 키워드를 추출하여 DB화하여 관련 연구자들에게 제공함으로써 연구의 토대를 마련하고자 2015년 한국연구재단 토대사업으로 〈『경성일보』 수록 문학자료 DB 구축〉사업을 시작하였다. 주지하는 바와 일제강점기 가장 핵심적인 거대 미디어였던 『경성일보』는 당시 정치, 경제, 문화, 사회 지식, 인적 교류, 문학예술, 학문, 식민지 통치, 법률, 국책선전 등 모든 식민지 학지가 일상적으로 유통되는 최대의 공간이었다. 이러한 『경성일보』에는 식민지 학지의 중요한 한 축을 구성하는 문학·문화의 실상을 알 수 있는 일본 주류 작가나 재조선일본인 작가, 조선인 작가의 문학이나 공모작이 다수 게재되었다. 이들 작품의 창작 배경이나 소재, 주제 등은 일본문단과 식민지조선 문단의 상호작용이나 식민 정책이 반영되기도 하고, 조선의 자연, 사람, 문화 등을 다루는 경우도 많았다. 동시에 『경성일보』라는 미디어를 다루는 데 있어 주목해야 할 점은 이것이 『대만일일신보(臺灣日日新報)』『만주일일신문(滿洲日日新聞)』 등 일본의 식민지 지배를 받았던 다른 동아시아 '외지'의 신문이나 지배국가인 일본 '내지'에서 간행되는 신문과 내용상 연계됨으로써 식민·문화정책의 영향권 내에서 식민지 학지를 구성하고 있었다는 점이다. 따라서 『경성일보』게재 일본어문학·문화의 실상을 파악하기 위해서는, 한국과 일본, 조선인과 재조일본인 전체를 구성하는 제국—식민지 전체의 학지, 더 나아가서는 동아시아 전체의 학지 안에서 총체적으로 바라보는 시각이 필요하다.

이와 같은 필요에서 본서는 『경성일보』를 중심으로 일본제국의 식민지시기 '외지' 간행 신문에 게재된 문학, 문화와 식민지 문화정치의 관련 양상, 제국의 문학과 식민지 문학의 혼효 양상, 다양한 미디어를 통한 제국문화의 이동 양상을 규명하는 내용으로 구성하였다. 각 부별 구체적 내용은 다음과 같다.

제1부 〈일본어 문학의 확산과 식민지 문화정치〉에서는 일제의 식민정책 내지는 문화정치와 연동하여 『경성일보』와 대만총독부의 기관지 『대만일일신보(台湾日日新報)』에 게재된 문학·문화의 지형도를 파악할 수 있는 연구로 구성히였다. 먼저, 김효순의 「식민지 조선의 문화정치와 경성일보 현상문학—「파도치는 반도」와 나카니시 이노스케 작 「동아를 둘러싼 사랑」을 중심으로—」는 1922년 『경성일보』가 5천호 간행 기념으로 실시한 현상소설 당선작 바바 아키라(馬場明)의 「파도치는 반도(潮鳴る半島)」와 그 개작 나카니시 이노스케(中西伊之助)의 「동아를 둘러싼 사랑(東亜をめぐる愛)」을 중심으로 식민주체인 총독부의 문화정책과 재조일본인들의 반응, 조선의 사람이나 문화 표상 등을 분석하여, 식민지 조선의 문화정치와 문학과의 관련 양상을 분석한 연구이다. 1920년대 현상소설로서 식민지 문화정치에 충실했던 현상문학에 내재된 식민지배 이데올로기가 식민지 조

선사회에 내면화되어 1930년대 프롤레타리아 작가의 작품에서도 여전히 그 영향력을 드러내고 있음을 밝히고 있다. 이현진의 「구루시마 다케히코(久留島武彦)의 구연동화와 식민정책―『경성일보(京城日報)』의 기사를 중심으로―」는 일본 구연동화의 보급자 구루시마 다케히코의 식민지조선에서의 활동 양상을 〈가정박람회〉를 중심으로 분석하여, 그것이 식민활동 단체인 동양협회의 정치성과 일본의 식민정책을 고스란히 반영하고 있음을 밝히고 있다. 또한 「시베리아 출병과 오토기바나시(お伽噺)―『경성일보(京城日報)』의 기사를 중심으로―」는 일본의 시베리아 출병과 관련하여 『경성일보』에 게재된 다쓰야마 루이코(龍山涙光)의 오토기바나시를 분석한 것으로 작가가 아동을 대상으로 하는 오토기바나시라는 장치를 빌려 당시 정치적, 군사적으로 민감한 시베리아 출병을 다루고 있음을 밝히고 있다. 에구치 마키(江口真規)의 「에마 슈(江馬修)의 『양이 성낼 때(羊の怒る時)』와 관동대진재의 사회주의자 탄압―『대만일일신보』와의 관계 고찰 ―」은 관동대진재 시 조선인학살사건의 군집심리를 그린 『양이 성낼 때』를 대상으로 에마 슈와 『대만일일신보』와의 관계성, 프롤레타리아 작가로서의 활동에 대해 고찰하고 있다. 『양이 성낼 때』는 조선인 학살사건에 대한 르포르타주만이 아니라 사회주의자, 무정부주의자 탄압에 관한 단편적인 보고이기도 하며, 그에 대한 작가의 두려움이 잘 드러나 있음을 알 수 있다. 시에후 이쩐(謝恵貞)의 「『대만일일신보(台湾日日新報)』의 요코미쓰 리이치(横光利一)―『정본 요코미쓰 리이치 전집(定本横光利一全集)』미수록 수필 「대만의 기억(台湾の記憶)」기타―」는 선행연구에서 언급된 적 없었던 수필 「대만의 기억」 등을 분석한 것으로, 일본 근대에 대항하는 에너지의 근원으로서의 대만이 근대=모더니티에 회의적인 '네가티브한 타자'를 통해 표상되었으며, 중앙문단에서 그다지 주목받지 못한 『천사』가 『대만일일신보』에서는 연재 전후 주목받았고, 대만의 일본어 작가들에게 리얼리즘 혁신에 대한 하나의 모델을 제공하였음을 밝히고 있다.

제2부 〈일본어 문학과 혼효하는 장(場)으로서의 '외지' 일본어 신문〉에서는 일본제국의 일본어 문학이 식민지 조선이나 대만에서 식민정책이나 지역적 특수성과 결합하여 혼효하는 양상을 규명하는 연구들로 구성하였다. 정병호의 「『경성일보(京城日報)』의 문예란(1906-1920)과 식민지 조선의 일본어 문학—동시기 일본어 잡지 문예란의 비교를 중심으로」는 창간 이후부터 1920년 전후까지의 『경성일보』 게재 문학 평론을 대상으로, 일반적으로 1920년대의 문학론이나 문학적 인식은 주로 문학의 사회적, 국민적 역할에 중점을 두고 있으나, 『경성일보』에서는 일본 현지의 문학과는 다르게 조선의 시공간을 배경으로 한 작품의 창작이 권장되었음을 밝히고 있다. 이러한 『경성일보』의 문학론은 당시 일본어 잡지의 문학론과 동시대적 인식을 가지고 전개되며 확장되었다고 할 수 있다. 요코지 게이코(橫路啓子)의 「『대만일일신보(台湾日日新報)』「문예(文芸)」란(1926-35)의 역할—프롤레타리아 문학을 둘러싸고」는 일제강점기의 대만 문학에 큰 영향을 미친 프롤레타리아 문학의 대만 루트를 해명하는 하나의 단서로, 『대만일일신보』의 1926년부터 1935년까지 문예란을 조사하여, 문학작품이나 문학론의 소개양상, 문예란의 기능 등을 살펴 대만 문학계에 끼친 영향에 관해 고찰하고 있다. 김효순의 「『경성일보(京城日報)』일본어 문학과 근대도시 경성의 표상—요코미쓰 리이치(橫光利一)의 「순수소설론(純粋小説論)」

과 「천사(天使)」를 중심으로—」는 총독부의 관제 강연회 외에는 금지되고 경찰에 의해 통제되던 문화정책 시기에 만철의 초대로 여행경비를 지원받고 만철 연선에서 이루어진 강연회를 배경으로 『경성일보』에 게재된 요코미쓰의 「천사」를 분석한 것으로, 「천사」의 등장인물 조형과 심리묘사, 공간설정은 당시 요코미쓰가 「순수소설론」에서 밝힌 인간관, 그리고 소설의 방법론과 식민지 문화정치가 만나는 지점에서 이루어진 것이었음을 밝히고 있다. 엄인경의 「『경성일보』와 이시카와 다쿠보쿠(石川啄木)의 삼행시(三行詩)」는 『경성일보』에 1919년 가을부터 겨울에 걸쳐 약 4개월간 등장한 삼행시와 문단의 움직임을 고찰한 것으로, 이들 삼행시는 단가의 정형성을 지키지도 못했고 새로운 구어 자유시로 발전하지도 못했지만 다쿠보쿠를 상징하는 정서나 그에 대한 일화, 분위기 등을 환기시키는 시어를 활용하고 있고 조선의 고유명사를 비롯한 조선색을 대표하는 특유의 소재를 도입하여 로컬컬러를 드러내고 있음을 밝히고 있다. 나카무라 시즈요(中村静代)의 「『매일신보』와 『경성일보』의 「괴담」 연구—1927년 8월에 게재된 『매일신보』의 「괴담」을 중심으로—」는 1927년 동시기의 『매일신보』연재 「괴담」과 『경성일보』게재 「괴문록」을 비교하여, 일본의 납량문화와 '괴담은 무서운 이야기다'라는 괴담의 장르의식이 『경성일보』를 거쳐 자매지인 『매일신보』에 침투해 가는 양상을 밝히고 있다.

제3부 〈미디어와 이동하는 제국의 문화〉는 『경성일보』를 중심으로 하는 '외지' 일본어 신문에 풍부하게 게재되어 있는 연극, 영화, 만화 등 다양한 장르의 기사를 대상으로 제국과 식민지간의 활발한 문화교섭 양상 내지는 문화접촉 양상을 다루는 내용으로 구성하였다. 임다함의 「식민지 조선

에서의 영화의 교육적 이용―『경성일보』영화란의 성립과 그 역할을 중심으로」는『경성일보』에 '영화란'이 개설된 1925년을 전후로 하여, 일본 '내지'와 식민지 조선에서의 영화교육정책의 전개를 분석한 것으로, 당시 탄생한 『경성일보』의 영화란이 총독부의 영화정책을 철저히 백업하는 장치로서 독자의 영화 독해력을 성장시키기 위한 지면 구성의 일환으로 기획하였음을 밝히고 있다. 또한 「미디어 이벤트로서의 신문 연재소설 영화화―『경성일보』연재소설 「요귀유혈록」의 영화화(1929)를 중심으로」에서는『경성일보』연재소설을 원작으로 1929년 제작된 영화의 제작 배경 및 과정을 분석한 것으로, 총독부 선전미디어로서『경성일보』가 '신문 연재소설의 영화화'라는 미디어 이벤트를 통해 대중성을 획득하여 그 영향력을 키워가는 미디어믹스 전략을 구사했음을 확인하고 있다. 양인실의 「영화관객으로 재조일본인을 상상하기―일본어신문『부산일보』를 중심으로」는 식민지기 부산에서 일본어로 발행되던『부산일보』게재 기사를 중심으로 독자들에게 부산지역의 문화면에 접할 수 있는 기회를 제공했다는 점에 주목하여 영화관객으로서의 재조일본인의 영화경험을 재구성하려는 시론이다. 시각매체인 영화와 활자매체인 신문은 공생관계로, 당시 부산의 재조일본인들이 일본어신문의 독자로서 상상된 공동체를 지향하면서 제국일본의 국민, 그리고 동아민족으로 영화를 관람했음을 밝히고 있다. 우페이천(吳佩珍)의 「셰익스피어 번안극『오셀로』와 식민지 대만―1910년대『대만일일신보』를 중심으로」는『대만일일신보』를 대상으로, 셰익스피어의 번안극『오셀로』의 대만 상영 기록과 일본 연극개량운동과의 상관관계에 대해 고찰한 것이다. 전범으로서 셰익스피어가 갖는 가치는 일본 연극개량운동 속에서 원용되었으며 일본이라는 국가의 근대화, 문명화에 들어가는 보증으로 작용했고, 이는 동시에 일본 식민지인 대만에 이식되어 대만의 근대연극 구축에 기준으로서 활용되었음을 확인하고 있다. 이현주의 「『경성일보』의 네컷 만화의 시작—이와모토 쇼지의 연재아동만화를 중심으로—」는 1930년대 『경성일보』에 게재된 아동연재만화를 분석하여, 재조선 일본인 만화가 이와모토 쇼지(岩本正二)와 일본 '내지' 만화가 아소 유타카(麻生豊)의 만화에는 당시 일본 '내지' 만화의 유행을 수용하면서도 국책적 내용과 비국책적 내용이 혼재하고 있음을 밝히고 있다.

이상과 같이 본서는 『경성일보』를 중심으로 일제의 식민지 시기 각 식민 지역에서 영위되었던 일본어문학·문화의 실상을 동아시아의 시각에서 재해석하고 재구성하여 입체적으로 조망함으로써, 산발적으로 단편적인 연구 성과를 내는 데 그치고 있던 식민지 시기 일본어 문학·문화 연구의 전망과 가능성을 가늠해 볼 수 있도록 기획하였다. 그러나 본 연구팀이 지난 5년간 총 기사목록 DB화 작업을 수행하면서 접하였던 새로운 발굴 자료와 다양한 기사들은 그 양이 워낙 방대하여 아직 총체적으로 파악하고 체계화하는 단계에까지는 이르지 못했다. 문학·문화 영역만 하더라도 당시 한반도에서 영위되었던 문학·문화의 실상을 파악하는 데 필수불가결한 수많은 다양한 장르의 기사들이 게재되었을 확인하였지만 그것들을 체계적으로 정리하여 전체상을 조망하지는 못 했다. 그럼에도 불구하고 본 연구팀의 『경성일보』 기사 DB구축이 일제강점기의 한국의 정치, 경제, 역사 등 제 인문학분야의 연구에 토대가 될 것이라 확신하며, 동시에 본 연구서가 최초의 『경성일보』의 문학·문화연구를 집대성한 것으로 앞으로의 연구에 마중물이 되기를 기대한다. 이로써 식민지 지배라는 질곡의 역사로 인해 오랫동안 벗어나지 못했던 식민지 지배와 피지배라는 이원론적 시각에서 벗어나 한국 근대사회의 실상을 상대화시켜 객관적으로 바라볼 수 있는 단초가 될 수 있다면 더 없는 영광으로 생각될 것이다.

마지막으로 지난 5년간 힘든 입력 작업을 묵묵히 수행해 준 전임연구원 강원주, 이현진, 임다함 선생님과 참여 연구보조원 학생들, 필요할 때마다 조언을 아끼지 않았던 공동연구원 선생님들, 그리고 물심양면으로 늘 뒤에서 응원과 지원을 아끼지 않으셨던 글로벌일본연구원 정병호 원장님께도 진심으로 감사를 드리는 바이다. 또한 바쁜 일정 속에서도 〈『경성일보』 문학·문화 총서〉 간행과 편집에 애써주신 역락의 박태훈 이사님과 문선희 편집장님께도 감사를 드린다.

2020년 12월
고려대학교 글로벌일본연구원
〈『경성일보』 수록 문학자료 DB 구축〉 사업 책임자
김효순

3. 미디어와 이동하는 제국의 문화

1. 일본어 문학의 확산과
식민지 문화정치

식민지 조선의 문화정치와 경성일보 현상문학*

「파도치는 반도」와
나카니시 이노스케 작 「동아를 둘러싼 사랑」을 중심으로

김효순

---

* 본 논문의 초출은 한국일본학회 간행 『일본학보』제115집(2018.5)임.

⌘

1. 들어가는 말

일제강점기 조선총독부 기관지이자 일본어 일간지인 『경성일보(京城日報)』(1906.9~1945.10)는 창간초기부터 건축, 산업, 미술, 문학 등 다양한 분야에서 현상사업을 실시했다. 현상사업은 그 사업을 실시하는 주체의 의도나 목적을 보급, 구현하는 매우 효과적인 방법이라 할 수 있다. 그런 점에서 『경성일보』의 현상사업은 식민주체인 총독부의 문화정책의 의도와 목적을 달성하는데 매우 적당한 매체였다 할 수 있다. 따라서 『경성일보』에는 1910년 2월 17일의 이른 시기부터 「하이쿠 현상모집(俳句懸賞募集)」 기사가 보이고 시작했고, 1918년부터는 현상소설 당선 1등작 오카다 비시우(岡田美紫雨)의 「어두운 먼지(暗い埃)」(1918.11.16.2(부록)), 2등작 미와 유리코(三輪百合子)의 「기로(岐路)」(1918.11.17.3(부록)), 시노자키 조지(篠崎潮二)의 「타루(舵楼)」(1918.11.18.3(부록)), 3등작 오다테 사다오(大舘節男) 「생각에 잠겨(沈思して)」(1918.11.20.2(부록)), 에지마 나미오(繪島波雄)의 「영겁의 적막으로(永劫の寂寞へ)」(1918.11.22.3(부록)), 무라카미 도모유키(村上知行)의 「그림자(影)」 등이 게재된 이후 많은 현상문학이 지면에 소개되었다. 그러나 문학작품은 현상사업의 목적과 의도에 부응하는 한편, 살아 있는 개인의 내면을 그린다는 점에서 그 내용이 반드시 균일한 양상을 띤다고는 할 수 없다. 더욱이 그 문학작품이 이후 다른 장르로 변용되어 활용되는 과정에서 원작의 의도와는 다른 방향으로 각색되거나 수용될 가능성도 충분히 있다. 그러나 이와 같은 『경성일보』의 현상문학에 주목한 연구는 아직 찾아볼 수 없다.

본고에서는 1922년 『경성일보』가 5천호 간행 기념으로 실시한 현상소설 당선작 「파도치는 반도(潮鳴る半島)」와 그 개작 나카니시 이노스케(中西伊之助)의 「동아를 둘러싼 사랑(東亜をめぐる愛)」을 중심으로, 식민주체로서의 총독부의 문화정책과 그에 대한 재조일본인들의 반응, 조선의 사람이나 문화에 대한 인식 등을 검토해 보고자 한다. 이와 같은 검토에 의해 식민지 시기 조선의 문화정치와 문학과의 관련 양상을 파악할 수 있을 것이다.

2. 1920년대 식민지 조선의 문화정책과 『경성일보』 현상사업

조선에 있어서 1920년대는 윌슨의 민족자결주의와 그에 영향을 받은 1919년 3.1 민족 독립운동에 의해, 국제환시(國際環視)의 상황에서 조선총독부가 정책의 기조를 무단정책(武斷政策)에서 문화정책으로 바꾸고 내선융화정책을 실시한 시기이다. 그 구체적 방향은 사이토 마코토(斉藤実) 총독의 의지를 전달하는 『경성일보』의 다음 기사에서 확인할 수 있다.

조선은 일본의 보호국도 아니고 식민지도 아니다. 혼연 융화시킬 동일 국민이 되는 것이 궁극적인 희망이다. 이 희망을 완성하기 위해서는 동일심(同一心)이어야 한다. 동일심은 동일한 피와 살에 깃드는 것을 원칙으로 하기 때문에 내선인의 잡혼이 첫째 요건이다. 이런 의미에서 법령상으로도 작년 이래로 결혼은 본토와 반도 사이에 차별이 없게 되었다. 즉 이 법령은 보통 행정상의 취급 규정으로서 생긴 것이 아니라 이에 의해 양자의 잡혼을 용이하게 하여 궁극의 대목적에 다가가게 하고자 하는 지도적 법령이다. 그러나 단지 법령이 생겼다고 해서 만족을 할 수는 없다. 반드시 이 법의 정신을 철저히 할 수 있도록 관민 모두 이를 장려해야 한다. 나시모토미야가(梨本宮家)와 이왕가(李王家)의 결혼은 솔선하여 모범을 보여 주시는 취지로 이루어진 것임에 다름 아니라고 황송해 하지만, 아직 민간에 내선결혼이 빈번해지기에 이르지 못한 것은 유감스러운 바이다. (중략)

또한 내선결혼의 방해가 되는 한 가지는 내지인으로서 조선에 기류(寄留)하는 자, 조선인으로서 본토에 이주한 자, 모두 대부분은 그 출생지에 안주하지 못하여 어떤 자는 노동자가 되고 어떤 자는 투기꾼이 되어 이거기우(移居奇遇)하는 자가 다수를 차지함으로써 대표적으로 쌍방의 인상을 나쁘게 한다. 이를 방지하기 위해서는 사회 각 분야의 시설을 개선하는 것도 물론 필요하지만, 조선인측 입장에서 말하자면, 우선 조선의 산업을 개발하여 그 출생지에서 노동의 수요를 왕성하게 하는 것이 긴요하다.[01]

사이토 총독은 조선을 동일 국민으로 만들기 해서는 잡혼이 첫번째 요건이며, 그 실현을 위한 본토와 반도 사이에 차별을 없애는 법령도 준비가 완료되었다고 한다. 여기에서 말하는 내선결혼을 위한 법률적 완비의 내용은 다음과 같다. 우선 1912년 3월 18일의 「조선민사령(朝鮮民事令)」을 들 수 있는데, 이는 일본의 통치체제에 맞춰 조선의 가족제도는 조선의 습관에 근거하도록 개편한 것이다. 또한 1915년에는 민적법(民籍法) 개정에 의해, 내선결혼을 민적에 반영하도록 했고, 1918년에는 조선의 민적과 일본의 호적의 불일치로 인해 일본인 여성과 조선인 남성의 결혼이 인정을 받지 못하는 모순을 해결하기 위해, 일본과 조선의 공통법을 제정했다. 마지막으로 1921년에는 일본호적법 규정의 차용에 의해 내선결혼을 공인하기에 이르른다. 사이토 총독이 말하는 '법령적' '준비'라는 것은 이와 같은

---

01 斉藤実談「内鮮の実際的融和-内鮮の結婚をは奨む」『京城日報』1923.3.8.

1921년의 일본호적법 규정의 차용을 일컫는 것이다. 이와 같이 융화정책의 일환으로서 내선결혼의 장애 요소를 없애고 내선 조직을 법률적으로 완비했지만, 민간에서는 여전히 그러한 정책이 제대로 실현되지 못했고, 이에 일본의 나시모토미야가와 이왕가는 스스로 결혼을 함으로써 국민에게 모범을 보이고 있다고 소개한다. 또한 그는 내지인과 조선인은 일자리 부족으로 인해 출생지에 안주하지 못하고, '이거기우'하는 사람이 많으며 이들이 쌍방의 인상을 나쁘게 하는 대표적인 경우라고 하고 있다. 따라서 그와 같은 폐해를 방지하기 위해서는 사회 각 분야의 시설을 개선하고 조선의 산업을 개발하여 자신들이 태어난 출생지에 노동의 수요를 왕성하게 할 필요가 있다고 주장하는 것이다.

이와 같은 정치적 목적을 갖고 있는 사이토 총독은 식민지 조선에서의 내선융화와 발전상을 적극적으로 일본 내지에 전함으로써 본국으로부터 식민정책의 지원과 지지를 이끌어내는데 활용하고자 하였다. 이와 같은 사이토 총독의 전략은, 도쿄(東京) 체류를 마치고 도쿄역에서 행한 연설을 보도한 다음 기사에 잘 드러나고 있다.

> 내지인은 마음속으로부터 조선반도의 평화발전과 내선동화를 희망하고 요구하고 있는데, 이는 근래 특히 현저한 경향을 보이고 있다. 그리고 나는 조선의 유식계급 및 일반 양민은 공평하게 판단하여 조선의 오늘날의 발달은 확실히 병합의 선물이라 믿는다고 설명했지만, 그와 동시에 내 자신의 책임이 중대하며 일반의 기대를 저버릴 수 없음을 더 한층 깊이 느꼈다. 이렇게 내지인이 조선의 사정을 양해하게 된 결과 의회법안도 대략 무사히 통과했는데 다만 재정긴축의 경우 충분한 요구를 주장하기 어려웠던 것은 유감스럽지만 어쩔 수 없는 차제이다. [02]

---

02 「帰任の途 斉藤実語る 今回上京中余が最も好印象を受けし者 それは内鮮融和の質問 朝

이상과 같이 식민지 조선의 내선융화와 발전상을 적극적으로 일본 내지에 전하고 본국으로부터 식민정책의 지원과 지지를 이끌어내는 데 활용하고자 했던 총독에게, 평화기념도쿄박람회(平和記念東京博覧会, 이하 '평화박람회')는 절호의 기회였다. 평화박람회는 1922년 3월 10일부터 7월 20일까지 4개월 동안 우에노공원(上野公園)과 시노바즈이케(不忍池) 인근에서 개최되었는데, 조선총독부는 기관지 『경성일보』를 통해 이를 대대적으로 보도하며 식민지 문화정책의 선전에 적극 활용하였다. 그 상황은 다음 기사에 잘 드러난다.

봄은 꽃, 꽃은 도읍에서 지금. 동도(東都) 우에노다이(上野臺)에서 개최되는 평화박람회는 전국 산업의 진수를 모으고 국민문화의 빼어난 점을 골라 찬란한 광휘(光輝)를 시대의 문화에 던지고 있습니다. 이 국민적 사업에 대해 우리 조선에서는 이미 특설관을 설치하고 협찬회(協贊会)를 두어 기세 당당하게 신흥 기운을 향하고 있는 반도문화의 현황을 선전, 설명하기 위해 노력하고 있습니다만, 우리 경성일보사 역시 이 기회에 조선을 소개하여 내지 국민이 더 잘, 더 깊이 조선을 이해할 것을 촉구하기 위해 아래와 같은 계획을 세웠습니다.

대패루(大牌楼)의 건설 : 박람회 제2회장인 우에노다이의 바로 아래에 있는 외국관과 산업관 중앙에 단청 빛이 선명한 조선식 대패루를 건설하여 야간에는 미려한 장식 등을 켜서 비추기로 하였습니다. (중략)

조선을 사랑하라 : 그리고 또 패루 양쪽에는 조선 촌락의 구관(旧慣)으로서 매우 풍치가 있는 '천하대장군', '지하여장군'의 높이 네 칸 되는 표목(標木)을 세워 거기에 '조선을 알라', '조선을 사랑하라'라는 2대 표어를 적고, 또 야간에는 거기에 장식전등을 달아 더 한층 관중의 주의를 환기하기로 하였습니다. (중략)

조선 데이 : 동양협회 당사자와 협정을 한 후에 일정한 날을 정하여 위 선전관 전부를 빌려 본사 주최 하에 조선데이를 개최하여 각종 조선 선전을 할 것입니다.

鮮の事情が内地に諒解された結果 朝鮮関係の議案も無事に通過す」『京城日報』1923.3.21.

조선회화전람회 : 화단(画壇)의 명류(名流)인 조선에 관한 작품 전람회를 열기 위해 목하 제반 준비를 진행하고 있습니다.[03]

'평화박람회는 전국 산업의 진수를 모으고 국민문화의 빼어난 점을 골라 찬란한 광휘(光輝)를 시대의 문화에 던지고' 있으며, '이 국민적 사업에 대해 우리 조선에서는 이미 특설관을 설치하고 협찬회(協贊会)를 두어 기세 당당하게 신흥 기운을 향하고 있는 반도문화의 현황을 선전, 설명하기 위해 노력하고 있다'는 것이다. 그리고 경성일보사 역시 '이 기회에 조선을 소개하여 내지 국민이 더 잘, 더 깊이 조선을 이해할 것을 촉구하기 위해', '단청 빛이 선명한 조선식 대패루를 건설'하고, 그 양쪽에는 조선 촌락의 구관인 '천하대장군', '지하여장군'을 세우고, 거기에 '조선을 알라', '조선을 사랑하라'라는 2대 표어를 적고, 또 야간에는 거기에 장식전등을 달아 더 한층 관중의 주의를 환기하기로 했다고 보도하고 있다. 또한 동양협회와 협정하여 경성일보사 주최로 '조선데이를 개최하여 각종 조선 선전을' 하고, 조선회화전람회 준비를 진행하고 있다고 소개하고 있다. 이와 같은 평화박람회와 경성일보사의 조선 선전 계획을 밝히는 기사 바로 옆에는 「조선사정 소개 현상포스터 당선 발표(朝鮮事情紹介の懸賞ポスター当選発表)」기사가 실리고, 그 당선작을 일정한 칫수로 늘려 평화박람회에 진열하겠다는 계획을 소개하고 있다.

여기에서 말하는 '조선사정 소개 현상포스터'는 1922년 『경성일보』 5천호 간행기념사업으로서 실시한 현상소설과 현상포스터를 일컫는다. 이 두 현상사업의 취지, 대상, 심사위원에 대해서는 다음과 같이 공지를 하고 있다.

---

03 「平和博と我社の計画」『京城日報』 1922.3.11.

본사는 5천호 기념사업의 일환으로 주로 조선을 배경으로 한 소설과 조선을 선전하는 포스터를 현상모집했는데 그 결과 남으로는 규슈(九州)에서 북으로는 홋카이도(北海道)에 이르는 일본 전국의 능문다재(能文多才) 인사들이 본사의 이 기획에 대해 절대적 기대를 드러내며 응모 희망자가 예상 이상의 다수에 달하여 그 역작일품(力作逸品)은 유감없이 조선문화의 대선전을 할 것이라 믿습니다. (중략) 심사위원의 추천은 본사가 가장 고심한 바로, 소설에서는 소위 저명 소설가를 심사위원으로 할 경우에는 응모자가 선자(選者)의 작품에 영합하려고 애쓰거나 혹은 그 작가의 작품에서 암시를 받아 순수성이 훼손되는 일이 적지 않을 것을 감안하여, 본사는 다른 회사에서 흔히 하는 방법을 따르지 않고 현대 창작계의 제일인자로서 시류를 초월하는 시마자키 도손(島崎藤村) 씨를 심사위원으로 추대하였으며 또 창작적 문명평론계 및 문예평단의 대가인 스기모리 고지로(杉森孝次郎), 혼마 히사오(本間久雄) 양씨(兩氏)를 더하여 가장 엄정한 비평 심사에 임할 것을 요구하여 이미 삼씨(三氏)의 승낙을 얻었습니다. (중략) 그리고 본사는 심사위원 제대가의 담론을 발표하여 이 사업이 문화적으로 얼마나 심대한 의미를 지니는지를 표명하고 싶습니다.[04]

경성일보사는 5천호기념사업의 일환으로 조선을 배경으로 한 소설과 조선을 선전하는 포스터를 현상모집한 결과 '규슈에서' '홋카이도에 이르는 일본전국의 능문다재(能文多才)의 인사들'로부터 '응모 희망자가 예상 이상의 다수에 달하여 그 역작일품(力作逸品)은 유감없이 조선문화의 대선전을 할 것'이라 하고 있다. 또한 심사위원의 추천은 '현대 창작계의 제일인자로서 시류를 초월하는 시마자키 도손'과 '창작적 문명평론계 및 문예평단의 대가인 스기모리 고지로, 혼마 히사오'로 하고, '심사위원 제대가의 담론을 발표하여 이 사업이 문화적으로 얼마나 심대한 의미를 지니는지를 표명'하겠다고 광고하고 있다. 이 광고에서 알 수 있듯이, 스기모리 고지로

---

04 「本社二大懸賞の審査員決定す」『京城日報』1922.1.16, 20, 21, 22.

(1881.4.9~1968.12.8.)는 일본의 평론가, 정치학자, 사회학자이며, 혼마 히사오(1886.10.11~1981.6.11.)는 영문학자, 국문학자이다. 따라서 작가로서는 시마자키 도손이 유일하게 참가하고 있는 셈이다. 시마자키 도손은 식민지 문학과는 별로 관계가 없는 것으로 알려져 있으나, 총독부 기관지인 『경성일보』가 실시한 현상문학 심사에 관여했다는 것은 특기할 만하다.

또한 현상소설의 제재는 '조선의 현대를 묘사한 것'이며, 문체는 '구어체'로 할 것이 제시되고 있다. 이와 같은 현상소설 공고와 나란히 포스터의 정신과 재료에 대해서는 더 구체적으로 '합병 전과 오늘날의 문화 사이의 이상(異常)한 차이', '평화 속에 협조하는 내선인 상호의 행복을 증진할 만한 것', '조선 산업의 발달을 위해 내지 자본가가 앞다투어 투자할 만한 것', '기타 조선의 평화, 발달, 생활의 개선에 이바지할 수 있는 사항'[05]으로 명시되고 있다. 따라서 현상소설에 대해서는 단순히 '조선의 현대를 묘사한 것'이라고 간략히 제시되고 있을 뿐이지만, 응모자는 그와 나란히 제시되고 있는 포스터의 정신을 의식하게 되는 것은 자연스럽다 할 수 있다.

이상과 같이 1922년 경성일보사가 실시한 현상소설사업은 3.1독립운동 이후 국제환시 속에서 총독부가 의도한 식민지 문화정책의 의도를 충실히 반영하여, 조선의 현대를 묘사하되, 합병 후의 조선의 발전상, 내선인의 상호 협조, 조선에 대한 내지 자본가의 투자 등을 그림으로써 내지에 조선의 식민지 개발상을 적극 소개하고 지원을 이끌어내고자 하는 방향으로 실시되었음을 알 수 있다.

05　「本社二大懸賞」『京城日報』1922.2.4.5.

3. 『파도치는 반도』의 민족융화와 내선결혼 모티프

현상응모 결과 포스터는 예정대로 1922년 3월 28일 입선작이 발표되나, 소설은 마감일이 2월말에서 4월말로 연장되는 등 예정보다 늦게 7월 25일이나 되어서야 심사결과가 고지된다. 결과는 시마자키 도손은 후지사와 게이코(富士沢けい子) 작 『반도의 자연과 사람(半島の自然と人)』을, 혼마 히사오는 바바 아키라(馬場明) 작 『파도치는 반도(潮鳴る半島)』를 추천하여 의견이 갈렸다. 이에 스기모리 고지로의 의견에 따라, '1등, 2등을 폐하고 두 편을 당선'시키기로 하고 '상금은 이등분하여 증정'하며 '근시일부터 순차게재'하는 것으로 결정되었다.[06]

이후 바바 아키라의 「파도치는 반도」가 1922년 8월 1일부터 12월말까지 약 130회에 걸쳐 제일 먼저 게재된다.[07] 바바 아키라 작 「파도치는 반도」는, 3.1독립운동 직후의 조선반도의 실정(実情)과 조선인의 심리에 대한 깊은 이해와 동정을 보인다는 점에서 주목할 만한 작품이다. 또한 이 작품은 『경성일보』 연재가 끝난 이듬해 5월 연쇄극(連鎖劇)으로 각색, 용산에서 공연되어 대성공을 거두었으며, 1933년에는 사회주의자 나카니시 이노스케(中西伊之助)에 의해 영화 시나리오로 각색된다. 이와 같이 영향력 면에서 보면 바바 아키라의 「파도치는 반도」는 후시사와 게이코의 『반도의 자연

---

06 「本紙五千号記念懸賞小説審査の結果」『京城日報』1922.7.25.

07 1922년 12월 4일부터 1923년 2월 22일까지의 『경성일보』는 소실되어, 「파도치는 반도」 후반부의 약 1개월 분량과 후지사와 게이코의 『반도의 자연과 사람』의 36회까지의 초반부의 내용은 확인이 불가능하다. 『반도의 자연과 사람』은 1923년 2월 23일 37회로 게재되어, 1923년 1월 초부터 게재가 시작되었음을 유추할 수 있다. 따라서 「파도치는 반도」는 1922년 12월 말까지 게재된 것으로 보이며, 현상광고 시 분량을 '1회 16글자 짜리 100줄내외, 150회 내지 200회'라고 제시하고 있었음을 감안하면 130회로 끝났을 것이라 추측된다.

과 사람』을 훨씬 능가하고 있음을 알 수 있다.

구성은 〈등불(灯影)〉(1)~(4)(1922.8.1.-4), 〈어머니의 집(母の家)〉(1)~(4)(1922.8.5.-9), 〈여왕(女王)〉(1)~(5)(1922.8.10.-15), 〈아버지의 죄(父の罪)〉(1)~(3)(1922.8.16.-18), 〈이화(李花)〉(1)~(6)(1922.8.19.-25), 〈나무그늘(木下闇)〉(1)~(3)(1922.8.26.-29), 〈혹성(惑星)〉(1)~(6)(1922.8.30.-9.6), 〈사랑과 연애(愛と恋)〉(1)~(6)(1922.9.7.-9.13), 〈인생으로(人生へ)〉(1)~(3)(1922.9.14.-9.16), 〈교향(交響)〉(1)~(7)(1922.9.17.-9.24), 〈의문(疑問)〉(1)~(5)(1922.9.25.-9.30), 〈거짓 춤(詐りの舞)〉(1)~(6)(1922.10.1.-10.7), 〈출발(首途)〉(1)~(6)(1922.10.8.-10.14), 〈요람(揺籃)〉(1)~(7)(1922.10.15.-10.24), 〈현대좌(現代座)〉(1)~(6)(1922.10.25.-10.31), 〈문화의 여명(文化の曙)〉(1)~(5)(1922.11.2.-11.7), 〈순애(殉愛)〉(1)~(12)(1922.11.8.-11.21), 〈붉은 상처(紅き爛)〉(1)~(6)(1922.11.2.-11.29), 〈의절(義絶)〉(1)~(4)(1922.11.30.-12.3(104回)), 〈?〉로 되어 있다.

작품의 개요는 다음과 같다. 재조일본인 사업가 시로야마 산조(城山三造)는 평양의 고아 옥엽(玉葉)=야스코(安子)와 친척 가이노 긴이치(改野謹一)를 기른다. 산조는 도쿄의 대학을 졸업한 수재 긴이치를 자신의 딸 사에코(明子)와 결혼시키고 회사 총무부나 은행부에 앉혀서 후계자로 삼으려 하고 있다. 그러나 긴이치의 마음은 옥엽에게 있어, 결혼식 당일 옥엽에게로 도망을 가고, 이를 눈치챈 사에코 역시 가출을 한다. 이후 어린 시절 가난으로 헤어진 오빠 안성식(安成植)이 옥엽을 찾아온다. 오빠는 두 사람의 결혼을 승낙하고, 두 사람은 평양에 가서 지역 농민에게 농업을 가르치고 과수작물을 심어 산업을 일으키는 꿈을 꾸는 한편, 농가의 아이들에게 국어와 산수를 가르친다. 그러나 과수가 성장하여 수확을 할 때까지 그것을 관리할 돈도 없고 북쪽 지방의 추위에도 견딜 수 없었으며, 그날그날 먹을 식량도 농가 아이들의 호의에 의지해야 하는 처지에 놓인다. 옥엽은 긴이치의 마지막 소지품인 책을 팔아 노자를 마련하여 민족운동을 하는 오빠를 찾아 경성에 간다. 그러나 오빠의 친구 이병환(李秉煥)에게 오빠가 대의를 이룰 수 있도록 의절을 해 달라는 이야기를 듣고 평양으로 돌아온다. 한편 가출을 한 사에코는 도미이 하루오(富井春男)라는 남자와 추문을 일으키고 산조는 그 충격으로 죽어 버린다. 아키코는 도미이와 현대극협회배우학교를 창립하고 현대좌를 만들어 대성공을 거둔 후, 도쿄, 나고야(名古屋), 오사카(大阪), 히로시마(広島), 시모노세키(下関), 부산을 거쳐 경성에 입성한다. 시로야마가의 실권을 장악한 그녀는 실연의 공허함을 달래기 위해 환락에 탐닉하는 생활을 보낸다. (그 사이에 도미이는 사에코의 재산을 노리고 간계를 꾸미고, 그 사실을 알게 된 안성식은 그녀를 구한다. 또한 사에코가 긴이치의 약혼녀였다는 사실을 알고 그녀를 평양으로 데리고 간다. 긴이치 부부의 궁핍한 생활을 본 사에코는 자신의 재산을 식수사업과 조선대학 설립을 위해 그들에게 기부한다. 안성식은 민중운동을 위해 정처 없이 길을 떠난다.)[08]

이상의 「파도치는 반도」에서 무엇보다 눈에 띄는 것은 현상소설로서의 프로파간다적 모티프라 할 수 있다. 이 작품은 긴이치와 옥엽의 연애와 결혼을 중심으로 이야기가 전개된다. 즉 내선융화의 '첫째 요건'으로서 총독부가 힘을 쏟는 내선연애와 결혼정책이 작품의 중심 모티프이다. 긴이치는 재산가의 사위가 되어 그 후계자가 된다고 하는 입신출세를 포기하고, 가난한 조선의 처녀 옥엽에 대한 순애를 선택함으로써 민족융화를 실현하는 이상적 인물로 조형되고 있다. 두번째는 조선에서 산업을 개발하고 대중을 교육하는 일본인의 역할을 강조하고 있다는 사실이다. 재조일본인 실업가

---

08 ( ) 안의 내용은 「연재소설 「파도치는 반도」 줄거리(連載小説 「潮鳴る半島」梗概)」(『京城日報』 1923.5.4)에서 확인함.

시로야마 산조는 '그 뼈를 조선에 묻을 생각'으로, '도쿄에서 하려고 했던' 딸의 결혼식도 경성에서 하기로 하고, '반도의 식산흥업에 전생애를 바치기를 희망함'은 물론, '자신의 후계자인 긴이치도 사에코도 자신과 함께 이 땅을 무덤으로 삼기'를 원하고 있다.[09] 또한 긴이치와 옥엽 부부는 농민들에게 농업을 가르치고 과수작물을 심어 산업을 일으킬 꿈을 꾸고 있다. 그들은 조선의 민중, 농민을 계몽하여 산업을 계발하고자 하는 것이다. 한편 옥엽은 농가의 아이들을 모아 국어와 산수 등을 가르치면서 학교를 설립할 것을 꿈꾼다. 즉 조선 민중을 위해 산업을 개발하고 아이들에게 교육을 실시할 학교를 설립하는 것이 일본인 내지는 그에 동화된 조선인의 역할임을 강조하는 것이다. 이와 같은 산업개발과 교육산업의 강조, 내선연애와 결혼의 모티프는 총독부가 내선융화를 목적으로 내건 정책을 충실하게 반영한 것이라 할 수 있다.

그러나 그와 같은 내선연애와 결혼은 현실적으로는 개인의 호의나 사랑의 힘만으로 가능한 것은 아니다. 당연히 현실적으로는 여러 가지 제약과 한계가 따르기 마련이다. 작자는 이와 관련하여 긴이치와 옥엽이 겪게 되는 민족간 결혼의 어려움 역시 작품에 담아내고 있다. 긴이치는 시로야마가를 나와서 옥엽과 결혼하고 안성식과 마음을 함께 하고 싶다고 생각한다. 그에 대해 안성식은, '그것은 안 돼'라고 하며, '심정'은 같다고 할 수 있지만, '만약 나서서 사업을 하게 된다면 그것은 또 상당히 다른 일이 될 것'이라 주장한다. 그리고 일본인이 조선의 여성과 결혼하여 무엇인가를 함께 하고 싶은 심정은 공유할 수 있지만 그것을 실현하는 것은 다른 문제라는 인식을 드러내고 있다. 이어서, '민족적 편견을 모두 버린, 공명자(共鳴者)

---

09   馬場明「潮鳴る半島」(53)『京城日報』1922.10.1.

가 되는 것'은 불가능한 일은 아니지만, 그것은 '사람과 시기의 문제'라고 하며 다음과 같은 의문을 제기한다.

"나는 일본인, 내지인이라는 것에 한 가지 의문이 있습니다."

"이 의문만 풀린다면 조선의 문제는 아무 문제 없이 해결될 것입니다. —나는 도쿄에 오래 있었습니다만, 그곳에서 그런 의문에 부딪혔고, 그 오랜 질문을 해결하지 못 했습니다."

"이 의문은 민족적이지만 그러나 또 개인적이기도 합니다. 개인으로서 그 의문이 풀리기만 한다면 나는 어떤 사업도 함께 할 수 있을 것이고 또 어떻게라도 친밀하게 교제할 수 있습니다."[10]

조선인을 같은 민족으로 대하며 민족융화를 실천하고자 하는 긴이치에게, 안성식은 그 실현에는 현실적 한계가 있다고 지적하는 것이다. 이와 같은 안성식은 긴이치와의 결혼을 원하는 동생에게도, '우리들과 가이노(改野) 군 사이'에는, '민족적인, 근본적인 문제'가 있다고 하며 다음과 같이 충고한다.

"너는 조선인이야. 가이노는 일본인이고. 그리고 너는 가이노 군과 결혼해서 조선인으로 있고 싶은 거냐, 아니면 일본인이 될 생각이냐?"

"아니 이는 절대로 구구한 법률관계를 말하는 것은 아니야. 호적이 이러니저러니 하는 문제가 아니야. 그런 것은 내 입장에서 보면 아무래도 괜찮아. 나는 그런 말을 하는 게 아니야.....즉 네게 가이노 군과 결혼해서 네가 마음도 모습도 모든 것을 다 주고 일본인화해 버리든가, 아니면 가이노가 마음도 모습도 모든 것을 다 주고 조선인화해 버리든가, 둘 중의 어느 하나가 아니면 이 결혼은 근본적으로 철저하게 파탄이 나게 될 것이야."[11]

---

10 馬場明「潮鳴る半島」(47)『京城日報』1922.9.25.
11 馬場明「潮鳴る半島」(51)『京城日報』1922.9.29.

총독부에서는 내선결혼을 위한 법률를 완비했다고 선전하며 민중의 내선결혼을 장려하지만, 그와 같은 결혼에는 민족간 근본적인 의문이 존재하기 때문에, 파탄이 올 것을 예상하고 각오를 해야 한다는 것이다. 이와 같은 안성식의 내선결혼에 대한 의문은 긴이치와 옥엽의 '불안'이나 '근심'의 기분으로 연결되고, 그것은 안성식의 동료인, 신문화운동을 촉구하는 조선 청년지식인 계급의 대표자들 사이에서 '이 남자의 여동생이 오랫동안 일본인 집에서 더부살이를 한 것 알고 있나'라는 소문이 돌고, '안성식이 자기 여동생을 일본인에게 줬잖나. 일본인에게 자기 여동생을 팔아먹은 거지.', '여동생을 줬다는 그 집은 대단한 재산가라네. 조선에서는 상당히 큰 사업을 도맡아서 하고 있지. 물론 총독부하고도 깊은 관계가 있어.'[12]라는 오해를 받는 것으로 구체화된다. 이와 같은 상황에 대해 안성식의 친구 이병환(李秉煥)은 옥엽에게 오빠와 의절할 것을 권고하고 옥엽은 다음과 같이 고민한다.

> "자신을 위해 일생의 빛나는 행복을 희생해 준 현재의 남편에게 자신이 시집을 왔기 때문에, 자신의 오빠가 주의와 주장을 의심받아 망명자처럼 경성을 떠났다고 어찌 말을 할 수 있을까?"(중략)
>
> 옥엽이 이병환을 만났을 때, 이병환이 옥엽에게 이야기한 것은 옥엽이 다시 오빠를 대면하는 것을 피해 달라고 한 것이었다. 오히려 깨끗이 남매의 연을 끊어 버리는 것이 오빠의 뜻을 이루게 하는 길이라는 것이었다. 게다가 여동생 쪽에서 그렇게 하는 것이 가장 사랑하는 오빠에게 보답을 하는 길이라는 것이었다. 대의(大義)가 부모를 멸(滅)한다는 말은 바로 이런 것이라고 이병환은 열심히 설명했다. 그것은 절대로 내지인에게 시집을 간 것이 잘못되었다는 것이 아니다. 민족이 서로 친해지고 서로 결혼하는 것에 천도(天道)에 어긋나는 점은

---

12 馬場明「潮鳴る半島」(79)『京城日報』1922.11.3.

조금도 없다. 오히려 그것은 지상의 민족생활의 바람직한 바이다. 그러나 일찍이 안성식이 긴이치에게 이야기했다는 뜻이라는 것은 그것이 설령 같다고 해도 나아갈 길이 반드시 같은 것은 아니다. 안성식은 같지 않은 그 길을 나아가고 있다. 그리고 그 길은 반드시 두 민족의 진정한 행복을 여는 소이가 된다는 것은 의심할 여지가 없지만, 대해(大海)에서 조종(朝宗)하는 물도 그 기원이 반드시 한 골짜기인 것은 아니다. 안성식은 지금 그 수만 골짜기의 한 흐름을 더 들어가고 있다. 오빠의 뜻을 이루게 하는 것 또한 여동생의 도리이다. 한동안 그 시간을 오빠에게 빌려주는 것은 오빠를 사랑하는 소이이다. 이와 같은, 친구를 생각하는 이병환의 적심(赤心)에 옥엽은 눈물로 감사를 하며 굴복했다. [13]

여동생 옥엽이 일본인 긴이치와 결혼을 했기 때문에 민족운동을 하는 안성식은 '주의와 주장의 절조(節操)'를 의심받고 '망명자처럼' 경성을 떠나고, 친구 이병환(李秉煥)은 옥엽에게 가장 사랑하는 오빠를 위해 의절을 하라고 권고하는 것이다. 옥엽은 주위의 오해라는 현실에 굴복하여 자신을 희생하여 오빠와 의절하기로 결심한다. 또한 긴이치도 '자신의 지금의 사명이 너무나도 중요한데 대해' '가슴이 뛰며', '굴욕과 수치가 섞인 감정의 바닥에 견딜 수 없는 용기를 내어 떨쳐 일어나지 않으면 안 된다'고 각오를 드러낸다.[14] 이와 같이 작자는 내선연애, 결혼을 그리면서도 일본과 조선은 기본적으로 같은 민족이 아니라는 사실을 '기원(源)이 꼭 한 골짜기(一溪)인 것은 아니다'라는 비유로 설명하고 있다.

세 번째로, 이 작품의 특성으로 그 통속성을 들 수 있다. 현상문학이라는 특성상 정치성을 드러내는 것은 당연하지만, 동시에 이 작품은 기본적으로 사에코-긴이치-옥엽(야스코)의 삼각관계를 중심축으로 하는 연애소설

---

13 馬場明「潮鳴る半島」(104)『京城日報』1922.12.3.
14 馬場明「潮鳴る半島」(92)『京城日報』1922.11.18.

의 구조를 취하고 있다. 또한 긴이치와의 결혼에 실패한 사에코는 도미이와 미소년 고소에다 이치로(小副田一郎)와도 삼각관계를 만들고 있다. 게다가 시로야마가에서 양육된 야스코가 실은 평양의 가난한 조선인의 딸인 옥엽이며, 내지의 명문대학에서 법학을 전공한 수재 오빠 안성식과 해후하는 장면, 어린 야스코를 자신의 여자로 만들고자 하는 산조, 그런 아버지의 의도를 알아채고 약혼자인 긴이치의 변심을 아버지 탓이라며 원망하고 아버지에 대한 반항심으로 가출을 하는 사에코의 행동 등에서 대중을 대상으로 하는 통속적 요소를 볼 수 있다. 이와 같은 통속적 요소는 대중들에게 큰 공감을 불러일으키고 그 결과 이 작품은 신문연재 다음 해 5월 '독자들의 열광적인 환영'[15]을 받으며 연쇄극으로 각색되어 성황리에 공연된다.

이상과 같이 작자는 현상문학이라는 시스템을 의식하여 현상사업의 목적과 의도에 맞춰, 내선연애·결혼, 산업개발, 민중의 계몽과 교육이라는 모티프를 충실히 구현하면서 동시에 민족 간에 존재하는 의문 때문에 그것이 파탄에 이를 것을 예상하고 희생이나 용기를 각오해야 한다는 한계도 함께 지적하고 있다. 아울러 이와 같은 프로파간다적 모티프는 통속적 모티프에 의해 대중들의 공감을 불러일으키며 널리 식민지 조선에 보급되었음을 알 수 있다.

4. 「동아를 둘러싼 사랑」의 내선연애와 국제관계 인식

이상에서 살펴본 바와 같이 발표 당시 독자들에게 열광적으로 환영을 받은 이 작품은 아이러니하게도 10년 후 사회주의자 나카니시 이노스케(中西

---

15 「本社懸賞小説「潮鳴る半島」若葉薫る五月上演さる」『京城日報』1923.4.18.

伊之助)의 손에 의해 영화각본으로 각색되어, 바바 아키라 작, 나카니시 이노스케 보조 각색, 다케다 유즈루(竹田讓) 그림 「동아를 둘러싼 사랑(東亜をめぐる愛)」(영화 각본 「파도치는 반도」 개제)이라는 제목으로, 1933년 11월 26일부터 12월 14일까지 전 16회에 걸쳐 『경성일보』에 연재된다. 이것이 실제로 영화화되었는지 확인할 수는 없다. 그러나 작가 나카니시는 『자토에 싹트는 것(楮土に芽ぐむもの)』(改造社, 1922.2), 「불령선인(不逞鮮人)」(『改造』 1922.9), 『너희들의 배후에서(汝等の背後より)』(改造社, 1923.2) 등의 작품으로, 한일 양국의 연구자들에게 일찍이 주목의 대상이 되어 왔고, '식민지 조선에서 일어난 처참한 식민지 통치상황을 일본에서 처음으로 본격적으로 소설화하고, 무력지배 실태를 고발'[16]하였으며, '사회주의 계급의식을 청년지식층과 노동자 농민층에 보급시키고자 하는 KAPF 결성에 관여한 최초의 일본인 작가'[17], '조선인의 내면이나 심리에 깊이 파고 들어간'[18] 작가, '1920년대 일본문단에 조선을 소재로 한 소설을 연이어 발표한 프로작가'[19], '나카노 시게하루(中野重治) 등 훗날 조선과의 식민지적 관계를 문제시하고 피지배민족의 동포와 연대를 꾀한 프롤레타리아 작가의 선구자이며, 조선의 피지배민족과의 관계를 본격적으로 다룬 프롤레타리아문학의 또 하나의 〈전위〉로서 주목할 만 한'[20] 작가로 평가받고 있다. 이와 같은 평가는 이

---

16 李修京 「平和主義者山本宣治と中西伊之助」(『立命館産業社会論集』 第46巻第1号, 2010.6), p.106.

17 李修京, 위와 같은책, p.115.

18 渡辺直紀 「中西伊之助」의 朝鮮関連의 小説について-特に表記言語と人物의 遠近化의 関係を中心に-」(東国大学日本学研究所 『日本学』 第22号, 2003), p.235.

19 이민희 「일제강점기 제국일본 문학의 번안 양상-1920년대 『매일신보』 연재소설 「汝等의 背後로서」를 중심으로-」(『일본학보』 제93집, 2012.11), p.151.

20 アンドレ・ヘイグ 「中西伊之助と大正期日本의 「不逞鮮人」へのまなざし-大衆ディスクールとコロニアル言説의 転覆-」(『立命館言語文化研究』 第22巻 第3号, 2011.1), p.82.

시자카 고이치(石坂浩一), 가와무라 미나토(川村湊), 임미숙 등이, '계급문제'에 너무 집중한 나머지 식민지주의에 있어 '민족문제 의식은 희박'[21]했다는 한계를 지닌 일본의 사회주의 운동과 프롤레타리아 문학운동의 흐름 가운데, 나카니시를 이색적 작가로 특징짓고 있다.

이와 같은 나카니시에 의해 각색되고 그것이 또 총독부 기관지인 『경성일보』에 연재되었다는 사실은 매우 주목할 만한 하다.[22] 왜냐하면, 지금까지 나카니시에 대한 평가는 프롤레타리아 작가로서 뿐만 아니라 피식민자로서의 조선민족을 다룬 작가로서의 면모에 집중되었음에도 불구하고 정작 그의 조선에서의 행적이나 그가 조선 매체에 발표한 글은 배제된 채 논의가 이루어졌기 때문이다. 따라서 본 작품의 검토를 통해 식민지 조선 혹은 동아시아 민족 관계에 대한 그의 인식을 입체적으로 조망할 수 있을 것이다.

우선 작품의 기본 구조를 살펴보면, 일본인 청년 스가노 교키치(菅野恭吉)를 둘러싼, 조선인 여성 정백영(鄭白英)과 경성의 일본인 사업가의 딸 오바 히로코(大庭博子)의 연애와 결혼이라는 삼각관계의 모티프만 바바 아키라의 원작을 차용하고 있을 뿐, 인물관계나 등장인물의 이름, 성격 등은 크게 달라지고 있다. 즉 총독부 기관지의 현상 응모작과 피식민지 민족에 대한 관심을 갖고 활동한 사회주의 작가의 작품이라는 차이, 3.1독립운동 직후인 1922년과 일본이 중국 침략 욕망을 드러내며 중국과의 갈등이 본격화된 1933년이라는 시기의 차이가 있는 만큼, 테마나 인물상 차이가 발생

---

21 川村湊「プロレタリア文学の中の民族問題」(『国文学解釈と鑑賞』 2010.4), pp.58-65.
22 이 외에도 「사회주의자와 조선인청년 : 나카니시 이노스케, 오쿠우메 등을 맞이한 조선인 청년 경성공회당에서 활극(社會主義者と鮮人青年:中西伊之助, 奧うめを等を迎えた鮮人青年京城公會堂での活劇)」(『朝鮮及満洲』 214号.1925)이란 기사가 눈에 띈다.

했다고 할 수 있다.

우선 「동아를 둘러싼 사랑」의 내용을 살펴보자. 재조일본인 사업가 오바 주시치로(大庭忠七郎)는 5백만의 자산가이자 오바주식회사(大庭株式会社)의 사장이다. 그는 조선에 건너와 조선인 유지 정백영의 아버지에게 신세를 진 일이 있으며, 그에 대한 보답으로 그의 아들 영석(英錫)과 딸 백영(白英)의 학비를 대준다. 마찬가지로 스가노 교키치도 오바가에서 학자금을 원조받아 제국대학 법과대학을 우수한 성적으로 졸업한 수재로, 김옥균을 존경한다. 주시치로의 딸 오바 히로코는 도쿄의 여자대학 영문학과를 졸업하고 교키치와 약혼 중이다. 그러나 교키치의 마음은 정백영에게 있고, 오바가를 나와 정백영에게 간다. 마침 그때 도쿄에 공부를 하러 갔다가 행방불명이 되었던 정영석이 만보산사건(萬寶山事件)으로 악화된 '지나인'의 공격으로 다리에 상처를 입고 돌아온다. 한편 교키치는 씨 다른 동생 오바 겐지(大庭謙二)를 만난다. 겐지는 교키치의 모친과 오바 주시치로 사이의 아들이다. 이러한 사정으로 교키치의 모친은 아들이 주시치로의 딸 히로코와 결혼한다는 소식을 듣고 자살한다. 또한 히로코는 교키치의 배신에 가출을 했다가 불량청년의 습격을 받고 위험에 처한다. 그때 그녀의 배다른 동생 겐지가 나타나 목숨을 구해 준다. 그러나 그가 자신의 딸을 위기에서 구하기 위해 온 자신의 아들인 줄도 모르고, 주시치로는 비행기에서 스패너를 떨어뜨리고 겐지는 그에 맞아 죽는다.

이와 같은 작품의 특징을 분석해 보면, 내선융화정책인 내선결혼장려 모티프는 원작과 같이 유지하고, 스가노 교키치는 내선연애·결혼이라는 민족융화를 실현하는 이상적 인물로 그려지고 있음을 알 수 있다. 다음으로 가장 주목할 점은 부르주아에 대한 반감과 계급의식이 드러나고 있다는 점이다. 원작에서 시로야마는 재조일본인 실업가로서 '반도의 식산흥업에 그 전생애를 바치기'로 하는 긍정적인 인물로 묘사되고 있다. 그러나 이 작품에서 조선인 청년 영석은 주시치로에 대해, '나는 그런 부르주아의 개 따위 중 아는 사람 없어!'[23]라며 적의를 드러낸다. 겐지도 형 교키치에게, '형, 어머니는 우리 아버지가 죽인 거예요. 어머니는 나보고 우리 아버지 같은 사람을 믿은 게 잘못이었다고 했어요. 나는 아버지에게 학대를 받아 의지할 데가 없다고 했어요'[24]라고, 재벌의 횡포에 대한 반감을 드러낸다. 이는 사회주의 작가로서의 부르주아에 대한 비판의식의 발로라 할 수 있다. 세 번째로 눈에 띄는 특징은 당시 조선인, 일본인, 중국인 세 민족관계에 대한 인식이다. 이는 조선민족의 계몽주의자이자 개화파인 김옥균과 만보산사건에 대한 인식에 드러나 있다. 교키치는 김옥균을 존경한다고 밝히고 있으며, 그가 찾은 김옥균의 묘비에는 다음과 같이 기록되어 있다.

> 김옥균은 한국시대의 우국지사였다. 청국의 괴웅(怪雄) 원세개(猿世凱)가 한국 공사(公使)로서 경성에 부임한 이래 그의 한국 병탄(倂吞)의 야심을 안 김옥균은 일본에 한국을 옹호해 줄 것을 요청했다. 아아, 그러나 당시 일본 정부는 청국을 두려워하여 김옥균의 청에 응하지 않았다. 이리하여 그는 망명했다. 일본에도 있을 수가 없어서 마침내 청국 북양대신 이홍장(李鴻章)의 간계에 넘어가 상하이(上海)에서 암살당했다.[25]

중국의 한국병탄의 야심을 알고 김옥균이 한국의 옹호를 일본에게 부탁했지만, 일본 정부는 청국을 두려워하여 그 요청에 응하지 않았고 결국 김옥균은 암살을 당했다고 하는 것이다. 이는 기본적으로 청국으로부터의 조

23　中西伊之助「東亜をめぐる愛」(11)『京城日報』1933.12.8.

24　中西伊之助「東亜をめぐる愛」(14)『京城日報』1933.12.12.

25　中西伊之助「東亜をめぐる愛」(5)『京城日報』1933.12.1.

선의 독립을 조선의 식민지배의 명분으로 내세웠던 일본의 식민지주의와 맥을 함께 하는 국제관계 인식이라 할 수 있다.

이와 같은 국제관계 인식은 만보산사건 인식에서 더 명확하게 드러난 다. 만보산 사건은 1931년 7월 2일 창춘(長春) 북서부에 위치하는 만보산 에서 일제의 술책으로 조선인 농민과 중국인 농민 사이에서 일어난 유혈 사건을 말한다.[26] 이러한 만보산사건은 사건 발생 직후 일본의 작가 이토 에이노스케의 「만보산」(1931.10)과 중국의 작가 이휘영의 장편 「만보산」 (1933.3)에 의해 작품화된다. 조선인이 작품화한 것으로는 사건 발생 당시 와는 한중일 국제관계가 상당히 변한 중일전쟁 이후에 발표한 이태준의 「농군」(1939), 장혁주의 「개간」(1943), 안수길의 「벼」(1941)가 있다. 이들 작 품에서는 이 사건을 '일제의 대륙침략정책의 일환'[27]으로 보고, 이에 대한 조선인과 중국인의 대응은 '일제의 대륙침략에 대한 한·중 양 민족의 저항 의 투쟁', 혹은 '한민족 생존의 투쟁'[28]으로 다루고 있다는 것이 일반적이다. 즉 조선민족의 시각으로 문학작품에 재현된 만보산 사건을 대상으로 분석 하고 있는 것이다. 따라서 한국문학에 재현된 만보산사건은 민족주의 시각 에 자유롭지 못하고 사건을 상대화시키는 시각이 결여되어 있다고 할 수 있다. 그런 의미에서 실제 사건이 발생한지 약 2년후에 일본의 사회주의자

---

[26] 만보산 사건은 입식중(入植中)인 조선인과 그에 반발하는 현지 중국인 농민 사이에서 수로(水路)와 관련하여 일어난 분쟁이 중국의 경찰을 움직였고, 그에 대항하여 움직인 일본인 경찰과 중국인 농민이 충돌한 사건이다. 이 사건을 계기로 조선에서 중국인에 대한 감정이 악화되어 배척운동이 일어났고 많은 사상자가 나왔다. 이 사건에 이어 일 어난 조선인의 중국배척운동까지를 포함하여 만보산 사건이라 한다.

[27] 용석원 「일제 암흑기 만보산사건과 소설적 재현 양상 연구」(『통일인문학논총』 제50집, 2010.11), p.150.

[28] 장영우 「〈농군〉과 만보산사건」(『현대소설연구』 31집, 한국현대소설학회, 2006), p.156.

의 시각에 의해 재현된 만보산사건은 당 사건을 입체적으로 조망할 수 있는 시각을 제공한다고 할 수 있다.

그런 점에서 본 작품에서 재현되고 있는 만보산사건을 살펴보겠다. 영석은 만보산사건으로 흥분한 조선인들이 지나인 가족을 죽이려 하자 그들을 숨겨 주려는 아버지에게, '만보산 사건으로 조선인들이 지나의 군벌에게 학대를 받아 이곳 조선인들이 흥분하는 것입니다. 나의 이 상처도 군벌 끄나풀놈들에게 당한 거예요'라고 설명한다. 또한 숨어 있는 지나인들을 내 놓으라고 시위하는 조선인들에게, 교키치는 지나인들을 손가락에 비유해서 설득한다. 즉, 같은 한 손이라도 손가락 중에는 썩은 손가락도 있고 썩지 않은 손가락도 있다, 손가락은 '조선의 산업개발'을 위해 필요한 것이다, 만약 썩은 손가락이 있으면 그것은 의사 즉 국가가 치료를 해 준다, 그러므로 '지나민족도 조선민족도 일본민족도, 아니 세계 만국의 사람들은 모두 형제다'라고 설득을 한다.[29] 나쁜 것은 '참으로 광폭(狂暴)하기 그지없는' '지나의 군벌'이고, '어느 나라든 대중은 정직'[30]하다고 하며 중국의 대중과 군벌을 구분하여 생각하라고 한다. 이와 같은 생각으로 영석은 만주에서 재만 동포를 위해 지나의 군벌과 싸울 것을 결심하고, 교키치와 백영 부부는 '빛을 찾는 백만 동포가 기다리는' 만주를 향해 떠난다. 이 작품에서는 만보산 사건을 광폭한 중국 군벌에 의해 발생한 사건으로, 중국인이든 조선인이든 일본인이든 대중은 잘못이 없으며 젊은이는 중국 군부와 싸워야 한다는 인식을 드러내고 있는 것이다. 이와 같은 인식은 중국 대륙 지배의 욕망을 드러낸 당시 일본제국주의의 논리를 대변하는 것이라 할 수 있다.

---

[29] 中西伊之助「東亜をめぐる愛」(12)『京城日報』1933.12.9
[30] 中西伊之助「東亜をめぐる愛」(13)『京城日報』1933.12.10.

이상 검토해 왔듯이, 「동아를 둘러싼 사랑」은 연애소설이라는 통속성은 유지하면서도, 사회주의자로서 부르주아에 대한 반감을 드러내고 군벌과 대중을 구별하고자 하는 프롤레타리아 문학의 성격을 갖는 작품으로 변용되고 있다. 그럼에도 불구하고 당시의 국제정세나 민족문제와 관련해서는 조선을 침략하고 중국 대륙을 지배하고자 하는 일본 제국주의의 욕망에 대해 무비판적으로 동조하는 모습을 보이고 있다. 이는 '계급문제'에 너무 집중한 나머지 식민지주의에 있어 '민족문제 의식은 희박'했다고 비판받는 일본의 사회주의 운동과 프롤레타리아 문학운동의 한계가 나카니시에게도 그대로 드러나고 있음을 보여 주는 일측면이라 할 수 있다.

4 . 맺음말

이상에서 1922년 『경성일보』가 5천호 간행 기념으로 실시한 현상소설 당선작 「파도치는 반도」와 그 개작 「동아를 둘러싼 사랑」을 중심으로, 식민주체로서의 총독부의 문화정책과 재조일본인들의 반응, 조선의 사람이나 문화 표상 등을 분석하여, 식민지 조선의 문화정치와 문학과의 관련 양상을 파악해 보았다.

「파도치는 반도」는 총독부 기관지인 『경성일보』의 현상사업 실시 주체의 의도에 부합하여, 1920년대 식민지 문화정책인 내선연애·결혼 모티프와 산업개발, 민중 교육·계몽이라는 정치적 모티프를 충실히 구현한 작품이라 할 수 있다. 아울러 그와 같은 프로파간다적 모티프는 연애소설이라는 통속성을 모티프에 힘입어 대중에게 널리 수용되었다. 동시에 작자는 현실적으로는 민족 간에 존재하는 의문 때문에 그것이 파탄에 이를 것을 예상하고 '희생'과 '용기'가 필요하다는 어려움도 지적하고 있다.

그러나 이 작품은 10년 후에 사회주의 작가 나카니시 이노스케에 의해 변화된 시대의 맥락에서 재해석되고 재창조되었다. 나카니시는 사회주의 작가의 시선으로 재조일본인 사업가를 부도덕하고 비윤리적인 부르주아로 표상하고 있으며, 동시에 동북아시아 지배권을 둘러싼 일본과 중국, 조선 민족의 갈등에 대해서는 위정자와 대중의 입장으로 구별하는 방식으로 사회주의 작가로서의 면모를 드러내고 있다. 그러나 근본적으로 당시의 국제 정세나 민족 간의 문제에 있어서는, 일본 식민지주의의 시각에서 중국 군벌과 조선인의 충돌로 파악하고 그 사이에서 일본 지식인의 역할을 강조하는 한계를 드러내고 있다.

이상과 같이 1920년대 현상소설로서 식민지 문화정치에 충실했던 현상소설 바바 아키라의 원작에 내재된 식민지배 이데올로기라는 프로파간다성은 식민지 조선사회에 내면화되어 1930년대 사회주의자이자 프롤레타리아 작가의 작품에서도 여전히 그 영향력을 드러내고 있었다 할 수 있다.

구루시마 다케히코(久留島武彦)의 구연동화와 식민정책*

『경성일보(京城日報)』의 기사를 중심으로

이현진

---

* 본 논문의 초출은 일본어문학회 간행 『일본어문학』 제89집(2020. 5)임.

⌘

1. 서론

일본의 구연동화 역사는 제국주의 확대의 양상과 함께 특수한 발달 형태를 보인 일본의 독자적인 아동문화 형태이다.[01] 일본에서 발생한 이러한 형태의 구연동화가 식민지 조선에 전파되는 과정에서 『경성일보(京城日報)』의 역할은 대단히 컸다고 말할 수 있겠다.

1913년 10월에 이와야 사자나미(巖谷小波)가 만선구연여행(満鮮口演旅行)으로 조선을 방문하였고 처음으로 구연동화를 시도했다. 그 후 구루시마 다케히코(久留島武彦)[02], 기시베 후쿠오(岸辺福雄), 야시마 류도(八島柳堂), 오이 레이코(大井冷光), 사다 시코(佐田至弘) 등의 일본의 주요한 아동작가들이 조선반도로 건너와서 구연동화를 시도했는데, 그들은 『경성일

---

01 김성연(2015)「일본 구연동화 활동의 성립과 전파과정 연구」,『일본근대학연구』48, 한국일본근대학회, p.133.

02 구루시마 다케히코(1874~1960)의 활약은 구연동화 활동을 중심으로 한 아동문화 운동뿐 아니라, 집필활동이 다방면에 미치고 있었다는 점에서 특색을 찾아볼 수 있다. 1895년 『소년세계(少年世界)』에 투고한 「근위신병(近衛新兵)」을 시작으로 「전쟁이야기(戦争物語)」를 쓰는 한편, 1896년부터 이미 창작동화를 발표해 왔다. 동화 외에도 각본(脚本)·화술론(話術論)·웅변술론(雄辯術論)·외국 견문록·교육 평론·수상(隨想)·강연행각(講演行脚)의 기록·기행문 등, 각종 장르의 주목해야 할 작품을 수많이 발표했다. (金成妍(2007)「久留島武彦と「朝鮮」」『九大日文』(通号9) 九州大学日本語文学会, p.2.)

보』를 통해 활동했음을 살필 수가 있는 것이다.

본 연구는 그중에서 이와야 사자나미에게서 영향을 받고, 구연동화의 보급자로 일컫는 구루시마 다케히코가 식민지 조선을 방문하여 제국의 내셔널리즘적 색채를 띠며 구연한 동화들에 주목하고자 한다. 그의 구연동화는 당시의 식민 활동단체인 동양협회(東洋協會)의 정치성이 보이고, 「전쟁이야기(戰爭物語)」에는 일본의 식민정책을 읽어낼 수 있기 때문이다.

기존 선행연구에서는 구루시마 다케히코가 러일전쟁 참전으로 조선을 체험하고 구연동화의 보급자로 조선에서 활동한 내용을 중심으로 파악하고 있으나,[03] 일본의 식민 단체인 동양협회와 관련하여 조선에서 구연동화의 활동을 펼친 그 실증적 동향에 대한 연구성과는 얻지 못하였다.

따라서 일본의 구연동화가 식민지 조선에 전파되는 과정을 『경성일보』에 게재된 구루시마의 구연동화 활동 기사와 내용을 중심으로 파악하고, 제국의 구연동화가 내셔널리즘적 색채를 띠며 식민지 조선에 전파되고 보급되는 양상을 실증적으로 고찰하는 것이 본 연구의 목적이다. 이는 일본의 제국주의 확대의 양상과 함께 발달한 구연동화의 형태를 살필 수 있는 점에서 연구의 필요성이 있다고 하겠고, 조선총독부 기관지인 『경성일보』의 식민정책에 대한 역할을 파악해 본다는 점에서도 그 의의가 있을 것이다.

---

[03] 김성연은 구루시마의 러일전쟁 참전으로 인한 조선 체험과 조선에서 구연한 동화들의 기사를 파악하였다. (金成妍(2007)「久留島武彦と「朝鮮」」『九大日文』(通号9) 九州大学日本語文学会, pp.2-15 ; 金成妍(2007)「久留島武彦の朝鮮口演 その一」『九大日文』(通号 10) 九州大学日本語文学会, pp.2-19 ; 金成妍(2008)「久留島武彦の朝鮮口演　その二」『九大日文』(通号 11) 九州大学日本語文学会, pp.20-35) 또한 김광석은 근대 일본을 대표하는 구연동화가 이와야 사자나미와 구루시마 다케히코의 활동을 조선과의 관련성을 중심으로 개략하고 그 영향을 받은 재조일본인의 움직임을 고찰하였다. (김광석(2017)「식민지기 재조일본인의 구연동화 활용과 전개 양상」『洌上古典研究』제58집 열상고전연구회, p.11).

식민지 문화정치와 『경성일보』

2. 구루시마 다케히코와 동양협회

구루시마는 1904년 러일전쟁에 참전했을 당시, 조선에 체류한 경험이 있다.

구루시마는 러일전쟁 참전 시, 제12사단 32연대 병참 간부의 양향부(糧餉部)에 배속되고, 모지항(門司港)에서 승선하여 한국의 인천항에 상륙한 뒤, 제물포의 양말창고(糧秣倉庫)에서 근무하게 된 것이다. 인천에서 1년 3개월, 함경북도에서 5개월, 총 1년 8개월 남짓을 조선[04]에서 보냈다.

그 후 1915년에 시정(始政) 5년 기념 〈조선물산공진회(朝鮮物産共進會)〉[05]가 열리고 있는 조선반도로 건너오게 되었다. 당시 경성일보사와 매일신보사의 공동주최로 〈가정박람회(家庭博覧会)〉도 열리고 있었는데, 구루시마는 동양협회의 촉탁으로 조선을 방문하게 된 것이다.

동양협회는 1898년에 설립된 대만협회(台湾協会)를 계승하여 1907년에 일본이 조선과 대륙을 경영하는데 필요한 인재를 양성하기 위해 학교를 설립하고 식민활동을 한 단체이다.[06]

즉 동양협회의 설립목적은 일본의 제국주의적 침략을 대만만이 아니라 조선과 만주로 확대하고자 함이며, 그와 같은 대안에서 1907년 5월에 경성과 여순(旅順)에도 그 지부를 설치한 것이다. 따라서 동양협회는 총독부와 총감부의 지지 하에 협회를 움직여 간 것을 알 수가 있겠다.

---

04 金成姸(2007) 앞의 논문, pp.3-4.

05 1915년 9월 11일부터 10월 30일까지 일제가 경복궁에서 전국의 물품을 수집하여 전시한 박람회이다. 이른바 병합의 정당성을 합리화하고, 조선이 일본의 지배를 받은 결과 발전했다는 인상을 심어주고자 개최한 것이다.

06 최혜주(2007)「일본 東洋協會의 식민활동과 조선 인식-『東洋時報』를 중심으로-」『한국민족운동사연구』51, 한국민족운동사학회, p.95.

『경성일보』의 고문(顧問)을 지낸 도쿠토미 소호(德富蘇峰)는 동양협회의 존립 이유를『동양시보(東洋時報)』에서 제국주의 확충에 있다[07]고 언급한 바 있는데, 동양협회가 추진하고 있는 사업에 관하여『경성일보』1915년 10월 10일 2면에는 동양협회 주최의「통속강연회(通俗講演会)」라는 기사가 실리며, 다음과 같이 전하고 있다.

> 동양협회의 통속강연회는 9일 오후 2시부터 경성호텔에서 개최된다. 관민(官民)의 청강하는 사람들에게 법학박사 야마다 사부로(山田三郎) 씨는 〈동화정책의 제일의(第一義)〉라는 제목으로 일본의 식민지 정책은 다른 열국과는 사정을 달리하는 점이 있고, 특히 조선과 일본은 일의대수(一衣帶水)의 이웃이다. 게다가 다 같이 동일한 국민에게 있어 동화정책(同化政策)은 통치의 제일의(第一義)인 까닭을 자세히 설명한다. (중략) 동양협회의 통속강연회는 금후 각지에서 개최되어 일본국민 특히 일반청년을 위해 식민사상을 환기시키고 나아가 식민사업에 진력하여 제국 경제의 발전을 도모한다. 국운의 신장(伸長)에 공헌해야 할 기운을 일으키기 위해 되도록 일반에게 우리 식민지의 사업을 주지시키고, 이번 조선대공진회 개최를 기회 삼아 구루시마 다케히코 씨를 특파하여 조선의 환등영화(幻燈映畵) 재료를 수집하게 함으로써 금후 조선의 실상을 크게 내지인에게 소개하게 될 것이다.

인용문을 통하여 알 수 있듯이, 동양협회는 조선의 식민지 경영을 위한 인재 양성을 목표로 〈통속강연회〉를 실시하고, 환등영화 재료를 수집함으로써 내지에 조선의 실상을 소개한다는 구체적인 활동을 드러내고 있다. 그 환등영화의 재료 수집으로 구루시마가 동양협회에서 파견된 것임을 전하고 있는 것이다.

---

[07] 『동양시보』는 동양협회의 회보(會報). 도쿠토미 소호는 기자 출신으로 일본의 조선 언론침략의 선봉에 서서『경성일보』의 고문을 지내고 400여 권의 저술을 통해 황실 중심주의를 주장한 인물이다. (최혜주(2007) 앞의 논문, p.103)

식민지 문화정치와 『경성일보』

구루시마도 이번에 조선을 방문하게 된 목적을 10월 9일 『경성일보』에 다음과 같이 실었다.

이번에 조선에 온 것은 동양협회 조선지부 총회에 출석 겸 동 협회의 촉탁으로 조선 각 방면의 사정을 조사할 생각으로 경성에 5, 6일 체류하고, 군산 목포 방면의 조사를 예정하고 있습니다. (중략) 동양협회에서는 대만 조선 등의 식민지 실황을 환등으로 보여주고 활동사진으로 만들어 내지 각 지방으로 순회 강연을 행하고, 중학교 상공업학교 기타 전문학교를 졸업하고 실업에 취업하려고 하는 청년에게 이쪽으로 마음을 돌리도록 계획하고 있어, 제 조사도 이들 강연 자료를 수집하는 것을 목적으로 합니다. (중략) 가정박람회의 개최는 제가 가장 찬성하는 바이기에, 경성 체류 중에 귀사의 바람이 있으면, 저도 기꺼이 시간을 내서 오토기바나시(お伽噺)이든 가정강화(家庭講話)이든 하여서 성황(盛況)에 힘을 보태겠습니다.[08]

인용문을 통하여 알 수 있듯이, 동양협회는 내지인들에게 조선과 대만의 식민지 실제 상황을 환등으로 보여주는 지방 순회 강연을 하고 있으며, 취업을 앞둔 청년들에게 식민지로 관심을 쏟게 하고자 교육하고 있음도 알리고 있다.

구루시마는 이들 강연 자료 목적으로 조선에 왔고, 동양협회의 식민사업에 일조하고 있음을 분명히 하고 있다. 여기에 덧붙여 동화구연에 대한 의지도 내비치고 있다.

이렇게 동양협회와 뜻을 같이한 구루시마는 가정박람회를 관람하는 도중에 박람회 관계자에게 강연 제안을 받게 된다. 구루시마는 이를 선뜻 수락해 조선에서 첫 동화를 구연하게 된 것이다.

---

08   久留島武彦(1915)「家庭博は私の理想」, 『京城日報』(1915.10.9)

그 구연동화는 러일전쟁에서 활약한 노기 마레스케(乃木希典)[09]의 이야기 「노기대장의 유년시절(乃木大将の幼年時代)」과 「노기대장의 배꼽화로(乃木大将の臍火鉢)」였다. 이 구연동화는 동양협회의 활동 목적에 맞는 정치성을 띠고 있는데, 그 내용 분석은 다음 장에서 살펴보기로 한다.

3. 「노기대장(乃木大将)」의 동화 구연

1915년 10월 10일 가정박람회의 회장 뒤뜰에서 열린 구루시마 다케히코의 동화 구연은 『경성일보』 10월 13일 지면에 「노기대장의 유년시절」이란 제목으로 실렸다. 그럼 그 구연 내용을 살펴보기로 한다.

노기장군은 어릴 적 울보였고 겁쟁이였다. 장군의 남동생 마코토(眞心)도 형을 닮아 무척 겁쟁이였고 아이들이 전쟁놀이를 하고 놀면 항상 도망가고 집 안에 숨어있었다고 한다. 그런 겁 많은 형제가 어떻게 난공불락이라 하는 여순을 함락시킨 대장군이 되었을까? 그것은 대단히 엄한 아버지가 계셨기 때문이었다. 이것이 이야기의 발단이다.

노기 형제는 추운 겨울에도 아침 일찍 일어나 뒤편 우물가에 가서 세수하는 것이 일상이었다. 어느 날 아버지는 노기 형제를 데리고 아코의사(赤穗義士)의 묘소가 있는 센가쿠지(泉岳寺)로 갔다. 다음은 그 인용문이다.

"이 우물에서 기라님(吉良殿)의 수급을 씻었다＝ 유명한 수급을 씻은 우물이다＝때는 겐로쿠(元禄)[10] 15년의 옛날, 오늘은 바야흐로 섣달 15일이다. 47의

---

09 (1849~1912). 일본의 무사, 육군군인이며 교육자이다. 러일전쟁에서 제3 군사령관으로 여순을 공략해 승리하였다. 메이지천황(明治天皇)의 뒤를 따라 자택에서 아내와 함께 순사(殉死).
10 에도시대(江戸時代) 중기의 연호.(1688~1704년까지의 일본 연호)

사가 기라 저택에 난입하여 기쁘게도 기라님의 수급을 받은 날이다. 이 수급을 위해 의사는 부모와 이별하고 자식과 헤어지는 간난신고(艱難辛苦)의 힘든 일을 참아낸 것이다." 엄부(嚴父)와 울보는 이 우물에서 손을 깨끗이 씻고 47의사의 묘에 참배했습니다. "첫 번째 있는 것이 오이시 요시오(大石義雄)님의 묘다. 두 번째는 지카라(主税)님의 묘다. 지카라님은 그때 열다섯이었다. 너희는 올해 열한 살이니까 이제 4년 후에 지카라님과 같은 행동을 할 수 있겠느냐." 엄부는 울보에게 물었습니다. 울보는 물론 그 대답을 할 수가 없었습니다.[11]

인용문을 통해서 아코사건의 47의사가 등장하고 있음을 알 수 있다.

아코사건은 겐로쿠 시절 에도성(江戸城) 마쓰노오로카(松之大廊下)에서 고케(高家)[12]의 기라 요시나카(吉良義央)에게 칼부림을 하였다고 하여 아코번(赤穂藩)의 번주(藩主) 아사노 나가노리(浅野長矩)가 할복에 처해진 일이다. 그 후에 죽은 주군 아사노 나가노리를 대신하여 가신(家臣)인 오이시 요시오 이하 47인이 기라 저택으로 쳐들어가서 기라 요시나카를 죽인 사건이다.

아버지는 노기 형제에게 죽은 주군을 향한 47의사의 충성심을 본받게 하려 했던 것이다.

그래서 아버지는 얼굴을 씻을 때 자신의 얼굴을 씻는다고 생각하지 말고 의사의 얼굴을 씻는다고 생각하고, 서리로 하얘진 우물에 있는 장대는 충성심이 담긴 창이며, 무거운 두레박은 기라님의 수급으로 생각하고 끌어올리라 하였다. 즉 주군을 향한 '충'을 가르치는 교육이었다.

그렇게 엄격한 아버지에게 교육받은 노기 형제가 지금은 공경받는 사람이 되었다고 하고, 소년 제군들도 훌륭한 사람이 될 수 있다고 하였다.

---

11   久留島武彦(1915)「乃木大将の幼年時代」『京城日報』(1915.10.13)
12   에도막부(江戸幕府)의 의식, 전례 등을 담당하던 직명.

노기 형제가 어릴 적엔 울보이자 겁쟁이 아이였지만, 엄한 아버지에게 교육받은 '무사도 정신'으로 인하여 러일전쟁의 난공불락이라 했던 여순을 함락시킨 대장군이 되었다는 이야기인 것이다.

구루시마는 나라를 위해 목숨을 바칠 만큼 용기 있는 아동을 만들기 위해선 교육이 중요하다는 것을 강조하고 있는 것이다.

이와 같은 노기대장 이야기는 12일에 계속되어 「노기대장의 배꼽화로」로 이어졌다.

가정박람회 동화 구연 두 번째 날은, 12일 오후 3시 반 박람회 뒤뜰 광장에서 열렸다. 모인 학생들은 2천여 명, 남대문, 히노데(日の出), 종로, 사쿠라이(桜井), 모토마치(元町)의 다섯 학교의 소학생들이었다.

이들 다섯 소학교는 경성에 거주하는 일본인 거류민단이 일본인 자녀들을 교육하기 위해 세운 학교였다.[13] 히노데소학교에는 1921년 덕혜옹주[14]가 2학년으로 입학하여 1925년 3월 일본으로 강제 유학을 떠나기 전까지 재학하였던 것으로 알려졌다. 이들 학교는 일본 고관 자녀들이 다녔던 곳이다.

러일전쟁에 참전한 내셔널리스트인 구루시마는 구연동화와 함께 계몽적 통속강연(교육활동, 사회교육)을 행한 웅변가[15]이기도 했는데, 저력 있는

---

13 1889년 경성의 일본인 거류민단은 히노데심상고등소학교(日出尋常高等小學校)를 신설하여 불어나는 경성 체류 일본인들의 자녀들을 교육하였다. 이후 경성 내 일본인 인구의 증가와 함께 소학교도 증설되었는데, 1903년에는 용산심상고등소학교(龍山尋常高等小學校), 1908년에는 남대문심상소학교(南大門尋常小學校), 1910년에는 사쿠라이심상소학교(櫻井尋常小學校), 1911년는 종로심상고등소학교(鐘路尋常高等小學校), 1911년에는 모토마치심상소학교(元町尋常小學校)가 차례로 신설되었다.

14 조선의 제26대 고종과 귀인 양 씨 사이에서 태어났다. 덕혜옹주는 일본이 신식 여성 교육이라는 명목으로 1925년에 볼모로 일본에 강제로 유학을 갔다. 말년에 고국으로 돌아와 창덕궁 낙선재에 안주하다가 1989년 77세의 나이로 세상을 떠났다.

15 김광식(2017)「식민지기 재조일본인의 구연동화 활용과 전개 양상」『洌上古典研究』제58집, 열상고전연구회, p.19.

웅변조의 그의 목소리는 아이들에게 잘 전달되어 성공을 거두었다. 그럼, 그 구체적인 내용을 살펴보기로 하겠다.

어릴 적 울보이자 겁쟁이였던 노기대장이 엄격한 아버지에게 교육을 받아서 공경받는 사람이 되었듯이, 노기대장도 자신의 두 아들인 가쓰스케(勝典)와 야스스케(保典)의 교육에 대단히 엄격했다.

대장의 집에선 겨울 내내 화로를 사용하는 일이 없었는데, 매우 추운 겨울 어느 날의 일, 대장은 공부하고 있는 두 아들을 불렀다. 형제는 몹시 추운 날이니 아버지가 화로를 내어 주려 부르는 것이라 생각했다. 다음은 그 인용문이다.

> 옥외에 부는 한풍이 장지문 틈으로 들어와 벼루의 물도 얼려버리는 차가움에 형제는 덜덜 떨고 있었습니다. (중략) "애들아, 이쪽으로 오너라." 서로 무릎을 맞대고 앉게 하셨습니다. 앉아서 씨름을 하라는 거였습니다. "야스스케! 형에게 양보할 필요 없으니, 마음껏 하여라." 형제는 마치 여우에 홀린 듯했습니다. 화로 이야기가 어느새 씨름으로 바뀌어 버렸지만 어찌할 도리가 없었습니다.[16]

형제는 격렬하게 서로 맞붙어 겨루었다. 위로 갔다 아래로 갔다 하면서 비틀고 비틀리며, 아주 마음껏 겨루었다. 그런데 심판인 대장은 좀처럼 군배(軍配)[17]를 올리지 않았다.

형제는 이제 화로의 일은 잊고 열심히 겨루기만 했다. 서로 하오리(羽織)[18]를 벗고 드디어는 서서 씨름을 하게 되었다. 옷까지 벗고 몸이 내던져져 맹장지 모퉁이에 머리를 부딪친 야스스케는 이마에서 흘러내리는 구슬

---

16 久留島武彦(1915)「乃木大将の臍火鉢」『京城日報』(1915.10.14)
17 스모에서 심판이 쓰는 부채 모양의 것으로 이긴 편을 군배로 가리킨다.
18 일본 옷 위에 입는 짧은 겉옷.

같은 땀을 손으로 닦았다. 그러자 대장이 빙그레 웃으며 그것이 머리의 화로라 하였다. 또한 가쓰스케가 가슴과 배에서 흘러내리는 땀을 손으로 걷어내듯 닦자, 이번에는 배꼽화로가 그것이라 했다.

즉 '노기대장의 배꼽화로'는 서로 땀을 흘려가며 겨루는 스모시합이었다. 2천여 명의 아이들에겐 그야말로 재미있는 수신담(修身談)이었다.

이야기의 마무리에는 학생들에게 일본민족의 용맹스러운 정신을 일컫는 '야마토혼(大和魂)'을 강조하였다. 다음은 그 인용문이다.

> 저는 여기에 모인 소학생도 제군에게 이 배꼽화로를 드리겠습니다. 이 화로는 배꼽에만 한정되지 않습니다. 손끝에서도 발에서도 나올 수 있습니다. 자신이 가지고 있는 힘을 내어 움직이라는 것이죠. 자신이 가지고 있는 야마토혼을 드러내어 움직이라는 것입니다.[19]

인용문을 통해 알 수 있듯이, 구루시마는 경성에 거주하고 있는 일본 고관 자녀들에게 일본의 국기(國技)라 하는 스모를 통하여 '야마토혼'을 되새기게 하였다.

이상과 같이 유치원을 경영할 정도로 아동 교육에 관심이 많았던 구루시마는 자신의 전쟁 체험과 관련하여 용기 있고 강인한 아동을 만드는 교육의 중요성을 강조하였고, 경성에 거주하는 일본 고관 자녀들에게 일본정신 '야마토혼'을 되새기게 함으로써 동양협회의 정치성을 드러내는 성공적인 동화구연을 한 것이라 하겠다.

조선에서 일본인 아동작가의 구연동화 활동은 그 후 활발히 이어지다가 3·1 독립운동이 발발한 1919년부터 1920년까지는 중단되어 버렸고, 재개

19 　久留島武彦(1915)「乃木大将の臍火鉢」『京城日報』(1915.10.14)

된 것은 1921년 5월 기시베 후쿠오의 구연부터였다.[20]

구루시마도 1921년 6월에 만주순회 구연 여행을 마치고 다시 조선을 방문했다. 그것에 관한 기사는 다음 장에서 살펴보기로 하겠다.

4. 이탈리아 전쟁이야기 「외다리의 함성(一本足の突貫)」

『경성일보』에는 구루시마가 무순(撫順)행 열차 안에서 경성일보사로 보낸 편지가 5월 29일 5면에 「귀사를 통해 경성의 어린이들을 만나보고 싶습니다.(貴社ヲ通ジテ京城ノ子供達ノ顔ガ見タイト思ヒマス)」라는 제목으로 소개되고 있다.

이야기 할아버지 구루시마 다케히코 선생님이 드디어 6월 6일경 경성에 오신다는 소식을 전하고 있는 것이다. 다음은 그 인용문이다.

　다음 아래의 엽서도 선생님한테서 온 것이기에 여러분에게 알려드리겠습니다. (전략) 각설, 소생 지난 11일부터 만철의 초대로 연선 각 방면을 현재 순회 중인바, 차차 끝나는 대로 일단 대련으로 돌아와 도독부(都督府)가 관할하고 있는 한 두 곳을 마치고, 6월 4, 5일 중에 출발하여 조선을 거쳐 도쿄로 돌아갈 생각입니다. 이것에 관하여서는 귀사에 지장이 없으시면 6, 7일경 경성에서 주간(晝間) 1회 아동을 대상으로(심상소학교 5학년 이상 여고 생도까지) 야간(夜間) 1회 부인을 대상으로 강연하겠습니다. 현재 각 명사가 많이 왕래할 때이므로 이러한 일정과도 상당히 겹칠 것으로 알고 있으니, 취사는 고견에 맡기며 의향의 가부를 6월 2, 3일경까지 대련 요동호텔 앞으로 알려 주시면 좋겠습니다. 지금 있는 곳에서 6일 오후까지는 경성에 도착할 생각이니 6일 밤과 7일 오전 시간이면 대강 차질은 없으리라 생각합니다. 우선 평소 격조했던 것에 대한 사과의 말씀도 아울러 드립니다.

20　金成姸(2008) 앞의 논문, p.20.

이와 같이해서 만철의 초대로 만주순회 구연 여행에 나선 구루시마가 6월 6일 아침, 경성에 도착한 것이다.

『경성일보』에는 6월 9일부터 6월 17일에 걸쳐 구루시마가 조선에서 활동한 기사들이 문부성 촉탁으로 실렸다. 그럼 차례대로 살펴보기로 한다.

먼저 6월 9일에는 경성 부내(府內)의 일곱 학교, 삼천여 명의 학생이 모인 황금관(黃金館)에서 구루시마가 소개한 미국의 체험 에피소드와 한 시간여에 걸쳐 강연한 이탈리아 전쟁이야기 「외다리의 함성」에 대한 내용이 실렸다.

10일과 11일에는 구루시마의 미국 체험 에피소드가 구체적으로 실려 있는데, 구루시마가 미국 어느 소학교 부근에서 두 소년을 만나 나눈 이야기였다. 그 대화를 아래에 인용한다.

> "잠시 묻겠습니다. 아저씨는 제가 하는 말을 들으시고 그것에 대답해 주시겠습니까?"
> "내가 알고 있는 거라면 뭐든지 말해 줄게요."
> "그렇다면 묻겠습니다. 아저씨는 일본 사람인가요? 중국 사람인가요?
> 그 말을 들었을 때 나는 한심하단 생각이 들었습니다. 내 얼굴이 중국 사람으로 보인단 말인가. 난 훌륭한 일본인이라 생각하고 있는데……[21]

서양 소년이 알아보는 중국인과 일본인의 비교를 나눈 대화였다. 두 소년은 구루시마의 모습을 보고 중국인이다, 아니 일본인이다, 하면서 서로 내기를 하였던 것이다. 그래서 두 소년이 구루시마에게 다가와서 물었고, 그중 한 소년이 구루시마가 일본인일 거라는 이유를 다음과 같이 대답했다.

---

[21]   久留島武彦(1921)「伊太利戰話「一本足の突貫」」『京城日報』(1921.6.10)

"아니, 아저씨를 모르지만, 일본인과 중국인의 차이를 잘 알고 있습니다."

그래서 어떤 점이 다르냐고 묻자, 탐 군은 신이 나서 말했습니다.

"저희 아버지가 말했어요. 머리가 똑똑하고 야무진 데가 있는 사람은 입을 다물고 걷고, 야무진 데가 없는 사람은 입을 헤벌쭉 벌리고 걷는다고요. 그래서 길을 걸을 때 입을 벌리고 걷는 사람은 머리가 멍청하고 야무진 데가 없는 사람이라고요. 일본인은 작지만 매우 현명해서 대개 입을 다물고 걷는다고 하고요, 중국인은 입을 벌리고 걷는데요.[22]

인용문을 통해 알 수 있듯이, 구루시마는 황금관에 모인 학생들에게 서양 소년의 일본인관, 즉 중국인과는 대비되는 일본인의 우월성을 일깨우고 있다.

계속해서 이탈리아 전쟁이야기 「외다리의 함성」이 12일부터 17일에 걸쳐 실렸다.

「외다리의 함성」은 유럽대전란에서 활약하여 이탈리아의 영웅이 된 엔리코 토티(Enrico Toti)의 실화를 다룬 이야기였다.

제1차 세계대전 중에 이탈리아 전선에서 이탈리아와 오스트리아 간에 일어난 전투인데, 이손조(Isonzo) 전선 최대의 공세 계획이 발동되어, 외다리였던 엔리코 토티가 이 전투에서 영웅적 인물이 된 사건을 말한다.

엔리코 토티는 스물네 살 무렵, 이탈리아의 철도에서 일하던 중 사고로 왼쪽 다리를 절단하게 되었다. 당시 이탈리아는 오스트리아와 전쟁 중에 있었고, 엔리코는 불구의 몸이었지만 이탈리아군을 위해 자원봉사를 지원했다. 그러나 받아들여지지 않았다. 하는 수 없이 사이클리스트(cyclist)이기도 했던 엔리코는 자전거를 타고 전선에 도착하여 민간자원봉사로 일했

22　久留島武彦(1921)「伊太利戰話「一本足の突貫」」『京城日報』(1921.6.11)

던 것이다. 그러다가 결국 엔리코는 이손조의 제6전투에서 사망하여 이탈리아의 영웅이 된 것이었다.

이와 같은 실화를 구루시마는 어떠한 내용으로 구연했는지, 살펴보기로 한다.

장난꾸러기 어린 엔리코는 답답한 집에서는 놀지 않고 언제나 밖에 나가서만 놀려고 해서 어머니에게 걱정을 끼쳤다. 그런 장난꾸러기 엔리코가 열네 살이 되어서 해군 수병이 되었는데, 스물한 살까지 근무해도 함장이 되지 못하자 그만두고 철도로 가서 기관사 견습공이 되었다.

스물네 살에 훌륭한 철도 기관사 운전사가 된 엔리코는 견습공을 한 명 데리고 매일 기차를 운행했다. 그런데 어느 날 기차가 산에 올라가다가 산 중간쯤 갔을 때 무슨 일인지 뚝 하고 멈춘 채 움직이지 않았다. 엔리코는 견습공에게 브레이크를 걸게 하고 기관차에서 내려 어디에 고장이 났는지 쇠망치를 들고 여기저기 살펴보았지만, 바깥쪽에는 파손된 부분이 없었다.

결국 엔리코는 쇠망치를 들고 기관차 밑으로 들어갔다. 그리고 쇠망치로 뚝뚝 두드리자, 김이 새어 나왔고 갑자기 기관차가 움직이기 시작했다. 눈 깜짝할 사이에 왼쪽 다리가 뚝 잘려 나가고 엔리코는 정신을 잃은 것이다.

이렇게 외다리가 된 엔리코는 어느 날 거리에서 팔고 있는 신문 호외(號外)를 사게 된다. 신문에는 의용병을 지원하라는 내용이 적혀 있었다. 다음은 그 인용문이다.

대정 3년(1914년) 9월의 어느 날 갑자기 요란스럽게 호외를 판다는 방울 소리가 거리에 울려 퍼졌습니다. 무슨 일이 일어났나 하고 한 장 사서 읽어 본 엔리코는 자기도 모르게 펄쩍 뛰면서 "됐다!" 하고 그 호외를 움켜쥐었고, 부들부들

떨며 숨넘어갈 듯 집으로 돌아왔습니다.[23]

엔리코는 불구의 몸임에도 불구하고 의용병에 지원할 결심을 한 것이다. 그리고 그 호외를 어머니에게 보여드리며 자신의 결심을 허락해 줄 것을 간청하였다. 다음은 그 인용문이다.

> 어머니는 그 호외를 건네받고 무슨 호외인가 하고서 손에 들고 보았습니다. 어머니는 눈물을 흘리며 말씀하셨습니다.
>
> "반가운 호외이구나. 아버지가 살아계셨다면 이 호외를 보고 얼마나 기뻐하셨을까."
>
> 아버지는 작년에 돌아가셨습니다.
>
> "하지만 어머니 제가 가겠어요."
>
> "너는 가고 싶어도 외다리라서 안 된단다."
>
> "외다리지만 영혼은 두 다리입니다. 제가 꼭 가겠습니다."
>
> 그 호외가 뭔가 하면, 이탈리아의 적 오스트리아와 전투를 시작한다는 거였습니다. 그 옆을 보니 의용병을 지원하고 싶은 사람은 마을 관공서로 접수하러 오시오. 그곳에 와서 신청하면 언제든 의용병이 될 수 있다고 적혀 있었습니다.[24]

외다리 엔리코 토티는 불구의 몸을 무릅쓰고 돌아가신 아버지의 유지를 이어 오스트리아와 싸우기 위해 의용병을 지원하겠다는 것이다. 이야기는 여기서 끝맺고 있었다.

이와 같은 엔리코 토티의 이야기는 청일전쟁과 러일전쟁에 참전했던 구루시마의 내셔널리즘이 반영되어 있음을 읽어낼 수 있겠다. 전쟁이 일어나면 언제든 나라를 위해 '의용병'이 되어야 한다는 점을 강하게 어필하고 있

23　久留島武彦(1921)「伊太利戰話「一本足の突貫」」『京城日報』(1921.6.17)

24　久留島武彦(1921)「伊太利戰話「一本足の突貫」」『京城日報』(1921.6.17)

는 것이다.

이상과 같이 구루시마의 구연동화는 동양협회의 정치성, 일본의 식민정책이 고스란히 드러나고 있음을 알 수 있다고 하겠다.

5. 결론

일본의 구연동화 보급자로 불리는 구루시마 다케히코는 〈조선물산공진회〉가 열리고 있던 1915년에 식민 활동단체였던 동양협회의 촉탁으로 조선을 방문하였고, 일본에서 노기대장으로 불리고 있는 노기 마레스케에 대한 이야기를 가정박람회에서 구연했다.

「노기대장의 유년시절」에서는 노기 형제가 엄한 아버지에게 교육받은 '무사도 정신'으로 인하여 러일전쟁의 난공불락인 여순을 함락시킨 대장군이 되었다고 하였고, 「노기대장의 배꼽화로」에서는 경성에 거주하고 있는 일본 고관 자녀들에게 일본의 국기라 하는 스모를 통하여 '야마토혼'을 되새기게 하였다.

아동 교육에 관심이 많았던 구루시마는 자신의 전쟁 체험과 관련하여 용기 있고 강인한 아동을 만드는 교육의 중요성을 강조하였고, 경성에 거주하는 일본 고관 자녀들에게 '야마토혼'을 되새기게 함으로써 동양협회의 정치성을 드러내는 성공적인 구연이었다.

또한 1921년 6월에 만주순회 구연 여행을 마치고 경성에 들어온 구루시마는 황금관에서 이탈리아 전쟁이야기 「외다리의 함성」을 구연했는데, 유럽대전란의 영웅 엔리코 토티의 실화를 구연한 것으로 전쟁이 일어나면 언제든 나라를 위해 '의용병'이 되어야 한다는 점을 강하게 어필하였다. 즉 청일전쟁과 러일전쟁에 참전했던 구루시마의 내셔널리즘이 반영된 것으로 읽어낼 수 있겠다.

이처럼 구루시마의 구연동화는 동양협회의 정치성과 일본의 식민정책을 고스란히 드러내고 있는 것이다.

구루시마가 조직한 회자회(回字会)[25] 등 그의 인맥을 통한 일본의 구연동화 작가들이 잇달아 조선을 방문하면서 『경성일보』를 통한 구연동화의 보급은 이어졌는데, 재조일본인 아동을 중심으로 전개된 구연동화는 1920년대 이후 조선인 아동으로까지 확대되는 경향을 볼 수가 있다.

『경성일보』는 1921년 말부터는 〈경일 아동회(京日コドモ会)〉를 발족시켜 구연동화를 보급해 나갔고, 1923년에는 〈조선동화보급회(朝鮮童話普及会)〉를 통하여 구체화했던 것이다.

---

25 구루시마는 1910년에 구연동화연구회인 회자회를 조직했다.

시베리아 출병과 오토기바나시(お伽噺)*

『경성일보(京城日報)』의 기사를 중심으로

이현진

* 본 논문의 초출은 일본어문학회 간행 『일본어문학』 제84집(2019. 2)임.

⌘

1. 서론

『경성일보』에는 오토기바나시[01]를 비롯해 동화, 동요, 동화극 등 아동 대상의 란(欄)이 마련되어 있다. 그중에서 〈경일지상오토기강연(京日紙上お伽講演)〉 란에 1918년 8월 18일부터 9월 8일까지 4회에 걸쳐 게재된 「시국 이야기 작은 애국자(時局物語小さき愛國者)」와 〈경일지상군사오토기(京日紙上軍事お伽)〉 란에 1918년 9월 15일부터 9월 29일까지 3회에 걸쳐 게재된 「이 부모, 이 아들(この親, この子)」이라는 오토기바나시에 주목하고 싶다.

이 오토기바나시는 일본의 시베리아 출병이라는 역사적인 사건을 다루고 있는데, 「시국 이야기 작은 애국자」에서는 가난한 재조일본인의 일상과 아버지의 출병을 그리고 있는 반면에 「이 부모, 이 아들」에서는 가난한 일본 내지의 아들이 시베리아로 출병하는 이야기를 본격적으로 다루고 있다. 작자는 다쓰야마 루이코(竜山淚光)[02]이다.

---

01 1891년, 하쿠분칸은 소년문학총서 발간과 함께 『유년잡지』를 창간하고 이와야 사자나미는 오토의 『메르헨』을 번안한 『유라타로 무용담(由良太郎武勇談)』을 기고하였다. 이 것이 호평을 받아 1893년에는 '오토기바나시(お伽話)' 란이 만들어졌으며 이와야 사자나미는 매호마다 오토기바나시를 집필하였다. '오토기바나시'가 아동문학을 가리키는 용어로 사용된 것은 이때부터이다. (가와하라 카즈에 지음, 양미화 옮김(2007) 『어린이관의 근대』 소명출판, p.46)

02 다쓰야마 루이코에 대한 이력은 알 수 없다. 다만 『경성일보』 기사를 통해 재조일본인

시베리아 출병은 러시아혁명의 혼란에 편승하여 1918년에 일본해에 면한 러시아의 항구도시 블라디보스토크에 일본을 포함한 각국의 군대가 상륙하며 시작되었다. 블라디보스토크로부터 일본군은 1922년에 철병하고, 1925년에 사할린섬의 북부에서 일본군이 철수하기까지 햇수로 7년에 걸친 장기전(長期戰)[03]이었다.

출병이 정식으로 결정된 8월 2일, 일본은 시베리아 출병을 내외에 선언했다. 선언문은 미국의 요청으로 체코군단을 구출할 것을 전면에 내세운 문언(文言)으로 되어 있다. 또한, 러시아의 영토 보존을 존중하고 내정에는 간섭하지 않으며 미국 등의 연합국과 협조할 것[04]을 고시(告示)하고 있다.

그런데 당시 시베리아 출병에 관해서는 찬반양론의 대립이 있었고, 일본 내지에서는 출병 관계의 기사에 대한 매스 미디어의 탄압과 검열강화가 이루어졌다.

따라서 『경성일보』에는 시베리아 출병에 관한 고무적인 기사들이 다수 실려있고, 오토기바나시 중에서는 다쓰야마 루이코가 유일하게 일본의 시베리아 출병을 다루고 있다는 점에서 연구의 필요성이 있다고 하겠다. 다쓰야마 루이코는 조선과 내지 일본의 시베리아 출병 관계를 조선총독부 기관지인 『경성일보』를 통해 어떻게 아동 대상의 오토기바나시로 그려내고 있는지를 고찰하는 것이 본 연구의 목적이다.

작가로서 활동한 것을 알 수 있다. 『경성일보』1918년 5월 1일 석간 2면에 〈경일오토기강연회(京日お伽講演會)〉의 광고가 실리고, 5월 2일에는 오토기강연회의 강사로서 다쓰야마 루이코가 소개되고 있다. 다쓰야마 루이코는 『경성일보』에 6월 3일부터 7월 1일까지 〈오토기순례(お伽巡禮)〉를 22회에 걸쳐 연재하고 9월 15일부터 10월 6일까지는 〈경일지상군사오토기〉를 연재하는 등의 짧은 기간 집필활동을 한 것으로 파악된다.

[03] 麻田雅文(2016)『シベリア出兵』, 中央公論新社, pp.1-2.
[04] 麻田雅文(2016) 前揭書, p.62.

2. 가난한 재조일본인의 일상과 애국

1876년의 부산개항 이후에 일본인이 조선으로 자유로이 도항할 수 있게 된 이후, 도항자는 여러 사정을 안고 조선으로 건너왔다. 1880년에는 원산이 개항되고, 1883년 인천 개항으로 더욱이 재조일본인의 거류지가 확대되었다. 재조일본인의 대다수가 일본 국내에 있어서 생활기반을 상실하고, 혹은 위기적 상황에 빠진 사람들이었다는 점을 감안하여[05] 「시국 이야기 작은 애국자」에 그려진 마사코(真紗子) 가족의 일상이 어떻게 그려지고 있는지를 먼저 살펴보기로 한다.

청일전쟁에서 러일전쟁 목전에는 조선에 대한 〈황무지, 남겨진 이익(遺利)〉의 이미지가 유포되고, 동시에 이민과 조선 무역을 권유하는 세론의 고조가 있었으며, 실제로 전후 거류지의 일본인은 배로 증가했다.[06] 러일전쟁 전과 비교해 보면 1905년 말까지 한국으로 이주해 온 일본인은 15,829명에서 42,460명으로 급증했다.[07]

일본사회에서 좋은 환경에 있지 못하고, 조선에서 활로를 찾으려고 한 도항자는 많았고 일본에서의 몰락과 빈곤에서 빠져나와 조선에서 성공을 거둔 사람들의 성공담도 많이 존재한다.

마사코의 가족도 정든 탄갱 마을을 뒤로하고 현해탄을 건너 조선의 땅을 처음으로 밟은 것은 러일전쟁이 끝나고 얼마 있지 않아서였다. 무엇이라도 할 일을 찾으려고 건너온 것이었다.

부산에 정착한 마사코의 아버지는 가족의 생계를 위해 군대에서 배운

---

05 木村健二(1989) 『在朝日本人の社会史』 未来社, p.8.
06 趙景達(2011) 『植民地朝鮮』 東京堂出版, p.154.
07 高崎宗司(2008) 『植民地朝鮮の日本人』 岩波書店, p.47.

구두 수선을 하기로 마음먹고 일을 시작한다. 그러나 열심히 일해도 생활은 힘들었고, 결국 열세 살의 마사코는 이 가난한 일가의 생계를 위해 겸이포(兼二浦)의 〈미쓰바(三つ葉)〉라는 여관에서 고용살이를 하게 된다.

이윽고 일본은 시베리아로 출병하게 되었고 부산의 마사코 집에도 전보가 날아들어 아버지는 병든 아내와 여섯 아이를 두고 출정해야만 했다. 겸이포의 〈미쓰바〉 여관에 있는 마사코 앞으로 남동생이 쓴 편지가 배달되고, 아버지의 출정을 알렸다.

어머니가 아픈 집으로, 동생들 곁으로 돌아온 마사코는 일곱 가족의 가장이 되어 정미소의 여공으로 일하게 된다. 그 인용문을 살펴보자.

> 부산의 빈집에서 가련한 마사코는 작은 마음을 결심하고, 아버지 없는 어머니가 아픈 집을 지키는 것은 아버지를 위하고 어머니를 위한, 부모를 위해 일하는 것은, 그렇다, 크게 말하면 황국을 위해, 폐하를 위해서라고, 씩씩하게 오늘부터는 정미소 여공으로 열심히 일하기로 했습니다. 쌀값은 부(府)의 조절과 독지가의 도움인지 염가로 판매되었지만, 세상은 역시 불경기라 사람들의 마음은 안정되지 않습니다. 가냘픈 여자, 그리고 아이인 마사코가 연약한 힘으로 일곱 식구를 먹여 살려야 한다는 것은 얼마나 가엾은 일이겠는가.[08]

어린아이 마사코가 일곱 가족의 생계를 홀로 짊어진 채 일을 해야 하는 것은 부모를 위한 것이었고, 이것은 즉 황국을 위한, 폐하를 위해서였다. 바로 마사코에게 있어서는 일상 안에서의 작은 애국의 실천이다.

아침부터 밤까지 일하는 누나를 생각하면 열한 살 된 남동생인 다케오(武雄)도 가만히 보고 있을 수는 없었다. 다케오는 『경성일보』 배달부를 지원하여 조석으로 시내를 뛰어다니며 일했다. 이러는 사이 어머니는 달이

---

[08] 龍山淚光(1918)「時局物語小さき愛國者」『京城日報』(1918. 9. 2)

차서 아기를 낳았다. 마사코는 야근까지 하고 다케오는 배달에서 돌아오면 아기 기저귀를 빨고 아기를 돌본다. 그러나 어머니는 산후 회복이 좋지 않아 끝내 세상을 떠나고 만다. 마사코와 다케오는 언제까지 눈물만 흘리고 있을 수는 없었다. 지금까지보다 두 배로 용기를 내서 정미소와 신문 배달에 힘썼다. 결말의 인용문을 살펴보자.

> 어린 두 사람의 마음에는 그저 아버지를 위해서라고 하는 진실 어린 마음이 무엇보다 강하게 와 닿았고 아버지를 위해서 일하는 것은 마음을 남겨두고 돌아가신 어머니를 위해서 크게 말하면 나라를 위해, 천황폐하를 위한 것이 되는 거라고 믿고 있었으니까…[09]

인용문을 통해 알 수 있듯이 마사코와 다케오가 가난한 일상을 견딜 수 있었던 것은 애국의 힘 때문이었다.

다쓰야마 루이코는 9월 15일부 〈경일지상군사오토기〉란에 「시국 이야기 작은 애국자」의 후편으로 「이 부모, 이 아들」을 게재했는데, 여기서는 동생 다케오를 주인공으로 하여 다시 내지 일본의 시베리아 출병 이야기를 본격적으로 다루고 있다.

3. 아버지의 시베리아 출병

시베리아 출병은 제1차 세계대전의 연장선상에 있고 그 일전선(一戰線)으로 시작되었다. 전쟁이 장기화함에 따라 근대화에 늦어진 러시아 경제는 파탄에 이르렀다. 1917년 2월 혁명과 사회주의 혁명인 10월 혁명이 일어나고 1918년에 러시아제국은 붕괴했다. 볼셰비키 정권은 독일제국과 단

---

09   龍山淚光(1918)「時局物語小さき愛國者」『京城日報』(1918. 9. 8)

독강화조약을 맺고 전쟁에서 이탈했다. 이 때문에 독일은 동부전선의 병력을 서부전선에 집중할 수 있었고, 프랑스 영국은 대공세를 받고 고전했다. 연합국은 독일의 눈을 다시 동부로 돌리고 동시에 러시아의 혁명정권을 타도할 것을 의도한 간섭 전쟁을 개시하여 러시아 극동의 블라디보스토크에 체코군단의 구출을 대의명분으로 출병했다. 서부전선에서 힘에 부친 영국, 프랑스에 대부대를 시베리아로 파견할 여력은 없었다. 그 때문에 본 대전에 육군 주력을 파견하지 않은 일본과 미국에 대해서 시베리아 출병의 주력이 되도록 타진했다. 일본 정부는 대미협정에 근거한 타협안이 형성되어 출병을 단행한 것이다.

그런데 시베리아 출병은 그다지 국민에게 있어 마음이 내키는 전쟁은 아니었다. 물론 가족 등의 전송은 성대히 치러졌다. 그러나 징병된 병사 중에 자신이 출병하면 가족의 생활이 힘들다는 것을 우려한 일이 있었다는 것이 사료로 전해지고 있다. 아내가 충격으로 죽었다, 혹은 아내가 도망쳐 행방을 감췄다, 그중에는 병상에 있는 부친이 아들의 훗날 걱정을 없애기 위해 자살했다 등의 사례가 당시의 신문 보도에서도 볼 수 있다.[10]

이 「시국 이야기 작은 애국자」에서도 젊은 일등병에 관한 묘사가 나온다. 그 인용문을 보자.

나는 부모 한 분 외톨이로 쓸쓸히 살고 있었는데, 갑자기 이 ○○일 것이다. 아버지는 벌써 3년이나 전신불수로 몸이 불편해 앓아누워 계시다. 하지만 달리 방법이 없다. 바로 출발 전날 밤이다. 잠자리에서 말씀하시기를, 아버지는 눈물에 목이 메며 "다로(太郎), 뒷일은 마음에 두지 말고 열심히 싸워 주렴. 적의 총알

---

10 井竿富雄(2008)「シベリア出兵九〇年—今日に何を伝えるか」『科学的社会主義』社会主義協会, p.13.

을 오십 개 맞든 백 개 맞든 결코 등에는 맞지 말거라. 나는 너의 전사와 함께 다
로는 등에는 하나도 상처가 없었다. 배와 가슴을 맞았다고 듣는다면 그 무엇보
다 기쁠 것이다. 잘 싸워 주렴" 하며 용기를 북돋아 주셨는데, 날이 밝아 채비를
서두르고 나서 아버지의 잠자리를 살펴보니 아버지는 결국 낡은 수건으로 목을
조르고 차가워져 계신 게 아닌가. 뒷일에 마음이 쓰였지만, 시간이 얼마 없어서
선향 한 개 꽂을 틈도 없이 뒷일은 이웃집 사람에게 부탁하고는 그대로 부대로
달려갔는데, 나는 지금도 아버지의 그 마지막 말과 슬픈 죽음을 생각하면…[11]

아들이 전쟁에서 용감하게 전사할 것을 바라는 아버지의 마음을 엿볼
수 있으며, 이는 당시의 일화를 묘사하고 있는 것으로 보인다. 그래서 날짜
는 ○○으로 처리한 것이 아닌가 싶다.

마사코의 아버지는 ○○사단에 속해 ○○항을 출발하여 블라디보스토
크로 향한다. 이야기 속에서 ○○사단과 ○○항은 구체적으로 밝히고 있
지 않은 부분이다. 필시 이것은 당시의 검열을 의식해서가 아닌가 싶다. 그
리고는 아버지의 출병 모습을 다음과 같이 묘사하고 있다.

　　세계의 평화를 위해서 출정하는 사람들은 두말할 것도 없이, 배웅하
는 사람들의 얼굴에까지 뭐라 말할 수 없는 일종의 비장함이 감돌고, 환호
의 소리는 하늘의 신, 땅의 신의 외침인 것으로 들리고, 세계의 평화를 깨
는 악마의 가슴을 놀라게 한 것이겠지. 배는 저편 섬으로 사라져 갑니다.[12]

일본의 출병은 세계의 평화를 위한 것이다. 그리고 마사코의 아버지가
속한 연합군 지휘의 오타니(大谷) 사령관의 아군은 용감한 제일전(第一戰)
을 개시했고, 마사코의 아버지는 신의 가호 하에 무사히 진군해 나갔다고

11　龍山淚光(1918)「時局物語小さき愛國者」『京城日報』(1918. 8. 25)
12　龍山淚光(1918)「時局物語小さき愛國者」『京城日報』(1918. 8. 25)

묘사하고 있다.

당시 실제 파견군 사령관에는 오타니 기쿠조(大谷喜久蔵) 육군대장이 임명되었다. 우에하라(上原) 참모총장은 체코군단의 구출은 〈표면적으로만〉이라고, 사령관이 된 오타니에게 훈시했다. 우에하라의 본심은 일기의 다음의 글에 있었다.

'진의는 아국의 동아(東亞)에 있어서 지위와 이해를 거울삼아 오로지 우리의 힘으로써 동러(東露)의 질서를 회복하고, 타국과 비교하여 이에 대한 일층 긴밀한 이해관계를 유지하고, 일층 유력한 발언권을 보유하는데 있다.' (『우에하라 유사쿠 일기(上原勇作日記)』1918년 9월 11일) 요컨대 러시아 동부의 치안을 회복하고 권리를 확보하며, 그 권리는 각국에 주장할 수 있게 하는 것이야말로, 우에하라에게 있어서의 「출병의 대방침」인 것이었다.[13]

원래 일본과 미국은 협정을 통해 각각 1만 2천 명의 병력을 파병하기로 했다. 나머지 열강들은 이보다 적었다. 그러나 일본은 협정보다 훨씬 많은 병력을 파병했다. 러시아 측의 자료에 따르면 실제로 일본군은 처음에 12사단을 파견하고, 다음에 7사단과 3사단을 파병하여 전부 7만 명 이상의 병력이 시베리아와 극동 연해주에 주둔했다고 한다. 일본군이 제국주의 간섭군의 대부분을 차지한다고 해도 과언이 아니었다.[14] 이로써 일본의 제국주의 야심이 명백해진 것이라 하겠다.

---

13 麻田雅文(2016) 前揭書, pp.69-70.
14 윤상원(2010) 「시베리아 내전의 발발과 연해주 한인사회의 동향」『韓國史學報』, 제41호, pp.280-281.

4. 쌀 소동과 가난

『경성일보』 8월 4일부에는 "이번 출병은 정의 인도에 의거하여 오로지 평화를 보증하기 위한 행동으로 조금도 러시아의 영토 내정에 대한 사심을 포장하는 것에 있지 않다는 것은 열국(列國) 환시(環視) 하에 명료하니 거국 일치로서 우리나라의 영광을 선양하는 것에 힘쓸 것을 절실히 소망한다"[15]고 데라우치(寺内) 수상담(首相談)이 도쿄 특전으로 실렸다. 이같이 『경성일보』에는 시베리아 출병에 대한 고무적인 내용의 기사들이 게재되었다.

시베리아 출병에 최초로 파견된 것은 당시 고쿠라(小倉)에 사령부가 있었던 제12사단과 나고야(名古屋)에 있던 제3사단의 장병이다. 그리고 시베리아 출병의 발동지(發動地), 규슈(九州) 후쿠오카(福岡)와 해협을 건넌 야마구치현(山口県)의 우베(宇部)에서는 쌀 소동이 폭동을 수반하여 격심했다.[16]

따라서 본 장에서는 「시국 이야기 작은 애국자」에 이어서 속편으로 게재된 「이 부모, 이 아들」에 그려진 내지 일본의 시베리아 출병이 역사적 사실과 관련하여 어떻게 그려지고 있는지를 고찰하기로 한다.

먼저 시베리아 출병과 관련 있는 쌀 소동의 발단부터 살펴보자.

출병 선언이 나온 것과 전후하여 일본 각지에서는 쌀 소동이 본격화했다. 동기는 우물가 아녀자들의 잡담(井戸端会議)이었다. 7월 22일 밤, 도야마현(富山県) 시모니이카와군(下新川郡) 우오즈초(魚津町)(현 우오즈시(魚津市))의 어민들의 아내는 쌀 가격이 계속 오르고 있는 것에 불만을 내놓는다. 다음날 쌀을 배에 실어 보내는 부업을 중지시키고자 그녀들은 자산가

---

15 寺内首相(1918)「出兵宣言に就て」『京城日報』(1918. 8. 4)
16 井竿富雄(2008) 前掲論文, pp.12-13.

와 관공서로 몰려갔다. 이것이 '엣추 부녀자 폭동(越中女一揆)[17]'으로 보도되자 순식간에 폭동이 전국으로 번졌다. 1개월 반에 걸친 폭동을 정부는 총 92,000명의 군대를 동원하여 진압했다. 지방에 따라서는 시베리아 출병을 위해 대기하고 있던 부대도 전용되었다.[18]

결국 소동을 진압한 것은 군대였다. 출병지점은 26부현(府県) 35시(市) 60초(町) 27무라(村)에 미치고, 출동 총병력은 10만을 넘는다고 한다. '그 반 수 가까이가 야마구치와 후쿠오카에 집중한 것은 탄갱 폭동과 야하타제철소(八幡製鉄所)[19]의 동요에 대비하는 것만이 아니라, 양현(兩県)의 출신자로 구성된 시베리아 파견군을 동요시키지 않기 위해서라고, 시베리아 출병의 수송 그 외 방위를 위해서였다고 추측된다.'(쌀 소동 관계의 전국에 걸친 참가자 및 희생자 등의 숫자는 모두 마쓰오 다카요시(松尾尊兌)「시베리아 출병과 쌀 소동(シベリア出兵と米騒動)」『주간 아사히 일본의 역사 111(週刊朝日 日本の歴史 111)』에 의한다) 이 소동으로 정부의 시베리아 출병의 야망은 꺾어졌다[20]고 한다.

쌀 소동은 시베리아 출병에 대한 민중의 반대 표명이었다고 주장하는 역사가도 있다. 쌀 가격 상승에는 출병이 가까운 것을 예측한 상인의 매석과 군에 의한 쌀의 조달이 관계하고 있던 것이 당시부터 지적되었다. 사실 신문 각지에서 출병의 소문이 난 7월부터 쌀 가격은 폭등하였다.[21]

---

17 엣추(越中)는 현재의 도야마현에 해당하는 지역이다.
18 麻田雅文(2016) 前揭書, pp.62-63.
19 군수산업의 중심으로서 일본철강업의 발달을 주도한 국영제철소이다. 1901년 후쿠오카현(福岡県) 온가군(遠賀郡) 하치만초(八幡町)에서 조업을 시작했다.
20 奥田史朗(1994)「言論の情景·1918年 - シベリア出兵·米騒動·「ジゴマ」·風俗壊乱」『マスコミジャーナリズム論集』通号2, p.53.
21 麻田雅文(2016) 前揭書, p.62.

시베리아 출병은 이러한 어수선한 상황 속에서 시작된 것이다.

그럼 「이 부모, 이 아들」에서는 이러한 쌀 소동과 관련하여 일본 내지의 상황을 어떻게 묘사하고 있는지 살펴보기로 한다.

먼저 『경성일보』의 9월 13일부의 기사부터 살펴보면 "8월 상순 제12사단을 블라디보스토크 방면으로 출동시켜야 해서 동원했다"[22]는 내용의 글이 실렸는데, 「이 부모, 이 아들」에서 그리고 있는 주인공인 다케오가 속한 부대이다. 그러나 이야기 속에서 제12사단에 대한 언급은 없다. 단지 다케오는 후쿠오카현 기쿠군(企救郡)의 탄갱촌에 살고 있는 소년이고, 이 마을에서 평판이 난 효자 아들로 그려지고 있다. 그 인용문을 살펴보자.

> 후쿠오카현의 기쿠군이라고 하면 탄갱으로 유명한 곳이고, 이 마을에 마쓰가에무라(松ヶ江村)라는 곳이 있습니다. 다케오는 이 마을에서 평판이 난 효자 아들로 마쓰모토 다케오(松本武雄)라는 이름을 부르는 자는 한 사람도 없고 모두 쓰네미(恒見)의 효자 아들이라 하면 모르는 사람이 없을 정도였습니다.[23]

이같이 시베리아 출병의 발동지가 그려지면서 역사적 사실에 의거한 규슈 후쿠오카에서의 출병 이야기가 시작되는 것이다.

다케오는 스물한 살이 되고 징병검사에 합격하여 고쿠라의 연대에 입영한다. 입영 후 모범병으로 현역의 임무를 무사히 마치고 귀휴병(歸休兵)이 되었지만, 그때부터 아버지는 몸을 가눌 수 없을 만큼 큰 병이 들어서 일을 할 수 없었다. 다케오는 그런 병든 아버지를 간호하며 집안 살림을 꾸려나갔다. 하지만 다케오는 곧 시베리아로 출정하지 않으면 안 되게 되었다. 그

---

22 筆者未詳(1918)「西伯利亞出兵々力發表」『京城日報』(1918.9.14)

23 龍山淚光(1918)「この親, この子」『京城日報』(1918.9.15)

인용문을 살펴보자.

> 다케오의 고쿠라 사단에 동원령이 내렸습니다. 현역의 임무를 다하고 돌아
> 왔지만, 목숨은 군주에게 바치고 신체는 나라에 바칠 다케오에게도 마을 관공
> 서에서 빨간 종잇조각의 소집령이 배달되었습니다. 그 당시 물가등귀는 절정
> 에 달했고, 쌀값 폭등은 풍족하지 않고 혼자서 일해야 하는 다케오 시골의 집으
> 로까지 밀어닥쳤습니다. 잠시 일을 그만두면 바로 일가의 생활에 지장이 생길
> 만큼 어려운 처지입니다. (중략) "아버지, 어머니, 나라를 위하고 폐하를 위해서
> 입니다. 불효일지는 모르겠으나 저는 출정하여 나라를 위해 싸우겠습니다." 말
> 은 그리했지만, 내일부터 지내기 힘들어질 불쌍한 가족, 부모님을 생각하면 뜨
> 거운 눈물이 양 볼에 흘러내립니다.[24]

당시 쌀 가격의 폭등으로 생계가 더욱 어려워지고, 충과 효와의 딜레마
에 처했지만 출병하고 나라를 위해 싸워야 하는 다케오의 모습이 그려지고
있다.

이 당시의 쌀 가격 폭등, 도야마현에서 시작해 전국으로 파급되어 일어
난 쌀 소동이 시베리아 출병을 단행한 지 얼마 되지 않아서 데라우치 내각
(內閣)을 퇴진으로 몰아넣는 계기가 된 것이다.

이와 관련하여 조선에서도 출병 소문으로 인한 곡가(穀價)의 격변은 있
었다.

조선의 사정을 보자면, 『경성일보』의 1918년 7월 8일부 기사에 "신의주
부근 일대에 있어서 일반 곡가는 작년 동기(同期)에 비해 등귀하고, 그 반면
에 충분한 매매가 이루어지지 않아 수송이 감퇴하고 중개상으로서 손실을
초래하는 일 있다", "본년 3월부터 4월 초순에 걸쳐서는 시베리아 출병 문

---

24 龍山涙光(1918)「この親, この子」『京城日報』(1918. 9. 15)

제가 선전되어서 평북 유일의 시장인 정주(定州) 및 부근의 시장에서 조선 쌀의 군용을 예측하여 매매가 왕성히 이루어지는 영향을 받아"[25] 라는 글이 게재되었으나, 조선 미계(米界)에 큰 파동을 줄 문제는 발생하지 않았다.

5. 다케오의 출병과 죽음

출병이 발동되면 현실로 움직이게 될 육군에게 있어서는 이른 단계부터 구체적인 행동 계획을 세우고 있었다. 1917년 11월 단계에서 육군 참모본부는 이미 '거류민 보호를 위해 극동 러시아령에 대한 파병계획'을 책정하고 있었다. 당시 러시아, 특히 시베리아에는 일본인 거류민이 살고 있었다. 혁명과 이에 따른 혼란에서 거류민을 구출한다고 하는 명목으로의 파병계획은 일찍부터 존재한 것이다.[26]

이와 관련하여 생각하면 『경성일보』 7월 10일부 기사에서 "요컨대 출병 문제는 연합동맹국의 요망과 미국의 기도(企圖)가 마침내 서로 일치하고, 공동출병을 우리에게 요구하기에 이른 상황인지, 또는 독화동침(獨禍東侵)의 사실이 명백하여 제국 자위(自衛)의 필요, 절박한 처지에서 비로소 해결해야 할 운명을 지닌 것이 아닌지 생각하지 않을 수 없다"[27]고 하는 글을 통해 우선 일본 거류민의 보호를 위한 출병의 목적을 엿볼 수 있다고 하겠다.

당시 시베리아 출병에 관해서는 찬반양론의 대립이 맞섰고, 출병을 단행한 일본 정부에서는 출병 관계의 기사를 금지시키고 침묵을 강요했는데, 이러한 시국적 상황에서 다쓰야마 루이코는 「이 부모, 이 아들」에서 다케

---

25 筆者未詳(1918)「出兵の噂に動ける穀價の激変」『京城日報』(1918. 7. 8)
26 井竿富雄(2008) 前揭論文, pp.8-9.
27 筆者未詳(1918)「出兵解決期」『京城日報』(1918. 7. 10)

오의 시베리아 출병을 다음과 같이 묘사하고 있다.

> 일본은 대체로 어느 경우에서도 의로움를 위해서 용감한 전쟁을 한다. 이번 시베리아 출병도 참으로 의로운 전쟁임을 우리는 세계에 자랑할 만큼 기쁨을 지니고 있습니다. 여러분은 이 앞의 「작은 애국자」에 있었던 출정 병사의 이야기를 알고 있을 겁니다. 이번에는 그 이야기 속에 있었던 '이 부모, 이 아들'이라고 하는 이야기를 쓰겠습니다.[28]

「시국 이야기 작은 애국자」에서 일본의 시베리아 출병은 〈세계의 평화〉를 위한 것이라 했고, 「이 부모, 이 아들」에서는 〈의로운 전쟁〉으로 명기하고 있다. 다쓰야마 루이코의 군국주의적 경향을 확인할 수 있는 대목이다.

다케오는 병든 아버지와 어머니를 남기고 〈의로운 전쟁〉을 위해 시베리아로 가야 한다. 병든 아버지는 입대한 아들에게 아내를 통해서 다음과 같은 한 통의 편지를 건넨다.

> 다케오, 매정한 아비라 생각하지 말거라. (중략) 충의(忠義) 앞에 정애(情愛)는 내던지는 법이다. (중략) 나는 어젯밤 결정했단다. 살 값어치 없는 늙고 병든 이 몸, 아무도 없는 오늘, 자살하려 한다. 부모 값어치 없는 부모를 가져 미련이 남는 마음의 밧줄은 잘라 주거라. 싸우고 오너라. 살아서 오지 말거라.[29]

아들의 용맹한 출병을 위한 아버지의 자살 모습이 그려지고 있다. 병상의 부친이 아들의 후일 걱정을 없애기 위해서다. 다케오는 자신의 출병을 용맹스럽게 만들기 위해 자살한 아버지의 이야기를 중대장에게 털어놓는다. 그리고 다케오의 일대는 고국을 떠나서 블라디보스토크로 향했다. 그

---

[28] 龍山淚光(1918)「この親, この子」『京城日報』(1918. 9. 15)

[29] 龍山淚光(1918)「この親, この子」『京城日報』(1918. 9. 22)

인용문을 살펴보자.

> 그 후 다케오는 오로지 군주를 생각하고, 나라를 생각하는 충의의 마음으로 임했습니다. 유쾌하게 즐겁게 날이 밝자, 8월 11일 블라디보스토크에 상륙하였고 곧바로 시베리아 깊숙이 적을 쫓아 전쟁을 이어갔습니다. (중략) 다케오는 일곱의 탄환을 맞고 일어설 수도 없이 야전병원으로 옮겨졌습니다. 그러나 중상을 입은 다케오는 군의의 극진한 수술도 효과 없이 아버지의 유서를 손에 쥔 채 "억울하다" 하고 단 한마디, 이를 악물며 평야의 이슬로 사라졌습니다.[30]

다케오는 아버지의 유서를 손에 쥔 채로 전사한 것이다. 시베리아 내전 기간 중에 가장 많은 병력을 가장 오랜 기간 파견한 제국주의 국가가 일본이었다. 1918년 블라디보스토크로의 출병에서부터 1925년 북사할린에서의 철병까지 7년에 걸친 출병이었다.

6. 결론

일본의 시베리아 출병은 동시대적으로도 비판받는 전쟁으로 끝났다. 외교사(外交史)의 대가(大家) 시노부 준페이(信夫淳平)는 저서에서 시베리아 출병을 '무명의 사(無名の師)'(대의명분이 없는 전쟁), '우리 패도주의(覇道主義)의 가장 노골적인 표현'(信夫淳平『大正外交十五年史』一九二七年)이라고 단언했다. 또한 군인에 의한 총괄(総括)에서도 그다지 높은 평가는 받지 못했다.[31]

이러한 시베리아 출병에 대한 평가와 함께 당시 일본 내지에서는 출병 관계의 기사에 대한 매스 미디어의 탄압과 검열강화가 이루어지고 있었다.

---

30 龍山涙光(1918)「この親, この子」『京城日報』(1918. 9. 29)
31 井竿富雄(2008) 前揭論文, pp.20-21.

출병 선언을 목전에 둔 1918년 7월 30일, 내무성은 각지(各紙)에서 출병 관계의 기사를 금지하고 침묵을 강요했다. 『오사카아사히신문(大阪朝日新聞)』도 출병을 무모하다고 공격을 가해왔는데, 7월 30일의 '자주적 출병인가'라고 하는 제목의 기사가 문제 되어 발매 금지되었다. 또한 시베리아 출병을 특집으로 한 잡지 『중앙공론(中央公論)』 1918년 8월호는 경시청의 사전검열에 의해 신문기자인 마쓰이 핫켄(松井柏軒)과 마에다 렌잔(前田蓮山)의 논고가 게재금지 되는[32] 등, 당시의 주요한 미디어인 신문과 잡지는 정권의 탄압에서 벗어날 수 없었다.

그러한 시국적 상황에서 조선총독부의 기관지 『경성일보』에는 출병과 관련하여 1918년 7월 20일 석간 1면에 「출병과 국론통일의 위급(出兵と國論統一の急)」, 「시베리아 출병 당연(西伯利出兵當然)」등의 고무적인 기사들이 실렸다. 그리고 오토기바나시로서는 유일하게 다쓰야마 루이코가 다루고 있는 것이다.

다쓰야마 루이코는 당시의 검열을 고려한 것으로 보인다. 시베리아 출병은 세계의 평화를 위한 것, 출병한 아버지를 대신해 생계를 떠맡게 된 아이들에게는 애국이 강조되는 「시국 이야기 작은 애국자」에 이어서, 「이 부모, 이 아들」에서는 군국주의적 경향을 더욱이 강조하면서 시국에 영합한 오토기바나시를 『경성일보』에 게재한 것이라 하겠다.

따라서 다쓰야마 루이코가 주로 어린아이들을 대상으로 하는 옛날이야기 혹은 동화를 가리키는 오토기바나시라는 표상장치를 빌려 당시 정치적, 군사적으로 민감한 시베리아 출병을 고무적으로 다룰 수 있었던 것은 조선총독부 기관지 『경성일보』였기에 가능했으리라 여겨진다.

---

32 麻田雅文(2016) 前揭書, p.66.

에마 슈(江馬修)의『양이 성낼 때(羊の怒る時)』와 관동대진재의 사회주의자 탄압*

『대만일일신보』와의 관계 고찰

에구치 마키(江口真規)

* 본 논문의 초출은 쓰쿠바대학 간행『문학연구논집(文学研究論集)』제32호(2014)

⌘

1. 들어가며

1-1. 작품 개요

에마 슈(1889~1975)의 『양이 성낼 때(羊の怒る時)』(1924-1925)는, 1923(다이쇼12)년 9월 1일에 발생한 관동대진재의 피재 체험에 기반을 두고 그려진 소설이다. 이 작품은 1924(다이쇼13)년 12월 14일부터 다음해 3월 30일에 걸쳐 『대만일일신보(台湾日日新報)』 석간에 연재 후, 1925(다이쇼14)년 10월 도쿄에서 단행본으로 간행되었다.

『양이 성낼 때』의 줄거리는 다음과 같다.[01] 도쿄부 관하 요요기 하쓰다이에 사는 작가인 화자는, 가족과 함께 점심식사를 하던 중 지진을 만나, 이웃 주민과 함께 집밖으로 피난한다. 다음날 조선인이 폭동을 일으키고 있다는 소문을 듣고 온 가족은 집안에 숨어 불안한 하룻밤을 보낸다. 그 다음날, 그는 형의 안부를 걱정해 고향으로 향하는데, 가는 곳마다 조선인이나 사회주의자로 오인되어 하마터면 폭력을 당할 뻔 한다. 화자는 그날 밤부터 인근 주민에 의해 결성된 자경단 야경에 참가하면서도 조선인 유학생인

---

01 이하, 본고에서 『양이 성낼 때』의 인용은 1989년 출판된 복각판에 따른 것으로 하고, ( )안에 페이지를 나타낸다. 인용 밑줄부분은 인용자에 의한 것으로, [ ]는 인용자에 의한 주(注)를 나타낸다.

지인 채 군의 신변 위험을 걱정해 자택에 숨겨둔다. 아사쿠사 구장(區長)으로 일하는 형과 함께 센소지, 요시하라 주변의 이재 상황을 견학하는 모습도 그려진다.

희생된 조선인을 애도하기 위한 추도회를 앞둔 10월 하순, 화자는 서양에서 돌아온 친구와 지진 재해에 대해 이야기한다. 친구와 헤어진 뒤 그는 '유순한 양을 화나게 하지 마라. 양이 성내는 때가 오면, 그때는 하늘도 함께 성낼 것이다. 그때를 생각해 두려워하는 것이 좋다'며 혼잣말을 중얼거리고 작품의 막이 내린다.

1-2. 에마 슈 약력

저자 에마 슈에 관해서는 특히 관동대진재와의 관계에 주목한 이하의 약력(필자 작성)을 참조하기 바란다.[02] 이하, 밑줄 친 부분은 필자에 의한다.

1889(메이지22)년   기후현 오노군 다카야마초(현 다카야마시)에서 출생(본명 나카시(修)).

1909(메이지42)년   히다중학교 중퇴 후 상경. 구청 등에서 일하면서 프랑스어 야간학교에 다니며 창작활동을 시작.

1911(메이지44)년   「술(酒)」(『와세다문학』)을 발표.

1916(다이쇼5)년   『수난자(受難者)』를 신초사에서 단행본으로 간행. 베스트셀러가 됨.

1923(다이쇼12)년   관동대진재 시 요요기 하쓰다이 자택에서 재해를 당함.

1924(다이쇼13)년   『양이 성낼 때』 연재(~1925년).

---

02   에마의 경력에 대해서는 에마 슈 『한 작가의 행보(一作家の歩み)』(일본도서센터, 1989), 아마코 나오미(天児直美)『불꽃이 타버린 때 에마 슈의 생애(炎の燃えつきる時 江馬修の生涯)』(춘추사(春秋社), 1985), 나가히라 가즈오(永平和雄)『에마 슈론』(오후(おうふう), 2002)을 참조했다.

1925(다이쇼14)년 『양이 성낼 때』 간행.

1926(다이쇼15/쇼와1)년 유럽으로 건너가 파리에서 체재.

1927(쇼와2)년 귀국. 프롤레타리아 예술연맹에 가입.

1928(쇼와3)년 프롤레타리아 작가 동맹에 가입.『전기(戰旗)』편집원이 됨.

1932(쇼와7)년 탄압을 피하기 위해 고산으로 귀향.『산의 백성(山の民)』집필 시작.

1935(쇼와10)년 향토연구잡지『히다비토(ひだびと)』창간, 아카기 기요시(赤木清)라는 이름으로 고고학논문을 발표.

1938(쇼와13)년 『산의 백성』(히다고고토속학회(飛騨考古土俗学会)) 간행 (~1940년).

1946(쇼와21)년 일본공산당 입당(~1966년).

1947(쇼와22)년 『산의 백성』(융문당(隆文堂)) 간행,『피의 9월(血の九月)』(관동대진재 관련 작품) 간행.

1949(쇼와24)년 『산의 백성』(동아서방(冬芽書房)) 간행.

1958(쇼와33)년 『정고(定稿) 산의 백성』(이론사(理論社)) 간행.

1964(쇼와39)년 「흔들리는 대지(ゆらぐ大地)」(관동대진재 관련 작품) 발표.

1967(쇼와42)년 중국작가협회의 초대로 중국 방문.

1973(쇼와48)년 『에마 슈 작품집 1·2 산의 백성』(호쿠메이사) 간행.

1975(쇼와50)년 도쿄도 다치카와시의 자택에서 사망.

1-3. 문제 제기

'잊혀진 작가'[03]로도 불리는 에마 슈의 작품 연구에 관해서는 메이지유신 때 히다의 농민 봉기를 다룬『산의 백성』(1938)[04]에 관한 것 이외의 고찰

---

03 오히가시 가즈시게(大東和重)「(서평) 구도 다카마사(工藤貴正) 저『중국어권에서의 구리야가와 하쿠손 현상 융성·쇠퇴·회귀와 계속(中国語閣における厨川白村現象 隆盛·衰退·回歸と繼續)』」『비교문학』제53권(일본비교문학회, 2011) p.133

04 『산의 백성』은 1938(쇼와13)년 발표 이후, 1947(쇼와22)년, 1949(쇼와31)년, 1958(쇼와33)년, 1973(쇼와48)년에 각각 개고판이 출판되어 있다.

은 그 수가 적다. 그중에서 『양이 성낼 때』에 관한 선행연구를 보면, 이시무레 미치코(石牟礼道子)가 '극한사태의 군중심리'[05]를 날카롭게 그린 작품으로 파악하고 있듯이, 관동대진재하의 긴박한 사태, 특히 조선인 학살사건에서의 집단 심리를 교묘하게 엮은 르포르타주로 평가되고 있다.[06] 하지만 이 작품이 『대만일일신보(台湾日日新報)』(이하 『대일(台日)』로 약기)에 게재되었다는 작품 발표의 배경은 간과되어 왔다.

본고에서는 『양이 성낼 때』가 왜 『대일』에 연재되었는지, 그 이유를 대만일일신보사와 에마와의 관계, 또 에마의 프롤레타리아 문학작가로서의 경위라는 관점에서 살펴 사회주의자 탄압사건의 제상을 전하는 작품으로서의 의의를 찾는다.

2. 『대만일일신보』에 게재된 사유

『양이 성낼 때』의 초출 게재지에 관해서는 지금까지 작가 자신에 의해 『대만신문』『대만일보』 등으로 혼동되어온 경위가 있지만,[07] 실제로는 『대

---

05 이시무레 미치코 「존재의 근저를 비추는 달빛(存在の根底を照らす月明り)-『양이 성낼 때』(에마 슈)」『군조(群像)』제45권 4호(고단샤(講談社), 1990) p.344
06 아마코 나오미 「『피의 9월』 후록」『재일문예(在日文藝) 민도(民涛)』제8호(영서방(影書房), 1989) p.381
　　　　　　　　　　『마왕의 유혹 에마 슈와 그 주변(魔王の誘惑 江馬修とその周辺)』(춘추사, 1989) p.230
나가히라 가즈오, 전게서, p.100
07 에마 슈는 『양이 성낼 때』와 같이 관동대진재를 제재로 그린 『피의 9월』(1947) 서문에서 『양이 성낼 때』는 「대만신문」에 게재되었다고 말하고 있다(에마 슈 『피의 9월』(상)『재일문예 민도』제7호(영서방, 1989) p.302). 또한, 자서전 『한 작가의 행보』(1957)에는 「「대만일보」에서 부탁받아 처음으로 신문에 연재소설을 썼다」(에마 슈 『한 작가의 행보』(일본도서센터, 1989) p.170)라는 기술도 보인다. 마찬가지로 관동대진재에 관해 쓰인 「흔들리는 대지」(1964)가 수록된 소설집 『연안찬가(延安賛歌)』(1964)의 「후록」에서는 「대만일보사」에서 연재소설 집필을 의뢰했다고 말하고 있다(에마 슈 『연안찬가』(신일본출판사,

만일일신보』였다는 것으로 확인되었다.[08]

여기서 『대만일일신보』의 개요에 관해 언급해두겠다. 『대일』은 1898(메이지31)년 5월~1944(쇼와19)년 3월의 기간에 발행되어, '대만 최대 어용신문'[09]이라고도 불린 일본통치기 최대의 대만총독부계 일간지였다.[10] 내지의 도쿄, 오사카를 포함한 11지국이 있고, 특히 대북본사에는 최신형 인쇄기와 제판기가 정비되어 총독부계의 출판물 인쇄를 도맡은 기관이기도 했다.[11] 문학면에서는 다이쇼기부터 조석간의 연재소설로 내지작가, 특히 대중작가의 작품을 게재한 것을 특징으로 들 수 있다.[12]

전전(戰前)에 발표된 에마의 장편소설은 『수난자』(1916) 이래 새로 쓴

1964) pp.270-271). 이러한 기술을 받아들여, 나가히라 가즈오도 이 작품의 초출을 『대만일보』라 오해하고 있다(나가히라 가즈오 「에마 슈와 「피의 9월」」 『재일문예 민도』 제7호 (영서방, 1989) p.305).

또한, 여기서 에마가 언급하고 있는 「대만신문」 「대만일보(사)」의 개요에 대해서는 다음과 같다. 『대만신문』(1907-1944)는, 1899(메이지32)년에 설립된 대만일일신보사의 대중지사가 발행을 개시한 격일지 『대중신문(台中新聞)』을 전신으로 하여, 일본인 경영으로 대만 중부에 본사를 둔 유일한 신문이었다. 다이쇼기에는 전환 인쇄기와 공장 증설에 의해 대만일일신보사에 이어 신문사로서 발전했다. 1944(쇼와19)년 3월에 통합된 『대만신보』(1944-1945)가 되어 사옥은 대만신보사 대중지사가 되었다. 또한, 『대만일보』(1897-1898)는 『대만일일신보』의 전신이 되는 신문으로, 1898(메이지31)년, 대만일보사·대만신보사가 합병해 대만일일신보사가 되었다(나카지마 도시오(中島利郎) 편저 『일본통치기 대만문학 소사전』(료쿠인서방(緑蔭書房), 2005) pp.56-60).

08 아마코 나오미, 전게서, p.381, 나가히라 가즈오, 전게서, p.114
09 이승기 「데이터로 보는 식민지 대만 저널리즘의 발전」 『아시아유학』 제48호(벤세이출판(勉誠出版), 2003) pp.23-25, 나미카타 쇼이치(波形昭一) 「해제」 대만일일신보사 편 『대만일일 30년사 부(附)대만의 언론계』(유마니서방, 2004) p.8
10 나카지마 도시오, 전게서, p.60
11 위와 같음.
12 연재소설을 집필한 작가로는 요시카와 에이지(吉川英治), 다케다 린타로(武田麟太郎), 히로쓰 가즈오(広津和郎), 이시카와 다쓰조(石川達三), 오자키 시로(尾崎士郎), 다카미 준(高見順) 등이 있다(위와 같음).

작품으로[13], 연재는 자신의 집필 자세에 적합하지 않다고 에마는 생각하고 있었다.[14] 이 점을 고려하면 어째서 『양이 성낼 때』는 『대일』에 연재되었던 것인가라는 의문이 생긴다. 이 이유에 관해 아래에서 고찰하기로 한다.

2-1. 대만일일신보사 도쿄지국 기자로서의 에마 슈

먼저, 『대일』에 발표된 에마 슈의 작품과 관련 기사를 확인하면, 에마 슈가 대만일일신보사 도쿄지국[15]의 기자였을 가능성이 엿보인다.

【『대만일일신보』(1898-1944)에 발표된 에마 슈의 작품과 관련 기사】

① 1921(다이쇼10)년 7월 7일 제4면 : [신간소개] 에마 슈 「오마키(お牧)」 『소설구락부』7월호

② 1921(다이쇼10)년 12월 31일 제6면 : [대일강화] 에마 슈 「「새롭다」고 하는 것」

③ 1924(다이쇼13)년 6월 3일~6월 7일, 석간[16] 제1면 : 에마 슈 「어느 온천장에서(或る温泉場で)」(전5회)

④ 1924(다이쇼13)년 12월 14일~1925(다이쇼14)년 3월 30일, 석간 제1면 : 에마 슈 『양이 성낼 때』(전104회)

⑤ 1931(쇼와9)년 2월 24일 제3면 : [신간소개] 에마 슈 「신시대의 소녀들(新時代の少女達)」 『영녀계(令女界)』 2월호

---

13 당시 신인작가의 장편소설을 처음부터 단행본으로 간행하는 것은 획기적인 출판 형태였다. 신초간 『수난자』의 인기를 계기로 다른 출판사에서도 신인작가가 새로 쓴 장편소설이 간행되게 되었다(아마코 나오미, 전게서, pp.237-238).

14 에마 슈, 전게서, p.142

15 대만일일신보사는 1898(메이지31)년 창업 후 얼마 지나지 않아 도쿄대리점을 설치했지만 1909(메이지42)년에 폐지되고, 도쿄 교바시구 모토스키야초(元数奇屋町)에 도쿄지국이 설립되었다. 이 도쿄지국 통신부에는 기자 몇 명이 배속되어 내지에서의 정정(政情), 경제 정세 등이 취재되었다. 관동대진재 때에 건물이 모두 붕괴되고 그 후 긴자 잇초메로 이전했다(대만일일신보사 편, 전게서, pp.30-31).

16 『대일』 석간의 발행 개시일은 1924(다이쇼13)년 6월 1일이다(위와 같음, p.27).

상기한 것 중 ①, ②, ③, ⑤는 선행연구로 정리된 에마의 저작 연표[17]에는 기재되지 않았고, 에마의 작품으로 알려져 있지 않다. 이 중, 에마의 평론이 게재된 ②의 기사 말미에 '도쿄지국의 한 기자'라 기재되어 있다. 에마의 자전 및 종래의 연구에서 정리된 경력[18]에서는 전혀 언급되고 있지 않지만, 이 기사가 게재된 1921(다이쇼10)년 12월에 그가 도쿄지국 기자였을 가능성이 있어서 이를 기연(機緣)으로 하여 『양이 성낼 때』가 연재된 것은 아닐까 추측된다.

2-2. 에마 슈의 프롤레타리아 문학작가로서의 경위

다음으로, 상기한 ①에서 소개되고 있는 단편소설 「오마키」에 주목해보자. 이 소설의 내용에 『양이 성낼 때』의 게재 배경으로 프롤레타리아 문학작가로서의 에마의 활동과 소개가 겸하여 있었던 것으로 보인다.

먼저, 에마의 프롤레타리아 문학작가로서의 활동 경위를 더듬어가고 싶다. 에마 슈는 아내와의 만남부터 결혼까지의 고뇌를 그린 자전적 소설 『수난자』의 인기에 의해 '휴머니즘 작가'[19]로서 그 이름이 널리 알려졌다. 그러

---

17 아마코 나오미 『불꽃이 타버린 때』 부속 「에마 슈 연보」 『재일문예 민도』 제8호(영서방, 1989), 285-296쪽
    「에마 슈의 저작 연표와 참고문헌 목록-그 개척정신과 다양한 활동을 중심으로-(江馬修の著作年表と参考文献目録-その開拓精神と多様な活動を中心に-)」 『미마사카여자대학(美作女子大学)·미마사카여자대학단기대학부기요(美作女子大学短期大学部紀要)』 제45권(미마사카여자대학단기대학부, 2000) pp.107-123
    나가히라 가즈오 『에마 슈론』 부속 「저작연표」 『에마 슈론』(오후(おうふう), 2002) pp.361-380
18 에마 슈 『한 작가의 행보』, 아마코 나오미 『불꽃이 타버린 때』, 나가히라 가즈오 『에마 슈론』 각 전게서.
19 하세가와 게이(長谷川啓) 「해설」 『신·프롤레타리아문학정선집10 에마 슈 『아편전쟁』(유마니서방(ゆまに書房), 2004) p.2

나 1926(다이쇼15)년 유럽에서 귀국한 후에는 프롤레타리아 예술연맹·작가동맹에의 가입[20]과 그 기관지인 『전기(戰旗)』(1928-1931) 편집위원으로서의 활동 등, 프롤레타리아 문학작가로서의 측면이 현저해진다. 『양이 성낼 때』 단행본 서문에서는 이러한 좌경화의 계기가 관동대진재의 경험에 있었던 것이 다음과 같이 기술되어 있다.

작년(1924년) 1월과 5월에 출판된 장편소설 「극광(極光)」에서 나는 인터내셔널리스트로서 자신의 입장을 분명히 했다. 그리고 「양이 성낼 때」도 어떤 의미에서 같은 입장에서 쓰인 것이라고 할 수 있다. 하지만 같은 인터내셔널리스트라고 해도 그 무렵의 나는 역시 「수난자」 이래의 관념론자인 것에 조금도 변함이 없었다. 하지만 「양이 성낼 때」를 다 쓸 무렵부터 나는 사상에 일대변화를 경험했다. 그리고 나는 마르크스주의자가 되었다. ⑴

이러한 발언과 그 후의 작품군에서 에마의 프롤레타리아 문학작가로서의 활동은 관동대진재 이후이며, 『양이 성낼 때』는 그의 사상적 전환을 나타내는 기념비적 작품으로 간주되어 왔다.[21]

그러나 『대일』에 있어서는 1921(다이쇼10)년에 「오마키」가 소개되면서 에마의 프롤레타리아 문학작가로서의 측면이 빠르게 알려졌을 것으로 보인다. 여기서 「오마키」의 작품 개요에 대해 확인해보자. 이 소설은 가난한 가정에서 태어나 이발사로 일하는 여성 오마키의 경제적 곤궁을 그린 것이

---

[20] 에마 슈 『한 작가의 행보』(전게서)의 기술을 바탕으로, 에마의 프롤레타리아 예술연맹 가입은 귀국 후 1927(쇼와2)년 여름이었다고 간주되고 있었지만, 유럽으로 가기 전인 1925(다이쇼14)년 10월 4일에는 일본 프롤레타리아 문예연맹의 발기인회에 에마가 참가했었다는 것으로 나타났다(나가히라 가즈오, 전게서, p.115).

[21] 아마코 나오미, 전게서, pp.244-245
하세가와 게이, 전게서, p.2
나가히라 가즈오, 전게서, pp.99-100

다. 아버지의 큰 사고로 인해 내일 생활할 식량마저 위협받는 가운데, 오마 키는 소꿉친구의 종형제를 양자로 받아들일 것을 집주인에게 권유받는다. 그녀는 이 결혼으로 빈곤에서 벗어날 수 있다는 것을 알고 있지만, 좋아하 지도 않는 종형제와의 결혼 권유를 거절하고, 지금까지 해온 것 이상으로 노동에 힘써 곤란을 벗어나려고 결심한다. 오마키를 중심으로 전선(戰線) 공장의 노동자가 모이는 '빈핍장옥(貧乏長屋)'[22]에서의 '일해도 일해도, 끝 낼 수 없을 것 같은 암담한 내일의 생활'[23]에의 불안을 그리고 있다는 점에 서, 에마 자신의 경력을 소박하게 그린 동시대의 다른 작품[24]과는 다른 계 급문제에의 의식이 명확히 엿보이는 내용이다.

「오마키」가 발표된 1921년경은 에마의 '휴머니즘 작가'에서 프롤레타 리아 문학작가로 변화하는 과도기라 할 수 있을 것이다. 앞서 기술했듯이 에마는 관동대진재를 계기로 '마르크스주의자가 되었다'고 스스로 말하 고 있다. 하지만 실제로는 그 이전인 1920년 전후부터 '사회주의에 대해, 또 혁명의 문제에 대해 진지하게 생각해보게 되'[25]며, 마르크스주의에 관 한 여러 가지 도서의 번역본을 읽고 공부하고 있었다.[26] 또 1920(다이쇼9)년 경에 이사한 요요기 하쓰다이의 자택 가까이에는 『씨 뿌리는 사람(種蒔く 人)』(1921-1924)[27]과 『문예전선(文芸戰線)』(1924-1932) 동인으로 프롤레타리

---

22 에마 슈 「오마키」 『소설구락부(小説俱楽部)』 제7호(민중문예사(民衆文芸社), 1921) p.3

23 위와 같음, p.13

24 『불멸의 상』(1919-20), 『찾아오는 여자(訪るゝ女)』(1922) 등(나가히라 가즈오, 전게서, p.70).

25 에마 슈, 전게서, p.171

26 위와 같음.

27 또한, 잡지 『씨 뿌리는 사람』은 진재 후의 사회주의자 및 해방운동에 대한 탄압에 의해 1924(다이쇼13)년 1월호(부제 「씨 뿌리는 잡기-가메이도 순직자를 애도하기 위해(種蒔き雑 記-龜戸の殉難者を哀悼するために)」)를 폐간하게 되었다(오다기리 스스무(小田切進)「해

아 문학의 발전에 중심적 역할을 담당한 아오노 스에키치(靑野季吉)(1890-1961)가 살고 있어, 그의 집에도 빈번히 드나들었다고 한다.[28] 이러한 가운데 『대일』에서는 프롤레타리아 문학작가로서의 에마의 요람기 작품인 「오마키」가 소개된 것으로 이 작가의 새로운 측면이 강조되었다고 할 수 있다.

위에서 기술한 것처럼 관동대진재에 이르기까지 에마의 프롤레타리아 문학작가로서의 경위와 「오마키」 소개의 배경을 고려하면, 『양이 성낼 때』는 관동대진재에서의 사회주의자 탄압사건에 관한 정보 전달이라는 역할을 담당하고 있었다고 생각된다. 이 점에 관해 『대일』에 있어서 관동대진재의 보도와 작품 속에 그려진 탄압의 양상과 함께 아래 절에서 고찰해나가도록 하겠다.

3. 『양이 성낼 때』에 그려진 사회주의자 탄압의 제상(諸相)

3-1. 『대만일일신보』에서의 관동대진재 '3대 테러' 보도

진재하의 도쿄에서는 지진과 화재 피해로 인해 신문 발행이 곤란했던데다, 내무성, 경찰, 군대에 의한 정보 통제가 시행되고 있었다.[29] 특히 규제된 것은 관동대진재의 '3대 테러사건'[30]이라고도 불리는 조선인 학살사건, 아마카스 사건(오스기 사카에 살해사건), 가메이도 사건에 관한 보도였다. 각

설」『씨 뿌리는 사람 복각판별책(種蒔く人 復刻版別冊)』(일본근대문학관, 1961) p.8).

28 에마 슈, 전게서, p.172

29 관동대진재에서의 보도 규제에 대해서는 강덕상 『관동대진재·학살의 기록(関東大震災·虐殺の記録)』(청구문화사(青丘文化社), 2003), 가토 분조(加藤文三)『가메이도 사건-은폐된 권력범죄-(亀戸事件-隠された権力犯罪-)』(오쓰키서점(大月書店), 1991), 야마다 쇼지(山田昭次)『관동대진재 시의 조선인 학살-그 국가책임과 민중책임(関東大震災時の朝鮮人虐殺-その国家責任と民衆責任)』(창사사(創史社), 2011)을 참조했다.

30 강덕상, 전게서, p.270

사건의 개요와 보도 규제 내용은 다음과 같다.[31]

(1) 조선인 학살사건 : 9월 1일에 관동대진재가 발생하자, 요코하마를 기점으로 조선인의 방화·투독(投毒)·내습 등의 유언비어가 퍼졌다. 익일 도쿄에 계엄령이 발포되자 군대·경찰 및 자경단은 조선인을 몰아대며 집단적으로 살해하는 등의 잔학 행위를 자행했다. 학살된 조선인 수는 확실하지는 않으나, 6000명 이상이 희생되었다고도 알려져 있다. 조선인 폭동의 유언비어의 발생원에 대해서는 군대, 경찰, 시민 등 여러 가지 설이 있어 지금까지도 확실하지 않다.

• 기사 게재 금지일 : 9월 3일 → 해금일 : 10월 20일
• 도쿄 중앙 각지[32]의 초출 기사 게재일 : 9월 3일 『도쿄일일신문』
• 『대만일일신보』의 초출 기사 게재일 : 9월 7일

(2) 아마카스(甘粕) 사건(오스기 사카에(大杉栄) 살해사건) : 9월 16일, 아나키스트 오스기 사카에(1885~1923)·이토 노에(伊藤野枝)(1895~1923) 부부와 오스기의 조카인 다치바나 무네카즈(橘宗一)(1917~1923)가 아마카스 마사히코(甘粕正彦)(1891~1945)가 거느리는 도쿄헌병대 고지마치(麴町) 분대에게 살해당한 사건. 아마카스 등은 군법회의에서 재판받았지만, 3년 만에 가석방되었다.

• 기사 게재 금지일 : 9월 20일 → 해금일 : 10월 8일
• 도쿄 중앙 각지의 초출 기사 게재일 : 9월 20일 『시사신보』호외(발행금지 처분)

---

31 이하, '3대 테러사건'의 개요에 관해서는 강덕상, 가토 분조, 각 전게서, 야마다 쇼지 편 『관동대진재 조선인 학살 관련 신문보도사료(関東大震災朝鮮人虐殺関連新聞報道史料)』 제1-4권·별권(료쿠인서방(緑蔭書房), 2004)을 참조했다.

32 야마다 쇼지 편, 전게서에 수록되어 있는 『호치신문(報知新聞)』『시사신보(時事新報)』『도쿄일일신문(東京日日新聞)』『국민신문(国民新聞)』『도쿄아사히신문(東京朝日新聞)』『요미우리신문(読売新聞)』『법률신문(法律新聞)』『중외상업신보(中外商業新報)』『중앙신문(中央新聞)』『26신보(二六新報)』『미야코신문(都新聞)』『만조보(萬朝報)』『도쿄마이니치신문(東京毎日新聞)』『야마토신문(やまと新聞)』을 참조했다.

• 『대만일일신보』의 초출 기사 게재일 : 9월 20일

(3) 가메이도(龜戶) 사건 : 군대·경찰이 가메이도에서 노동운동가·사회주의
자를 학살한 사건. 9월 3일 밤, 가메이도서는 당시 혁명적 노동운동의 거
점이 된 난카쓰 노동조합의 가와이 요시토라(川合義虎)(1902~1923) 등 8
명과 전 우애회 활동가이자 순노동조합의 히라사와 게이시치(平沢計七)
(1889~1923) 등 2명을 검속하고, 조선인도 포함하여 700여 명을 구류했
다. 이상의 10명은 4일 미명에 걸쳐 경찰서 내에서 나라시노 기병연대 병
사에 의해 살해되고, 역시 자경단원 4명과 조선인도 살해되었다. 사건은
1개월 여 후에 공표되어 유족과 자유법조단 등이 진상 규명에 나섰으나
계엄령 아래 군의 행동으로 불문에 부쳐졌다.
• 기사 게재 금지일 : 9월 20일 → 해금일 : 10월 10일
• 도쿄 중앙 각지의 초출 기사 게재일 : 10월 8일 『시사신보』호외
•『대만일일신보』의 초출 기사 게재일 : 게재 없음

강덕상, 야마다 쇼지(山田昭次)에 의한 선행연구에서는 도쿄에서 떨어진
지방지에서는 기사의 중지가 충분히 기능하지 못하고, 도쿄에서 발행된 신
문과 내용·시기의 차이를 보인다는 점이 지적되고 있다.[33] 『대일』에서의 아
마카스 사건 보도에 관해서도 9월 20일 사건 발각과 동시에 내무성에서 기
사 게재 금지명령이 내려졌음에도 불구하고 '오스기 사카에 검거되다'라고
제목 붙인 기사가 게재되어 있어,[34] 철저하게 금지되지 못한 것으로 보인다.
하지만 앞서 기술했듯이 「어용신문」의 성질이 강한 『대일』이 엄격한 정
보규칙의 대상에 포함되어 있었던 것은 분명하다. 특히 가메이도 사건에
관해서는 기사 게재 해금일인 10월 10일 이후, 내지 신문에서는 호외 등을

---

33 강덕상, 야마다 쇼지 편, 각 전게서.
34 『대만일일신보』 1923년 9월 20일 제7면.

포함해 일제히 보도되었음[35]에도 불구하고 『대일』에서는 그 이후에도 전혀 기재되지 않았다.

그런 가운데 에마 슈의 『양이 성낼 때』는 『대일』에서 관동대진재하의 사회주의자 탄압에 관해 언급하고 있는 몇 안 되는 문헌 중 하나인 것을 다음 절에서 제시해 나가고 싶다.

3-2. 『양이 성낼 때』에서의 사회주의자 탄압에 관한 언급

『양이 성낼 때』에서 사회주의자 탄압에 관해 언급하고 있는 부분을 확인해보겠다.

먼저 처음으로 지진 발생으로부터 3일 후인 밤, 이웃주민과 함께 돌아보고 있던 화자가 무기를 가지고 마을을 걷는 남자를 목격하는 장면이다.

> 그때, 무기와 흉기를 갖는 것은 경찰로부터 엄격히 금지되어 있었는데, 아무도 그런 포고령에 귀를 기울이지 않았다. 보기 좋은, 어딘가의 직원 같은 젊은 남자는 누빔 소방복을 입고 큰 칼을 뽑아 마구 휘두르면서 이렇게 고함치고 있었다.
>
> "주의자든, 조선인이든 나오는 것이 좋다, 닥치는 대로 베어 버려줄 테니까."
> "정말이야. 만약 오스기 사카에 따위가 있다면 머리를 깨부숴줄 텐데."(165)[36]

이 무장한 남자의 말에서는 조선인뿐만 아니라 오스기와 같은 '주의자', 즉 사회주의자와 무정부주의자가 폭력의 대상이 되어 있는 것을 알 수 있다. 이후에 이어지는 장면에서는 근방의 순사가 아나키스트 다카오 헤이베

---

35 10월 10일 『호치신문』 호외, 『도쿄아사히신문』 석간 등(가토 분조, 전게서, p.215).
36 초출 『대일』 연재 시와 단행본(1925)에서의 복자 부분에 대해서는 복각을 맞이하여 출판사 편집부에 의해 복자가 새겨져 '조선인'과 같이 '×' 루비가 붙어 표기되어 있다(에마 슈 『양이 성낼 때』(영서방, 1989) 「범례」 참조).

에(高尾平兵衛)(1896-1923)[37] 살해를 언급하며 '지난 번 사회주의자인 다카오 헤이베에가 살해당했을 것이다. (중략) 비록 주의자라고 해도 멋대로 죽여도 된다는 법은 없으니까 말이야…'(167)라고 발언하고 있듯이, 당시의 사회주의자 탄압의 배경을 알 수 있다. 여기서는 조선인에 대한 무차별적인 폭력과 사회주의자 탄압이라는 두 가지의 잔학성이 중첩되어 있는 것이다.

다음으로 『양이 성낼 때』에는 아마카스 사건과 가메이도 사건에 관한 언급이 있다. 상기한 인용에서는 오스기 사카에의 이름이 거론되고 있지만, 오스기가 실제로 살해된 것은 9월 16일로, 화자는 이 아마카스 사건과 가메이도 사건의 발생을 신문을 통해 안 것이었다. 그때의 장면은 다음과 같이 그려지고 있다.

지진 때문에 신문이 나오지 않게 되고 나서부터 우리는 그것을 보는 데 얼마나 주리고 목말랐는지. 그리고 (9월) 10일 전후가 되고, 간신히 불타고 남은 「호치(報知)」와 「미야코(都)」와 「도쿄일일(東京日々)」이 나오기 시작했을 때 얼마나 탐욕스럽게 구석구석까지 읽었는지. 그렇다고는 해도 진재 기사로 거의 대부분을 채운 신문은, 그중에서도 실제로 진재를 경험한 사람에게는 너무 강한 자극이었다. (중략)

그리고 신문에서 상세한 사실을 알면 알수록, 이번 재앙이 자신이 알고 있는 것보다도 또 상상하고 있었던 것보다도 훨씬 크고 잔인하고 심각한 것이었다는 것을 알고 놀라지 않을 수 없었다.

가쓰시카(葛飾)에서의 사회주의자 13명 총살사건, 오스기 사카에 외 2명의 교살사건, 그 밖의 알려지지 않고 여기저기서 자행된 동일한 폭력, 그것들에 대

---

37 다카오는 아나키스트계 북풍회(北風会) 회원으로, 노동운동에 솔선해 참가하고 관계 문헌의 비밀 출판에도 종사하는 등, 아나키스트·볼셰비키 논쟁의 양진에 행동파로 알려져 있다. 1923(다이쇼12)년 6월, 적화방지단장 요네무라 가이치로(米村嘉一郎)의 자택을 습격했을 때 권총으로 사살당했다(마쓰오 다카요시(松尾尊兊)『다이쇼시대의 선행자들(大正時代の先行者たち)』(이와나미서점(岩波書店), 1993), pp.201-261).

해 나는 지금 무엇이든 말하기를 보류한다. 이러한 사건은 당시 모두 나의 영혼을 밑바닥까지 뒤흔든 것이었다. (251-252)[38]

여기에서는 오스기의 살해와 함께 가메이도 사건에 관해 '가쓰시카에서의 사회주의자 13명의 총살사건'으로 처음 이야기되고 있다. 확인되는 한, 『대일』에서의 이 사건의 언급은 신문이 폐간된 1944(쇼와19)년 3월까지 이 한 부분뿐이다.

3-3. 사회주의자로서의 화자의 공포

앞서 기술했듯이, 『양이 성낼 때』는 조선인 학살사건을 직접 보며 절박한 심리를 그린 르포르타주 작품으로 평가되어 왔다. 그러나 이 작품에서는 아마카스 사건과 가메이도 사건에 관해서도 언급되어 있다. 화자의 공포감은 조선인 학살사건에 대한 공포와 함께 자신이 사회주의자로서 박해될 가능성에 뿌리를 두고 있는 것을 알 수 있다.

여기서 사회주의자로 그려진 화자의 정치사상의 추이를 확인해보자. 에마의 좌경화와 마찬가지로 이 작품의 화자의 사상은 대진재를 계기로 '그 어느 때보다도 급진적이 되어 계속 왼쪽으로 기울어 왔다'(255)고 서술되어 있다. 그러나 진재 이전부터 서가에 '레닌과 마르크스의 저작'(61)이 놓여 있어, 러시아 혁명에 기대를 걸고 있다는 기술(255)에서는 이미 마르크스주의에 대한 큰 관심을 가지고 있던 것을 알 수 있다.

지진 때에는 화자 자신도 사회주의자로서 포학을 당할 가능성이 충분했

---

38 「호치」「미야코」「도쿄일일」은, 각각 『호치신문』『미야코신문』『도쿄일일신문』을 지칭한다. 9월 1일 지진 발생 후 『호치신문』은 9월 5일, 『미야코신문』은 9월 7일(9월 2~7일은 호외뿐), 『도쿄일일신문』은 9월 3일부터 재간했다(야마다 쇼지 편, 전게서, 제1권 p.7, 21, 별권 p.29).

다. 실제로 장발인 화자가 거리를 걸을 때에는 '어이, 장발이야. 주의자일지도 몰라, 조심해'(143)라는 말을 듣고 하마터면 폭력의 대상이 될 뻔한 장면도 있어, 화자의 공포는 극도로 높아지고 있다. 게다가 그는 앞서 인용했듯이 신문에 게재된 사회주의자·무정부주의자 탄압사건의 정보를 얻는 것으로 '영혼을 밑바닥까지 흔들린'(252)다.

하지만 이 시점에서 화자가 신문에서 얻고 있는 정보는 관헌에 의해 기사 금지에서 해금된 지 얼마 되지 않은 기사인데다 아직 사건의 전모를 전하고 있지는 않다.[39] 또한 이 사건들에 대해 '나는 지금 무엇이든 말하기를 보류한다'(252)고 말하고 있다는 점에서 많은 복자가 있는 가운데『대일』에 소설을 연재하고 있는 작자 자신의 검열에 대한 우려가 있었을 것이다. 연재소설로써 전하고 싶은 사실과 신문에 게재할 수 있는 사실 사이의 틈을 엿볼 수 있는 기술이다.

검열에 의해 언론을 조심해야 하는 안타까움은 이후의 에마의 집필활동의 자세와 지침을 형성하고 있었다. 제1절의 약력에서 나타내보였듯이 에마는『양이 성낼 때』발표 후에도 관동대진재에서의 체험을 바탕으로 한 작품『피의 9월』(1947)[40]과「흔들리는 대지」(1958)을 남기고 있다. 두 작품 모두『양이 성낼 때』에서는 쓰기를 망설였던 가메이도 사건을 중심으로 다룬 것이다.『대일』게재 시점에서 검열에 의해 묘사할 수 없었던 폭력의 진

---

39 강덕상, 전게서, p.281

40 『피의 9월』출판 경위는 다음과 같다. 이 작품은 1930(쇼와5)년에 탈고하여 같은 해 출판 예정이었으나, 탄압을 피하기 위해 출판사측에서 출판을 거부했다. 그 후 17년간 에마의 자택에 원고가 보존되었는데, 1947(쇼와22)년, 재일조선민주청년동맹 히다지부를 통해 비매품으로 간행되었다. 이것이 1989(헤이세이1)년,『양이 성낼 때』가 복간됨에 따라『재일문예 민도』의 편집원이었던 이회성(1935-)의 눈에 띄어 같은 해 6월과 9월에 2회에 걸쳐 동지(同誌)에 게재되었다(에마 슈『피의 9월』(상) 전게서, pp.302-303).

상은 전후가 되어 겨우 발표할 수 있게 된 것이다.

이러한 에마의 집필 자세를 생각하면,『양이 성낼 때』연재 당시 좌경화가 진행되던 에마는 조선인 학살사건과 마찬가지로 사회주의자·무정부주의자의 탄압에 자신의 공포를 중첩시키고 있었던 것을 알 수 있다.『양이 성낼 때』에서 볼 수 있는 긴박감은 또한 보도 규제라는 탄압도 뒷받침되고 있는 것이다.

4. 결론

이상으로 관동대진재에서의 조선인 학살사건의 군집 심리를 그린 것으로 여겨지는『양이 성낼 때』에 대해 에마와 신문사와의 관계성과 프롤레타리아 문학작가로서의 경위라는 측면에서『대만일일신보』에 게재된 사유를 고찰했다.

『대일』에 발표된 에마의 미발굴 작품에 주목하면, 에마는 1920년 전후에 대만일일신보사 도쿄지국 기자였을 가능성이 있으며, 이것이『양이 성낼 때』의 연재 이유 중 하나라고 상정된다. 게다가 단편작품「오마키」의 내용에서는『대일』에서의 에마의 프롤레타리아 문학작가로서의 대두를 발견할 수 있다.

이러한 작품 발표의 배경을 고려하면『양이 성낼 때』는 조선인 학살사건에 대한 르포르타주만이 아니라 사회주의자·무정부주의자 탄압에 관한 단편적인 보고를 갖춘 연재작품이라는 것을 알 수 있다. 특히 관동대진재 '3대 테러'의 하나인 가메이도 사건에 관해『대일』에서 언급한 유일한 작품으로, 언론 통제 아래에서 한계를 느끼면서도 폭력의 실정을 전한 기록으로 평가할 수 있을 것이다.『양이 성낼 때』에 그려진 긴박감은 조선인 학살의 잔인성과 함께 사회주의자로서 박해당할 위험성, 그리고 연재 당시의 언론 탄압에 대한 두려움을 비추고 있는 것이다.

(이보윤 역)

『대만일일신보(台湾日日新報)』에서
요코미쓰 리이치(横光利一)*

『정본 요코미쓰 리이치 전집(定本横光利一全集)』
미수록 수필 「대만의 기억(台湾の記憶)」기타

시에후이쩐(謝惠貞)

* 이 글은 2011년 10월 7일 대만중앙연구원(臺灣中央研究員), 「일본문학에 있어서 대만(日本文学における台湾)」 심포지엄에서 구두 발표한 「『아가』『성장』『천사』에서 「순수소설론」의 실천—요코미쓰 리이치에게 있어서 외지 「대만」의 시점에서(『純粋小説論』の実践—横光利一にとっての外地「台湾」の視点から)」의 일부를 대폭 수정·재고한 것이다.

⌘

1. 들어가며

　'대만(臺灣)'을 요코미쓰 리이치 문학에서 어떻게 위치시킬 것인가에 대
한 것은 지금까지 고찰되어 오지 않았다. 전전(戰前), 대일본제국이 진출한
조선, 상해, 만주 각지에 관해 요코미쓰는 소설 「파란 돌멩이를 줍고 나서
(青い石を拾ってから)」(『시류(時流)』1925년 3월)이나 『상해(上海)』(개조사(改
造社). 1932년), 수필 「어느 밤의 박수(ある夜の拍手)」(『예문(藝文)』1944년 9
월) 등에서 광의적 '외지'로의 생각을 그리고 있다. 그런데 최초로 대일본
제국이 영유했던 외지로 간주 된 대만이 언급된 작품들의 존재가 지금까지
확인되지 않고, 연구사상의 공백으로도 되어있다. 본고는 가와데(河出) 서
점 신사판(新社版) 『정본 요코미쓰 리이치 전집(定本横光利一全集)』에 미수
록된 「대만의 기억(台湾の記憶)」 등을 소개하면서, 요코미쓰에게 있어서의
'대만'의 위상을 분석하고 또 금후의 과제를 제기하고자 한다.

2. 자료의 초출과 본문의 번각(翻刻)

　(초출) 「대만의 기억」, 『대만일일신보(台湾日日新報)』(대만일일신보사(台
　　　　湾日日新報社), 발행지: 대북(台北)), 1938년 5월 1일 발행, 제9면
　(본문번각) *가나 표기법은 그대로, 구체자(舊体字)는 적절히 신체자(新体

字)로 바꿨다.

1935년 3월부터 나는 「천사(天使)」를 썼다. 그 당시 대만으로 나가는 배는 3일에 한 번꼴로, 그 한 번이 파도가 거칠어지면 5일이 되고 6일이 되는 상황이었다. 그래서 도쿄에서 보내야 하는 원고도 써서 모아 둬야 했다. 이는 내게 고통스러운 일이었지만, 일광(日光)의 강렬한 열대의 식물이 가득한 대만을 떠올리며 글을 쓰는 것은 상당히 즐거운 일이었다. 나는 아직 대만에 가본 적이 없지만, 이 땅의 아름다움은 대략 상상이 간다. 작년 외국에 갔을 때, 대만 앞바다에 이르러 지평선을 보며 저 부근이 대만일까, 이 근처일까 생각하며 자주 갑판에서 멀리 내다보았다. 그날, 그때, 마침 2.26 사건이 한창 일어났었다. 또 이 바다에서 작년 사와라비(早蕨) 구축함이 전복되었다. 그때 함장인 가도타 겐고(門田健吾)는 내 중학교 동창 친구였다. 가도타를 생각할 때마다 나는 대만 해협의 푸른 바닥에 소용돌이치는 상어의 입이 눈에 보여 견딜 수 없다.

3. 초출지 『대만일일신보』와 요코미쓰 리이치

1895년의 대만을 영유(領有)한 후 1898년에 취임한 대만 총독 고다마 겐타로(児玉源太郎)와 민정장관 고토 신페이(後藤新平)는 민영신문에 규제를 더해 『대만신보(台湾新報)』(1896년 창간)와 『대만일보(台湾日報)』(1897년 창간)를 합병시켜 『대만일일신보』(이하는 『대일(台日)』로 생략한다)를 발행시켰다. 『대일』은 1944년의 전시 신문 통제까지 44년간 일본의 식민 통치와 함께 걸어온 신문이었다. 『대일』은 대만총독부의 식민 통치에 가담하는 '어용성(御用性)'을 갖고 있던 반면, 1900년부터 주식 발행에 따르는 '자본주의성'도 지적되고 있다.[01]

---

01 이승기(李承機), 「식민지 신문으로서의《대만일일신보》—「어용성」과 「자본주의성」의 틈새」(「植民地新聞としての《台湾日日新報》—「御用性」と「資本主義性」のはざま」), 『식민지문화연구(植民地文化研究)』 2호, 식민지문화연구회(植民地文化研究会), 2003년 7월,

당시 대만에는 청조(淸朝) 이전부터 존재하는 선주민(先住民)이 소수 있었고, 주민의 대부분은 명·청 왕조시대, 중국 대륙에서 이주해온 한민족이 차지하고 있었다. 한민족은 주로 민난(閩南)어와 하카(客家)어를 사용한다. 식자율은 19세기 말 10% 정도로, 고전 중국어(한문)를 읽고 썼다. 일제강점기로 들어가면 국어제도가 실시되어 중일전쟁 이후는 제도가 강화되어 일본어 이해자는 1937년에 37%에 달한다. 하지만 한민족은 한민족 의식(漢民族意識)으로 인해 고전 중국어와 중국 백화문(白話文) 사용이나 대만 화문(話文의) 창조를 대항책으로써 강구하게 되었다.[02] 이러한 대만의 현상을 반영해, 1905년 7월에 대일사(台日社)는 한문란(漢文欄)을 『대일』로부터 독립시켜 『한문대만일일신보(漢文台湾日日新報)』를 별도로 발간했다. 이처럼 대만인 독자를 목표로 한 이유는, 내지에서 대만으로 이입된 신문과의 통합이 요구된 점에 있다.[03] 동 신문은 1924년 6월부터 석간도 나오게 되었다.

1932년 대만 자본으로서 유일한 주간지였던 『대만민보(台湾民報)』가 일간지 『대만신민보(台湾新民報)』로 전신하고, 한문(중국 백화문도 포함한다)과 화문(和文) 기사가 병용된 형태로 취해졌다. 『대만신민보』는 일본인 자본이 소위 어용삼지(御用三紙)인 『대일』, 『대만신문(台湾新聞)』(1899년 창간, 발행지:대중(台中)), 『대남신보(台南新報)』(1899년 창간, 발행지:대남(台南))과 경합했지만, 『대일』은 시종 발행 부수 1위를 차지하고 1937년의 발행 부수는 추정 8, 9만부였다.[04]

---

pp.169-175

02 후지이 쇼조(藤井省三), 『대만 문학 100년(台湾文学この百年)』, 동방(東方) 서점, 1998년 5월, 제1부

03 위의 책, pp.175-176

04 신문연구소 편(新聞研究所編)『일본신문연감(日本新聞年鑑) 제13권 1935년 판』(일본도서센터(日本図書センター), 1986년 8월), p.130, 『일본신문연감 제16권 1938년 판』(일본

「천사」는 일본 통치하의 조선에서 1935년 2월 28일~7월 6일의 『경성일보(京城日報)』에 연재된 것이 초출이라고 인식되어왔지만, 가케노 다케시(掛野剛史)가 지적하듯이 「토요회(土曜会)」라고 하는 신문통신사를 통해서 『경성일보』보다 하루 늦은 3월 1일부터 『대만일일신보』와 나고야신문(名古屋新聞)에도 게재되었던 신문소설이다.[05]

이 당시의 상황을 대만인 작가 양규(楊逵)가 증언하고 있다. 대만 프롤레타리아 문학의 대표로 평가받는 양규(1906~1985)는 1934년 10월, 「신문배달부(新聞配達夫)」의 『문학평론(文学評論)』 현상(懸賞) 제2등 입선으로, 일본의 '내지' 문단에 이름을 알리게 되었고, 그 후로도 정력적으로 대만과 '내지' 문단과의 정보교환에 진력했다. 양규는 「대만문학 운동의 현황(台湾文学運動の現況)」(『문학안내(文学案内)』1935년 11월)에서 '현재 『대만신문』에 주 2회 문예판을 개방하고, 단편 작품, 소화(笑話), 평론, 시를 게재하고 있을뿐이며, 『대만신민보』에는 부정기적으로 시문을 게재하고 있다. 연재소설 쪽은 거의 문예통신사의 천하로 『대만신민보』의 조간 연재소설과 석간 한문연재소설만이 도내(島內)작가의 투고를 받는다.'[06]고 기술하고 있다.

가케노의 검증과 양규의 증언에서 알 수 있듯이, 요코미쓰는 「토요회」라는 신문통신사를 통해서 신문 결사에 의한 소설의 출자구입제도(出資購入制度)에 입각하여 자신의 연재소설을 각 신문사에 배신(配信)했다. 가케노의 비교 분석에 의하면 『경성일보』와 『대만일일신보』지상(紙上)의 「천

도서센터, 1986년 8월), p.148

05 가케노 다케시(掛野剛史) 「요코미쓰 리이치 연보 보정—부(横光利一年譜補訂—付)『정본 요코미쓰 리이치 전집(定本横光利一全集)』미수록 문장(未収録文章)」(『요코미쓰 리이치 연구(横光利一研究)』제4호, 2006년 3월), pp.119-134

06 팽소연 편(彭小妍編), 『양규 전집 제9권(楊逵全集第九卷)』(대북(台北):국립문화자산보존연구중심주비처(國立文化資産保存研究中心籌備處), 1998년), p.393

사」를 선전하는 문장(하기(下記) 일람표의 ⑧⑨⑩)에서는 게재지 지명의 개서(改書) 이외 거의 차이가 없다. 요코미쓰는 이 신문 연맹을 통해 텍스트를 증식시켜서 보다 많은 독자를 획득할 수 있었다.

이 시기 『대일』 문예란에서는 후에 재대(在台) 내지인 작가를 좌지우지하는 니시카와 미쓰루(西川滿)가 활약했다. 니시카와는 1934년 1월에 문예부에 입사[07]해서 동년 7월 문예 게재면의 개혁을 행했다. 그로 인해 「문예란(文藝欄)」이 정기적으로 마련되고, 소설·신시(新詩)·평론·서평 등이 게재되어 충실한 지면(誌面)이 되었다.[08]

「문예란」의 변천에 관해서 요코지 게이코(橫路啓子)는 1930년~1931년 6월을 '평론의 시대'로 말하며, 55%에서 76%를 평론이 차지한다고 지적했다.[09] 그 대부분은 일본 '내지'의 작가나 평론가이다. 연재를 담당했던 마쓰나미 지로(松浪次郎) 이외에 오야 소이치(大宅壯一), 아오노 스에키치(靑野季吉), 무샤노코지 사네아쓰(武者小路実篤), 나카노 시게하루(中野重治), 기쿠치 간(菊池寛) 등이 참여했다. 요코지는 1931년 7월~1933년을 '침묵의 시대', 니시카와(西川) 입사 후의 1934년~1935년을 '다양화의 시대'로 말하고 있다.[10] 소설 「천사」의 연재에는 이러한 배경이 있었다.

한편 「대만의 기억(臺灣の記憶)」의 게재지면은 축 40주년이라는 이름으

---

07 니시카와 미쓰루의 연보적 자서전(西川滿の年譜的自伝)『내가 넘은 몇 개의 산하(わが越えし幾山河)』(인간의 성사(人間の星社), 1983년), p.18

08 나카지마 도시오(中島利郎) 편저, 『일본통치기 대만문학 소사전(日本統治期台湾文学小事典)』(녹음(緑蔭) 서점, 2005년 6월), p.60

09 요코지 게이코(橫路啓子) 「『대만일일신보』 「문예」란(1926-35)의 역할 프롤레타리아 문학을 둘러싸고(プロレタリア文学をめぐって)」(『천리대만학보(天理台湾学報)』19호, 천리대만학회(天理台湾学会)), 2010년 9월

10 이외에 1926년~29년을 '시의 시대'로 하고 1931년 7월~33년을 '침묵의 시대'로 상동, 요코지 논문을 참조

로 요코미쓰 리이치 뿐만 아니라, 기쿠치 간, 요시야 노부코(吉屋信子), 고지마 마사지로(小島政二郎), 요시카와 에이지(吉川英治), 하세가와 신(長谷川伸), 구니에다 간지(邦枝完二), 가이온지 조고로(海音寺潮五郎), 기타무라 고마쓰(北村小松)들도 축하문을 보냈다. 동년 9월부터 기쿠치가 중국으로 시찰 여행을 갔을 때 요시야, 요시카와, 고지마도 동행했다는 사실은 흥미롭다. 또 1937년 1월『문예춘추(文藝春秋)』15주년호에서 기쿠치가 고지마, 요시카와, 요코미쓰 등을 '무슨 일이 생겼을 때 힘이 되어 준다'라며 지우(知友)로서 표하기도 했다.

이하는『대만일일신보』에 게재된 요코미쓰 리이치와 관계된 문장이다.

① 기누가사 데이노스케(衣笠貞之助)「「신감각파 영화연맹」의 결기 성명(「新感覺波映画聯盟」の決起聲明)」(1926년 7월 1일 일간 제6면)

② 편집부「「어긋난 한 페이지」의 상연(「狂った一頁」の上演)」(1926년 10월 6일 일간 제6면)

③ 곤노 시모로(紺野淑藻郎)「문학의 전개성과 신감각파 문학(文学の展開性と新感覚派文学)」(1928년 1월 13일 일간 제6면)

④ 요코미쓰 리이치「여자·여자·여자(女·女·女)」(1930년 10월 22일 석간 제3면)

⑤ 요코미쓰 리이치「문학의 과학성 기타(文学の科学性其他)」(1932년 6월 24일 일간 제6면)

⑥ 가리키 준조(唐木順三)「문예시평(1) 에마 미치스케 씨의『요코미치 리이치론』— 이로 정연한 명평(文藝詩評(1) 江間道助氏の『橫光利一論』- 理路整然たる名評)」(1934년 7월 10일 일간 제6면)

⑦ 기타가와라 유키토모(北川原幸朋)「1934년 문단을 회고하다 —『문장』그 외(一九三四年の文壇を回顧する―『紋章』その他)」(1934년 12월 14일 일간 제6면)

⑧ 편집부「본지 조간을 장식하다/다음의 소설 예고/「천사」/요코미쓰 리이치 씨 작/미야타 시게오 씨 삽화(本紙朝刊を飾る/次の小說豫告/「天使」/橫光利一氏作/宮田重雄氏畵)」(1935년 2월 21일 일간 제7면)

⑨ 요코미쓰 리이치「작자의 말(作者の言葉)」(상동)

⑩ 기쿠치 간 「기쿠치 간 이야기(菊池寬談)」(상동)

⑪ 요코미쓰 리이치 「천사」(1)〜(128)(1935년 3월 1일〜7월 7일, 일간 제4면 아니면 6면)

⑫ 시무라 에이지(詩村映二)「요코미쓰 리이치 씨의 「천사」를 읽다(横光利一氏の「天使」を讀む)」(1935년 11월 16일 일간 제7면)

⑬ 편집부 「문단 하야미미(早耳)/요코미쓰 리이치의 캠퍼 주사(カンフル注射)」(1935년 3월 12일 일간 제7면)

⑭ 에구지 간(江口渙)「순수소설과 통속소설 상(純粹小說と通俗小說 上)」(1935년 5월 31일 일간 제4면)

⑮ 에구지 간 「순수소설과 통속소설 하」(1935년 6월 5일 일간 제6면)

⑯ 요코미쓰 리이치 「최근의 감상(最近の感想)」(1936년 12월 11일 일간 제4면)

⑰ 요코미쓰 리이치 「대만의 기억」(1938년 5월 1일 일간 제9면)

⑱ 광고 「요코미쓰 리이치 씨 〈각서(覺書)〉 간행」(1935년 6월 19일 일간 제10면)

⑲ 광고 「침원(寢園)(요코미쓰 리이치 저)」(1939년 6월 24일 일간 제4면)

⑳ 요코미쓰 리이치 「월야(月夜)(요코미쓰 리이치 저작)」(1939년 9월 12일 일간 제6면)

㉑ 편집부 「대만의 문학운동은 아직 단결이 부족하다. 문학자대회 대만 네 대표 번갈아 말하다(臺灣の文學運動はまだ團結が足らぬ。文學者大會 臺灣四代表交交語る)」(1943년 8월 27일 석간 제2면)

상기의 대부분이 전재(轉載)나 광고지만, 그중 ④「여자·여자·여자」는 「여성과 인식과(女性と認識と)」(『문학시대(文學時代)』1929년 10월)에 게재된 내용부터 「체펠린 비행선과 그녀의 연상(ツェッペリン飛行船と彼女の聯想)」이라는 항목과 개행(改行)을 생략한 것으로 되어있다. 또 이하의 부분과 구두점에 차이가 있는 것 이외에는 거의 같은 내용이다.

　가. 무뚝뚝하게 있는 건 아냐. /그녀들도 → 무뚝뚝하지 않은 그녀들도
　　ア, 無愛想にしてゐるのではない。/彼女たちをも→無愛想にしてゐるのではない彼女たちも

나. 그 신념을 뒤집겠지. /그리고 그녀는 기침합니다./(이 매혹적인 촉감은, 내 남편만이, 가진 게 아니었다!)→그 신념을 뒤집겠지. (이 매혹적인 촉감은 내 남편만이 가진 게 아니었다!)

イ, その信念をくつがへすであらう。/そして彼女は咳くのです/(この魅惑的な触感は, 私の夫ばかりが, 持つものではなかつた!)→その信念をくつがへすであらう。(この魅惑的な触感は私の夫ばかりが持つものではなかつた!)

다. 예로부터 세간에서 흔히 말하지 않은 것, 물론이다. → 예로부터 세간에서 흔히 말하지 않은 것

ウ, 古来いふ所のそれでないこと, 勿論である。→古来いふ所のそれでないこと

라. 안녕이라고 말하지 않겠습니다.→안녕이라고 말하지 않겠습니다.

エ, さよならとも言はないのです。→さやうならとも云はないのです

마. 「원래 지나 부인은 인사를 하지 않습니까?」 하고, 나중에 물어보니, /「아니, 상류층 사람은 그럴 리가 없어.」라고 말했다.→「원래 지나 부인은 인사를 하지 않습니까?」 나중에 물어보니,/「아니, 상류층 사람은 그럴 리가 없어.」라고 말했다.

オ, 「一体支那の夫人は挨拶をしないものなのですか。」と, 後で聞いてみたら, /「いや, 上流の人はそんな事はない筈だ。」と言つてゐた。→「一体支那の夫人は挨拶をしないものですか。」後とで聞いて見たら「いや, 上流の人はそんな事はない筈だ」と云つてゐた。

바. 그녀는 기생충적 가정생활에서 벗어나 →그녀는 기생적 가정생활에서 벗어나

カ, 彼女は寄生虫的家庭生活から逃れて→彼女は寄生的家庭生活から逃れて

사. 나는 각성한 여성이라고는 말하지 않는다. → 나는 각성한 여성이라고는 말하지 않는다.

キ, 僕は目覚めたる女性とは言はない。→僕は目覚めたる女性とは云はない。

⑤「문학의 과학성 기타」는「심리주의 문학과 과학(心理主義文學と科學)」(『문학시대(文學時代)』1931년 6월)의 내용에 가필해서「혼란(混亂)」의 항목을 삭제하고 재구성한 것이다.「순수소설론(純粋小說論)」을 발표하기 전에「새로운 심리소설(新しい心理小說)」과「순수문학(純粋文學)」에 언급한 자료로서 주목되는「심리주의 문학과 과학」이 상기의 키워드를 남긴 채로,「순수소설론」의 발표와「천사」의 연재에 앞서『대일』에 게재된 점은 주목해야 한다. 새로운 자료는 아니지만, 전집에 수록된 것과 차이점을 명확히 하기 위해, 가필한 부분과 차이가 있는 부분은 밑줄을 그어 이하와 같이 번각해 둔다. ●는 판별할 수 없는 부분을 나타낸다.

오늘날만큼 다양한 문학이 대립하고 있는 것은 일찍이 없었던 상태이다. 신낭만주의문학 혹은 신심리주의문학이라든가 하는 것이 유행하고 있다. 한편으로 프롤레타리아문학과 기성 예술과의 대립이 있어, 여기에 순수문학이 운운되고 있다. 이 문학의 순수성에 관해서 생각해 본다. 작중 전개되는 운명이 적확한 인식하에 당연히 그렇게 되어야 하는 구조를 갖고 빈틈없는 필연성 그대로 진행한다는 그 진실성을 앙드레 지드는 순수문학이라 말했는데, 순수문학이라는 말이 나오기 시작한 것은 그때부터였으니 순문학과 순수문학이 다른 이유이다.

문학의 과학성이라는 것은 그 순수문학의 독특한 필연성을 가리켜 언급해야 한다. 그것에는 아무래도 심리묘사가 중대한 요소가 되기 때문에 심리주의라고 하는 것이 번거롭게 되었던 것으로, 사실 심리주의 자체가 중요한 것이 아니고, 심리주의를 그렇게나 필요로 하는 문학으로서의 과학주의가 중대한 문학상의 문제인 것이다. 문학의 과학주의가 다른 과학인 자연과학이나 정신과학, 사회과학, 역사과학에서 분리되어 독립된 엄밀과학이 되기 위해서는, 어쨌든 다른 과학이 가질 수 없는 문학의 특질인 심리묘사 및 그것을 사용하지 않으면 어떻게 할 수 없는 인간 생활의 운명의 계산이란 것을 무기로 해야 한다.

요즘 번거로운 심리주의 심리묘사라고 하는 것은 옛날의 심경소설의 표현을 바꿔서 되살린 것이라고도 말할 수 있지만, 옛날의 심경소설이란 것은 심경이라는 단어를 위해서 어느 하나의 「심경」에 빠져, ●에 번민하여 자유롭게 뻗어 있는 진실이라는 광활한 심리를 묘사하지 않았다. 거기서 자연히 작품은 매너리즘에 빠져 막다른 상태로 끝났다. 그럼 새로운 심리소설이란 어떤 것인지 말해보고자 할 때, 많은 사람들은 과학을 도입한 것이라고 생각하는 것 같다, 하지만 그것은 잘못된 길로 빠진 것과 같다. 문학의 사도로 빗나가 버리고 마는 것이다. 문학은 어디까지나 문학이고 이른바 과학 그 자체가 아니다.

프로이드의 정신분석학을 끌어와서 문학에 응용한들 그것은 어디까지나 진실로서 의지할 수 있는지 알 수 없다. 과학으로 말하자면 새로운 문학이라고 생각하는 사람이 매우 많은 것은 유감이지만, 나는 전혀 과학을 부정하지 않는다. 과학적 문학은 좋지만 단지 문학에는 문학으로서 따로 다른 과학으로부터 독립한, 문학만의 과학이 있다고 말하는 것이 중요하다. 특히 심리묘사에 관해서는 문학으로서의 심리묘사 외에 그 이상으로 인간의 심리를 묘사할 수 있는 것이 다른 과학에는 없다. 그것은 문학만이 갖는 하나의 특권이며 본질이다.

인간 심리와 자연과학으로서의 심리학과는 별개의 것이다. 문학만이 지닌 강점을 발휘하지 않고 다른 과학을 추종하며, 문학을 「학문」으로 만들어 버리는 것은 생각해 볼 일이다. 우리는 문학만이 지닌 적확한 인식으로 운명을 계산해 나가야 하는 결국 문학을 독립과학으로 만드는 것이, 지금 가장 중요하다고 생각한다.

도대체 심리란 무엇인가. 이를 말하려면 다섯 장이나 여섯 장으로는 다 설명할 수 없겠지만, 예컨대 심리란 진리주의이고, 진리주의란 다름 아닌 과학주의이다. 하지만 심리를 그린다고 해도 그 소설의 줄거리와 관계없는 심리묘사는 생략하고 싶다. 그것이 아니라면, 문학은 정신과학이 되고, 자연과학이 되어서, 결국 다른 과학으로의 추종 과학이 돼버린다. 그렇다면 문학 따위는 멸하는 것이 제일이다.

또 ⑬ 「최근의 감상」은 같은 타이틀로 『중앙신문(中央新聞)』 1936년 11월 13일에 게재된 것의 전재로, 이하의 부분과 구독점에 차이 있는 것 이외에는 거의 같은 내용이다.

가. 짊어질 수 없을 정도의 부담 → 다 짊어질 수 없을 정도의 부담

　　ア, 背負えない位の負担→背負きれない位の負担

나. 이 숨이 막히다 → 이 숨이 막히다

　　イ, この息の詰まる→此息の詰る

다. 의식하든 의식하지 않든 관계없이 → 의식하든 의식하지 않든 관계없이

　　ウ, 意識するとしないに拘らず→意識するとしないに関らず

라. 정성을 다해 설명했다 →정성을 다해 설명했다

　　エ, 中々説明を尽す→却々説明を尽す

마. 일이 꽤 많아 →일이 꽤 많아

　　オ, ことが中々多い!→事が却々多い

4. 집필 시기와 내용 개요(概要)

「천사」 연재 종료 후 3년이 지난 「대만의 기억」에서 요코미쓰는 1935년 3월 1일부터 대만에서의 「천사」 연재에 관해서 언급하고 있다. 요코미쓰는 대만의 열대 풍물에 대한 상상을 간결하게 기술했을 뿐만 아니라, 1936년 2월부터 8월의 『도쿄니치니치(東京日日)』, 『오사카마이니치(大阪毎日)』의 특파원으로서 유럽 여행 도중, 대만 앞바다에서 2·26 사건의 소식을 받았다고 하는 일본 군정국면의 변화를 둘러싼 기억도 겹치고 있는 것이다.[11]

요코미쓰는 2·26 사건에서 더 나아가, 가도타 겐고(門田健吾)라는 중학

11　『구주기행(歐洲紀行)』, 창원사(創元社), 1937년, 초출 『문예춘추(文藝春秋)』1937년 5월 ～9월, 『도쿄니치니치신문(東京日日新聞)』, 1937년 1월 14일〈단속적으로 게재(斷続的に 掲載)〉, 『개조(改造)』, 1937년 4월

교 친구를 언급했다. 구축함인 사와라비에 소속되어 있던 가도타 겐고는 1932년 12월 5일 악천후로 대만 해협에서 순직한 해군 소좌였다.[12]

「사와라비 함장에 관한 것(早蕨の艦長のこと)」(『부인세계(婦人世界)』1933년 4월)에서 요코미쓰는 1931년 해군 연습으로 요코스카(橫須賀)에서 20년 만에 재회한 장면을 기록하고 있다. 유도와 수영을 다 같이 반에서 제일 잘 했는데, 완전히 '장려하고 과감하며 올곧은 겐고'로 성장한 가도타에게 요코미쓰는 '홀딱 반했'었다. 함내를 안내받던 중 가도타가 요코미쓰의 작품집을 읽고 있는 것과, 죽음에 관해서 어떤 두려움도 없는 가도타의 군인으로서의 각오를 알고, 기쁜 마음을 느꼈던 것이 기술되어 있다.

하지만 이듬해 신문에서 부보를 접한다. 죽기 직전, 가도타는 자신를 떠올렸을 것이라 믿은 요코미쓰는 망연자실한다. 그 후 어느 날 신문에 있었던 '상어의 무리가 사와라비 주위를 소용돌이치며 습격해오고 있다'는 보도로부터 '새파란 해저에서 덮쳐 오는' 이란 상상이 멈추지 않는다고 술회했다.[13] 전체적으로 퇴색된 기억에 의해서 묘사되어 있는 것으로 보인다.

식민지에 대해서 요코미쓰 리이치가 어떤 관점을 갖고 있는가에 관해 구로다 다이가(黑田大河)는 요코미쓰가 『여수(旅愁)』에서 타자 '지나'와 대화의 가능성을 찾아냈다고 지적한다.[14] 강소영(姜素英)은 구로다의 논점을 받아, '문명국' 일본을 부각시키기 위해서 '야만국' 한국의 표상을 요코미

---

12 가타기리 다이지(片桐大自), 『연합함대 군함 개인전기 보급판(聯合艦隊軍艦銘銘伝普及版)』, 광인사(光人社), 2003년, pp.441-442

13 『정본 요코미쓰 리이치 전집 제13권(定本橫光利一全集第一三卷)』, 가와데 서점 신사(河出書房新社), 1982년 7월, pp.250-254

14 구로다 다이가(黑田大河), 「아시아로의 여수—요코미쓰 리이치의 '외지' 체험(アジアへの旅愁—橫光利一の〈外地〉体験)」, 『일본근대문학(日本近代文学)』60호, 1999년 5월, pp.83-96

쓰가 만들어냈다고 지적하고, 그 속에서 한국의 '타자성'을 완전히 배제할 수 없는 동화정책의 한계를 폭로하기도 했다.[15]

대만에 관해서는 요코미쓰의 생애에서 1936년의 유럽 여행 도중에 대만에 접근했을 뿐, 대만의 식민지 통치에 관한 직접적인 발언은 거의 없다. 하지만, 유럽 여행 전부터 '열대' 대만으로의 시선은 이미 소설에서 상상적으로 구축되어 있었다.

4-1. 『아가(雅歌)』로 보는 대만석유주(台湾石油株)

처음으로 대만을 그린 것은 1931년 7~8월 『보지신문(報知新聞)』에 연재된 『아가』이다.

근대를 구가(謳歌)하는 다른 청년 남녀와 다르게 주인공인 하네다(羽根田)는 전통 윤리를 지키는 자로, 그가 호감을 느낀 여성인 지카코(ちか子)가 돌아봐 주는 것을 한결같이 계속 기다린다. 이는 '북풍이여, 일어나라 남풍이여, 불어오라. 나의 동산으로 불어와서 그 향기를 널리 풍겨라. 내 사랑하는 자가 그 동산에 들어와서 그 좋은 열매를 먹을 수 있도록'이라는 『구약성서』의 아가에 표현되어 있는 미덕을 모티브로 하고 있다.[16] 한편 유부남임에도 불구하고 지카코를 쫓는 기토(鬼頭)는, 대조적으로 '행복해지려고 노력'하고, '합리화된 의식주의 형식을 도입했을 뿐만 아니라, ……취미 오락을 즐기는 새로운 가정생활의 출현과……개인주의[17]'를 향수하고 있다.

---

15 姜素英(강소영)「요코미쓰 리이치에게 있어서의 한국-'여심'에서 '내선일체'로(横光利一における韓国―「旅心」から「内鮮一体」へ)」, 『일어일문학연구(日語日文学研究)』74권 2호, 한국일어일문회(韓国日語日文会, 2010년, p.159, pp.169-173

16 가와카미 데스타로(河上徹太郎), 「해설(解説)」(『요코미쓰 리이치 작품집(横光利一作品集)』, 제4권, 창원사(創元社), 1951년, p.235

17 미나미 히로시·사회심리연구소(南博·社会心理研究所), 『대정문화(大正文化)』, 경초(勁

그러한 자산계급의 연애와 함께 행복의 기초을 구축해 주는 것은 식민지 대만의 석유주(石油株)이다.

> ……기토는 일본석유회사에서 근무하고 있는 데다가, 또 그 회사의 주주이기도 해서 얼마 전부터 사카자키(坂崎)에게 대만의 유전에서 나온 휘발유 이야기를 했었던 것이다.
> 거기서 나오는 새로운 휘발유의 증가가 시장의 기대 시세를 높이기 시작했기 때문에, 마침내 새로운 유전이 활동한다면 기토는 사카자키에게 한턱 내겠다는 어린애 같은 약속을 했던 것이다. ……실제로 생각해 보면, 그에게는 슬퍼할 만한 요인은 하나도 없었다. 아내는 아이를 낳는다. 이것도 좋다. 호감을 느낀 지카코에게 자신이 호의를 되돌린다. 물론 이것도 충분히 좋다. 게다가 대만의 석유주가 상승하기에 이르러서는─행복은 이것 이외에 어디에 있을까. (『정본 요코미쓰 리이치 전집』제4권, 238-241쪽.)

기든스(ギデンズ)가 정의한 자본주의사회의 원리로서의 모더니티[18]가 기토가 상징하는 자산계급에 의해 실천되고 있다. 실제로 1925년 4월 21일자 『요미우리 신문(讀賣新聞)』에서 '전도가 기대되는 대만의 휘발유 사업'이라는 기사가 선전했듯이, 대만 석유는 이미 제국의 지배하에서 국가 헤게모니로부터 시장경제로 경매되었다. 『일본석유사(日本石油史)』에 의하면 1903년 일본의 호덴(宝田) 석유회사(이후 일본석유와 병합)는 대만의 신죽주(新竹州)에서 개착(開削)하고, 28년 11월 이후에는 긴스이(錦水) 유전에서 속속 기록적인 휘발유의 분출이 관찰되고 있다고 말하고 있다.[19] 또한,

---

草) 서점, 1987년, p.7

18 앤서니 기든스(アンソニー・ギデンズ) 저, 마쓰오 기요부미(松尾精文)・오바타 마사토시(小幡正敏) 역 『근대란 어떤 시대인가?─모더니티의 귀결(近代とはいかなる時代か?─モダニティの帰結)』, 이립(而立) 서점, 1996년 9월, pp.75-84

19 일본석유사 편집실란(日本石油史編輯室欄), 『일본석유사(日本石油史)』, 일본석유주식회

1931년 1월 22일자『대만일일신보』에는 '주식 봄 시세 양호 / 제당주(製糖株)는 업적 낙관 / 일석유(日石油)와 전력주도 호세 / 휘발유'라고 기술되어 있다.

기토 등 근대 청년이 신봉하는 '행복해지려고 노력하는 것이, 새로운 도덕'이란, 결국 자본주의·식민지주의를 내포하는 일본 근대 모더니티의 표상일 것이다. 그것을 '근대인의 수치가 된다고 생각하는, 새로운 근대적 도덕'이라고 화자(語り手)가 비판하고 있다. 결말은 '타인에게 피해를 주지 않는다'는『성경』의 가르침을 지키는 하네다가, 최종적으로 지카코의 호의를 받는다. 이 끝맺음은 요코미쓰의 모더니티에 대한 비판으로서도 읽을 수 있다.

4-2.『성장(盛裝)』에서 대만으로 도망친 마르크스 보이

마찬가지로 자산계급의 연애를 그리는『성장(盛裝)』(『부인공론(婦人公論)』1935년 1월~11월)에는 미치나가(道長)와 규헤이(久平)라는 대조적인 인물 조형이 나타나 있다. 방랑 생활로부터 도쿄로 돌아온 규헤이가 연적(恋敵) 미치나가에게 추궁당하는 장면에서, 규헤이는 대만에 연고를 가지고 있음을 알 수 있다.

> 미치나가는 씨익 다시 웃더니, 규헤이의 얼굴을 날카롭게 응시했다. 뭔가 그의 머릿속에 번뜩 떠오른 복잡한 상념에 갑자기 동요한 것 같다. ……
> "자네는 수마트라에서 도대체 뭘 하고 온 거야?"
> "그건 극비야."
> "대만에 있었다고 들었는데, 정말인가?"
> "응, 거기에도 있었는데, 바로 복건(福建)으로 건너갔어"

사(日本石油株式會社), 1958년 5월, pp.340-343

규헤이는 이렇게 말하고, 뭔가 질문을 피하려는 듯 보이는, 불명료한 표정으로 변한 미치나가를 보았다.(『정본 요코미쓰 리이치 전집』제6권, 316-317쪽.)

또 자신에 대해 "야만국에서 돌아온 탓일까, 누구보다도 힘이 넘치네"라고 말하는 옛 연인인 기쿠에(菊枝)를 향해, 규헤이는 "호랑이를 뒤쫓아"가기도 했다고 아래와 같이 스스로를 비웃는다.

……돈이나 여자를 쫓아다니는 것보다 더 재미있어. 저 녀석은 뭐라 해도, 의리나 사상 따위가 없으니까, 철포로 쏘면 그걸로 끝장이야. 나는 숙모와 마르크시즘에 내쫓겨서, 멀리 떨어진 수마트라까지 도망갔지만, 뭐 이제는 다 잊어버렸어. (상동 265쪽)

마르크스주의에 관한 신앙이 약해진 규헤이는 일견 마르크스주의를 포기한 것처럼 보이지만, 미치나가의 무사상(無思想)에 대해서 더욱더 그것을 옛날의 영광으로서 자랑스럽게 여기고 있다. 여기까지는 임숙미(林淑美)가 「요코미쓰 리이치와 프롤레타리아 문학(橫光利一とプロレタリア文学)」에서 지적한 바와 같이, 요코미쓰는 거리를 두면서도 사회주의에 대한 이해를 나타냈다고 말하는 것으로 인식해도 좋을 것이다.[20] 다만, 규헤이는 더욱더 그것을 우월감으로써 미치나가를 공격해 간다.

"난 너와 한 번 만나서, 천천히 이야기하고 싶었지만, 어지간히 이걸로 용무가 많아서 말야. 자네, 이제 완전히 예(例)의 그 운동에서 손을 뗐나?"
"응" 하고 미치나가는 불쾌하다는 듯이 낮게 말했다.
"자네는 어떻게 생각하나. 우리는 정말 못나다고, 자네 자신이 생각한 적이 있으려나. 나는 다른 사람에게서 아무리 혼꼴나더라도 아무렇지 않은데"

---

20 임숙미(林淑美), 「요코미쓰 리이치와 프롤레타리아 문학(橫光利一とプロレタリア文学)」,『국문학 해석과 감상(国文学解釈と鑑賞)』, 48권 13호, 1983년 10월, p.41

"그런 건 어떻든 상관없어"

"그럼, 자네가 요즘 바라는 게 도대체 뭐야?"

"뭐, 이렇게 지낼 수 있는 것"

"그뿐이야?" 라고 규헤이는 놀리듯이 담배를 입에 물고 물었다. (상동, 317쪽)

사랑의 밀당을 하기 위해, 가문이나 자산 면에 있어서 규헤이는 미치나가에게 콤플렉스를 느끼도록 그려져 있다. 하지만, 마르크스주의 사상과 운동 경험은 그에게 미치나가를 압도하는 정신적인 자산이 된다. 이것이 오쓰유(お露)가 죽을 때, 에이코(栄子)에게 이야기한 '나도 몰래 갔지만, 나에게는 마르크시즘의 이론만이 있어서. 돈이 없었기 때문에 구해주려고 해도 구할 수 없다'는 정신 구조로 통한다.

도쿄에서 운동이 좌절되었던 것을 자신감으로 바꾸고, 다시 미치나가와 대결하기 위해서 대만이나 수마트라 등의 (준) 외지에서 에너지가 충전되기를 기다려야만 했다. 또 그 자신감이 헤게모니로의 대항 의식까지 싹트게 했다.

나는 수마트라를 다녀와서……일본으로 돌아가면 만지(蛮地)에서 획득해온 에너지가, 개인을 지배하는 질서의 끈에, 얼마나 반항할 수 있는가 한 번 날뛰어보자고. 이렇게 각오를 하고 되돌아온 것 뿐이에요.(상동, 266쪽)

여기서는 일견 '문명'의 선진성 대 '야만'의 후진성이라는 식민지 언설에 역설을 던지는 것처럼 보인다. 그런데 이하의 건도 아울러 고찰해보고 싶다.

"……당분간, 도쿄로 이번에는 정착할 수 있어요. 수마트라의 재목회사에 들어가서, 이쪽의 지점장이라는 출세로 말이야. 어떻게, 상당히"라고 규헤이는 말하며, 몸을 뒤로 젖히고 아무도 없는 것처럼 큰 소리로 쾌활하게 웃었다. (상동, 256쪽)

결국 수마트라의 재목회사에 입사하여 도쿄의 지점장으로 다시 미치나가와 같은 씨름판에 되돌아오는 규헤이는, 어디까지나 '문명'에 가까워지려고 대만이나 수마트라 등의 '야만'을 발견한 '반개'의 일본적 근대의 표상일 것이다.[21] 대만이나 수마트라는 규헤이에게 있어서 자신감을 얻기 위한 경상(鏡像)에 지나지 않는다. 하지만 그것을 불손한 행동으로 그린 요코미쓰는 역시 그에 대해 비판적이라고 할 수 있다.

이상과 같이 두 작품의 부차적 인물인 기토나 규헤이가 사회적으로 실현된 일본의 근대(모더니티)를 대변한다고 하면, 그로 인해 고통받는 하네다와 미치나가의 조형은 그것에 대한 회의(懷疑) 정신을 나타내고 있는 것은 아닐까.

5. 대만에 있어서 「천사」의 연재와 「순수소설론」 논쟁

이하는 제3절의 『대일』에 게재된 요코미쓰 관련의 문장으로부터 「대만의 기억」에서 언급한 「천사」 연재와 관련된 부분으로 압축해서 분석하고자 한다.

『대일』은 「천사」 연재 기간에 작자와 얽힌 에피소드를 제공한 것으로 독자와의 거리를 좁히는 전략을 취했다. 예를 들면, 「천사」 연재 개시 12일째인 1935년 3월 12일자 본지 제7면에 편집부는 「문단 하야미미/요코미쓰 리이치의 캠퍼 주사」를 내걸고 작가의 창작 생활을 점묘하고 있다.

---

21 강상중(姜尚中)·고모리 요이치(小森陽一), 「지의 오리엔탈리즘―언설의 냉전을 넘어서
    (知のオリエンタリズム―言説の冷戦をこえて)」, 『월경하는 지6 지의 식민지 : 월경하다
    (越境する知6 知の植民地 : 越境する)』, 도쿄대학출판회(東京大学出版会), 2001년 3월,
    pp.140-141

별로 건강하지도 않은데, 한 작품마다 조심누골(雕心鏤骨)의 고심을 거듭해서 목하 본지에 「천사」를 쓰고 있는 요코미쓰 리이치 씨, 일을 시작하면 옆에서 공(球)이 되어있는 치즈를 놓지 않는다......눌러 앉아 재촉을 하고 있는 모 잡지의 기자가......걱정을 하면 "쓰기는 해야겠지만, 이걸 하지 않으면 피곤해져서요, 캠퍼주사 같은 거에요"

또 연재 개시 3개월째에 접어들자, 구 프롤레타리아 평론가, 에구치 간(江口渙)의 순수소설론을 언급한 글이 전재되어 「천사」 등의 순수소설의 이론 기초가 소개되었다. 1935년 5월 31일자 본지 제4면의 「순수소설과 통속소설 상(上)」에는 다음과 같이 기술되어 있다.

일본의 새로운 시대적 고민 중 하나는 '순문학'을 통해 문단적으로 나타났던 것이 이번 순문학에서는 '우연성'의 요구로 된 것에 있다......작가의 작위(作爲)가 되는 '우연'은 아무리 교묘히 장치시키려 해도, 문학의 내용을 엉터리로 만들고 비속화시킨다. 하지만 곤란하게도, 작가의 작위에 의한 '우연'은 교양이 낮은 독자에 대해서는, 종종 자연의 '우연'과 같은 정도의 매력을 부여하는 위험이 있다. 문학으로써 영리적 상품을 전달하고 있는 자본가나 통속작가 대중작가가 교양이 낮은 독자 대중 안으로 널리 그 작품을 팔아 가능한 한 많은 이익을 올리기 위해서 항상 이 작위에 의한 '우연'의 수단에 호소하여 독자를 기만하려는 이유가 여기에 있는 것이다

「천사」에 짜 넣어진 어지러운 '우연성'을 의식이라도 한 듯이, 「순수소설론」이 주창하는 '우연성' '통속성' '감상성'이라는 순수소설이 요구하는 요소 중에서 '우연성'에 초점을 두고 있다.

곧이어 1935년 6월 5일자 본지 제6면에는 그다음 편에 해당하는 에구치 간의 「순수소설과 통속소설 (하)」가 게재되고, 나아가 독자 레벨의 향상에 대한 요코미쓰의 공헌을 칭찬하고 있다.

우노 고지(宇野浩二)나 요코미쓰 리이치 등이, 설령 그 문학을 통해 근로 대중의 해방과 인류사회의 역사적 발전을 위해 도움이 될 만한 용기가 없다 하더라도, 적어도 독자 대중을 봉건적인 귀족주의의 고귀함 쪽으로 끌어올리려고 노력하는 것을 보면, 이전 부르주아의 통속소설보다도 이후의 부르주아 예술 작가 쪽에 나는 훨씬 더 호의를 갖고 있는 것이다.

게다가, 연재 종료 후인 1935년 11월 16일자 본지 제7면에는 경력 미상이지만 『대일』에서 간간이 기사를 싣고 있는 시무라 에이지(詩村映二)가 「요코미쓰 리이치 씨의 「천사」를 읽다」로 작품평을 하고 있다. 이것이 대만에서 「천사」에 대한 본격적인 비평이다.

모든 현실을 물질과 그 운동으로 환원하려는 시도가 리얼리즘에 반역하면서 마침내 리얼리즘에 굴복해 가는 요코미쓰 리이치의 작품에서, ……작품 기조를 형성하는 정신과 방법이, 거대하고 불가해한 현실의 매력을 거대하며 불가해한 현실의 매력으로 감득했다는 것을 의미하는 것이다.

장편 「꽃꽃(花花)」의 기구(機構)가 발전한 것에, 대만 일일 연재의 「천사」가 있다. 「꽃꽃」에서는 볼 수 없었던 인간 심리의 아름다운 변이가 정교하게 포착되어 애정의 참 모습이 아름다움으로까지 고조되어 있다. 원래 신문소설로 쓰여진 만큼, 사건의 진행 방식, 정리하는 방법에 무리가 있는 것은 부정할 수 없다.

작가 요코미쓰 씨가 하나의 단계에서 다음 단계로 발돋움하려는 자세를 찾을 수 있다. 걸작 「문장(紋章)」에 비교하면 그려진 사건도 각 인물도 우리에게 있어서 별로 매력적이지 않지만, 놀랄만한 것은 연애에 있어서 인간의 정직함이 연애의 모럴(モラル)을 보기 좋게 분쇄해 가는 점에 있다.

사람들이 이 소설을 배덕(背德)의 서(書)라고 부르는지 아닌지는 문제 삼지 않는다. 그러한 풍설이 「천사」의 가치를 좌우한다 생각할 수 없고, ……요코미쓰 리이치 씨의 마음 깊은 곳에, 추방할 수 없는 채로 남아 있는 비속성이(나쁜 의미로도 좋은 의미로도) 사다코(貞子)의 형상으로 드러나고 있는 것이다. 이 비속성이라 불리는 점이 이른바 요코미쓰 씨의 순수소설을 재밌게 읽게 하는 보편성이 되지 않을까. 순수소설이라 해도 형편없다면 신문소설로 바꿔 말해도 좋

지만, 요코미쓰 리이치의 경우는 오히려 어느 쪽이든 지장이 없는 것 같다. (이
일은 그의 「순수소설론」을 읽으면 이해할 수 있을 것이다.)....

멈춰라, 요코미쓰 리이치의 「천사」는 오자키 시로(尾崎士郎)의 「인생극장(人
生劇場)」가타오카 뎃페이(片岡鉄兵)의 「신부학교(花嫁学校)」다케다 린타로(武
田麟太郎)의 「긴자 핫초(銀座八丁)」다키이 고스케(滝井孝介)의 「무한포옹(無限抱
擁)」과 나란히 신문소설 중의 가편(佳編)이며, 그의 「순수소설론」의 시도로서도
재미있는 것이다. 나는 「천사」의 안에서 무섭기까지한 심엄한 물질의 운동, 기
계의 비밀을 발견하는 것에 의해 이 작품의 장점을 이해할 수 있다고 생각한다.

요코미쓰가 「순수소설론」에서 '우연이 가지는 리얼리티'를 표현하는 방
법은 새로운 리얼리즘을 인간의 외부와 내부 중간의 중심에 있는 '심리를
무너뜨리고, 도덕을 허물고, 이지를 깨고, 감정을 왜곡하'는, '자의식이라고
하는 개재물'을 요구한다. 그것이 '인간의 외부와 내부를 갈라놓은 듯한 기
능을 하며, 마치 인간의 활동을 하다가 완전히 우연적으로, 돌발적으로 일
어나 다가오는 듯한 양상을 보이는 근대인이란, 정말로 통속소설 내에서
우연의 빈발과 마찬가지로 우리에게는 흥미 넘치는 것이다.'라고 말한다.
이 문장은 바로 ⑨「작자의 말」에서 기술하고 있는 '인간의 마음에 중점을
두기' 시도의 동기부여이다. 시무라도 이 의도를 파악하여 '사건의 진행 방
식'에 무리를 느끼면서도, 「천사」의 '불가해한 현실의 매력'을 칭찬하고, 등
장인물 심리의 미덥지 못함을, '배덕'이라는 해석보다는 감정 추이에 리얼
리티를 읽어야 한다고 주장한다.

또한 시무라 에이지에 의하면, 「천사」의 작자는 순문학자, 요코미쓰였기
때문에 「천사」는 순수소설이라고도 말할 수 있고, 신문소설이라고도 할 수
있다. 이 지적은 단적으로 작자의 의도와 독자의 해석 사이에 불확정성을
시사하고 있다. 이 불확정성을 요코미쓰의 '독자와의 공동 제작'(「작자의 말
—「성장」(作者の言葉—盛裝)」) 이라는 시도로서 생각하면, 그 불확정성은 독

서행위 전에 제공한 해설에 유도되어 개변(改變)할 수 있는 것으로도 생각할 수 있다.

「천사」의 반향은 『대일』에서 시무라 이외에 발견되지 않았지만, 대만인 작가의 대동단결로 간주되는 『대만문예(臺灣文藝)』와 그 본거지, 대중(台中)의 신문 『대만신문(臺灣新聞)』에서 펼쳐진 일련의 '순수소설론 논쟁' 안에서 찾을 수 있다.[22] 관련된 다섯 문장을 소개하고 싶다.

먼저, 재대일본인 고묘 시즈오(光明静夫)는 「대두하는 순수문학의 일루전에 관해서(台頭する純粹文學のイリュウジョンに就いて)」(『대만문예』1935년 2월)를 발표하고 '순수문학의 구가시대, 지금이나 장래에 우리나라의 문단은 수종의 순문예 잡지를 창간하여 순문예의 부흥을 외치는 어느 가을, 남해의 외딴 섬인 대만에서 「대만문예」창간을 본 것은 리얼리즘의 대패(大敗) 아래, ……발전 향상'할 것을 기대하고 있다. 고묘가 「순수소설론」발표 전부터 '순수문학'에 주목하고 있는 것은, 아마도 ⑤ 「문학의 과학성 기타」나 내지에서 발표된 관련 의론에 관심을 계속 가지고 있었기 때문일 것이다

다음으로 양사예(楊士禮) 「소설문학(상)(小說文學(上))」(『대만신문』1935년 4월 17일)은 다음과 같이 프롤레타리아 문학자의 입장에서 독자가 아닌 대중이라는 단어에 구애되어, 순수소설을 순문학 본위의 통속화라고 이해하고 있다.

> 문학은 대중의 것이어야 한다는 원칙이 있다면, ……순문학의 심산으로 글을 쓴다고 해도, 여전히 통속미의 고려를 해야 한다.……또 크게 의론으로 논쟁이 일 수 있는 점이 '만약 문예 부흥이라고 할 만한 것이 있다면, 순문학으로 해서

---

22 이 논쟁의 상세는 졸론 『일제강점기 대만 문화인에 의한 신감각파의 수용-요코미쓰 리이치와 양규·무영복·옹료·류눌구(日本統治期台湾文化人による新感覚派の受容—横光利一と楊逵·巫永福·翁鬧·劉吶鷗)』(도쿄대학 대학원 인문사회계 연구과, 2012년 9월) 제1장을 참조

통속소설, 이것 외에 문예부흥은 절대로 있을 수 없다고, 지금도 나는 생각하고 있다.'라고 순문예파를 대표하는 요코미쓰 리이치 씨가 『개조』 4월호의 「순수소설론」에서 대담하게 나온 것이다.

동월 29일에 양사예는 「소설문학(하)(小說文學(下))」에서 요코미쓰의 「순수소설론」을 인용하고, 찬동의 뜻을 기술하고 있다.

> 나는 이 요코미쓰 리이치 씨의 순수소설론을 읽고 문득 알게 된 것이 무언가 있었다. 답답했던 것이 개운해지며 사라지는 기분이 들었다. ....이건 희한한 물건이다 라고, 절대적 찬동......순문학 안에 통속적인(예를 들면 흥미를) 부분을 가미해야만 한다는 것은 물론이다.

양사예에 관해서 상세한 내용은 불명이지만, 이 문장의 내용이 발표된 지 약 한 달 후인 5월 25일 『대만신문』이 '매우 유쾌하다'라며, 전술했던 대만의 좌익문학 일인자인 양규가 논쟁을 부추기고 있다. 또 '순문학에 통속을 가미'한다는 주장이 양규의 「예술은 대중의 것이다(芸術は大衆のものである)」(『대만문예』1934년 12월) 등의 논조와 일치하고, 요코미쓰 설에 미수정을 더해 찬동을 표하는 자세도 양규의 「신문학 관견(管見)」(『대만신문』1935년 7월 29일~8월 14일)과 함께 공명한다. 일찍이 필명을 사용하여 '자기선전을 통한 저항 활동[23]'했던 양규가 가장해서 논쟁을 부추겼을 가능성도 있다.

논쟁 속에서 직접 「천사」의 연재를 언급한 것은, 이시이 히데오(伊思井

---

23 가와하라 이사오(河原功), 「12년간 봉인되어 온 '신문배달부' ─ 대만총독부의 방해에 감연히 맞선 양규(十二年間封印されてきた「新聞配達夫」─台湾総督府の妨害に敢然と立ち向かった楊逵)」, 『번롱된 대만문학(翻弄された台湾文学)』, 연문(研文) 출판, 2009년 6월, pp.53-54

日出夫)[24] 「순수소설에 관하여(純粹小說に就いて)」(『대만신문』1935년 5월 4일)이다.

> 옛날 재료가 견고한 물질에 지나치게 욕심을 부리며 덤벼들지만 취하기 어려운 인간 심리의 장치를 잡은 듯한, 독수리와 같이 날카롭고 늠름한 요코미쓰의 눈은 「하루나(榛名)」「히에이(比叡)」에서 무엇을 본 것인가, 그의 피로 내지 휴식의 작품으로 정리하고 싶지 않다면 다케다 린타로, 나카야마 요시스에(中山義季) 는 평했다. ……요코미쓰 리이치는 그 통속성을 우연성과 감상성에서 구했다, 여기서 주목해야 할 말을 우리들은 아오노 스에키치(青野季吉) '문학의 통속성의 문제'에서 볼 수 있다……요코미쓰 리이치는 말한다…이렇게 그는 우연이 갖는 리얼리티의 정도를 표현하는데 곤란한 것은 없다고 말한다. …「천사」성장 이후 어떻게 발전해 갈 것인가 그것은 그에게 부과된 큰 문제여야 한다.

이시이 히데오는 양사예가 「순수소설론」에 동감을 느낀다는 건(件)을 접하고, 「천사」, 「성장」 등에 순수소설의 실천을 봐야만 한다고 호소한다.

시무라와 함께 이시이도 '우연이 갖는 리얼리티'와 '인간의 외부와 내부'의 심리에 주목한다. 하지만 시무라는 작품 자체의 읽기를 제시하는 것에 대해, 이시이는 이 두 가지를 실천하는 프로세스를 천착하는데 초점을 두고 있다. 또 시무라는 「천사」가 '리얼리즘'의 표현에 '굴복'하고 있다는 사실에 놀랐다.

한편 이시이는 순수소설의 실천을 마르크시즘이나 좌익평론가 아오노 스에키치의 '통속성'과 함께 생각해서, 마치 프롤레타리아 문학에 있어서 리얼리즘의 변혁책으로서 도입하려 하고 있다. 이시이의 입장은 양사예에

---

[24] 이시이가 어떤 인물인지 알 수 없다. 하지만 전술했던 양규의 펜네임으로서 생각할 수 있다. 그 추론는 2012년 졸론 제1장을 참조

게도 연결된다. 이는 동시기 대만 문단의 배경과 관련되어 있다. 『대만문예』 내부에는 입장의 차이가 있어도, '문예 대중화'를 방침으로 내걸었다. 하지만 그것을 둘러싸고 의견의 대립이 생기고 있기에 '문예 대중화'의 수단으로 된 리얼리즘의 혁신 방법을 「순수소설론」과 「천사」에게 구하고 있는 것이다.

일련의 논쟁을 『대만신문』의 문화부장, 다나카 야스오(田中保男)가 아쿠류노스케(悪龍之助)란 이름으로 5월 4일 「작열탄(炸裂弾)」에서 『대만문예』의 내부 대립을 의식하면서, 대만 문학자의 「순수소설론」으로의 반향을 이하와 같이 정리하고 있다.

> 문학의 신(요코미쓰: 필자 주) 의 지휘에 당당히 돌아다니는 인텔리......「대만문예」의 성장을 흐뭇하게 기대한다. 불쾌한 잔재(殘滓)를 벗어 던지고, 먼저 열심히 진격하는 것이다.

연재 종료 후 다시 3년의 세월이 흐르고, 요코미쓰는 1938년 5월 1일 「대만의 기억」에서 대만행 배편이 파도의 영향을 받게 된 경우, '도쿄에서 보내야 하는 원고도, 그로 인해 써서 모아둬야 했다.'라고 추억했던 것을 생각하면, 오쿠마 노부유키(大熊信行)의 『문예의 일본적 형태(文芸の日本的形態)』(삼성당(三省堂), 1937년 10월)에서 제기한 신문소설의 '분할(分割) 발표'를 행했던 증좌(証左)로 확인할 수 있다. 이것이 「천사」의 줄거리를 전개하는 방법에 영향을 미친 것으로 판단된다.

6. 나오며

「대만의 기억」의 발견에 따라 『대만일일신보』에서 「천사」 '분할 발표' 형식을 확인할 수 있으며 「아가」 「성장」을 분석함으로써 일본의 근대에 대항하는 '야만'의 에너지의 근원으로서 대만 표상이 드러났다. 각각의 '포지티브'로서의 제1 남성 주인공인 하네다와 미치나가를 돋보이게 하기 위해, '네거티브'로서의 '타자', 기토와 규헤이가 그려져 있다. 근대=모더니티에 회의적인 태도를 취하는 하네다와 미치나가를 자극하기 위해 대만이 표상되었던 것이다. 외지로서의 대만은 기토와 규헤이라는 일본 내부에 있는 '타자'인 '네거티브'한 사람들로의 수사(修辭)인 것이다.

또 「천사」가 중앙문단에서 그다지 주목받지 못했지만, 외지 신문 『대일』에서는 연재 전후로 추천문이나 평론에 의해서 펼쳐진 미디어 전략을 확인할 수 있었다. 더욱이 그 언설이 훌륭하게 재생산되어 『대만신문』지상의 '순수소설론' 논쟁과 함께, 실시간으로 주목받아 포스트 콜로니얼적 독자론의 가능성을 보여 주었다. 식민지 일본어 문학의 '후진'성으로 인해 같은 시기에 문예 대중화와 대중문학과의 경합을 생각하는 대만의 일본어 작가가 내지 작가 요코미쓰의 문예론과 실천을 흡수하면서 외지문단에서 상술한 과제를 극복하려고 했다. 「천사」는 그들에게 리얼리즘 혁신의 한 모델을 제공했다고 할 수 있다. (경칭 생략)

(한채민 역)

2. 일본어 문학과 혼효하는
장(場)으로서의 '외지' 일본어 신문

『경성일보(京城日報)』의 문예란(1906~20)과 식민지 조선의 일본어 문학*

동시기 일본어 잡지 문예란의 비교를 중심으로

정병호

* 본 논문의 초출은 고려대학교 글로벌일본연구원 간행 『일본연구』 제29집(2018)

Ⅰ. 서론

2000년대에 들어와 일제강점기의 일본어 문학, 특히 조선인작가의 일본어 문학과 구별되는 이른바 재조일본인의 일본어 문학에 관한 연구가 빈번하게 이루어져 최근에 들어와서는 『재조일본인 일본어문학사 서설』(2017)과 같은 연구서가 나오는 등 그 전체적인 조감도가 어느 정도 윤곽을 갖추게 되었다.[01] 그런데 이 저술을 포함하여 재조일본인 일본어 문학 연구는 그 대부분이 『한국교통회지(韓國交通會誌)』(京城, 韓國交通會, 1902~1903)와 『한반도(韓半島)』(韓半島社, 1903~1906), 『조선급만주(朝鮮及満州)』(京城, 朝鮮雑誌社·朝鮮及満州社, 1912~41, 그 전신 잡지인 『조선(朝鮮)』은 1908~11)나 『조선공론(朝鮮公論)』(京城, 朝鮮公論社, 1913~43), 『조선(만한)지실업(朝鮮〈満韓〉之實業)』(釜山, 朝鮮之実業社, 1905~1914) 등 당시 경성이나 부산에서 간행된 일본어 잡지에 게재된 문학작품이나 문예란이 그 중심이었다.

실제 당시 한반도에는 일본어 잡지뿐만 아니라, 『조선신문(朝鮮新聞)』(仁川·京城, 1907), 『조선시보(朝鮮時報)』(釜山, 1894), 『부산일보(釜山日報)』

01　과경 일본어문학 문화 연구회, 『재조일본인 일본어문학사 서설』(도서출판 역락, 2017.6.), pp.1-495.

(釜山, 1907) 등 다양한 형태의 일본어 신문이 한반도의 각지에서 간행되고 있었으며[02] 그곳에 문예기사나 작품들을 게재하는 경우가 적지 않았다. 일제강점기 전체 기간, 아니 한반도에서 일본인들이 일본어 신문을 간행하였던 19세기 말까지 소급해 가더라도 발행기간이나 발행부수 면에서 이 당시 최대 일본어신문이었던 『경성일보(京城日報)』(1906.9~1945.10)의 경우도 다양한 형태의 일본어 문학을 게재하고 있었다. 하이쿠(俳句), 단카(短歌), 센류(川柳) 등 일본전통시가를 비롯하여 한시, 속요, 소설, 시 등은 물론이고 '경일문예(京日文藝)', '학예(學藝)란' 등을 통해 일본문예나 조선문예에 관한 다양한 기사도 게재하고 있었다.

한편, 조선총독부 기관지였던 『경성일보(京城日報)』는 조선 통감부 초대 통감인 이토 히로부미(伊藤博文)에 의해 1895년 간행된 일본어 신문 『한성신보(漢城新報)』와 1904년 간행된 일본어 신문 『대동신보(大東新報)』를 통합시켜 1906년 9월 1일에 창간하였다. 처음에는 일본어판과 국한문판을 같이 간행했으나 1907년에는 국한문판 간행을 중단하고 일본어판만을 간행하게 된다. 한일강제병합 이후에는 한글판신문 『대한매일신보(大韓每日申報)』를 흡수하여 『매일신보(每日申報)』로 신문 이름을 바꾸고 『경성일보』 자매지로 만들었으며, 『경성일보』는 한국이 해방하고 나서도 간행되다 1945년 10월 폐간한 일제강점기 최대 규모의 신문이다.

『경성일보』는 정치, 경제, 문화, 예술, 교육 등 식민지 통치사 전반을 연구할 수 있는 대단히 중요한 자료임에도 불구하고 그 동안 자료가 산일되

---

02 李相哲은 "아시아에 있어서 일본인의 신문 활동은 1881년에 부산의 「조선신보(朝鮮新報)」로 시작되어, 1945년 10월 31일 「경성일보(京城日報)」,"(李相哲, 『朝鮮における日本人経営新聞の歴史』, 角川学芸出版, 2009, p.5) 폐간에 이르기까지 계속 이어졌다고 지적하고 있다.

어 있다가 『경성일보』의 영인본(韓國教會史文獻研究院)이 간행되기 시작한 것이 2003년이고, 이 영인본마저도 1915년 이후의 기사들이 주로 영인되었다. 그렇기 때문에 『경성일보』의 일본어 문학은 일본어 잡지의 문예란과 비교해 보면 연구가 아직 거의 이루어지지 않았다.[03] 예를 들면, 『경성일보』의 일본어 문학 연구는 엄기권의 일본 학술지 논문과 박사논문,[04] 국내 학술발표,[05] 그리고 나카무라 시즈요(中村静代)의 논문[06] 정도이며, 특히 엄기권의 연구를 제외하면 거의 본격적 연구가 이루어지지 못했다고 할 수 있다.[07] 일본 내 학술지에 게재된 논문을 포함한 엄기권의 박사논문은 『경성일보』의 문예란을 세 시기로 나뉘어 각각 어떻게 변화해 왔는지 그 개략을 설명하고 주요 작가의 작품이 내포하는 문제계를 중심으로 분석한 것이다.

---

03 당시 『경성일보』 외에 민간에서 간행되었던 일본어 신문의 문예 관련 연구는 홍선영, 「일본어신문 『조선시보(朝鮮時報)와 『부산일보(釜山日報)』의 문예란 연구 -1914년 ~1916년-」(한국일본학회, 『일본학보』 57권2호, 2003, pp.543-552) 등이 있다. 그 외에도 이 분야 관련연구로 임상민, 이경규, 「식민도시 부산의 서점 연구 -1910년대 『부산일보』의 서점 광고란을 중심으로-」(동북아시아문화학회, 『동북아 문화연구』 제46집, 2016.3., pp.47-61) 등이 있다.

04 嚴基權, 『「京城日報」における日本語文学 -文芸欄·連載小説の変遷に関する実証的研究-』 (九州大学博士論文, 2015.), pp.1-111.

05 엄기권, 「「京城日報」における文芸欄の形成」(한국일본어문학회, 한국일본어문학회 학술발표대회논문집, 2015.10.), pp.190-193. / 엄기권, 「戦時中における連載小説の統合をめぐって -「京城日報」と「名古屋新聞」を中心に」(대한일어일문학회, 대한일어일문학회 학술대회 발표논문 요지집 , 2016.4.), pp.132-134.

06 中村静代, 「植民地朝鮮のメディアに現れた怪銀杏譚の考察 -怪談ジャンルにおける伝説と実話の境界領域を中心に-」(한국일본학회, 『일본학보』 111집, 2017.5.), pp.75-94 / 中村静代, 「植民地朝鮮の日本怪談流通に関する研究 -1920年代の新聞怪談シリーズと怪談映画流通を中心として-」(한국일본언어문화학회, 『일본언어문화』 제30집, 2015.4.), pp.275-294.

07 문학분야의 연구는 아니지만 『경성일보』의 문화예술 관련 기사와 관련하여 이지선 「20세기 초 경성의 일본전통공연예술 동호회 활동 양상-경성신보』와 『경성일보』의 1907~1915 기사를 중심으로」(한림대 일본학연구소, 『한림일본학』 27권, 2015, pp.175-210) 등의 연구도 있다.

이 연구는 오랜 시기에 걸쳐 간행된 일간지의 문예란이라고 하는 광범위한 자료를 대상으로 하여 이루어진 최초의 연구로서 그 의의는 두말할 여지가 없지만, 광범위하고 엄청난 양의 자료 전체를 대상으로 하기에는 일정의 한계도 존재한다. 특히 『경성일보』에서 일본어 문학을 둘러싸고 일어나는 문학담론이 동시대 여타 일본어 매체의 문예 관련 논의와 어떻게 관련되는지, 나아가 한반도 일본어 문학의 정착을 둘러싸고 이루어지는 다양한 문학 인식에 대해서는 거의 논의가 이루어지지 못하였다. 그리고 나카무라 시즈요의 연구는 『경성일보』에 나타난 괴담을 조사하여 분석한 특정 장르 중심의 논문이기 때문에, 이 매체의 문예란이나 문학인식의 흐름 연구와는 거리가 있다.[08]

따라서 본 논문에서는 일제강점기 최장기간 동안 최대 규모로 간행되었던 일본어신문 『경성일보』를 대상으로 하여, 초기 일본어 문학이 정착하는 과정에서 문학을 둘러싸고 어떠한 논의가 있었는지, 나아가 일본어 문학의 역할과 기능에 대해 어떻게 인식하였는지를 분석하여 당시 일본어 문학의 논리를 고찰하도록 한다. 특히 창간 시기부터 1920년 전후에 이르기까지 『경성일보』의 이러한 문학 논의를 당시 일본어 잡지 '문예란' 등에서 전개된 문학 관련 논의와 비교하여 문예평론의 지향점과 논리를 분명히 함으로써 지금까지 그 논의 내용이 분명하지 않았던 『경성일보』 일본어 문학의 특징과 그 지향점을 분명히 하고자 한다.

---

[08] 이외에도 金孝順, 「総督府機関紙〈『京城日報』文学資料DB構築〉事業」(東アジアと同時代日本語文学フォーラム, 高麗大学校日本研究 センター 編, 『跨境 日本語文学研究』 第3号, 2016.6., pp180-188)의 글이 있는데, 이 글은 필자도 참여하고 있는 한국연구재단의 토대연구지원 사업으로 수행중인 '『경성일보』의 문학자료DB 구축' 사업을 소개한 것이다.

Ⅱ.『경성일보』의 초기 문예관련 기사와 일본어 매체

『한반도(韓半島)』, 『조선(朝鮮)』과 『조선급만주(朝鮮及満州)』 등 한반도에서 간행된 일본어 잡지의 경우에는 해당 잡지가 간행되었던 시기와 거의 동시에 '문예란'에 해당하는 섹션이 만들어져 문학 관련 기사와 각 장르의 문학 창작란을 두고 있었다. 그리고 경우에 따라서는 독자 투고란도 만들어 현상(懸賞)문학의 형태로 신문독자의 작품도 적극적으로 게재하고 있었다. 그렇다고 한다면 조선총독부 기관지로서 기능하였던 『경성일보』는 문학 또는 문예에 대해 어떠한 기사를 배치하고 이 문예란이라는 지면은 어떠한 기능을 수행하였을까? 다음의 기사는 『경성일보』의 '문예란' 섹션을 생각할 때 상당히 획기적인 계기가 되었던 기사이다.

> 문예란의 침쇠(沈衰)라고 하는 것이 상당히 독자제현의 불만이라고 하는 투서가 매일 같이 두, 세통은 오고 있습니다. 그래서 이때에 동호자의 뜻에 따르는 일은 물론, 여타의 독자제현에 대해서도 상당히 환영받을 것을 기대하며 오늘 이후 문예란의 쇄신을 결행하여 드디어 아래의 선자(選者)와 투고종목을 정하여 일반의 투서를 환영하며 문예에 대해서는 광의의, 가능한 한 다수의 해석에 기초하여 채용을 행하여 반도문예 발달의 일조에도 이바지하도록 하겠습니다. (중략) 이 규약에 의거하여 일반의 투고를 환영하며 동호자의 분투를 희망하는 바이지만 위는 모두 경성부 태평정(太平町) 경성일보사 문예계 앞으로 보내야 하며 덧붙여 규약에 위반된 분의 원고는 유감이지만 게재되지 않음을 알려드립니다.[09]

'문예란 쇄신(文藝欄刷新)'이라고 이름 붙여진 이 기사에서는 침체상태에 있는 『경성일보』의 문예란을 쇄신하여 문예란이 활성화되기를 바라는

---

09 「文芸欄刷新」(『京城日報』, 1921.4.26.)

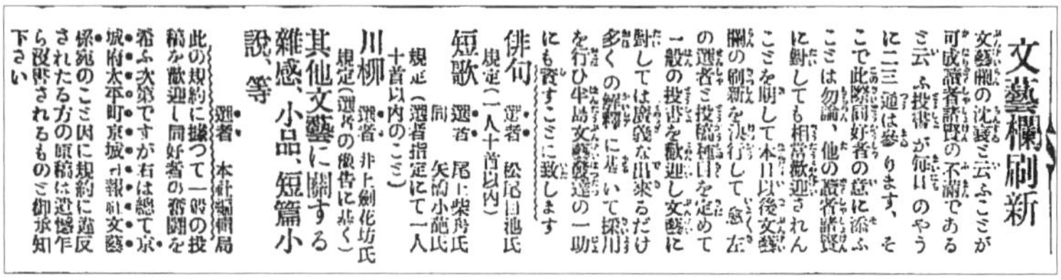

文藝欄刷新

文藝欄の沈衰と云ふことが可成讀者諸賢の不滿であると云ふ投書が毎日のやうに二三通は參ります、そこで此際同好者の意に添ふことは勿論、他の讀者諸賢に對しても相當歡迎されんことを期して本日以後文藝欄の刷新を斷行して愈々左の選者と投稿種目を定めて一般の投書を歡迎し文藝に對しては嚴格な出來るだけ多くの解釋に基いて採用を行ひ半島文藝發達の一助にも資すことに致します

俳句 選者 松尾目池氏 規定(一人十首以内)

短歌 選者 尾上柴舟氏 同 矢崎小葩氏 規定(選者指定にて一人十首以内のこと)

川柳 選者 井上剣花坊氏 規定(選者の廣告に基く)

其他文藝に關する雜感、小品、短篇小說、等 選者 本社編輯局

此の規約に據つて一般の投稿を歡迎し同好者の奮闘を希ふ次第ですが右は總て京城府太平町京城日報社文藝係宛のこと因に規約に違反されたる方の原稿は遺憾乍ら沒書されるものと御承知下さい

〈그림 1〉 '문예란 쇄신' 기사

독자들의 요구에 부응하여 각 장르마다 투고 작품의 선자(選者)를 보다 분명히 밝히겠다는 의견을 제시하고 있다. 그래서 이 기사에서는 투고 장르도 하이쿠(俳句)나 단카(短歌), 센류(川柳)에 그치지 않고 잡감(雜感), 소품(小品), 단편소설(短篇小說)로까지 확대하겠다는 의지를 천명하고 있다. 엄기권은 이 '문예란 쇄신'이라는 기사에 대해 동년 9월에 '경일문예(京日文芸)'란이 만들어진 사실과 더불어 "1921년에 「경성일보」에서 문예란이 본격적으로 성립하는 모습이 엿보인다."고 지적하고 있다. 더구나 1925년이 되면 조간 4면에 "연재소설과 더불어 「학예 소식(学芸だより)」(또는 「학예계(学芸界)」)라는 문예에 관한 통지가 게재되"는데 이 때에 "선자를 다카하마 교시(高浜虚子)로 하여 「경일 하이쿠(京日俳句)」가 만들어지"고 그 외에 "「경일 단카(京日短歌)」, 「경일 센류(京日川柳)」, 「경일 동화(京日童話)」와 같은 문예 코너의 개명이 이루어지는 등 다이쇼(大正) 말 무렵에 가까스로 「경성일보」의 학예란이 체계화된다"[10]고 지적하고 있다.

그런데 『경성일보』의 문예란의 형성과정을 보면 당시 한반도에서 간행된 여타의 일본어 잡지와 민간분야 등에서 간행된 일본어 신문과 비교해 오히려 『경성일보』 쪽이 그렇게까지 빠르다고 할 수는 없다. 예를 들면 한반도에서 간행된 민간 간행의 일본어 신문들은 대다수가 문예란을 설정하여

10 嚴基權, 위의 논문, p.14.

소설연재나 하이쿠, 단카, 시 그리고 소품 등을 게재하고 있었다. 예를 들면, 경성에서 간행된 『경성신보(京城新報)』(1907~1912)는 1907년도에 '문원(文苑)'란이 만들어졌고 그 외에도 하이쿠(俳句)나 고단(講談), 소설란 등을 통해 작품을 발표하였다. 인천에서 발행된 『조선신보(朝鮮新報)』(1892~1908)는 1896년에 이미 하이단(俳壇)란을 통해 작품들이 발표되었으며, 1906년도에는 시단, 가단(歌壇)란이 보인다. 1907년도에 『부산일보(釜山日報)』로 변경된 부산에서 간행된 『조선일보(朝鮮日報)』(1905)는 1905년도에 소설, 소품문(小品文), 문원란이 만들어졌으며 소설, 하이쿠, 시(詩)란, 와카(和歌)란도 더불어 운영되었다. 그 외에도 『경성신문』(1908~1908) 등 다수의 민간 간행 일본어 신문에서 문학작품을 게재하였으며 문학론과 관련된 기사들도 등장하였다. 그런데 이러한 신문의 경우에는 당시 일본어 잡지가 단일한 '문예란'을 통해 여러 분야의 작품이나 기사를 게재하였던 사실과 비교하면 다소 산발적이라 할 수 있다. 이는 『경성일보』도 포함하여 신문 매체와 잡지 매체가 가지는 차이에 기인하는 바도 적지 않을 것이다.

그리고 일본의 잡지의 경우에도 상당히 이른 시점부터 문예란에 해당하는 섹션을 배치하고 있었다. 즉, 한반도에서 가장 일찍 간행된 일본어 잡지인 『한국교통회지(韓國交通會誌)』(韓國交通會, 1902.12~1903.12)와 『한반도(韓半島)』(韓半島社, 1903.11~1906.5)의 경우는 각각 논설, 교통사료, 한국사정, 만록(漫錄), 각지통신, 휘보란으로 그리고 풍속인정, 소설, 문예잡조(雜俎), 가정음악, 실업, 교통과 안내, 근시요록(近時要錄), 문원, 종교란 등으로 구성되었다. 이 중에서 "'소설', '문예잡조', '문원', '만록'란을 중심으로 소설, 시, 에세이, 하이쿠, 단카, 한시, 문학평론 등 수많은 문학적 작품이 실려"[11] 있었다. 한편 부산에서 간행된 『조선지실업(朝鮮之實業)』(朝鮮實業協會 編, 1905~07), 『만한지실업(滿韓之實業)』(滿韓實業協會, 1908~14) 등은 '문원(文苑)'란을 별개로 설치하여 단카·하이쿠·시·한시·소설·평론·수필 등을 지속적으로 게재하고 있었다. 그리고 경성에서 최장기간 간행되었던 일본어 종합잡지 『조선(朝鮮)』(朝鮮雜誌社, 日韓書房, 1908~11)과 『조선급만주(朝鮮及滿洲)』(朝鮮雜誌社·朝鮮及滿州社)는 '문예(文芸)'란을 독립적으로 설치하여 하이쿠·단카·시·한시·소설·평론·수필, 그리고 조선문학의 번역 작품 등을 게재하였는데 이 잡지는 한반도 일본어 문학의 초기 최대의 발표 공간이었다고 할 수 있다.[12] 그리고 1910년대에 창간된 『조선공론(朝鮮公論)』(朝鮮公論社, 1913~43)도 공론문단(公論文壇)이나 창작 또는 반도문예(半島文藝)나 문예(文藝)란을 만들어 『조선급만주』와 더불어 일제강점기 재조 일본인들의 문예활동의 중심적 무대가 되었다.

이렇게 본다면 『경성일보』의 '경일문예'란이 하나의 독립된 섹션으로 만들어지기까지 여타의 신문이나 잡지에 비해 시간이 오래 걸렸다는 사실을 알 수 있다. 그렇지만 『경성일보』의 '경일문예'란이 1920년대에 들어가 온전한 형태를 갖추어 가기는 하였지만 그 이전에 이러한 기능을 담당하는 곳이 없었던 것은 아니다. 예를 들면, 1910년 2월 17일에 하이쿠가 보이며 1910년에는 하이쿠 현상모집란이 보인다. 그리고 1911년 5월 11일자에 독자문예란이 있어서 하이쿠나 센류, 속요, 단카 등이 실리게 되는데 실제

---

11 정병호·엄인경, 「러일전쟁 전후 한반도의 일본어 잡지와 일본어 문학의 성립 -『한국교통회지(韓國交通會誌)』(1902~03)와 『한반도(韓半島)』(1903~06)의 문예물을 중심으로-」 (한국일본학회, 『일본학보』 제92집, 2012), pp.175-194.

12 정병호, 「〈메이지(明治)문학사〉의 경계와 한반도 일본어 문학의 사정(射程)권 - 메이지 시대 월경하는 재조(在朝) 일본인의 궤적과 그 문학적 표상」(한국일본학회, 『일본학보』 제95집, 2013), pp.161-174.

식민지 문화정치와 『경성일보』

독자들의 문학 모집도 실시하여 독자들의 문예를 적극적으로 게재하였다는 사실로부터 1921년 '경일문예'란이 등장하기 이전에도 문예작품을 하나의 섹션으로 묶으려는 노력이 있었음을 알 수 있다. 그리고 1910년대에 고단(講談)이나 소설이 여러 번에 걸쳐 연재되었던 점도 『경성일보』의 초기 문예란의 특징이라고 할 수 있을 것이다.

그런데 이보다 더 눈여겨봐야 하는 점은 반드시 문예란의 형태를 취하지 않았다고 하더라도 문학인식이나 장르인식을 나타내는 기사들이 1910년대에 빈번하게 게재되었다는 사실이다.[13] '문학'을 표제어로 하는 대표적인 기사만 열거하더라도, 근대문학을 공리적 관점에서 비판한 「경성논단-나의 문학관(京城論壇-予の文學觀)」(1916.4.9.), 현재 소실된 자료인데 당시 한반도 최초의 문학잡지에 관한 기사인 「반도문학 발매금지(半島文學發賣禁止)」(1916.12.27.)·「잡지반도문학발간(雜誌半島文學發刊)」(1918.2.19.)·「반도문학을 읽는다(雜誌半島文學を読む)」, 일본문학의 해외 번역 및 확산과 연관된 기사인 「일본현대문학이 영어로(日本現代文學が英語に)」(1917.3.4.)·「프랑스에서 일본문학으로(佛蘭西で日本文學で)」(1920.9.5.), 그리고 중국문학의 흐름을 오랜 기간 동안 연재한 「중국문학의 변천(支那文學の變遷)(1-12)」(1918.5.13.-6.21) 등의 기사가 있다. 이 외에도 「문학물보다는 학술가정용(文學ものよりも學術家庭向き)」(1916.5.22.), 「저급문학 불량도서(低級文學不良圖書)」(1916.7.11.), 「젊은 여성의 문학적 사상에 대해(若い婦人の文學的思想に就て)」(1920.2.29.), 「자국문학과 영화극(白國文學と映畫劇)」(1920.4.2.)도 문학과 연관된 기사들이다. 한편, '문학'을 표제어

---

13 이외에도 일본의 역사학자로서 조선사 연구자인 오다 쇼고(小田省吾, 1871~1953)가 한양 성벽을 조사하며 그곳에 쓰여져 있는 문자를 중심으로 한양성의 형성과정을 기술한 「성벽문학(城壁文學)」이라는 기사를 1916년 6월 21일부터 7월 29일까지 연재하였다.

로 하지 않는다고 하더라도 사씨남정기를 다룬 「진서 사씨남정기에 대해 (珍書謝氏南征記に於て)」(1909.1.1.), 민족에 기반한 문학창작을 주장한 「일본고유의 예술창조(日本固有の藝術創造)」(1918.6.5.), 「청조의 소설에 대해 1-4(淸朝の小説に就て)」(1918.1.3.-1.7.), 「소설 속의 데라다박사(小説中の寺田博士)」(1917.6.19.) 등도 문학 관련 기사로 주목된다.[14]

이들 기사들은 앞에서 언급한 1921년의 '경일문예(京日文芸)'란이 성립하기 이전 기사들로 '문예란'이라는 섹션을 빌려 게재한 글은 아니지만, 1920년까지 『경성일보』에 실린 대표적인 문학 관련 글이며 이 중에서 당시 한반도 일본어 매체의 문학관을 잘 보여주는 것도 적지 않다. 그렇다고 한다면 『경성일보』에 실린 이러한 문학 관련 기사의 특징은 무엇인지, 그리고 당시 일본어 잡지 등 여타 매체의 문학론과 어떻게 관련되어 있는지는 다음 장에 상세히 분석하도록 한다.

III. 『경성일보』의 문학론 전개와 그 위치

이상에서 보았듯이 『경성일보』는 1921년 '경일문예'란이 하나의 지면으로 정돈되기 이전에도 다양하게 문예관련 작품란을 만들고 당시 식민지 조선에서 문학을 둘러싼 다양한 기사들을 게재하며 문학에 관한 담론을 형성하고 있었다. 그렇다고 한다면 일본이 조선을 식민지화하려는 의도가 노골화되는 1906년의 창간 시점에서 일제강점기 초기라 할 수 있는 1910년대 『경성일보』의 문학인식은 어디에 있었으며, 이러한 논리들은 식민지 일

---

14 『경성일보』 지면에 '경일문예'란이 만들어지는 1921년에는 「夕氏文學に還る」(1921.1.14.), 「英文學の研究」(1921.4.9.), 「佛蘭西文學の色彩」(1921.4.25.), 「鄕土文學としての童謠」(1921.5.17.), 「夢と文學」(1921.6.15.~ 6.22.), 「文學と敎育(1-5)」(1921.8.14.-8.20.), 「露西亞の文學」(1921.12.11.) 등 다수의 문학관련 기사가 실린다.

식민지 문화정치와 『경성일보』

본어문학과 어떤 관련을 가지고 있었던 것일까? 『경성일보』의 문학관련 기사 중에서 이러한 인식을 가장 잘 보여주는 글이 아래에서 보는 「나의 문학관(予の文学観)」이라는 기사이다.

　　무릇 문학이 문학자 이외의 인류를 전혀 도외시 한다면 아마 성립하지 않을 것이다. 문학은 사회의 문학, 국민의 문학이며 도저히 사회나 국민과 교섭하지 않고 존재할 수 있는 것이 아니다. 그렇다면 즉 사회의 일분자(一分子), 국민의 일원이 문학에 대해 의견을 가지고 희망을 말하는 것은 결코 부당하지 않다고 생각한다. (중략) 우리나라에서는 재료의 선택에 있어서 소세키(漱石)의 작품을 추천하는 데 주저하지 않는다. 요는 이미 말한 결점을 가지지 않고 사람들의 고상한 취미를 만족시키기 때문이다. 감정을 미화(美化)하는 한편 어쩌면 사람의 도덕심을 진보시키고 어쩌면 지식을 넓히고 혹은 사회를 지도하고 적어도 사회의 향상진보에 이로운 바가 있는 문학을 나는 간절히 바라는 것이다.[15]

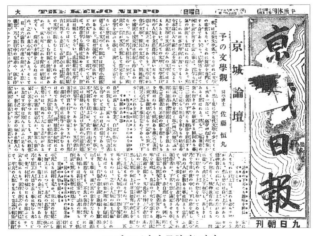

〈그림 2〉 '나의 문학관' 기사

15　佐藤恒丸, 「予の文学観」(『京城日報』, 1916.4.9.)

이 기사는 재조일본인으로서 식민지 조선에 건너와 조선주차군 군의부장 (朝鮮駐箚軍軍医部長)까지 올랐던 의학박사 사토 쓰네마루(佐藤恒丸)의 글로서, 당시 재조일본인 지식인의 문학관을 대변하고 있다고 할 수 있다. 여기에서 사토는 문학과 사회, 문학과 국민의 관계를 강조하면서 자신의 의견을 피력하고 있는데, 그가 진단하는 근대문학의 현상은 다음과 같이 부정적인 것이었다. 즉, 그는 근대문학의 주요 경향으로 "(1) 단지 저작의 팔림새만을 고려하는 경향이 있는 점, (2) 독자의 하열(下劣)한 취미를 조장하는 점, (3) 쓸데없이 신기(新奇)를 요구한 결과 비상식의 인물을 묘사하는 점, (4) 부지불식간에 독자에게 배덕(背德) 또는 나쁜 일을 가르치는 점, (5) 독자에게 불쾌한 느낌을 일으키게 만드는 것을 마다치 않는 경향이 있는 점, (6) 저작에 대한 친절한 마음이 충분하지 않고 기사에 대한 연구심이 부족한 점"으로 파악하고 있었다. 그리고 나서 사토 쓰네마루는 그가 논한 여섯 가지의 잘못된 현상을 비판적으로 상세하게 거론하면서 결론적으로 '감정을 미화'하고 '사람들의 도덕심'을 진보시키며, 나아가 '사회를 지도'하거나 '사회의 향상진보'를 도모하는 데에 문학의 역할이 있으며, 의의가 있음을 강조하고 있다.

사토의 이러한 인식은 일본 메이지(明治)시대의 근대문학 형성기나 자연주의 시대의 교육자들이 흔히 피력하였던 문학인식과 매우 유사한 구조를 취하고 있다. 예를 들면, 위의 글에서 궁극적으로 제시하고자 하는 인식은 1900초년대 후반 일본 자연주의 전성기에 당시 문학작품이 젊은 남녀들에게 결코 좋은 영향을 미치지 않는다며 "소설은 청년 남녀가 읽어야 할 것이 아니라는 풍조를 만들어 둘 필요가 있다"[16]고 간주하였던 인식과 비슷한 선상에서 문학을 바라보고 있다. 즉, 사토가 기술한 근대문학의 여섯 가

---

16 前田慧雲, 「禁小説論」(『新公論』, 1908.5.), p.1.

지 결점은 바로 자연주의 전성기 때 일본 내에서 문학, 특히 당시의 소설이 청년들에게 다양한 형태의 해악을 끼친다는 인식과 궤를 같이하며 그 구체적 나열에 다름 아니라고 볼 수 있다. 더구나 1870, 80년대 일본의 미술계에서 개진된 예술사상 또는 이로부터 영향을 받은 쓰보우치 쇼요(坪内逍遙)의 『소설신수(小説神髄)』(1885~86)에서 제시한 "크게 인심을 감동시켜 은연중에 기품을 고상하게 하고 교화를 돕는 연유가 있"[17]다고 한 계몽적·공리적 문학관과 거의 같은 논리를 취하고 있다.

더구나 이러한 문학 인식은 당시 한반도에서 간행되고 있었던 일본어 잡지와 신문들에서 흔히 볼 수 있는 문학 인식이었다.

- 연극 소양이 있고 인격을 갖춘 배우에 의해 연기되는 극과 같은 것은 위안을 주고 사기를 높이며 취미를 향상시키고 풍속을 좋게 만드는 일 등에 관여하여 효력이 있음은 물론이라고 생각한다. (중략) 풍교를 향상시키는 것과 관련하여 힘 있는 고상한 예술을 음미할 수 있다.[18]
- 소설은 간이한 일상의 인정, 풍속을 시화(詩化)하고 인정의 정수를 그리고 인정의 곡절(曲折)을 비추어 그리하여 순미(純美)한 한편의 무성(無聲)의 시(詩)이게 하는 것이다. 그래서 그것이 우리들에게 공헌하는 바는 원만한 사상, 감정의 발달을 촉진하고 헤아려 볼만한 취미를 함양하게 하는 데 있다. (중략) 순문학의 보급은 타락한 거류민의 취미를 구제하는 한 수단이 될 수 있다.[19]

위 인용문 중 첫 번째 문장은 『조선급만주』의 전신으로서 일한서방(日韓書房)에서 간행되던 일본어 잡지 『조선(朝鮮)』의 기사이며, 두 번째 문장

---

17 쓰보우치 쇼요, 정병호 역, 『소설신수』(고려대출판부, 2007), p.82.

18 内部警務局長松井茂, 「趣味と娯楽機関」(『朝鮮』 第4巻 第6号, 1910.2.1.), pp.45-46.

19 「趣味の涵養 - 当居留民の趣味」(『朝鮮新報』, 1907.6.20.), 5면.

은 1892년에서 1908년까지 인천에서 간행된 『조선신보(朝鮮新報)』의 기사이다. 이 두 글의 공통적인 특징은 풍속을 개선하고 풍교를 향상시키며, 사상·감정의 발달은 물론 세상의 타락으로부터 사람들을 구제할 수 있다는 측면에서 문예를 극히 계몽적이거나 공리주의적 관점에서 파악하고 있다는 점이다. 당시 한반도에서 간행된 일본어 신문과 잡지들은 이러한 문학관에 기초하여 식민지 조선에서 일본어 문학을 적극적으로 진흥하고, 각각 문예에 해당하는 섹션을 만들었으며 어느 매체든 독자 투고란을 만들어 다양한 장르의 독자 문예물을 적극적으로 게재하였다.[20]

한편 『경성일보』에서는 이러한 계몽적, 공리주의적 문학관에 조응하는 형태로 당시 문학적 현상을 언급하며 다음과 같이 문학의 폐단을 막을 수 있는 방법을 강구하고자 하는 기사들이 실리곤 하였다.

- 학무국에서는 일전에 전도(全道)의 각 학교에 통첩을 보내 근래 현저하게 증가하고 있는 비교육적 도서 단속에 관해 시달(示達)하였는데 이에 대해 아키야마(秋山) 시학관(見學官)은 말하여 이르기를 근대적 퇴폐의 인정이 요구하는 저급문학은 엄청난 기세로 사회를 풍비(風誹)하고 저작자, 서점도 또한 인정의 약점을 이용하고 점차 천열(賤劣)·저조(低調)한 도서를 발행하고 있는 일은 근래 한심하기 짝이 없는 일이다.[21]
- 젊은 여성에게 문학적 즉 인정을 표현하는 소설과 같은 책에 흥미를 갖는 경향이 있음은 당연한 일로 이상하지는 않습니다. 인간을 지배하는 규칙은 주위의 환경이기 때문에 이러한 현상을 초래한 것은 누구의 죄도 아니

---

20 당시 일본어 신문이나 잡지에서 문학적 결사를 만들고 독자의 투고를 적극적으로 게재하였던 노력은 "문학을 통한 일본인사회의 우월적인 문화공동체를 구축하고자 하"였던 일본어 문학의 역할과 기능이었음을 밝히고 있다.(정병호 「근대초기 한국 내 일본어 문학의 형성과 문예란의 제국주의 - 『朝鮮』(1908~11)·『朝鮮(滿韓)之實業』(1905~14)의 문예란과 그 역할을 중심으로」, 중앙대외국학연구, 『외국학연구』 제14집, 2010, pp.387-412.)

21 「低級文學不良圖書 - 何故之を取り締まるか」(『京城日報』, 1916.7.11.)

며 자연의 죄, 사회의 죄라고 할 수 있습니다. (중략) 남녀의 성을 종래처럼 나누지 않고 여성에게 고상한 지식을 전수하게 하여 남편과 동시에 그 지식을 이용할 천지를 개방할 필요가 있습니다.[22]

첫 번째 인용문은 당시 한편 조선총독부 학무무(學務局)의 아키야마(秋山) 시학관(見學官)의 담화를 전하는 기사인데, 당시 퇴폐적인 인정을 묘사한 저급문학이 풍미하고 있는 현상을 비판하고 이에 대해 적극적인 단속을 각 학교에 시달한 배경에 대해 설명하는 글이다. 그는 당시 이러한 불량 저급문학 도서가 잘못되고 퇴폐적인 내용을 전달할 뿐만 아니라 '국어'의 어격에도 상당히 지장을 초래하는 것으로 간주하여 특히 학생들에게는 교과서나 '국민성'을 함양할 수 있는 일본의 옛날이야기를 중심으로 한 독서를 권장하고 있다. 두 번째 인용문은 직접적으로 문학의 해악이나 폐단을 지적하는 글은 아니다. 당시 남성들과는 달리 여성들이 '고상한 지식'을 습득할 수 있는 저술이 아니라 "인정을 표현하는 소설과 같은 책"에만 '흥미'를 가지고 있는 환경에 문제가 있음을 지적하고 이러한 현상을 타파해야 함을 역설하는 글이다. 그러나 이글에서 여성들이 주로 관심을 가지는 '사랑', '동정', '괴로움', '슬픔', '증오', '질투' 등과 같은 감정은 소설이나 문학, 미술 등이 제공하고 있다는 인식과 이러한 작품들보다는 남성들처럼 더 '고상한 지식'을 함양하는 방향으로 이끌어야 한다는 생각에는 여전히 소설이나 문학의 기능을 그다지 높게 생각하지 않는 풍조가 잘 나타나 있다.

따라서 조선총독부 기관지인 『경성일보』는 식민지 조선에서 1910년대에 문학의 역할에 대해 사회적 역할을 강조하면서 문화에 있어서 문학의 폐단이나 특히 청소년에 대한 악영향을 상당히 경계하면서 계몽적, 공리주

---

22 「若い婦人の文學的思想に就て」(『京城日報』, 1920.2.29.)

의적 문학관을 강조하는 방향으로 나갔다고 할 수 있다. 그렇기 때문에 「문학과 교육(文學と敎育)(1-5)」(1921.8.14.~8.20.)과 같은 글도 연이어 게재하면서 개인에 대한 정서의 미화뿐만 아니라 도덕심 함양이나 문학의 진보와 발전에 기여할 수 있는 방향을 적극 모색하고자 하였다.

VI. 식민지 일본어 문학과 『경성일보』의 문학론

『경성일보』의 문학을 둘러싼 인식은 앞 장에서 살펴보았듯이, 실제 실리는 작품과는 관계없이 문학의 사회적 역할, 나아가 공리적 역할을 강조하며 이러한 인식에 바탕하여 교육적 효과까지 논하는 경우가 적지 않았다. 그러나 이러한 논조는 일본 '내지' 문단에서도 근대문학 성립기부터 흔히 있을 수 있는 문학 담론이며, 특히 소설이 청소년들에게 바람직스럽지 않은 영향을 끼칠 수 있다는 인식은 뿌리 깊게 남아있었던 인식이라 해도 과언이 아니다. 그렇다고 한다면 창간 당시부터 1910년대에 이르기까지 식민지 조선이라는 공간 속에서 『경성일보』는 그러한 식민지 일본어 문학의 특수성을 어떻게 인식하고 있었던 것일까? 식민지 또는 '외지'로서 일본어 문학의 특수한 단면을 가장 잘 보여주는 것은 다음과 같이 일본전통 시가 장르의 담론이었다.

하이쿠를 예술로서 볼 때는 이러한 식으로 읊는다던가 저런 식으로 읊는다던가 하는 습관에만 구애되어 있어서는 아주 훌륭한 것은 가능하지 않다. 자기가 살아가는 감격이 주가 되고, 그것으로부터 나온 하이쿠가 아니면 안 되는 셈이다. (중략) 또한 나라의 영토가 옛날과 달라서 남쪽은 대만에서 북쪽은 가라후토(樺太, 사할린)에 미치고 있으므로 본토뿐이었던 시대의 세시기로는 도움이 되지 않는다고 극단의 말을 하는 자도 있다. 세시기에 따르면 대만, 가라후토에서는 적어도 하이쿠는 만들 수 없게 된다. (중략) 요컨대 하이쿠를 만든다고 한

다면 세시기는 작은 문제이지만 새롭게 세시기를 만든다고 하는 것은 비상한 대문제이다.[23]

이 '문제의 세시기(問題の『歲時記』)'라고 제목 붙여진 문학론은 기존 하이쿠의 5·7·5 조라는 형식에 구애받지 않아도 된다는 '신경향하이쿠(新傾向俳句)'를 제창한 일본 하이쿠 분야의 거두인 가와히가시 헤키고토(河東碧梧桐)의 글이다. 이 문학론에서 가와히가시는 "예술을 인정하는 이상, 적어도 그러한 부자연스런 약속에 구애받는 것 같은 것은 매우 하찮은 일이다. 일본에서도 중국에서도 미국에서도 어디서도 제한이 없는 것이 아니어서는 안된다."라는 인식을 제시하고 있듯이 종래의 정형이나 계제(季題)에 속박되지 않는 그의 문학론의 자연스런 발로처럼 보이기도 한다. 이런 면에서 그는 에도시대부터 기존의 '계어(季語)'를 집대성하고 분류하여 오랜 전통으로 내려오는 '하이카이(俳諧) 세시기(歲時記)'에 대해, 하이쿠가 예술로서 보편성을 가지기 위해서는 이를 대체할 수 있는 새로운 작업이 필요하며 그렇기 때문에 기존의 형식이나 계어에 이의를 제기하고 있는 셈이다.

그러나 이 기사를 "다이쇼(大正) 시대의 하이쿠는 다이쇼 시대의 머리로 만들어야 한다. 고인의 주형(鑄型)에 틀어박혀 고인의 조박(糟粕)을 핥는 일은 우리가 취하지 않는 바이다. (중략) 조선은 다이쇼 시대의 사람에 의해 개척되며 조선의 하이쿠 이 역시 새로운 머리로 개척하지 않으면 안된"[24]다는 인식을 제기한 동시기 일본어 잡지 『조선급만주』의 문학론과 비교해 보면, 위의 글은 단순히 가와히가시의 하이쿠론에 그치지 않고 식민지 조선의 현지에 입각하여 새로운 하이쿠를 만들어야 한다는 의식이 그 근저에 있음을

---

23 河東碧梧桐, 「問題の『歲時記』」(『京城日報』, 1917.1.1.)
24 俳句 黒柳木耳識, 「我等の旗幟」(『朝鮮及満州』第89号, 1914.12.), p.86.

알 수 있다. 왜냐하면『조선급만주』의 하이쿠론은 종래의 경향을 그대로 모방하는 작품 창작을 비판하고 조선에서 창작되는 하이쿠는 일본에서 바라본 '산광(山光)'이나 '수색(水色)', 그리고 '계제(季題)취미'를 그대로 답습하지 말고 "조선 땅의 만상(萬象)"과 "반도(半島)의 풍물"에 기반하여 이를 그려내는 작품창작을 하지 않으면 안 된다고 강하게 주장한 글이기 때문이다.

그런데『경성일보』에서도 위의 문학론 며칠 뒤에 쓰여진 「조선취미의 하이쿠(朝鮮趣味の俳句)」라는 글의 논조를 보면 조선의 자연, 풍광, 인사(人事)를 제재로 취해 이에 바탕한 작품들을 적극 소개하고 있다.

> 요즘 출판된『속경일하이쿠초(續京日俳句抄)』는 조선에 사는 우리들이 그 주위에 있는 풍물에 대해 생각대로 읊어 낸 곳에 독특한 흥미가 있다. 지금 시험 삼아 초출해 보면 (중략) 자화자찬의 우려는 있지만 반도 재주(在住)의 제형(諸兄)에게 이와 같은 조선취미를 발취한 이 구집의 일독을 강하게 요청하는 바이다.[25]

이 글은 실제 '조선 취미'에 근거한, 즉 "조선에 사는 우리들이 그 주위에 있는 풍물"에 기반한 작품을 적극적으로 소개하면서 작품 해설도 겸하고 있다. 예를 들면, '내지' 일본에 있는 동생에 대한 그리움, 조선의 지게를 메고 가는 사람, 두부가게의 조선인, 조선취미의 서당, 온돌방, 개나리, 개나 소·당나귀·학·닭 등 조선적 취향이 담겨져 있는 동물들, 조선적인 인사(人事), 조선의 경치, 오랜 조선인 마을을 그린 작품 등이 이에 해당한다.[26]

---

25 雉子郎, 「朝鮮趣味の俳句」(『京城日報』, 1917.1.8.)
26 본문에서 소개한 기사 외에도 이 당시 문학관련 기사 중 일본전통시가 분야는 상당히 심화된 문학론에서 문학 논쟁이라고 할 수 있는 기사에 이르기 까지 가장 다채로운 문학론을 전개하고 있었다. 예를 들면 「俳句の趣向に就て」(1919.2.18.-2.19.), 「鳥堂氏の『俳句の趣向に就て(1-3)』を讀みて」(1919.2.25.~2.27.), 「俳句の發達(1-13)」(1919.3.11.~3.24.) 등의 기사가 이에 해당한다.

어쨌든 위의 사실로부터 이 당시 일본어 신문과 잡지들은 일본 현지의 일본문학과 구분되는 조선이라는 시공간에 기초한, 그리고 그 속에서 살아가는 재조일본인 자신들의 삶을 그린 일본어 문학의 창작과 그 정착에 상당히 의식적인 노력을 기울었다. 이러한 인식은 "대만이라든가 가라후토(樺太, 사할린)라든가 또는 조선과 같은 신영토에서 제재를 얻게 된다면 아주 재미있는 작품이 만들어질 거라고 생각한다. (중략) 나는 사회적인 흥미 중심의 작품과 이 신영토를 무대로 한 작품을 향후의 작가들에게 기대하고 그 출현을 간절히 희망"[27]한다는 글을 통해 잘 엿볼 수 있는데, 이러한 사실은 1910년대에 그치지 않고 한반도 내의 일본어 문학에서는 초기부터 그러한 인식과 희망이 면면히 있었음을 알 수 있다.[28]

물론 위에서 본 일본전통시가 분야에서 재조 일본인 가인들이 일본 현지의 전통시가와는 다른, 그리고 전통적인 창작 방법과 내용을 넘어서 조선의 자연과 풍물, 그리고 인사를 전면적으로 묘사하여 조선 현지에 토대한 작품을 만들려고 한 시도들은 1920년대 '조선색(로컬 컬러)' 담론과 맞물리면서 새로운 틀을 만들어 낸다. 즉, 『조선풍토가집(朝鮮風土歌集)』(1935년) 등의 작품들을 통해 알 수 있듯이 전통시가분야는 '조선색'에 기반하여 식민지 일본어 문학을 주도해 갔다고 할 수 있다.[29]

27　文学史 生田長江, 「文芸と新領土」(『朝鮮及満州』第70号, 1913.5.), p.13

28　이러한 인식을 나타내는 글로는 이들 외에도 "이들의(한국의 -인용자 주) 시제는 생각하건대 현대일본문학을 위해 부여받은 하늘의 은혜"(高濱天我 「韓国の詩題」『朝鮮之実業』第9号, 1906.3., pp.7-8) "과도시대인 작금의 조선은 (중략) 일본문학에 이채를 띠게 만드는 품제(品題)이지 않은 것은 없지 않겠는가"(美人之助, 「朝鮮に於ける日本文学」, 『朝鮮之実業』第10号, 1906.4., p.24), "이 반도에서 탄생한 심혹(深酷)한 비통한 문예가 있었으면 한다"(草葉生, 「雪ふる夕 - 朝鮮文芸の一夕談」, 『朝鮮及満州』第78号, 1914.1., p.126)라는 글들을 지적할 수 있다.

29　엄인경, 「일제강점기 재조일본인의 '향토' 담론과 조선 민요론」(한국일본언어문화학회,

한편, 소설가이자 극작가인 이쿠타 아오이(生田葵)가 1918년 5월 하순까지 만주지역인 하얼빈지역까지 여행을 하고 조선의 경성으로 돌아와 체재하면서 언급한 동년 6월 5일자의 다음 기사도 식민지 일본어 문학의 특징을 논할 때 빠뜨릴 수 없는 문제이다.

즉 종래 구주(歐洲)문학에만 새로운 사상을 취해 온 문단의 동료들 사이에서도 언제까지나 유럽인의 조박(糟粕)을 핥고 있을 수는 없다는 것을 알아차리고 지금까지 수확한 것을 토대로 하여 일본고유의 새로운 예술을 창조하지 않으면 안 된다고 하는 신념을 가지기 시작하였습니다. (중략) 세계적 명작으로서 후세에 오랫동안 이름을 남기는 강력한 예술을 낳으려고 한다면 아무래도 민족을 배경으로 하고 기초로 한 것이지 않으면 안 된다는 점에 유식자의 의견이 일치하고 있습니다.[30]

〈그림 3〉 '일본고유의 예술창조' 기사

이 기사는 「일본고유의 예술창조」라는 제목과 '구주의 조박을 핥고 있을 수는 없다. 민족적 각성, 민족을 배경으로 하고 기초로 한 예술의 출현이 요구된다.'라는 부제목이 붙은 글인데, 언뜻 보기에는 이들 제목이 제시

『일본언어문화』 제28집, 2014.9.), pp.585-607. 김보현 「일제강점기 식민지 조선 "풍토(風土)"의 발견과 단카(短歌)속의 "조선풍토" -시각화된 풍토와 문자화된 풍토의 비교 고찰-」(영남대학교 인문과학연구소, 『인문연구』 제72집, 2014), pp.181-208.

30 「日本固有の芸術創造」(『京城日報』, 1918.6.5.)

식민지 문화정치와 『경성일보』

하고 있듯이 지금까지 유럽문학만을 수용하였던 일본문학의 태도를 반성하고 이러한 경향을 뛰어넘어 민족적 뿌리를 가지는 문학예술의 출현을 촉구하는 글로 볼 수도 있다. 그러나 이 글은 여기에서 한발 더 나아가 "조선에 완전한 극장이 없는 것은 의외다"라는 의견을 피력하면서 다음과 같이 식민지의 연극, 또는 문예를 언급하고 있다.

극장과 같은 것은 단지 식민지 재주자의 위자(慰藉), 오락이라는 의외로 동화(同化)의 선상에서 상당히 필요한 일입니다. 일본고유의 국민성을 신부민(新附民)의 머리에 가장 강하게 스며들게 만드는 데에는 국체(國體) 그 자체를 역설하고 그 정신을 역설하는 것 보다는 보통 연극이라든가 옛날이야기 극이라든가 하는 형식에 의해 일본적 특색을 가지는 신화, 전설, 구비의 종류를 전해 부지불식간에 일본민족으로서의 확고한 대정신을 주입하고 싶은 것이라고 생각합니다.

이 기사는 식민지에 일본의 문예가 왜 필요하며 어떠한 역할이 가능한가에 대한 하나의 일반적 인식이라고 할 수 있는 곳이다. 식민지 조선에서 일본의 신화나 전설, 구비문학, 나아가 옛날이야기나 연극이 필요한 이유는 바로 조선의 거주자를 포함하여 조선인을 동화(同化)함은 물론 이들에게 일본민족으로서의 의식을 부여하는 데 있다는 점이다. 이러한 인식은 당시 일본어 잡지의 초기 일본어 문학에서도 두드러지게 강조하고 있는 식민지에 대한 일본문화의 이식, 나아가 일본인의 우월한 아이덴티티의 구축[31]과 마찬가지로 문학을 식민지 경영의 일환으로 생각하고 있었다는 점을

31 정병호, 「근대초기 한국 내 일본어 문학의 형성과 문예란의 제국주의 - 『朝鮮』(1908-11)·『朝鮮(滿韓)之實業』(1905-14)의 문예란과 그 역할을 중심으로」 참고.

잘 보여주고 있다. 따라서 『경성일보』에서 전개된 문학론 관련 기사는 한편으로는 민족에 기반한 문학을 통해 식민지 조선에 일본이라는 민족정신을 불어넣고자 하는 의식과 다른 한편에서는 일본의 중앙문단과는 다른 조선의 시공간에 기반한 새로운 문학의 창출에 관심을 표명하며 식민지 일본어 문학의 기반을 구축하고자 하였다.

V. 결론

조선총독부 기관지 『경성일보』 기사 자료 중 표제어에 '문학'이라는 용어가 처음 등장하는 것은 1916년 5월 22일 석간 3면에 등장하는 「문학물보다 학술가정용(文學ものよりも學術家庭向き)」이라는 기사이다. '예술'의 경우 1915년 11월 8일에 나오는 「번성하는 예술좌 일행의 도착(盛なる藝術座一行の乗込)」인데 여기서는 극단의 명칭에 들어간 용어이고 예술 그 자체를 표현하는 용어는 1915년 11월 30일에 실린 「파리 예술의 최근 적적함(巴里の藝術の此頃の寂しさ)」이라는 기사이다. '문예'라는 말은 1911년 5월 11일 「독자문예(讀者文藝)」라는 기사가 최초이다. 한편, '소설'이라는 용어는 1915년 9월 13일자에 나오는 「도쿠토미 로카저 제139판 소설 불여귀(德富蘆花著 第百三十九版 小說 不如歸)」가 최초이며, '희곡'의 경우는 1915년 12월 11일에 「금강산을 배경으로 한 역사적 희곡의 一齣를 만들고 싶다(金剛山を背景とした歷史的戲曲の一齣を作りたい)」이다. 그리고 하이쿠(俳句)의 경우는 1910년 2월 17일자 「하이쿠(俳句)」「하이쿠 현상모집(俳句懸賞募集)」이고, 단카(短歌)의 경우는 1915년 9월 4일 「인천단카회 영초(仁川短歌會詠草)」가 처음이며, 센류(川柳)는 1916년 1월 1일자 「신년문예 / 센류(新年文藝/川柳)」 기사이고 속요의 경우 1915년 9월 23일자

「독자문예 속요『비행기』(讀者文藝 俗謠『飛行機』)」가 최초의 기사에 해당한다. 그런데 하이쿠라던가, 시(한시), 단카, 센류 등의 용어는 '독자문예'의 소항목으로 실제 표제어보다 더 빨리 사용되고 있었다.

이렇게 『경성일보』는 간행 이후 시간의 경과와 더불어 독자들에게 문학작품의 현상모집도 실시하면서 하이쿠나 단카, 한시, 속요, 나아가서는 고단이나 소설 등 별도로 문학작품을 게재하는 섹션이 정비되어 갔다. 그렇지만, 굳이 문예란은 아니라고 하더라도 여러 지면에서 문학이나 예술 또는 문학의 각 장르를 둘러싸고 다양한 문학 논의 관련 기사들이 활발하게 게재되었으며 이들 기사를 통해 나름대로 문학관이나 문학론을 전개해 갔다고 할 수 있다.

창간 당시부터 1920년 전후까지 『경성일보』 지면에 실린 문학론 관련 기사를 분석한 결과 대체로 다음과 같은 결론을 얻을 수 있었다. 첫째, 주로 1910년대에 전개된 문학론이니 문학적 인식을 보여주는 글들은 주로 문학의 사회적, 국민적 역할에 중점을 두는 경우가 매우 많았다. 그래서 문학이 사람들의 감정을 아름답게 만들고 도덕심을 진작시키며 나아가 사회의 향상과 진보에 기여해야 한다는 의견을 강조하였다. 그렇기 때문에 늘 문학과 교육의 관계에 주의하면서 흔히 문학으로 인한 청소년의 타락문제를 경계하고 있었다. 둘째, 『경성일보』가 식민지 조선에서 간행되는 매체답게 일본 현지에서 창작되고 소비되는 문학과는 다른 조선의 시공간을 배경으로 조선의 풍경, 취향, 인사(人事) 등을 묘사하는 작품의 창작을 적극적으로 권장하였다. 즉, '조선취미'가 충분히 반영된 작품의 출현을 희망하였다고 할 수 있는데 이러한 논의는 1920년대 이른바 '조선색(로컬컬러)'에 기반한 문학작품의 등장과 밀접한 연관관계를 가지고 있다. 셋째, 식민지 조선에서 일본어 문학이나 예술을 통해 조선인을 동화(同化)하고 이들에게 간접적으로 일본민족으로서의 의식을 가질 수 있도록 기여하고자 하는 의도를 가지고 있었다. 이러한 인식에는 식민지 조선에 대한 일본문화의 이식, 나아가 일본인의 우월한 아이덴티티의 구축과 마찬가지로, 문학 활동을 식민지 경영의 일환으로 보고자 하는 의도가 내재되어 있었다고 할 수 있다.

한편, 『경성일보』의 문학관련 기사에서 볼 수 있는 이러한 경향은 단지 이 일본어 매체만의 특징은 아니다. 당시 1900년대부터 한반도에서 활발하게 간행된 일본어 잡지의 문예란이나 문학 관련 기사를 보면, 문학의 공리주의적·계몽적 역할, 식민지 조선에 뿌리를 둔 일본어 문학에 대한 희망, 조선을 동화하거나 일본의 우월적 아이덴티티를 구축하고자 하는 의도 등은 당시 일본어 문학 논의에서 상당히 중요한 내용이었다. 따라서 『경성일보』의 문학론은 식민지 당시 일본어 잡지의 문학론과 동시대적인 인식을 가지고 전개되면서, 나아가 독자적인 문학지면을 확장해 갔다고 할 수 있다.

그러나 본 논문에서는 이러한 문학관련 논의가 실제의 작품 창작과 어떻게 관련을 맺고 있는지, 나아가 문학작품의 주요한 방향성은 무엇인지에 대한 논의까지 분석하지는 못하였다. 한반도 일본어 문학에서 『경성일보』에 실린 문학작품의 방향성과 『경성일보』 문학논의의 특수성에 대한 분석은 다음 과제로 남기기로 한다.

식민지 문화정치와 『경성일보』

『대만일일신보(台湾日日新報)』「문예(文芸)」란(1926-35)의 역할*

프롤레타리아 문학을 둘러싸고

요코지 게이코(橫路啓子)

---

* 본고는 2009년 7월 4일 천리대만학회(天理台湾学会) 제19회 연구대회의 발표원고에 가
 필 및 수정을 더한 것이다. 발표시, 가와하라 이사오(河原功) 선생, 시모무라 사쿠지로(下
 村作次郎) 선생, 나카지마 도시오(中島利郎) 선생, 노마 노부유키(野間信幸) 선생 등 많은
 분들로부터 귀중한 고견을 받은 것에 감사의 말씀을 전하고 싶다.

⌘

1. 들어가며

대만 문학은 이데올로기와 문학이 복잡하게 얽혀 대단히 흥미로운 양상을 만들어내고 있다. 이는 일제강점기에도 동일했는데, 이미 지적된 바 있듯이[01] 좌익사상도 매우 중요한 사상 중 하나로서 나타나고 있다. 여기서 말하는 좌익사상이란 사회주의, 마르크스주의 등을 포함하는 것으로, 일제강점기 대만인(본도인)이 일본제국에 저항하기 위한 이론적 근거로 삼은 일련의 사상이다. 1927년 대만문화협회(台湾文化協会)의 분열[02] 이후 1930년부터 1934년까지 이어진 향토문학 논쟁으로의 흐름, 나아가 1934년 대만문예협회(台湾文芸協会)의 발족과 그 기관지『선발부대(先発部隊)』,『제일선(第一線)』의 발행 등은 좌익사상과 문학의 관계를 보여주는 흐름 중 하

---

[01] 진방명(陳芳明),『좌익 대만(左翼台湾)』, 대북(台北) : 맥전(麦田) 출판, 1998
[02] 이 분열은 「연온경(連温卿) 일파의 공산주의파와 장위수(蔣渭水)가 이끄는 중국혁명의 영향을 다분히 포용하는 한 세력과 채배화(蔡培火)에 의해서 대표되는 합법적 민족운동파의 대립」에 의한 것으로, 그후, 협회의 좌경화가 진행되어 더욱 분열을 반복하게 된다. 또 대만문화협회를 탈퇴한 장위수파와 채배화파도 1927년 7월 「대만민중당」을 발족한다. 대만총독부 경무국편(台湾総督府警務局編),『대만총독부 경찰 연혁지 제2편 영대 이후의 치안 상황(중권) 대만사회운동사(台湾総督府警察沿革誌第二編領台以後の治安状況(中巻)台湾社会運動史)』, 대북(台北) : 대만총독부(台湾総督府), 1939년 7월. 복각판(復刻版) : 대북 : 남천서국(南天書局). 1995년 6월, p.190

나라고 말할 수 있다.

1920년대 중반 이후, 재대(在台) 일본인들 사이에서도 문학 활동이 매우 활발하여, 『계부람(泊芙藍)』(1926), 『족적(足跡)』(1927), 『남명락원(南溟楽園)』(1929)등 수많은 동인지들이 탄생하고, 또 개인 시집도 발행되었다. 이들 잡지 가운데, 당시 세계적 사상의 흐름인 좌익사상의 영향을 받은 것도 볼 수 있다. 그중 후지와라 센자부로(藤原泉三郎)와 가미 기요야(上清哉)가 중심이 되어 창간된 『무궤도시대(無軌道時代)』(1929)나 대만문예작가협회(台湾文芸作家協会)의 기관지 『대만문학(台湾文学)』(1931) 등은 좌익사상을 배경으로 하여 프롤레타리아 문학을 중심으로 한 잡지였으며, 대만 지식인들도 영입하여 활동했다. 이러한 활동은, 후에 대만인과 재대일본인이 함께 문학 활동을 진행하고, 풍부한 성과를 만들어 가는 선구적 역할을 했다고 해도 과언이 아닐 것이다.

당시 큰 영향력을 가진 사상 중 하나였던 이 좌익사상과 프롤레타리아 문학이 어떻게 대만 섬 안으로 들어왔고 어떻게 발전했는가 하는 의문이 본론의 출발점이다. 『대만총독부 경찰연혁지 제2편(台湾総督府警察沿革誌 第二編)』(이하, 『연혁지(沿革誌)』)에는 대만에서 프롤레타리아 문학의 대두로서 대만인에 의한 『오인보(伍人報)』 발행(1930), 대만인 조직과 일본의 전일본 무산자예술연맹(나프)와의 관련성, 나프 기관지 『전기(戦旗)』의 대만으로의 유입, 대만문예작가협회의 발족과 기관지 『대만문학』 발행(1931) 등이 지적되고 있다. 『연혁지(沿革誌)』의 이러한 기술에 입각하여, 그 외 프롤레타리아 문학의 대만 루트를 찾을 수 없을까 라는 생각에, 이번에는 단서를 찾기 위해서 대만 최대의 일간지 『대만일일신보』 (이하 『대일보(台日報)』라 약칭함)의 「문예」란을 조사한 것이다.

『대일보』는 일제강점기의 대만에서 통치 정부의 목소리를 대변하는 어용신문의 필두로 꼽히는 신문이다. 전신은 『대만신보(台湾新報)』(1896년 창간, 대만 최초의 일간지)와 『대만일보(台湾日報)』(1897년 창간)의 두 가지로, 이것이 1900년에 합병해 『대일보』가 되어, 동년 5월 1일에 창간호 발행에 이른다.[03] 『대일보』는, 1944년에 타지(他紙)[04]와 합병해 『대만신보』가 될 때까지, 항상 대만에서 가장 높은 발행 부수를 자랑했다. 이 신문이 어용신문이라 일컫는 이유는 『대일보』가 대만총독부가 발행하는 『부보(府報)』를 삽입했고, 이로 인해 매년 대만총독부로부터 거액의 보조금을 받았기 때문이다. 일제강점기 당시는 물론 현재도 『대일보』가 어용신문이라는 견해가 많다. 하지만 이미 지적했듯이[05] 고도로 자본주의화된 대만 섬에서 발행되던 『대일보』는 독자의 존재를 늘 의식했다. 그것은 「문예(文芸)」란에서도 엿볼 수 있다.

2. 「문예」란의 변천과 역할

본고가 조사한 1926년부터 1935년까지의 시기, 『대일보』는 조간과 석간이 발행되었으며, 「문예」라고 이름이 붙여진 란은 기본적으로 주 1회 정도, 조간에 설치되었다. 하지만 문예나 문화 관련 기사가 이 란에 집중되

---

03 도요다 에이유 편(豊田英雄編), 『대만신문총람(台湾新聞総覧)』, 국세신문사 대만지사(国勢新聞社台湾支社), 1936, pp.2-3

04 고웅신보(高雄新報), 동대만신보(東台湾新報), 대만신보(台湾新聞), 대만일보(台湾日報), 흥남신문(興南新聞)의 다섯 신문, 합병은 1944년 4월 1일의 일이다. 장위동(張囲東), 「일거시대 대만보지소사(日拠時代台湾報紙小史)」, 『국립중앙도서관 대만 분관 관간(国立中央図書館台湾分館館刊)』, 5권 3기, 1999년 3월, p.54.

05 이승기(李承機), 「식민지 신문으로서의 『대만일일신보』론 '어용성'과 '자본주의성'의 틈새」(「植民地新聞としての《台湾日日新報》論「御用性」と「資本主義性」のはざま」)『식민지문화연구(植民地文化研究)』(2), 2003, pp.169-181.

어 있는 것은 아니며, 조간의 다른 면이나 석간에도 사상, 문예에 관련된 글이나 기사를 볼 수 있다. 이번 조사에서는 1926년부터 1935년까지의 조간「문예」란 만을 대상으로 하여 글을 평론, 시, 에세이, 정형시(단카, 하이쿠 등), 소설, 희곡, 기타[06] 등 장르별로 나누어 해마다 전체 비율을 내고(표 1 참조), 이를 바탕으로 지난 10년을 이하의 4시기로 구분하여 변천과 역할에 관해서 고찰하였다.

(1) 1926년-1929년「시의 시대」

1926년부터 1927년까지 걸쳐서, 「문예」는 때때로 「독자의 페이지(読者のページ)」라고 칭해지거나 「문예」라는 타이틀 아래에 "본란은 독자를 위해서 해방된 것으로 어떠한 종류라도 자유롭게 투고할 수 있지만 취사는 본란의 담당자에 의해 행한다"라는 조건이 붙여져 독자의 투고란이라는 이미지를 전면에 내세우고 있다. 이 단서는 1928년에는 볼 수 없게 되지만, 이렇게 특별히 단서를 붙인 것은 석간에 거의 매일, 평론이나 연재소설, 단카·하이쿠 등이 게재되었던 것과 차별화시키기 위함이 아니었을까.

장르의 비율을 보면, 이 시기에는 단카나 하이쿠나 시, 특히 신시가 다수를 점하고 있으며, 1926년과 1929년에 이르러서는 게재 작품의 50% 이상을 시가 차지하고 있다. 투고작의 대부분은 재대일본인에 의한 것으로, 이 란이 재대일본인의 문예 활동의 장소가 되고(표2 참조), 이 란이 문예 서클 발족의 계기가 되거나 동인 간 혹은 서클 간 교류의 장이 되고 있는 모습도 보인다. 서클 발족 후에는 동인지 특집도 볼 수 있고, '문예 소식'으로서 문

---

[06] 기타에는 「신간소개」, 「잡지소개」, 「보도」 등이 포함된다.

예 서클 발족의 뉴스나 동인지 발행 소식 등도 많이 게재되어 있다.[07] 이러한 작품의 게재는, 각각의 문예 단체에 있어서 큰 선전으로도 되어, 각각의 활동을 보다 북돋아 주었을 것은 상상하기 어렵지 않다. 또 소수이긴 하지만 본도인(本島人)의 투고 등도 있어, 재대일본인과 본도인과의 문예 교류에도 일조했던 것으로 판단된다.

(2) 1930년-1931년 6월 「평론의 시대」

1930년 들어, 그때까지 시가 중심이었던 「문예」가 평론을 대량으로 게재하게 된다. 문예 서클이 속속 결성되고, 문예 활동의 장이 외부에서 형성되는 과정에서, 「문예」독자들의 문예 활동과 교류의 장으로서의 사명도 희미해져 갔을 것이다.

게재 작품의 비율로 보면, 평론이 1930년 76%, 1931년 55%로 월등하다. 이러한 평론은 일부는 재대일본인에 의한 것이지만, 대부분은 일본의 작가나 평론가들의 것이다. 주요 작가로는 연재를 담당했던 마쓰나미 지로(松浪次郎)를 비롯해 오야 소이치(大宅壮一), 아오노 스에키치(青野季吉), 시마자키 도손(島崎藤村), 무샤노코지 사네아쓰(武者小路実篤), 나카노 시게하루(中野重治), 기쿠치 간(菊池寛) 등 유명 작가들이 이름을 올리고 있다.

평론의 대부분은 문예이론이나 사상문제 등을 논한 것으로, 지금까지의 투고 시를 중심으로 한, 어딘가 애매한 「문예」란과는 전혀 다른 분위기의 지면 구성으로 되어있다. 또 평론의 내용도 프롤레타리아 문학, 농민 문학,

---

07 예를 들면 1926년 2월 13일 「박옥 2월 가회영초(あらたま二月歌会詠草)」, 동년 5월 21일 「네오동인집(ネオ同人集)」, 1927년 8월 19일 및 9월 16일 「정크선 동인 시품(戎克船同人詩品)」, 1929년 4월 22일 「대만구어가인사 작품(台湾口語歌人社作品)」, 동년 9월 23일 「무궤도시대사 동인집(無軌道時代社同人集)」 등

마르크스주의나 공산주의, 프롤레타리아, 부르주아 등의 단어가 여기저기에 많이 보이는데, 이에 대해서는 다시 후술할 것이다.

(3) 1931년 7월-1933년 「침묵의 시대」

식민지 대만에서는 신문, 잡지 등에 대한 검열이 행해지는 것이 일상으로 되었다.[08] 『대일보』에서 이 검열의 존재를 강하게 느끼도록 하는 것은 만주사변이 발발한 1931년 9월 18일 전후이다. 「문예」는 1931년 7월 6일까지 거의 규칙적으로 주 1회씩 설치되어, 문예이론이나 사상에 관한 평론 등이 게재되었지만, 그다음은 7월 19일에 설치되고, 타이틀은 「학예(学芸)」로 변경, 북리뷰나 학교 행사에 관한 보도 등 아무런 지장이 없는 글로 채워지게 된다. 1931년 7월 6일과 7월 19일 사이에는 큰 단절이 있어서, 검열이 아닌 란 자체의 설치가 허용되지 않았던 어떤 사정이 있었다고 판단된다. 7월 19일에 란이 재차 설치되고 난 후 문예 평론이 게재되기까지 같은 해 9월 6일까지 기다려야 했다.[09] 또 이후에도 침체된 분위기는 변하지 않고 란이 설치되는 횟수 자체도 줄어, 1931년 연간 44회로 전년과 거의 비슷하지만, 1932년 24회, 1933년 25회로 한 달 평균 2회 이하로 격감하였다.

---

08 특히 가와하라 이사오(河原功), 「일제강점기 대만에서의 「검열」의 실태(日本統治期台湾での「検閲」の実態)」, 『번롱된 대만문학-검열과 저항의 계보(翻弄された台湾文学-検閲と抵抗の系譜)』, 도쿄 : 연문사(研文社), 2009년 6월, pp.229-279에 상세히 연구되어 있다.

09 나오키 산주고(直木三十五), 「대중문예로의 비평/잘 읽어보고 나서의 일(大衆文芸への批評 / よく読んでみてからの事)」 및 이토 사부로(伊東三郎), 「생기발랄하게 성장해가는 에스페란토 문학/그것은 무엇을 말하나?(若々しく伸び行くエスペラント文学 / それは何を語る?)」의 두 가지

(4) 1934년-1935년 「다양화의 시대」

만주사변 전후부터 저조했던 이 란도 1934년에 들어서면서 다시 활기를 되찾는다. 이는 이 시기, 니시카와 미쓰루(西川滿)가 『대일보』에 입사한 것이 크다.[10] 란의 설치 횟수는 1934년 74회, 1935년 82회로, 주 2회 설치되는 일도 많아졌다. 란의 명칭도 「문예」로 돌아가, 바야흐로 일본의 문예 부흥 움직임을 그대로 받은 듯한 흐름이 된다. 이 시기는 칼럼 풍의 가벼운 읽을거리가 증가하는 것이 최대의 특징으로, 「청룡도(青龍刀)」등의 칼럼을 시작으로, 그 대부분이 니시카와 미쓰루가 썼던 것이라고 한다.[11] 또한 좌담회 기록, 회화전의 평론 등도 게재되어, 「문예」에 게재되는 작품 장르의 다양화가 진행되던 시기이다.

3. 프롤레타리아 문학 관련의 움직임

그렇다면 1926년부터 1935년까지의 『대일보』「문예」란은 대만 섬 내의 프롤레타리아 문학과 어떤 관계가 있던 것일까? 혹은 대만의 프롤레타리아 문학에 관한 움직임에 대해 어떤 역할을 맡아왔을까. 이에 관해서는 대만 내부의 움직임과 일본과의 관련이라는 두 가지 점에서 고찰하고자 한다.

3.1 대만 내부의 움직임

「문예」가 1926년부터 29년에 걸쳐서 대만 동인지의 결성, 교류의 장이

---

10 나카지마 도시오 편(中島利郎編)『일본통치기 대만문학 일본인 작가 작품집 제2권 니시카와 미쓰루II(日本統治期台湾文学日本人作家作品集第二巻西川滿II)』東京 : 緑蔭(녹음), 1998년

11 곤도 마사미(近藤正巳), 「니시카와 미쓰루 찰기(西川滿札記)」(상하), 『대만풍물(台湾風物)』30-3(1980년 9월)pp.1-28, 30-4(1980년 12월)pp.80-130

되었음은 상술한 바와 같다. 이 란에서 같은 이념이나 사상을 가진 새로운 동료를 알게 되거나, 동료를 모집하는 움직임은 실로 활발하게 이루어졌으며, 이는 프롤레타리아 문학에 관해서도 마찬가지였다. 특히 주목하고 싶은 것은 후지와라 센자부로(藤原泉三郎)(1903-1993)와 가미 기요야(上清哉)(1902?-?)의 움직임이다. 두 사람은 대북(台北) 총독부 상업학교 시절부터의 동급생으로, 친한 사이였던 것 같다.[12] 『연혁지』에 "1929년경부터 도내에 송부되는 전 일본 무산자예술연맹 기관지 『전기(戰旗)』는 차차 증가하는 경향이 있으며, 최근 대북의 좌익문학 청년 가미 기요야, 후지와라 센자부로를 중심으로 프롤레타리아 문예연구그룹을 구성하여 잡지 『무궤도시대』로서 초보적 활동을 하고 있다"라고 기록되어 있어, 당국이 주목하고 있었음을 알 수 있다.

1926년부터 『대일보』의 「문예」에서 처음으로 후지와라 센자부로의 이름을 찾을 수 있는 것은 1926년 2월 6일 「따뜻한 겨울밤(暖かな冬の宵)」이라는 신시(新詩)로, 그 이후에도 한 달에 한 번 정도의 빈도로 작품이 게재되었다. 또한 동인지 『네오(ネオ)』의 동인 특집에도 후지와라의 시가 게재된 것으로 보아[13] 이 동인지의 동인이었던 것으로 보인다. 가미 기요야는 1926년 1월 15일에 신시 「장난스런 꿈과 나(おどけた夢と私)」를 찾아내 그 후에도 시작(詩作)이 여러 차례 게재되었다.[14] 흥미로운 것은 1926년 11월

---

12 가와하라 이사오(河原功), 「진충 소년의 이야기(陳忠少年の話) 해제」, 가와하라 이사오 감수(河原功監修), 『후지와라 센자부로(藤原泉三郎) 진충 소년의 이야기(陳忠少年の話)』, 도쿄 : 유마니 서점(ゆまに書房), 2001년 9월, p.1

13 1926년 5월 21

14 그 이전의 두 사람의 문학 활동에 관해서는, 가와하라 이사오 감수 『후지와라 센자부로 진충 소년의 이야기』에 자세하게 나와있다. 이에 의하면, 두 사람이 『대일보』에 투고를 개시한 것은, 고교 졸업후 얼마 지나지 않아 1924년의 일이었던 것 같다. 이에 관해서는

5일에 게재된 가미 기요야, 후지와라 센자부로, 야스이 겐조(安井健三), 고토 다이치(後藤太治) 등 4명의 연명에 의한 「신시 운동에 관해서(新詩運動に就て)」라는 소식이다. 이는 동지(同志)에 대한 신시 창작의 분기를 촉구하기 위한 회합을 갖자는 것이다. 선행연구에 따르면 후지와라 센자부로는 1926년 11월 돌연 그동안 근무하던 관청을 그만두고 반년 정도 내지(나고야)로 떠나 신시의 세례를 받았다고 한다.[15] 그렇다고 하면 이 회합은 후지와라의 일본 여행과 뭔가의 관계를 갖는 것이라고 봐도 좋지 않을까.

이 일본행으로 후지와라는 프롤레타리아 문학의 기수였던 나카노 시게하루(中野重治)에게 경도되어, 대만으로 돌아와 1929년에 가미 기요야나 다니구치 다쓰오(谷口多津雄), 미야오 스스무(宮尾進) 등과 신시 서클을 결성, 동인지 『무궤도시대(無軌道時代)』 창간으로 연결해간다. 후지와라 등의 『무궤도시대』 창간의 움직임은 『대일보』의 「문예」란에도 크게 게재되어 있으며, 1929년 8월 12일 시의 잡지 창간 회합의 공지 후, 2주 후인 8월 26일에는 「『무궤도시대』의 탄생에 관하여(『無軌道時代』の誕生に就て)」가 게재되어[16], 9월 23일과 10월 7일에는 「무궤도시대사 동인집(無軌道時代社同人集)」 특집이 짜여져 있다. 또한 평론이 중심으로 된 1930년 이후 문예 동인지 관련 뉴스는, 「문예」란의 최하단에 설치된 코너인 「문예 소식(文芸消息)」에서만 볼 수 있게 되었지만, 1931년 6월 1일에는 예외적으로 「대만문예작가협회의 조직(台湾文芸作家協会の組織)」이라는 제목의 기사가 실렸다. 대만문예작가협회는 1931년 8월을 전후로 기관지 『대만문학』[17]을 발행하고

앞으로 다시 조사하고 싶다.

15 가와하라 이사오 감수, 「진충 소년의 이야기 해제」, p.3

16 「『무궤도시대』의 탄생에 관해서(『無軌道時代』の誕生に就て)」

17 『연혁지』에 기관지명은 『대만문예(台湾文芸)』로 되어있지만, 실제 잡지를 본 결과 『대

창간호가 발금되는 등 당초부터 당국의 엄한 검열을 받지만, 그 발족 뉴스는 『대일보』에서 크게 다루어지고 있다. 게다가 이듬해 1932년 2월 7일에는 후지와라 센자부로에 의해 『대만문학』 1·2월호에 대한 평도 게재되었다.

이러한 사실들로 보자면 당국의 사상적 단속이 강화되긴 했지만, 『대일보』는 『대일보』 나름의 기준으로 게재 기사를 선택했던 양상을 분명히 보이고 있다. 또 후지와라의 이 논평은, 『대일보』의 「문예」란이 「독자의 페이지」에서, 대만 섬 내에서 발행된 서적이나 잡지의 평론을 게재하는 장이라고 하는 새로운 역할로 이행해 나가는 움직임을 나타냈다고 보아도 좋을 것이다. 그것은 또 대만 섬 내의 글쓴이와 읽는 이의 증가(내지인, 본도인을 불문하고), 출판시장의 다양화와 성숙을 나타내는 것으로 간주해도 좋지 않을까.

3.2 일본과의 관련

1926년부터 1935년까지의 「문예」란에는 합계 204회, 좌익사상이나 프롤레타리아 문학 관련 글이 게재되었다(표3 참조). 특히 1930년부터 1931년 7월에 걸쳐서 평론이 중심이 된 시기는 실로 많은 프롤레타리아 문학에 관한 평론이 게재되어

- 1927년은 4편, 1928년 12편, 1929년 7편이지만 1930년 86편으로 급증
- 1931년 37편. 주요 필자 아오노 스에키치(青野季吉), 오야 소이치(大宅壯一)
- 지바 가메오(千葉龜雄), 나카노 시게하루(中野重治), 가지 와타루(鹿地亘), 기타무라 기하치(北村喜八), 후나하시 세이이치(舟橋聖一), 나카무

만문학』으로 되어있음을 확인했다. 현재 조사한 것에 한정해서는, 현존하는 『대만문학』은 1931년 9월호(제1권 제2호, 10월 2일 발행), 11월호(제1권 제3호, 11월 13일 발행), 1·2월호(제2권 제1호, 1932년 2월 1일), 모두 대만대학 도서관 소장이다.

라 무라오(中村武羅夫), 곤도 코(今東光), 가토 다케오(加藤武雄), 기시 야마지(貴司山治), 우치야마 후사키치(内山房吉), 고미야마 아키토시(小宮山明敏) 등 헤아릴 수 없다.

일본 문학사적으로 프롤레타리아 문학이 가장 융성했던 것은 1930년에서 1931년까지로, 이 시기에는 일반적인 문예지에도 프롤레타리아 문학이 실렸다고 한다.[18] 「문예」에서 게재된 기사 모두가 같은 시기에 일본에서 발표된 글은 아니지만 프롤레타리아 문학 관련 글의 게재가 급증하는 것은 바로 당시 일본 문단의 상황을 반영한 것이라고 할 수 있다. 「문예」에 게재된 글의 상당수는 일본의 신문이나 잡지, 서적 등에서 전재된 것으로 일본의 초출부터 수년에서 수개월 다양한 기간을 거쳐 『대일보』에 게재되고 있다.[19] 다시 말해 1930년부터 1931년까지 『대일보』의 「문예」가 좌익적인 사상을 대만에 야기시키는 장이 되었던 것이다. 선행연구에서는 이미 『대일보』는 「내지신문이 필요 없는 존재」라고 지면에 광고를 하는 등 대만 내의 다른 신문보다는 내지의 타 신문을 의식하고 있어 내지의 정보를 신속히 전달하는 것이 중요시되었다고 지적되고 있는데[20], 이 란도 예외는 아니었음을 알 수 있다. 또한 『연혁지』에는 1929년 봄 무렵부터 『전기』의 대만 유

---

18 구리하라 유키오(栗原幸夫), 「「대중화」와 프롤레타리아 대중문학(「大衆化」とプロレタリア大衆文学)」, 이케다 히로시 편(池田浩士編), 『「대중」의 등장(「大衆」の登場)』, 도쿄 : 임팩트 출판회(インパクト出版会), 1998년 1월, p.208

19 예를 들면 1930년 3월 31일의 스즈키 분지(鈴木文治), 「지식계급은 어디로 가나? 무산지식계급(知識階級は何処へ行く？無産知識階級)」는 1929년 3월 1일 『경제왕래(経済往来)』에서 전재, 1930년 9월 8일의 야마우치 후사키치(山内房吉), 「문학운동의 중심점(文学運動の中心点)」의 초출은 1926년 2월호의 『문예전선(文芸戦線)』에서 1930년 1월 발행의 『프롤레타리아 문학의 이론과 실천(プロレタリア文学の理論と実践)』에 수록되어 있다.

20 이승기(李承機), 「식민지 신문으로서의 『대만일일신보』론 '어용성'과 '자본주의성'의 틈새」(「植民地新聞としての《台湾日日新報》論 '御用性'と '資本主義性'のはざま」), p.173.

입이 증가했다고 여겨지고 있는데, 『대일보』의 「문예」의 1930년과 1931년의 프롤레타리아 문학 관련 평론이 많음은 재대일본인이나 대만 지식인이 프롤레타리아 문학에 강한 흥미를 갖고 정보를 요구했음을 나타내는 것이며, 『연혁지』의 기술을 뒷받침하는 것으로 되어있다.

4. 나가며

본고는 1926년에서 1935년의 『대일보』의 「문예」란을 조사하고, 그 변천을 관찰하며 역할을 고찰하였다. 이 조사로 분명히 밝혀진 것은 먼저 1920년대 후반 「문예」란이 독자간 교류의 광장으로서 역할을 하였으며, 특히 재대일본인 문예활동의 장으로서 큰 의미를 지녔다는 점이다. 「문예」에서는 많은 문예 서클이 생겨나 동인지의 특집이 만들어지는 등, 같은 뜻이나 사상을 가진 사람들의 만남의 장, 활동의 장으로서 기능하고 있었다. 또 좌익사상이나 프롤레타리아 문학에 관련된 움직임조차도, 「문예」를 정보교환의 장으로 삼았던 양상이 있었음은 확실하다.

두 번째로 거론하고 싶은 것은 1930년부터 1931년에 걸쳐 실로 많은 좌익사상과 프롤레타리아 문학 관련 평론이 게재되었다는 점이다. 이 시기 일본 문학계는 프롤레타리아 문학이 가장 번성했던 시기였으며, 『대일보』의 「문예」란도 영향을 받아 사상 전달의 루트로 기능했던 것이다. 어용신문으로 여겨지는 『대일보』이지만, 실제로는 자본주의 사회의 저널리즘으로서의 기대에 부응하기 위해 일본 문단의 움직임을 지면에 반영시킨 모습이 엿보인다. 더욱이 논자들 간의 논쟁도 보이는 등 비교적 자유롭고 활달한 분위기마저 느끼게 한다.

이번 조사에서는 해내지 못한 점도 많다. 우선 1934년 이전 「문예」란의 담당 편집자를 조사할 수 없었던 것은 아쉽다. 이를 파악하면 「문예」란의 변화가 어째서 이토록 컸었는지, 평론이 어떤 관점에서 선정됐는지 등을 알 수 있는 단서가 되었을 것이다. 이번 논문은 「문예」에만 주목했기에, 조간의 다른 란이나 석간에 게재된 평론이나 문학작품 등은 손도 대지 못하는 상태가 되었다. 특히 석간은 거의 매일 문예 관련 기사가 실렸는데, 여기에는 어떤 기사가 게재되었는지, 또 시대마다 변화가 있는지 등 관심은 끝이 없다. 1926년 이전 및 1936년 이후의 「문예」란도 궁금하다. 향후, 다시 이에 관한 과제에 몰두하고자 한다.

【표 1】대만일일신보1926~1935년 「문예」 장르별 기사수(%)

연도/ 설치 횟수	평론(%)	시(%)	에세이(%)	정형시(%)	칼럼(%)	소설(%)	희곡(%)	기타(%)	합계
1926/48	41(12.8)	182(56.8)	18(5.6)	9(2.8)	1(0.3)	25(7.8)	5(1.5)	39(12.1)	320
1927/45	54(23.2)	93(40.0)	21(9.0)	6(2.5)	2(0.8)	27(11.6)	0(-)	29(12.5)	232
1928/44	45(24.7)	65(35.7)	23(12.6)	5(2.7)	2(1.0)	26(14.2)	1(0.5)	15 (8.2)	182
1929/46	55(24.0)	119(51.9)	9(3.9)	9(3.9)	0(-)	13(5.6)	5(2.1)	19(8.2)	229
1930/48	137(76.0)	4(2.2)	9(5)	4(2.2)	0(-)	3(1.6)	11(6.1)	12(6.6)	180
1931/44	99(55.0)	1(0.5)	24(12.1)	5(2.5)	0(-)	15(7.5)	0(-)	54(27.2)	198
1932/24	64(60.3)	0(-)	7(6.6)	7(6.6)	0(-)	12(11.3)	0(-)	16(15.0)	106
1933/25	49(44.9)	0(-)	18(16.5)	14(12.8)	1(0.9)	4(3.6)	0(-)	23(21.1)	109
1934/74	133(39.0)	5(1.4)	68(19.9)	10(2.9)	42(12.3)	8(2.3)	0(-)	75(21.9)	341
1935/82	121(30.4)	3(0.7)	66 (16.6)	13(3.2)	70(17.6)	2(0.5)	0(-)	122(30.7)	397

【표 2】『대일보』에 창간이 알려진 문예동인지

날짜	동인지명	기사 타이틀	기타
1926/1/15	『인인(人人)』	『인인』	
1926/4/2	『양로(羊路)』	『양로사 창립(羊路社創立)』(나카야마 마키무라(中山牧村), 오야마 다케오(大山武雄)에 의함)	* 1926년 5월 21일 다니구치 다쓰오(谷口多津夫) 「파파야(パパヤ)」 「양로」 5월호 단평」
1926/4/9	『좁은 길(ほそみち)』	『순예술 단카지 좁은 길(純芸術短歌誌ほそみち)』	* 후에 『계부란(泊芙蘭)』에 게재
1926/4/23	『백장미(白薔薇)』	『백장미 제1집』	
상동	『계부란』	『단카 소시 계부란(短歌小詩泊芙蘭)』(제1집)	* 原『좁은 길』
1926/4/30	『애송(愛誦)』	애송(창간에 관해서)	
1926/5/7	『네오(ネオ)』	잡지 네오 창간	* 「시내의 요시무라 미야타케 네즈 후지와라 야스이들을 중심으로 (市内の吉村宮根津藤原安井君らを中心として)」
1926/7/2	『진초록(ふかみどり)』	진초록(창간)	* 월간 동요곡보집 * 後『목설초(木屑草)』에 개제
1926/7/9	『목설초(木屑草)』	『목설초』	* 原『진초록』

1926/7/23	『하얀 등대(白い灯台)』	『하얀 등대』(창간호)	* 「기륭 전력회사내 가미 기요야(基隆電力会社內上清哉)」 * 1926년 10월 1일 10월호 제3호로 폐간
1926/9/3	『청묘(青猫)』	청묘 창간호	* 대남의 문예 그룹(台南の文芸グループ)
1926/9/17	『울새(駒鳥)의 모임』	울새의 모임	* 노무라 시로(のむら志郎)·나쓰카와 스케(夏川亮) 2명의 그룹
상동	『안와(眼窩)』	구라모치 다마노스케(倉持玉之助)팸플렛	* 구라모치 다마노스케 작품집
1926/9/26	『나방(蛾)』	나방(GN지 개명)	* 기타 히로시(北ひろし), 여수전(呂水田), 후지와라 센자부로, 가미 기요야(上清哉) 등
상동	『이단자(異端者)』	사오토메 고시로(早乙女香史朗)팸플렛	* 사오토메 고시로의 특집
1926/10/1	『기러기(かりがね)』	기러기 발간	* 민요, 소곡, 동요의 애호자 그룹(民謡, 小曲, 童謡の愛好者グループ)
1926/12/3	『루호(涙壷)』	루호	* 여자대학 문과 출신자 수명에 의한 발간
1926/12/17	『창인(創人)』	문예잡지『창인을ママ(創人をママ)』창간	* 소설, 희곡, 시, 소곡, 민요, 동요, 단카를 모집
1927/2/4	『족적(足跡)』	문예잡지『족적』창간호 발행	* 「대만 총독부 고등학교 문과 1학년생을 중심으로 하는 순문예잡지(台湾総督府高等学校文科1年生を中心とする純文芸雑誌)」, 하마다 하야오(濱田隼雄)가 편집인
1927/2/15	『유머리스트(ゆうもりすと)』	유머리스트(창간호)	* 우부카타 도시로(生方敏郎) 주재
1927/7/2	『3일월(三日月)』	3일월	* 대중의 네 대중동요극협회 기관지(台中の四台中童謡劇協会機関誌)
1929/8/12	『무궤도시대』	새롭게 시 잡지를 발간하는 것에 관해서(新しく詩の雑誌を発刊するについて)	* 다니구치 다쓰오(谷口多津夫), 미야오 스스무(宮尾進), 가미 기요야(上清哉), 후지와라 센자부로
1929/12/25	『빨간 지나옷(赤い支那服)』	빨간 지나옷(문예잡지)창간	* 나카야마 스스무(中山侑)가 참가
1931/2/16	『원탁자(円卓子)』	문예소식(文芸消息)	

【표 3】 1926년~1935년 『대만일일신보』「문예」란의 프롤레타리아 문학 관련의 문장

	연월일	작자	타이틀	장르
1	1927/02/25	-	복잡한 우리 문단의 현상(複雑なる我文壇の現状)	평론
2	1927/03/04	이데(いで), 이사오(いさを)	프로 작가로서의 야마노우에노 오쿠라에 관해서(プロ作家としての山上憶良に就て)	평론
3	1927/10/01	오나루 도키오 (大鳴ときを)	창작 실업자(創作 失業者)	소설
4	1927/12/23	나카야마 스스무	황금만능 계급으로의 선언(黄金万能階級への宣言)	시
5	1928/01/13	곤타니 슈쿠모로(紺谷淑藻郎)	문학의 전개성과 신감각파 문학(文学の展開性と新感覚派文学)	평론
6	1928/02/24	가미 기요야	제2차 국민 창간 시대 기타(第二次国民創作時代その他)	평론
7	1928/03/16	마쓰나미 지로(松波治郎)	문단 우감 일전환기에 내포된 위험(文壇偶感-転換期に孕む危険-)	평론
8	1928/04/13	세키신 이치로(関伸一郎)	그뿐인 이야기 23(それだけの話二三)	평론
9	1928/05/05		신흥 문예강연회에 관해서(新興文芸講演会に就て)	기타
10	1928/06/08	호사카 다쓰오(保坂龍マ マ雄)	선전 문학에 대한 요구(宣伝文学に対する要求)	평론
11	1928/07/04	야마이시 데쓰노스케(山石鐵之助)	이상주의자인 호사카군에 대해서(理想主義者なる保坂君に対して)	에세이
12	1928/08/04	이데, 이사오	상식에 대한 혁명(常識に対する革命)	평론
13	1928/09/10	니시카와 미쓰루(西川満)	도시의 서북 문예관(都の西北文芸観)	평론
14	1928/10/23	미야자키 신사쿠(宮崎震作)	신시대 마르크스 및 우리의 무산 청년의 머리(新時代マルクス及びわが無産青年の頭)	평론
15	1928/10/29	미야자키 신사쿠	신시대 마르크스 및 우리의 무산 청년의 머리	평론
16	1928/11/05	나라사키 교이치로(楢崎恭一郎)	천재적 신시대 평론가 미야자키 신사쿠씨의 머리의 분석적 비판(天才的新時代評論家 宮崎震作氏の頭の分析的批判)	평론
17	1929/02/04	나라사키 교이치로	「새벽」기타 -후지무라 단편(藤村断片)-(「夜明け」其の他-藤村断片-)	평론
18	1929/02/11	나라사키 교이치로	「새벽」기타 -후지무라 단편-	평론
19	1929/04/08	마쓰나미 지로	문예 우상(偶想)-매너리즘에 빠진 이론 투쟁-(文芸偶想-マンネリズムに陥った理論闘争-)	평론
20	1929/06/10	모리 도모아키(毛利知昭)	『터무니 없는 유견』자로부터(「出鱈目な謬見」者から)	평론
21	1929/08/26	요시에 다카마쓰 (吉江喬松)氏	농민 문예의 본질적인 공구(하)(農民文芸の本質的なる攻究(下))	평론

식민지 문화정치와 『경성일보』

22	1929/11/04	노보리 쇼무(昇曙夢)	러시아에서 프롤레타리아 문학의 위기(상)(ロシアに於けるプロレタリヤ文学の危機(上))	평론
23	1929/11/11	노보리 쇼무	러시아에서 프롤레타리아 문학의 위기(하)(ロシアに於けるプロレタリヤ文学の危機(下))	평론
24	1930/01/13	오야 소이치(大宅壯一)	1930년의 문단(一九三〇年の文壇)	평론
25	1930/01/20	다카스 요시지로(高須芳次郎)	와야만 하는 문단의 관측(来るべき文壇の観測)	평론
26	1930/01/27	아오노 스에키치	미래의 문학에 관해서(当来の文学について)	평론
27	1930/02/10	고가 사부로(甲賀三郎)	대중소설에 관해서(大衆小説に就いて)	평론
28	1930/02/17	이가 우와시게(伊賀上茂)	프롤레타리아 문학과 형식상의 오류(プロレタリア文学と形式上の誤謬)	평론
29	1930/02/24	기시 야마지(貴司山治)	비개성적 문장과 사회적 관조(非個性的文章と社会的観照)	평론
30	1930/03/10	노보리 쇼무	소비에트 러시아에서 구성파의 예술(ソビエットロシアに於ける構成派の芸術)	평론
31		미요시 주로(三好十郎)	프롤레타리아 시운동의 핵심(プレロタリア詩運動の核心)	평론
32		가타오카 뎃페이(片岡鐵兵)	대중문예의 가치(大衆文芸の価値)	평론
33	1930/03/17	이케다 히사오(池田壽夫)	예술파의 강경한 자세와 프롤레타리아 문학의 신전개(芸術派の居直りとプロ文学の新展開)	평론
34		지바 가메오(千葉亀雄)	대중문예와 예술 프로파 시집(大衆文芸と芸術プロパ詩集)	평론
35	1930/03/24	혼이덴 요시오(本位田祥男)	지식 계급은 어디로 가나? 인텔리겐치아의 과잉(知識階級は何処へ行く?インテリゲンチヤの過剰)	평론
36	1930/03/31	스즈키 분지(鈴木文治)	지식 계급은 어디로 가나? 무산지식계급(知識階級は何処へ行く?無産知識階級)	평론
37	1930/04/07	가와지 류코(川路柳虹)	생활혁명과 예술 프롤레타리아 문학이란 무엇인가(상)(生活革命と芸術 プロレタリア文学とは何か(上))	평론
38		모리 도모아키	프롤레타리아 대중문학의 문제(상)(プロレタリア大衆文学の問題(上))	평론
39	1930/04/14	미야자키 나오스케(宮崎直介)	문예시평 좌익 야뇨증의 타진(文芸時評 左翼夜尿症の打診)	평론
40		마에카와 사미오(前川佐美雄)	프롤레타리아 단카로 가단의 분야를 보다(プロレタリア短歌へ 歌壇の分野を見る)	평론
41		가와지 류코	생활혁명과 예술 프롤레타리아 문학이란 무엇인가(중)(生活革命と芸術プロレタリア文学とは何か(中))	평론

2. 일본어 문학과 혼효하는 장(場)으로서의 '외지' 일본어 신문

42	-	-	신간소개(간디는 외치다, 사회사상전집)(新刊紹介 (ガ ンヂーは叫ぶ, 社会思想全集)	기타
43	1930/04/21	미야자키 나오스케	문예시평 좌익 야뇨증의 타진(2)(文芸時評 左翼夜尿 症の打診(その二))	평론
44		모리 도모아키	프롤레타리아 대중문학의 문제(중)(プロレタリア大 衆文学の問題(中))	평론
45		가와지 류코	생활혁명과 예술 프롤레타리아 문학이란 무엇인가 (하)(生活革命と芸術プロレタリア文学とは何か(下))	평론
46	1930/05/05	모리 도모아키	프롤레타리아 대중문학의 문제(하)(プロレタリア大 衆文学の問題(下))	평론
47	1930/05/12	오야 소이치(大宅壯一)	문단 무감격시대-신진 작가의 재시작-(文壇無感激 時代-新進作家の出直し-)	평론
48		오야 소이치	근대문학의 도회성(近代文学の都会性)	평론
49	1930/05/19	나카노 시게하루 (中野重治)	반동기의 작가 생활(反動期の作家生活)	평론
50		가와구치 히로시(川口浩)	예술운동과 인텔리겐차 작가(상)(芸術運動とインテ リゲンチヤ作家(上))	평론
51	1930/05/26	가와구치 히로시	예술운동과 인텔리겐차 작가(하)(芸術運動とインテ リゲンチヤ作家(下))	평론
52	1930/06/02	나카무라 마사오(中村政雄)	신흥 단카의 문제(상)(新興短歌の問題(上))	평론
53		지바 가메오(千葉亀雄)	자연주의와 무산자문학(1)(自然主義と無産者文学(二))	평론
54	1930/06/09	나카무라 마사오	신흥 단카의 문제(하)(新興短歌の問題(下))	평론
55		지바 가메오	자연주의와 무산자문학(2)(自然主義と無産者文学(二))	평론
56	1930/06/23	기타무라 기하치(北村喜八)	신흥 연극은 어디로 가나!(新興演劇は何処へ行く!)	평론
57		이후쿠베 다카테루(伊福部 隆輝)	농민과 사회운동(상)(農民と社会運動(上))	평론
58	1930/06/24	이후쿠베 다카테루	농민과 사회운동(하)(農民と社会運動(下))	평론
59	1930/07/07	고미야마 아키토시(小宮山 明敏)	문학 형성상의 해체형 시대(하)(文学形式上の解体型 時代(下))	평론
60		가지 와타루(鹿地亘)	실업 취급에서 예술가를 보다(失業の取扱から芸術 家を観る)	평론
61		나카무라 무라오(中村武 羅夫)	기성 문예는 과연 양멸(壤滅)할 수 있을까?(既成文芸 は果して壤滅せるか?)	평론
62		곤 도코(今東光)	휘갈겨 쓴 것 같은 잡감(走り書的な雑感)	에세이
63	1930/07/14	핫타 모토오(八田元夫)	일본영화의 전망(日本映画の展望)	평론
64		가토 다케오(加藤武雄)	지방문학과 도회문학(地方文学と都会文学)	평론
65	1930/07/21	지바 가메오	기성 문단은 어디로 가나?(상)(既成文壇は何処へ行 く?(上))	평론

66	1930/07/28	오카자와 히데토라(岡澤秀虎)	프롤레타리아 문학 형식상의 두 견해(상)(プロレタリア文学形式上の二見解(上))	평론
67		지바 가메오	기성 문단은 어디로 가나?(중)(既成文壇は何処へ行く?(中))	평론
68		미즈모리 가메노스케(水守亀之助)	성하잡필(盛夏雑筆)	평론
69	1930/08/04	가와사키 나가(河崎長)	착각된 신프롤레타리아 예술론(錯覚された新プロ芸術論)	평론
70		지바 가메오	기성 문단은 어디로 가나?(하)(既成文壇は何処へ行く?(下))	평론
71		오카자와 히데토라(岡澤秀虎)	프롤레타리아 문학 형식상의 두 견해(하)(プロレタリア文学形式上の二見解(下))	평론
72	1930/08/11	후나하시 세이이치(舟橋聖一)	예술의 감염력에 관해서(芸術の感染力に就て)	평론
73	1930/08/18	하타 잇페이(旗一兵)	횡행하는 상업 영화의 소시민성 검극에서 난센스 영화로(横行する商業映画の小市民性 剣劇からナンセンス映画へ)	평론
74		지바 가메오	저널리스트와 문학과의 교류(ジアナリズムと文学との交流)	평론
75	1930/08/25	지바 가메오	저널리스트와 문학과의 교류(ジアナリズムと文学との交流)	평론
76		오카자와 히데토라	문예 과학으로의 암시(하)(文芸科学への一暗示(下))	평론
77	1930/09/01	기시 야마지(貴司山治)	프롤레타리아 문학의 집단적 생산(プロ文学の集団的生産)	평론
78	1930/09/08	야마우치 후사키치(山内房吉)	문학 운동의 중심점(文学運動の中心点)	평론
79	1930/09/15	이후쿠베 다카테루(伊福部隆輝)	현시단의 부정—신흥 비평단으로의 요망-(現詩壇の否定—新興批評壇への要望-)	평론
80	1930/09/22	다카미 준(高見順)	활약할만한 새로운 작가에 관해서(상)(活躍すべき新しい作家に就て(上))	평론
81		오야 소이치(大宅壯一)	문학에 있어서 현실감(상)(文学に於ける現実感(上))	평론
82	1930/09/29	다카미 준	활약할만한 새로운 작가에 관해서(하)(活躍すべき新しい作家に就て(下))	평론
83		오야 소이치	문학에 있어서 현실감(하)(文学に於ける現実感(下))	평론
84	1930/10/06	야스다 기이치(安田義一)	문예평론의 대중화(1)-문학의 승천과 평론의 방조작용-(文芸評論の大衆化(一)-文学の昇天と評論の幇助作用-)	평론

2. 일본어 문학과 혼효하는 장(場)으로서의 '외지' 일본어 신문　　　　181

85	1930/10/13	야스다 기이치	문예평론의 대중화(2)-전문적 문예비평의 전락-(文芸評論の大衆化(二)-專門的文芸批評の轉落-)	평론
86	1930/10/20	니이 이타루(新居格)	왜 현재의 창작은 우리를 끌어당기지 않을까(상)(何故に現今の創作は吾人を牽かないか(上))	평론
87		야스다 기이치	문예평론의 대중화(3)-문예비평의 신형식에 관해서-(文芸評論の大衆化(三)-文芸批評の新形式について-)	평론
88	1930/10/27	쓰네카와 히로시(雅川滉)	내가 말하는 문학의 각도는 무엇인가(私のいふ文学の角度とは何か)	평론
89		니이 이타루	왜 현재의 창작은 우리를 끌어당기지 않을까(하)(何故に現今の創作は吾人を牽かないか(下))	평론
90		야스다 기이치	문예평론의 대중화-기술비평은 정말로 전멸한 것인가(文芸評論の大衆化-技術批評は果して全滅するか-)	평론
91		가미야마 소쿤(神山宗勳)	노동문예사조로서의 싱크레얼리즘(상)(労働文芸思潮としてのシンクレアリズム(上))	평론
92	1930/11/03	사이카와 쓰토무(西川勉)	일본무산파 시단의 전망(상)(日本無産派詩壇の展望(上))	평론
93		시미즈 마스미(清水真澄)	작극술의 개변 「기술」과 「눈」에 관해서(作劇術の改変「技術」と「眼」について)	평론
94	1930/11/10	사이카와 쓰토무(西川勉)	일본무산파 시단의 전망(하)(日本無産派詩壇の展望(下))	평론
95		오모리 요시타로(大森義太郎)	예술의 계급성에 관한 단편영화를 중심으로(芸術の階級性に関する断片映画を中心にして)	평론
96	1930/11/17	류탄지 유(龍膽寺雄)	신흥예술파의 약진(新興芸術派の躍進)	평론
97	1930/12/01	아오노 스에키치(青野季吉)	프롤레타리아 문학과 역사적 재료 (상)(プロレタリア文学と歴史的材料(上))	평론
98		노부하라 마사유키(延原政行)	농민문예의 진출에 관해 젊은 농민이 생각하는 점(農民文芸の進出に就て若き農民の思ふ所)	평론
99		미즈모리 가메노스케(水守亀之助)	빈핍예찬(상)(貧乏礼讃(上))	에세이
100	1930/12/08	아오노 스에키치	프롤레타리아 문학과 역사적 재료 (중)(プロレタリア文学と歴史的材料(中))	평론
101		미즈모리 가메노스케	빈핍예찬(하)(貧乏礼讃(下))	에세이
102	1930/12/15	아오노 스에키치	프롤레타리아 문학과 역사적 재료 (하)(プロレタリア文学と歴史的材料(下))	평론
103	1931/01/19	오야 소이치	난센스 문학의 발달(ナンセンス文学の発達)	평론
104		니시타니 세이노스케(西谷勢之助)	신민요의 일고찰(新民謠の一考察)	평론

105	1931/01/26	하야미즈 군페이(早水軍平)	연극 혁명의 한 지점-드램에 관해서-(演劇革命の一支点-トラムに就て-)	평론
106		스기야마 헤이스케(杉山平助)	예술 해방의 제창(芸術解放の提唱)	평론
107	1931/02/02	아오노 스에키치	문예에 있어서 시대감각과 시대의식(文芸に於ける時代感覚と時代意識)	평론
108		나카모토 다카코(中本たか子)	반역적인 존재(反逆的な存在)	에세이
109	1931/02/09	가지 와타루	문학의 「재미」에 관해서(文学の「面白さ」に就て)	평론
110	1931/02/16	유아사 데루오(湯浅輝夫)	좌익 연극의 방향(左翼演劇の方向)	평론
111		가토 다케오	모더니즘과 경문학(상)(モダァニズムと軽文学(上))	평론
112	1931/02/23	고지마 겐조(小島健三)	문예의 매력과 대중의 흥미(文芸の魅力と大衆の興味)	평론
113		기시 야마지(貴司山治)	해소 기운(解消ばやり)	평론
114	1931/03/02	나카무라 무라오	진리？흥미？문예 작품의 진가(真理？興味？文芸作品の真価)	평론
115		무라야마 도모요시(村山知義)	나쁜 영화가 왜 많을까?(悪い映画が何故多いか？)	평론
116		아오노 스에키치	문학의 다원적 관조(文学の多元的観照)	평론
117	1931/03/09	기타오 가메오(北尾亀男)	문학 비판-요컨대 작품 본위-(文学批判-要するに作品本位-)	평론
118		구노 도요히코(久野豊彦)	신용제도 통제의 신문학 (상)(信用制度統制の新文学(上))	평론
119	1931/03/16	구노 도요히코	신용제도 통제의 신문학 (하)(信用制度統制の新文学(下))	평론
120	1931/03/23	무라야마 도모요시	최근 독일 예술의 세계 첨단적 동향(最近独逸芸術の世界尖端的動向)	평론
121	1931/04/06	미즈마치 사부로(水町三郎)	비문학적인 내용과 기술(非文学的な内容と技術)	평론
122	1931/04/13	후쿠로 잇페이(袋一平)	러시아 영화의 견해(ロシア映画の見方)	평론
123	1931/04/20	이토 신키치(伊藤信吉)	프롤레타리아 단카의 시로 전화(プロ短歌の詩への転化)	평론
124		후나하시 세이이치(舟橋聖一)	심리소설과 프롤레타리아 문학(心理小説とプロレタリア文学)	평론
125	1931/04/27	오카야마 이와오(岡山巖)	노래와 관조(歌と観照)	평론
126		쇼헤이 기치(沼平吉)	문예 작품의 템포에 관해서(文芸作品のテンポについて)	평론
127	1931/05/04	가토 다케오	탐정소설의 장래(探偵小説の将来)	평론
128		히로타 교(弘田競)	프롤레타리아 문학을 낳은 것(プロレタリア文学を生むもの)	평론

2. 일본어 문학과 혼효하는 장(場)으로서의 '외지' 일본어 신문　　　　183

129	1931/05/11	히로타 교	리얼리즘의 계급성(リアリズムの階級性)	평론
130	1931/06/08	아사하라 로쿠로(浅原六朗)	유물론적 입장에서 예술(唯物論的立場からの芸術)	평론
131		야베 도모에(矢部友衛)	미술 대중성의 문제(美術大衆性の問題)	평론
132	1931/06/15	히로타 교	프롤레타리아 문학의 대중성과 예술 가치(プロレタリア文学の大衆性と芸術価値)	평론
133	1931/06/29	기무라 도시미(木村利美)	기계와 계급성(機械と階級性)	평론
134	1931/07/06	핫타 모토오(八田元夫)	극작에 나타난 최근의 두 경향(劇作に現れたる最近の二傾向)	평론
135	1931/09/06	이토 사부로(伊東三郞)	젊고 싱싱하게 뻗어가는 에스페란토 문학 그것은 무엇을 말하나? (若々しく伸び行くエスペラント文学それは何を語る?)	평론
136	1931/10/25	오에 겐지(大江賢次)	공장지대와 문학(工場地帯と文学)	평론
137	1931/11/01	나카노 시게하루	문학전선의 새로운 문제(文学戦線の新しい問題)	평론
138	1931/11/22	오모리 산페이(大森三平)	문예 난세시대(文芸乱世時代)	평론
139	1931/12/25	오야 소이치	문예평론의 대중화 생활비평의 일형식으로 되다(文芸評論の大衆化 生活批評の一形式となる)	평론
140	1932/01/31	미야모토 겐지(宮本顕治)	전쟁문학과 파시즘 문학(戦争文学とファシズム文学)	평론
141	1932/02/07	후지와라 센자부로	신생면으로 전향하는『대만문학』을 평하다(新生面へ転向せる『台湾文学』を評す)	평론
142	1932/02/14	오자키 시로(尾崎士郞)	문예시평 - 2월의 소설 산견 - (文芸時評 - 二月の小説散見 -)	평론
143		오타 미즈호(太田水穂)	마르크스로의 일본적 상징 가단으로부터(マルクスへの日本的象徵 歌壇から)	평론
144	1932/03/13	기타무라 기하치	기성 극단의 위기 1차 시대 연극으로의 교망(既成劇壇の危機 -次の時代の演劇への翹望)	평론
145	1932/05/08	구보카와 쓰루지로(窪川鶴次郞)	기성 문학의 일특색-최근의 부르주아 문단의 동향 (既成文学の一特色-最近のブルジョア文壇の動向)	평론
146	1932/07/17	구로키 다카시(黒木喬)	번창하지 않는 창작계(振はない創作界)	평론
147		오사라기 지로(大佛次郞)	대중문학 잡감(大衆文学雜感)	평론
148	1932/07/25	이타가키 나오코(板垣直子)	프롤레타리아 문학의 예술성의 몰가와 경화 (상)(プロレタリア文学の芸術性の沒却と硬化(上))	평론
149	1932/07/31	이타가키 나오코	프롤레타리아 문학의 예술성의 몰가와 경화 (하)(プロレタリア文学の芸術性の沒却と硬化(下))	평론
150	1932/08/07	마쓰우라 지키치(松浦治吉)	최근 문단의 정세 문예시평(最近文壇の状勢 文芸時評)	평론
151	1932/08/21	이시가키 나오키(石垣 直)	신사회파·신심리주의 기타 (상)(新社会派·新心理主義 その他(上))	평론
152	1932/08/21	이시가키 나오키	신사회파·신심리주의 기타 (상)(新社会派·新心理主義 その他(上))	평론

153		나카이 마사이치(仲井正一)	기계미의 구조 (상)(機械美の構造(上))	평론
154	1932/09/14	유치 다카시(湯地孝)	자국 문학의 부진 (하)(自国文学の不振(下))	평론
155	1932/11/20	가메이 가쓰이치로(亀井勝一郎)	현문단 창작의 부진(現文壇創作の不振)	평론
156	1932/12/04	이누타 시게루(犬田卯)	현재에 있어서 농민문학의 방향(現在に於ける農民文学の方向)	평론
157	1933/03/14	아이다 다케시(会田毅)	시를 현실로 돌려라 신흥 시학에의 대망(詩を現実にもどせ 新興詩学への待望)	평론
158	1933/04/14	세누마 시게키(瀬沼茂樹)	문예비평의 임무(文芸批評の任務)	평론
159	1933/04/18	히다카 세이(日高生)	지나 문단 제일인자 노신씨의 인상(支那文壇第一人者魯迅氏の印象)	에세이
160	1933/05/31	오노 이사무(大野勇)	문학에 있어서 대중성의 문제(文学に於ける大衆性の問題)	평론
161		가메이 가쓰이치로	인텔리겐차에의 의해서 프롤레타리아로 전향하는 작가의 모순성(インテリーよりプロに轉向せる作家の矛盾性)	평론
162	1933/06/15	시노다 다로(篠田太郎)	문단의 신경향 메이지 대학 연구의 유행에 관해서(文壇の新傾向 明治文学研究の流行に就て)	평론
163	1933/10/13	야스오카 구로무라(安岡黒村)	일본주의문학과 세계주의문학(日本主義文学と世界主義文学)	평론
164	1933/10/31	니시타니 지노스케(西谷治之介)	복고주의의 대두와 문예잡지의 유행열(復古主義の抬頭と文芸雑誌の流行熱)	평론
165	1934/03/04	요시다 겐지로(吉田絃二郎)	문학의 특성에 관해서-긍정과 부정-(文学の特性に就て-肯定と否定-)	평론
166	1934/03/14	사다타케지(貞武二)	서사문학에 관해서-구도 요시미(工藤好美)씨의 소론-(敘事文学に就て-工藤好美氏の所論-)	평론
167	1934/03/18	세누마 시게키	문학수업의 문제(文学修業の問題)	평론
168	1934/05/15 文芸科学	도사카 준(戸坂潤)	신성문화론 (1)(神聖文化論(一))	평론
169	1934/06/21	도사카 준	신성문화론 (2)(神聖文化論(二))	평론
170	1934/06/24	도사카 준	신성문화론 (완결)(神聖文化論(完))	평론
171	1934/08/04	이마자와 마사오(今澤正雄)	콜리지에 관한 비망록 (1)-그의 100년제에 즈음하여-(コウルリチに関する覚え書(一)-彼の百年祭に当り て-)	평론
172	1934/08/06	가와카미 데쓰타로(河上徹太郎)	문예시평 (상) 문제가 없는 문단-이론적 요새는 해소했다(文芸時評(上)問題のない文壇 -理論的要塞は解消した-)	평론

173	1934/08/14	이마자와 마사오	콜리지에 관한 비망록 (2)-그의 100년제에 즈음하여-(コウルリチに関する覚え書(二) -彼の百年祭に当りて-)	평론
174	1934/08/26	이마자와 마사오	콜리지에 관한 비망록 (4)-그의 100년제에 즈음하여-(コウルリチに関する覚え書(四) -彼の百年祭に当りて-)	평론
175	1934/08/30 (문예)	이마자와 마사오	콜리지에 관한 비망록 (완결)-그의 100년제에 즈음하여-(コウルリチに関する覚え書(完) -彼の百年祭に当りて-)	평론
176	1934/09/05 (문예)	고이케 무보(小生夢坊)	신흥 연극의 사명 네오 아방튀르 극당의 입장에서(新興演劇の使命 ネオアバンアチュール劇党の立場から)	평론
177	1934/12/08 (문예)	나가오키 마코토(長沖一)	프롤레타리아 문학 결빙기의 작품을 읽다 (상)(プロレタリア文学 結氷期の作品を読む(上))	평론
178		사다타케지(貞武二)	대중문예잡고 (상) 그 질을 향상시켜라(大衆文芸雑考(上) その質を向上せしめよ)	평론
179	1934/12/16	무라마쓰 마사토시(村松正俊)	논단 시대 2 인텔리겐차와 불안의 문제(論壇時代その二 インテリと不安の問題)	평론
180		나가오키 마코토	프롤레타리아 문학 결빙기의 작품을 읽다 (하)(プロレタリア文学 結氷期の作品を読む(下))	평론
181	1934/12/18 (문예)	무라마쓰 마사토시	논단 시대 3 국가주의의 사상(論壇時評その三 国家主義の思想)	평론
182		사다타케지	대중문예잡고 (상) 그 질을 향상시켜라(大衆文芸雑考(上) その質を向上せしめよ)	평론
183	1934/12/21 (문예)	사다타케지	대중문예잡고 (하) 그 질을 향상시켜라(大衆文芸雑考(下) その質を向上せしめよ)	평론
184	1935/04/14	-	신동향을 전망하다 해외문예좌담회 (1) 에스프리·누보의 시초와 문학 형식의 변혁(新動向を展望する 海外文芸座談会(一) エスプリ·ヌウボオの芽生えと文学形式の変革)	기타
185	1935/04/21	-	신동향을 전망하다 해외문예좌담회 (2) 이탈리아 문학의 현상과 소비에트의 신정세(新動向を展望する 海外文芸座談会(二) イタリー文学の現状とソヴエートの新情勢)	기타
186	1935/04/22	-	신동향을 전망하다 해외문예좌담회 (3) 통렬한 고리키의 비판 폐문을 명령받은 코르닐로(新動向を展望する 海外文芸座談会(三) 痛烈なゴリキーの批判 閉門を命ぜられたコルニーロ)	기타
187	1935/04/23	-	신동향을 전망하다 해외문예좌담회 (4) 독문학의 현세와 지드의 재검토(新動向を展望する 海外文芸座談会(四) 独文学の現勢とジイドの再検討)	기타

188		히지카타 데이이치(土方定一)	지식계급 문제-세계적 현상 중 하나-(知識階級問題-世界的現象の一つ-)	평론
189	1935/05/31	에구치 간(江口渙)	순수소설과 통속소설 (상)(純粋小説と通俗小説(上))	평론
190	1935/06/05	에구치 간	순수소설과 통속소설 (하)(純粋小説と通俗小説(下))	평론
191	1935/06/19	구보카와 쓰루지로(窪川鶴次郎)	문예시평 (상) 신현상의 맹아 문예 부흥의 움직임(文芸時評 上 新現象の萌芽 文芸復興の動き)	평론
192	1935/06/20	구보카와 쓰루지로	문예시평 (하) 순문학의 궁핍 통속소설의 진전(文芸時評 下 純文学の窮乏 通俗小説の進展)	평론
193	1935/06/25	-	조명탄(照明弾)	칼럼
194	1935/08/10	아오노 스에키치	문예 통제의 의욕 저작권 심사회와 펜클럽의 설립(文芸統制の意欲 著作権審査会とペンクラブの設立)	평론
195	1935/09/10	아오노 스에키치	문예시평 (상) 『창맹』과 『무해』아쿠타가와상의 이시카와 다쓰조(文芸時評 上 『蒼氓』と『霧海』芥川賞の石川達三)	평론
196	1935/09/14	아오노 스에키치	문예시평 (중) 「여경」을 읽다 세리자와 고지로씨의 역편(文芸時評 中 「女鏡」を読む 芹澤光治良氏の力篇)	평론
197	1935/09/16	아오노 스에키치	문예시평 (하) 어느 유한 마담(文芸時評 下 ある有閑マダム)	평론
198	1935/09/29	에구치 간	신병대 사건 잡감(神兵隊事件雑感)	에세이
199	1935/10/06	도사카 준	신성 투표(神聖投票)	에세이
200	1935/11/23	아오노 스에키치	문학의 반역성 (상)(文学の反逆性(上))	평론
201	1935/11/24	아오노 스에키치	문학의 반역성 (하)(文学の反逆性(下))	평론
202	1935/11/29	도사카 준(戸坂潤)	문화단체의 움직임 주목을 요하는 문제(文化団体の動き 注目を要する問題)	평론
203	1935/12/03	에구치 간	「작가 클럽」에 관하여 전선통일의 기쁨(「作家クラブ」に就て 戦線統一のよろこび)	평론
204	1935/12/10	아사하라 로쿠로(淺原六朗)	나태한 세계 12월의 창작란(怠惰な世界 十二月の創作欄)	평론

(한채민 역)

2. 일본어 문학과 혼효하는 장(場)으로서의 '외지' 일본어 신문 　　　　187

『경성일보(京城日報)』일본어 문학과
근대도시 경성의 표상*

요코미쓰 리이치(橫光利一)의 「순수소설론(純粹小說論)」과
「천사(天使)」를 중심으로

김효순

---

* 본 논문의 초출은 고려대학교 글로벌일본연구원 간행 『일본연구』 제34집(2020.8)임.

⌘

Ⅰ. 들어가며

주지하는 바와 같이 『경성일보(京城日報)』는 한반도에서 간행되었지만 문예물, 특히 장편소설은 주로 일본문단의 주류작가나 신인작가, 재조일본인 작가의 작품들이 게재되었다. 그 중에는 『경성일보』초출이거나 일본에 동시게재된 작품들도 있다. 주요 작품을 예를 들면 다음과 같다.

- 도쿠다 슈세이(德田秋聲):「두 영양(二人令嬢)」(1912.2.4, 33回), 「새벽(曙)」(『경성일보』1920.11.23~1921.7.15, 200회/『도쿠다 슈세이 전집(德田秋聲全集)』별권(八木書店, 2006) 수록)
- 요코미쓰 리이치(橫光利一):「천사(天使)」(『경성일보』1935.2.28~7.6,128회/『타이완일일신문(台湾日日新聞)』1935.3.1~7.7/『나고야신문(名古屋新聞)』1935.3.1~7.7에 동시 게재)
- 히사오 주란(久生十蘭):「격류(激流)」(『경성일보』1939.10.20~1940.2.23, 126회/『정본 히사오 주란 전집(定本久生十蘭全集)』4권(国書刊行会, 2007)에 「여성의 힘(女性の力)」으로 개제 수록/ 1940년 하쿠분칸(博文館)에서 단행본 간행)
- 기쿠치 간(菊池寬):「생활의 무지개(生活の虹)」(『경성일보』·『나고야신문』·『타이완일일신문』1934.1.1-5.18/『속 기쿠치 간 전집(続菊池寬全集)』제7권(平凡社, 1934.10)/후지야쇼보(不二屋書房)에서 단행본 간행)
- 가타오카 뎃페이(片岡鐵兵):「꽃에 농염 있음(花に濃淡あり)」(『경성일보』1936.10.22~1937.3.26, 150회/『나고야신문』1936.10.21-37.3.25/『신작 대중소설 전

집(新作大衆小説全集)』제29권(非凡閣,1942.1))[01]

    당시 일본 작가들은 식민지였던 일본의 한 지방으로서 조선과 대만 지역에서 간행된 신문에 작품을 게재하였음을 알 수 있다. 이러한 『경성일보』 초출 혹은 동시게재 작품들에는 조선의 사람이나 문화, 풍물, 자연 등 소재나 배경이 되고 있거나 식민지 지배와 문화정책과 밀접하게 관련되고 있는 경우가 많아서, 작품의 이해를 위해서는 『경성일보』라는 매체의 성격을 시야에 넣고 읽어야 하는 경우가 많다.

    그러나 이와 같은 서지정보는 현재 일본문학 연구분야에서 제대로 알려지지 않거나 알려졌다 해도 그와 같은 발표매체의 성격은 주목받지 못하고 심지어는 작가 전집에 수록되지 않은 경우도 있다. 다만, 엄기권은 「『경성일보』의 일본어문학: 문예란·연재소설의 변천에 관한 실증적 연구(「京城日報」における日本語文学 : 文芸欄·連載小説の変遷に関する実証的研究)」(九州大学博士論文, 2015)에서 『경성일보』의 문예란과 연재소설의 기본적 사항을 정리하고, 기존의 일국 중심 일본문학의 공백을 메우기 위한, 『경성일보』 게재 일본어문학 연구의 필요성을 제기하고 있다. 그러나 이 역시 제목에서도 알 수 있듯, 작품의 기본적 서지 정리에 머물고 있어 작품에 대한 구체적 검토나 분석에까지는 이르지는 못하고 있다. 본 논문에서 검토하고자 하는 요코미쓰 리이치의 「천사」 역시 『경성일보』에 작품이 게재되었다는 사실과 함께, '이 중에서 조선을 주요 무대로 한 작품은 없으며 유일

---

01   이들 작품의 일부는 본 연구서를 편집한 고려대학교 글로벌일본연구원의〈『경성일보』수록 문학자료 DB 구축〉사업팀에서 기획한 〈『경성일보』문학·문화 총서〉로 번역되어, 류칸손·요코미쓰리이치, 이가혜·김효순 번역 『장편소설 평행선·천사』, 도쿠다 슈세이, 엄인경 번역 『새벽』, 기쿠치 간·히사오 주란, 김효순·엄기권 번역 『장편소설 생활의 무지개·격류』의 제목으로 역락에서 2020년 5월 간행되었다.

하게 요코미쓰 리이치(橫光利一)의 「천사」에는 주인공 데라지마 미키오(寺島幹雄)와 사다코(貞子)와의 결혼 장소로서 그려지고 있을 뿐이었다.'[02]라고 언급되고 있을 뿐이다. 그러나, 이와 같은 식민지 조선의 수도 경성의 출현을 단순히 공간적 배경의 차원에 그친다고 할 수 있을까? 작품 속 공간적 배경은 작품의 집필 배경, 작가의 문제의식이나 방법 등과 유기적으로 연결되어 있을 수 있다. 즉, 작품 속 경성 표상은 작가의 문제의식이나 방법은 물론이며 『경성일보』라는 발표매체의 성격, 식민지 문화정치까지 시야에 넣고 검토해야 비로소 그 중층적 의미를 파악할 수 있다는 것이다.

이와 같은 문제의식에서 본 논문에서는 요코미쓰의 「천사」의 집필 배경을 조선총독부의 문화정치와의 관계 속에서 살펴보고, 순수소설론을 주장했던 작가의 문학론, 인간관과 관련지어 「천사」에서의 경성 표상을 분석해보고자 한다. 이와 같은 분석을 통해 일본이라는 일국 중심의 시야로는 포착할 수 없었던 요코미쓰 문학의 다층성을 드러낼 뿐만 아니라, 식민지 시기 일본어 문학이 공간적 배경이나 소재, 주제 등에서 그 영역을 확대해 가는 양상의 일면도 파악할 수 있을 것이라 기대된다.

II. 조선총독부의 문화정치와 요코미쓰의 「천사」 집필 배경

조선에서 1920년대부터 1930년대 전반까지는 윌슨의 민족자결주의와 그에 영향을 받은 1919년 3.1민족 독립운동에 의해, 국제환시(国際環視)의 상황에서 조선총독부가 정책의 기조를 무단정책(武斷政策)에서 문화정

---

02 嚴基權「『京城日報』における日本語文学 : 文芸欄・連載小説の変遷に関する実証的研究)」
(九州大学博士論文, 2015), p.79. 인용문에서 '이 중에서'라는 것은, 후술할 1930년 기쿠치 간을 중심으로 이루어진 만철 초청 강연에 참가한 작가들이 『경성일보』에 게재한 작품을 말한다.

책으로 바꾸고 내선융화정책을 실시한 시기이다. 이와 같은 식민정책은 1930년대 후반 일본제국이 대륙에 대한 욕망을 노골적으로 드러내며 정치, 경제, 문화, 군사 등 모든 분야에서 중국, 영미와의 전쟁에 집중을 하게 되기 직전까지 지속된다.

이러한 상황에서 식민지 수도 경성은 식민지 정책의 안정화에 따라 근대적 우편, 교육, 은행, 병원, 학교 등의 제도를 갖추고 백화점, 레스토랑, 바, 카페, 우체국, 호텔, 전화국, 극장 등을 건설하며 근대소비도시로서의 면모를 갖추어 갔다. 동시에 조선총독부는 성공적 식민정책과 식민지 조선에서의 내선융화와 발전상을 적극적으로 일본 내지에 전함으로써 본국으로부터 식민정책의 지원과 지지를 이끌어내고자 하였다. 이와 같은 식민지 문화정치의 전략은, 사이토 총독이 도쿄(東京) 체류를 마치고 도쿄역에서 이야기한 것을 보도한 다음 기사에 잘 드러나고 있다.

> 내지인은 진심으로 조선반도의 평화발전과 내선동화를 희망하고 요구하고 있는데, 이는 근래 특히 현저한 경향을 보이고 있다. 그리고 나는, 조선의 유식 계급 및 일반 양민은 공평하게 판단하여 조선의 오늘날의 발달은 확실히 병합의 선물이라 믿는다고 설명했지만, 그와 동시에 내 자신의 책임이 중대하며 일반의 기대를 저버릴 수 없음을 더 한층 깊이 느꼈다. 이렇게 내지인이 조선의 사정을 양해하게 된 결과 의회법안도 거의 무사히 통과했다. 다만 재정긴축의 상황이라 충분한 요구를 주장하기 어려웠던 것은 유감스럽지만 어쩔 수 없는 차제이다.[03]

---

03 「帰任の途 斉藤実語る 今回上京中余が最も好印象を受けし者　それは内鮮融和の質問 朝鮮の事情が内地に諒解された結果朝鮮関係の議案も無事に通過す』『京城日報』 1923.3.21,2面.

식민지배의 주체인 총독이 식민지 조선의 '평화발전과 내선동화'를 '내지인'들에게 이해를 시켜 '의회법안'을 통과함으로써 식민정책의 지원과 지지를 이끌어내고자 하는 전략을 취하고 있음을 알 수 있다.

이와 같은 식민정책과 관련하여, 일제가 조선에 대한 식민정책을 문화정치로 바꾸었던 1920년 무렵을 기점으로 '강연회'라는 '일종의 문화적 현상'3)이 폭발적으로 증가하기 시작하는 점은 주목을 요한다. 왜냐하면, 당시 '강연회'는 철저한 언론통제정책 하에서, '기본적으로는 집회라는 대중동원의 형식이 갖는 기본적인 위험성을 전제하면서 정치적인 표현이 금지된 조선민중에게 우회의 표현의 장을 제공하는 역할을 했는가 하면, 학술적 전문성을 표방함으로써 제국주의 지식 공리계 내에서 이미 '길들여진' 지식을 매개하는 역할을 담당'하는 것이었기 때문이다.04 즉 일제의 문화정치는 병합의 결과 발전한 조선의 발전상과 내선 융화의 상황을 본국에 전함으로써 본국으로부터 정책적 지원을 받고자 하였으며, '강연회'는 이와 같은 목적에 부합하여 '길들여진' 식민지 지식의 매개역할을 했다고 할 수 있다. 이러한 양상은 문학분야에서도 마찬가지 흐름을 보인다.

이 시기 조선에서의 문학활동은 제국 일본의 문화정책의 영향권 안에서 전개되었으며, 식민 권력인 총독부는 정기간행물, 포상제도, 각종 관변단체의 조직 등 문화기구를 조작하며 조선문학을 통제 관리해 나갔고, 이러한 총독부의 통제와 관리는 일본 '내지'의 문단 혹은 문화 권력과 식민지 조선의 작가들과의 협력에 의해 실행되는 형태를 띠었다.

이와 같은 맥락에서 1930년 9월 약 10일간의 일정으로 기쿠치 간(菊池

---

04 송민호, 「일제강점기 미디어로서의 강연회의 형성과 불온한 지식의 탄생」(『한국학연구』 32집, 2014.2), pp.125-154.

寛) 일행에 의해 이루어진 문학 강연은 주목할 만하다. 식민지 조선에서의 문학활동이 제국 일본의 식민정책, 문화정책의 일환으로 영위되고, '내지' 문단과의 긴밀한 소통과 협력, 지원을 받으며 이루어졌다고 할 때, 그와 같은 내지 문단 권력의 중심에 있던 인물이 바로 기쿠치 간이다. 그는 당시 '문단의 대가'로서 일본 '내지'만이 아니라 조선, 만주 등 일본제국의 식민지에서도 절대적 영향력을 행사하고 있었다. 기쿠치 간은 조선 방문 이전에도 조선총독부 기관지인 『경성일보』에 자신의 글을 발표하거나 친우들의 글을 게재하기도 했고, 1940년 8월 문예가협회 주최, 경성일보사·오사카매일신문사 경성지국·일본여행협회 조선지국의 후원으로 경성부민관에서 시행된 「문예총후운동 대강연회(文芸銃後運動大講演会)」에 참석한 후 총독부 직원, 조선인 작가들과의 대담회에서 조선예술상 제정과 관련하여 구체적 논의를 전개하기도 했다. 이렇게 기쿠치 간은 경성일보사나 총독부 학무국 관리, 조선의 작가를 접하며 각종 강연회나 좌담회에 참석하는 등 식민지배 권력의 핵심 세력과 교감하며 식민지 문화정치의 한 축을 담당하는 식민지 조선 문단에서 절대 권력을 행사하였다.[05]

　이와 같은 기쿠치 간이 처음 조선을 방문한 것이 바로 1930년 9월 남만주철도주식회사(南滿洲鐵道株式會社, 이하 만철) 초청 강연이었던 것이다. 만철은 주지하는 바와 같이, 1906년 러일전쟁의 강화 조약인 포츠머스 조약에 의해 러시아로부터 양도받은 철도 및 부속지를 기반으로 설립된 일본

---

[05]　기쿠치 간의 조선문단에 대한 영향을 논한 연구로는 홍선영의 「기쿠치 간(菊池寬)과 조선예술상—제국의 예술제도와 히에라르키—(菊池寬と朝鮮芸術賞-帝国の芸術制度とヒエラルキー)」(『日本文化学報』50, 2011.9)가 있다. 그러나 이는 1940년 조선예술상 제정의 성격에 대한 논의로 한정되어 있다. 따라서 기쿠치 간의 조선문단에 대한 영향은 별고에서 검토하기로 한다.

제국의 국책회사로, 철도 이외에도 광범위한 사업을 전개하여 일본 제국의 만주 경영의 중핵 역할을 하였다.

요코미쓰는 이 만철 초청 강연 여행에 동참을 한 것이다. 만철 강연 여행자 일행은 9월 15일 일본공수회사(日本空輸会社) 여객기를 전세로 이용하여 화려한 퍼포먼스를 펼치며 여의도에 도착했고, 이는 '뭐니뭐니 해도 문단 유력자들이 여섯 명이나 함께 여행, 그것도 공중수송이라는 새로운 방법이니 만큼' 운운하며 『경성일보』에 대서특필되었다. 여행의 목적은 '만선(満鮮) 마작과 강연 여행'으로 만철 연선에서 수회 강연을 행하고 마작을 한다는 것이다. 이들은 15일 오후 5시 30에 여의도에 도착하여 조선호텔에서 1박을 하고 16일 오전 7시 여객기로 다시 대련으로 향한다. 돌아오는 길은 육로로 경성에 와서 다시 한 번 강연회를 하고, 동시에 작우회(雀友会)에서도 '환영마작대회'를 열 계획이라고 보도되었다. 그리고 15일에는 경성일보사 주최로 '내일 15일 오후 7시 반, 본사 내청각(來青閣)'에서 '문단의 중심 5인의 문예대강연회'라는 광고가 게재되었다.[06] 이 광고는, '문단의 유성(文壇の遊星), 요코미쓰 리이치 씨 등 다양한 멤버는, 문사로서는 겨우 다니자키(谷崎), 오키노(沖野), 고가 사부로(甲賀三郎) 씨 등을 맞이했을 뿐인 경성으로서는 더없이 좋은 절호의 찬스'라고 선전을 하고 있다. 강연회는 경성일보사의 구와하라(桑原) 주필의 개회사 후에, 데라다(寺田) 사회부장의 소개로 사사키 모키치(佐々木茂吉), 이케타니 사부로(池谷信三郎), 요코미쓰 리이치가 단상에 올라가 인사를 하는 것으로 시작되었다. 이어 나오키 산주고(直木三十五)가 「과학소설의 제창(科学小説の提唱)」, 기쿠

---

06 이 광고에는 날짜가 15일 기사에서 '내일'이라고 되어 있지만, 실제로는 15일 당일이며, 강연 여행자도 원래는 6인이지만 일행 중 대련에서 합류하기로 한 구메 마사오를 제외한 5명의 이름이 소개되었다.

치 간이 「문예의 감상과 창작(文芸の鑑賞と創作)」이라는 제목으로 강연을 했다. 이 둘의 강연은 각각 9월 20일에서 30일까지 전5회, 10월 3일에서 8일까지 전4회에 걸쳐 그 전문이 『경성일보』와 잡지 『조선 및 만주(朝鮮及 満州)』에 같은 제목으로 게재되었다. 『조선 및 만주』에는, 당시 강연모습도 별도의 기사로 소개하고 있는데, 요코미쓰의 강연에 대해서는 다음과 같이 소개하고 있다.

> 세 번째가 요코미쓰 리이치라는 소설가다. 이 남자도 서른 전후로 봉두난발의 긴 머리칼을 손으로 자꾸 쓸어올리며, 제 아버지는 일찍이 경성에서 살다가 8년 전에 갑자기 돌아가셔서 저는 경성에 와서 어머니와 함께 그 뒤처리를 한 적이 있다, 이번에 경성 하늘을 비행기로 날면서 이곳에서 아버지가 돌아가신 것이 아닌가 하며 공중에서 상상했다, 당시 나는 딱 스물 다섯이었다, 그 때 비로소 나도 어엿한 성인이 되었다, 아니 되지 않으면 안 되겠다고 생각했다, 이런 이야기를 했다. 그리고 비행기가 끊임없이 천둥 같은 굉음을 내는 바람에 도쿄에서 경성까지 오는 비행으로 귀가 멍멍해져서 나도 내가 무슨 말을 하는지 모르겠다, 이런 말을 하며 황망히 단을 내려왔다.[07]

세 명의 인사에 대해 『조선 및 만주』의 기자는 '정말이지 웅변대회를 하는 학생연설'을 듣는 것 같다고 하고, 나오키 산주고와 기쿠치 간이 등단을 하자 마침내 '강연다운 강연'을 들을 수 있었다고 평가하고 있다. 이로써 이 강연여행은 나오키 산주와 기쿠치 간이 주축이 된 것으로 추측이 된다. 또 한 가지 주목할 것은 요코미쓰가 이번 강연 여행에서 자신이 8년 전 아버지의 죽음으로 경성을 방문했을 때의 기억을 소환하여 이야기했다는 점이다. 이에 대해서는 다음 절에서 다시 언급하겠다.

07　一記者「小説家の講演」(『朝鮮及満州』第275号, 1930.10), p.35.

이와 같은 문학 강연 이후, 『경성일보』에는 이들 작가 관련 기사나 작품이 꾸준히 게재된다. 당시 '내지' 문단에서의 위상이나 권위 상, 기쿠치 간 관련 기사가 주를 이루었는데, 예를 들면 '일본문학을 애호하는 러시아 맹인 청년(日本文学愛好の露国盲青年)'이 기쿠치 간의 작품을 번역해서 하얼빈의 신문이나 잡지에 게재할 것이라는 기사[08], 일행의 에피소드를 소개한 「문단인이 남긴 가십 네 개, 기쿠치 간!과 병사의 결심(文壇人が残したゴシップ四つ菊池寛!と兵隊さんのドラ声)」[09], 기쿠치 원작 영화 「어머니(母)」를 소개한 「만몽박람회에서, 세상의 모성도 한 여성, 기쿠치 간 원작 「어머니」상영(滿蒙博覽會から 世の母性も一人の女性 菊池寛原作「母」上映)」[10]이라는 기사가 게재되었다. 그리고 1934년 1월 1일부터는 '도쿄, 오사카 이외의 신문에 장편소설을 집필한 적이 없던' '문단의 대가 기쿠치 간 씨'가 '우리 회사의 열성에 마음이 움직여 처음으로' 집필을 수락했다는 대대적인 광고[11]와 함께 『생활의 무지개(生活の虹)』(1934.1-5.18)가 게재된다. 아울러 나오키 산주고의 「간에이 만자 난(寬永卍乱れ)」(전15회, 1932.5.4-18), 요코미쓰의 「천사」, 구메 마사오의 「애정의 감격(愛情の感激)」(전2회, 1935.1.1-3), 기쿠치 간의 「신혼가정(新婚家庭)」(전1회, 1936.1.1)이 게재된다.

이상 살펴본 바와 같이 요코미쓰의 「천사」를 비롯한 내지 작가들의 『경성일보』 작품 게재는 식민지 조선에서 영위된 문학이 일제의 문화정치의 영향권 안에서 내지 문단 권력과 밀접한 연계와 지원에 의해 이루어진 실상을 보여준다. 따라서 1930년 9월에 이루어진 내지 작가들의 약 10일

---

[08] 「菊池寛氏を訪ねあなたの作品を飜譯さして呉れ」『京城日報』1930.9.18,7面.

[09] 「文壇人が残したゴシップ四つ菊池寛!と兵隊さんのドラ声)」『京城日報』1930.9.18,7面.

[10] 「滿蒙博覽會から世の母性も一人の女性菊池寛原作「母」上映」『京城日報』1932.9.10, 夕刊3面.

[11] 「待望の傑作小説『生活の虹』本紙元旦号から連載」『京城日報』1933.12.9, 3面.

간의 조선 만주의 외지 여행은 엄기권이 지적하듯이 그저 '한가한 만주 여행'이 아니었음은 틀림없다. 하지만, 그렇다고 해서, 이를 단순히 '외지 미디어와 내지 문인들의 상업성과 그 쌍방향성'[12]을 보여준다고만 이해해서도 안 될 것이다.

조선총독부를 중심으로 한 관제 연설외의 일체의 연설회가 금지되던 시기에, 일제의 식민지 개발의 첨병에 서 있던 만철의 초대와 여행 경비 지원으로 만철 연선에서 이루어진 이들 강연여행은 말 그대로 식민지 문화정책을 최전선에서 실현하는 도구였으며, 이들 작가들이 총독부 기관지인 『경성일보』에 작품을 게재하게 된 이상, 어떻게든 문화정책의 프로파간다로서의 역할이 부여될 수밖에 없었다고 할 수 있다. 따라서 요코미쓰의 「천사」의 경우도 조선이라는 공간을 '주인공 데라지마 미키오(寺島幹雄)와 사다코(貞子)와의 결혼 장소로서 그려지고 있을 뿐이었다.'[13]라고 간단히 취급할 문제는 아니라고 판단된다.

III. 「순수소설론(純粹小説論)」의 실천과 최초의 신문소설 「천사」

「천사」는 『경성일보』에 발표되기 전 다음과 같이 대대적으로 광고가 된다.

요코미쓰 씨는 순문학의 예장(鋭匠), 정신없이 돌아가는 우리 문학계의 광란(狂瀾)의 노도기를 만나 흔들림없이 자신의 길을 개척하고 심화하였으며, 바야흐로 문단의 성좌에서 군광(群光)을 제압하며 빛나고 있습니다. 씨의 창작태도는 드물게 진지한 것으로 뼈를 깎는 고통이 낳은 작품은 매 발표 때마다 새로운 감명을 불러일으키며 평단에는 새로운 논제를 제공하고 있습니다. 게다가 특별

---

12 嚴基權, 앞과 같은 논문, pp.79-80.
13 嚴基權, 앞과 같은 논문, p.79.

히 이에 강조하고 싶은 것은 요코미쓰가 신문소설을 쓰는 것은 이번이 생전 처음 있는 일이며, 본지는 이 문단의 혹성의 최초의 신문소설을 '획득'한 것을 자랑스럽게 여김과 동시에 발표되는 신 작품이 반도문단에 신선한 충격을 주고 또한 우리 신문소설계에 일대 신기원을 이룰 것을 믿어 의심하지 않습니다.[14]

무엇보다 일본 문단에서 '순문학의 예장(鋭匠),'으로 수많은 별들 중에서 압도적으로 빛나는 존재인 요코미쓰가 신문소설 즉 통속성을 생명으로 하는 소설을 '생전 처음'으로 발표한다는 점과 그것이 일본 내지가 아닌 '반도문단' 즉 식민지 조선에서 발표된다는 사실을 대대적으로 광고하고 있음을 알 수 있다. 이는 '신문소설계에 일대 신기원'이 될 만큼 획기적인 사건이라 할 수 있다. 동시에 같은 지면에 당시 문단의 거장이자 실세였던 기쿠치 간의 언급도 나란히 게재되어 있다.

> 기쿠치 간: 요코미쓰 군이 장편소설을 쓰는 것은 대단히 의의가 있는 일이다. 요코미쓰 군이 작년 무렵부터 신문소설을 쓰고 싶어 하는 심정이 있었기 때문에 상당한 포부도 자신도 있음에 틀림없다. 『경성일보』가 이 순문학의 제일인자에게 신문소설을 쓰게 한 점은 대단한 공적이다.[15]

기쿠치 간 역시 '순문학의 제일인자'에게 '최초의 신문소설'을 쓰게 한 점을 대단한 공적이라고 높이 평가하며 광고하고 있다. 그렇다면 '순문학'의 '예장', '제일인자'인 요코미쓰가 신문소설을 쓰는 것이 왜 이렇게 대대적으로 광고가 되고 '대단한 공적'이라고 평가를 받는 것일까? 이에 대해서는 역시 광고란에 함께 게재된 요코미쓰의 '작자의 말'을 살펴볼 필요가 있다.

14　「『天使』広告」『京城日報』1935.2.20,7面.

15　「『天使』広告」『京城日報』1935.2.20,7面.

작자의 말: 인간의 마음은 지금까지 사람들이 생각하고 있던 것처럼 움직이는 것은 아니라는 사실을 요즘 사람들은 차차 알게 되었습니다. 다시 말하자면 인간의 마음은 좀처럼 알 수 없는 것이라는 사실, 그것만을 확실히 알게 된 것입니다. 그렇다면, 첫째로 인간의 마음의 움직임에 비중을 두는, 소설이라는 것도 당연히 바뀌어야 합니다. 소설도 매일매일 은행이나 비행기처럼 진보하는 것입니다만, 제 작품도 한층 진보한 것으로 만들어 보고 싶습니다.[16]

요코미쓰는 '인간의 마음은 지금까지 사람들이 생각하고 있던 것처럼 움직이는 것은 아니라는 사실'을 알게 되었고, '인간의 마음의 움직임에 비중을 두는' '소설'은 '은행이나 비행기처럼 진보하는 것'이며, 자신의 작품을 '진보'한 것으로 만들고 싶다며 작품에 대한 포부를 밝히고 있다.

여기에서 요코미쓰가 표명하고 있는 인간론과 소설의 방법은 이 작품을 연재하는 동안 발표한 「순수소설론(純粹小說論)」과 관련지어 생각해볼 필요가 있다. 주지하는 바와 같이 1935년 『개조(改造)』 4월호에 발표된 요코미쓰의 「순수소설론」은, '만약 문예부흥이라고 할 수 있는 것이 있다면, 순문학이면서 통속소설 이것 외에 문예부흥은 절대로 있을 수 없다고 나는 지금도 생각하고 있다'[17]라는 문장으로 시작되는, 요코미쓰의 당시 문단에 대한 인식과 소설의 방법론, 인간인식의 표명이다. 그는 이 글에서 소설을 순문학, 예술문학, 순수소설, 대중문학, 통속소설로 나누고 현재 순문학은 쇠퇴하고 있으며, 앞으로의 문학이 나아갈 길은 순문학과 통속소설을 하나로 한 순수소설이라고 주장한다. 그렇다면 순문학과 통속소설이란 무엇인가? 그는 우선 통속소설을 구성하는 2대요소로 '우연과 감상성'을 들고 있다. 그리고 도

---

16 「『天使』広告」『京城日報』1935.2.20,7面.

17 横光利一「純粹小說論」(『改造』1935.4,『定本横光利一全集』第十三巻, 河出書房新社,1981), p.233.

스토예프스키의 「죄와 벌」, 「악령」, 톨스토이의 「전쟁과 평화」, 스탕달, 발자크 등 대가들의 작품에도 우연성이 있다고 지적하며, '의외의 인물이 그 소설 속에서 아무래도 그 상황에 꼭 출현해야 도움이 된다고 생각할 때 안성맞춤으로 휙 나타나고 또 뜻하지 않게 엉뚱한 짓만 한다고 하는 식의, 일견 세상 사람들의 타당한 이지의 비판을 견딜 수 없는, 소위 감상성을 띤 출현 방식으로 우리 독자들을 기쁘게 한다.'[18]라고 설명한다. 동시에 '그것이 단순히 통속소설일 뿐만 아니라 순문학이면서 동시에 순수소설이라는 정평을 받는 원인은 그들 작품에 일견 타당하다고 여겨지는 이지의 비판을 견뎌온 사상성과 그에 적당한 리얼리티가 있기 때문이다'[19]라고 주장하고 있다. 즉 통속소설은 우연성과 이지의 비판을 견딜 수 없는 감상성이라는 요소로, 순문학은 '이지의 비판을 견뎌온 사상성과 그에 적당한 리얼리티'라는 요소로 이루어졌다는 것이며, 문단의 위기를 극복하기 위해서는 이 두 가지 요소를 갖춘 순수소설로 나아가야 한다는 것이다.

이러한 문단 인식과 소설론은 「순수소설론」 집필 전후에 요코미쓰가 견지한 것으로, 요코미쓰가 「유물론적 문학론에 대해서(唯物論的文學論について)」(원제:「문학적 유물론에 대해서(文学的唯物論について」)에서 언급하고 있는 인간관을 바탕으로 하는 문학론이라 할 수 있다. 여기에서 요코미쓰는, 인간의 내적 세계는 '시간'과 '공간'에 지배를 받는 '현실적 물상(物象)'의 변화에 따라 변하는 것이고 '문학은 그러한 현실적 물상을 대상'으로 해야 한다고 주장하고 있다.[20] 즉 인간이란 절대적으로 고정된 개성을 지닌

---

18 橫光利一「純粋小説論」, 위와 같은 책, p.235.

19 橫光利一「純粋小説論」, 위와 같은 책, p.235.

20 橫光利一「唯物的文学論について」(『創作月刊』1928.2,定本橫光利一全集』第三巻, 河出書房新社,1981), p.100, 101.

존재가 아니라 상황과 공간, 주변인물들 간의 관계에 따라 변하는 존재이고 문학은 그러한 인간을 그리는 것이라는 생각이다. 이와 같은 소설론에는 '근대적 인간인식의 틀의 해체와 "포스트근대"의 맹아' 즉 쓰보우치 쇼요(坪内逍遥)가 「소설신수(小説神髓)」에서 '소설의 주안은 인정(人情)이다'[21]라고 하며 인간의 '인정'=정욕(情欲)을 그리는 것을 소설의 주안으로 보았던 틀의 해체를 볼 수 있다.[22] '인간의 마음은 지금까지 사람들이 생각하고 있던 것처럼 움직이는 것은 아니라는 사실'을 알았다고 하며, '인간의 마음의 움직임에 비중을 두는, 소설이라는 것도 당연히 바뀌어야 합니다'라고 천명한 광고 「작자의 말」은, 이와 같은 요코미쓰의 당시 문단에 대한 인식과 소설론, 인간론을 바탕으로 한 것임을 알 수 있다. 위 광고문에서 기쿠치 간이 '요코미쓰 군이 작년 무렵부터 신문소설을 쓰고 싶어 하는 심정이 있었'다고 하는 것은 바로 이를 염두에 둔 언급이라 할 수 있다.

선행연구에서는, '「순수소설론」에 기술한 소설방법론과 자신의 작품과 관련된 요코미쓰의 언급은 딱히 찾아볼 수 없는 게 실상'[23]이라고 하고 있지만, 분명 요코미쓰가 위 「작자의 말」에서 언급한 인간관과 소설론은 「순수소설론」에서의 그것과 맥을 같이 하는 것이라 할 수 있다. 즉 「작자의 말」은 이와 같은 「순수소설론」 집필 전후의 문단인식과 소설론, 인간론에 대한 문제의식을 표명한 것이고, 「천사」는 순문학 작가로서 그와 같은 문제의식을 최초로 시도하는 신문연재소설이라는 것이다.

---

21 坪内雄蔵(逍遥)「小説神髓上巻」(『小説神髓』松月堂, 1885), p.20.

22 石田仁志「横光利一『純粋小説論』への過程―ポスト近代への模索(近代文学を問い直す」(『国語と国文学』74, 1997), p.101.

23 이진호, 「요코미쓰 리이치(横光利一)의 純粋小説論考―4인칭 생성배경과 그 典型으로서 『家族會議』를 통해 보는 실상과 관련하여―」(『일본문화학보』제62집, 2014.8), p.126.

그러나 「순수소설론」의 실천작으로서 주목을 받거나 연구의 대상이 된 것은, 4개월 뒤인 같은 해 8월 9일부터 12월 31일에 걸쳐 『도쿄일일신문(東京日日新聞)』과 『오사카매일신문』에 동시 연재된 「가족회의(家族会議)」이다. 예를 들어 이진호는, '당대에 침체해 있던 문단의 부흥을 꾀하고자 의도한 일종의 문단 상황론이자 소설 방법론'[24]으로, '방법론상의 핵심은 소설구조상에 있어 偶然性제고를 통해 가능하다는 感傷性제고와 소위 4인칭설정으로 대변되는 인간의 내면세계를 지배하는 自意識묘사를 통한 진실에 가까운 소설의 리얼리티 추구, 이 두 가지로 집약[25]된다고 하며 '순문학에 통속소설이 갖는 재미난 구성요소로서 우연성에서 비롯된 감상성을 도입해야 한다는 것'[26]이라고 해석하고 있다.[27] 그리고 「가족회의」를 들어 '그의 「순수소설론」 관련 견해가 가장 충만하게 실현되었을 개연성이 높은 작품 중 하나일 것'[28]이라고 지적하고 4인칭 생성배경에 대해 분석을 하고 있다. 물론 이외에도 「순수소설론」과 발표시기가 겹치는 『성장(盛裝)』(同年 1월~11월 『婦人公論』)도 거론되고 있다. 그럼에도 불구하고 선행연구에서는 「천사」는 별로 주목을 받지 못했다. 이에 대한 작품론도 나카가와 도미히로(中川智寛)의 「요코미쓰 리이치 「천사」를 읽다(横光利一「天使」を読む)」(『近代文学論集』31,2005), 가케노 다케시(掛野剛史)의 「신문소설의 가능성―요코미

24　이진호, 전게 논문, p.108.

25　이진호, 전게 논문, p.108.

26　이진호, 전게 논문, p.110

27　이외에도 「순수소설론」의 실천작으로 「가족회의」를 분석한 연구로는 井上謙「「紋章」,「家族会議」―「純粋小説論」の展開(横光利一―疾走するモダン〈特集〉) ― (作品の検証)」(『国文学 解釈と教材の研究』35(13), 1990.11)/古矢篤史「横光利一「家族会議」と〈新聞小説〉の時代:「義理人情」の表象と文芸復興における「民衆」意識の接点」(『国文学研究』早稲田大学国文学会,2012.10) 등이 있다.

28　이진호, 전게 논문, p.117.

쓰 리이치의 「천사」에서 「가족회의」로(新聞小説の可能性―横光利一「天使」から「家族会議」へ)(『論樹』20,2006.12) 정도가 있을 뿐이다. 그런 의미에서 이 노우에 겐(井上謙)은 「순수소설론」 기술시기와도 겹치는 작품으로 「천사」(1935년 2월~7월 『京城日報』)에 보이는 극적 구성상의 우연성 강조를 들어, 이 작품이야말로 그의 論의 실험작이라 언급한 것[29]은 주목할 만하다. 그러나 이 역시 본격적인 「천사」 작품론은 아니며, 「순수소설론」을 실천한 작품으로서 「천사」를 다룬 본격적인 연구는 관견상(管見上) 보이지 않는다.

이러한 의미에서 이하에서는 「천사」에서 인간은 어떻게 그려지고 있는지, 「순수소설론」에서 언급한 순문학과 문예부흥을 위한 통속소설의 요소로서의 우연성과 감상성, 순문학의 요소로서 '이지의 비판'을 견딜 수 있는 '사상성'은 어떻게 '리얼리티'를 확보하며 그려지고 있는지 검토해 보겠다.

IV. 「천사」의 등장인물의 심리묘사와 통속성

「천사」는 『경성일보』에 1935년 2월 28일부터 7월 6일까지 128회에 걸쳐 초출 게재된 후, 같은 해 9월 소겐샤(創元社)에서 단행본으로 간행된 장편연재소설이다. 소겐샤의 단행본은 『경성일보』 초출 표현의 수정이 군데군데 눈에 띄며, 교코(京子)가 사다코를 방문하고 미키오(幹雄)와의 재결합을 결심하는 장면과 재결합 이후 생활의 안정을 되찾고 봉천(奉天)으로 가는 도중 경성으로 여행을 간 부분은 삭제되어 있다.[30] 위에서 언급한 바와 같이 작품이 발표된 1935년 전후 시기는 요코미쓰에게 있어 평론 「순수

---

29 井上謙『評伝横光利一』(桜楓社,1975),p.287.
30 같은 시기에 『대만일일신문』에 게재된 것은 『경성일보』에 게재된 것과 분량면에서 거의 같지만 등장하는 건물명 특히 경성의 건물명에 차이를 보이며, 작품의 결말 부분에도 차이를 보인다. 이에 대해서는 추후 상세한 점검이 필요하다.

소설론,을 발표하고 '문학의 신'이라고 불리우며 시가 나오야(志賀直哉)와 함께 '소설의 신'으로 평가받았을 만큼 작가로서의 전성기에 해당된다.

작품의 내용은 다음과 같다. 사업상 위기에 처한 미키오의 아버지 헤에(兵衛)는 교코의 아버지의 도움으로 재기에 성공한다. 그 인연으로 미키오와 교코는 결혼을 하지만 사랑없이 집안의 필요에 의해 이루어진 둘의 결혼은 원만하지 못하다. 이와 같은 둘의 관계는 미키오가 병이 들어 가마쿠라(鎌倉)에서 요양원 생활을 하면서 표면화된다. 미키오가 간호사인 사다코(貞子)와 가까워지자 교코는 둘의 관계를 눈치채고 결혼 전 애인이었던 아카시(明石)에게 매달린다. 이와 같은 상황에서 미키오는 사다코에게 자신의 기분을 고백하지만 교코의 존재를 신경쓰는 사다코는 미키오의 결혼신청을 거절한다. 교코에게서도 버림받고 사다코에게서도 버림받았다고 생각하는 미키오는 자포자기의 심정으로 교코에게 이혼장을 보낸다. 교코는 친정으로 돌아가고, 둘의 결혼생활이 파탄난 것을 알게 된 아버지 헤에는 아들 부부의 관계를 회복시키기 위해 봉천에 가서 집안의 사업인 호텔경영을 시찰하고 오라고 명령한다. 그러나 미키오는 교코가 아닌 사다코와 함께 봉천으로 떠나고 그 도중에 둘은 경성에서 결혼을 한다. 그 사실을 안 헤에는 두 사람을 불러들여 사다코를 아들과 헤어지게 하고, 그 결과 미키오는 교코와 재결합을 하게 된다.

여기에서 주목할 만한 점은, 등장인물들의 심리가 상황에 따라 작품 내내 계속 변화한다는 점이다. 주인공 미키오는 아버지의 의사에 따라 어쩔 수 없이 정략 결혼을 하고 요양지에서 간호부로 만난 사다코에게 사랑을 느끼지만, 그녀에게 거절당하자 사다코의 동생인 유키코(雪子)를 사랑하게 되고, 자신과 교코가 이혼한 것을 안 사다코가 다시 접근하자 사다코를 다시 사랑한다. 하지만 교코의 집안이 파산을 하고 아버지가 적극적으로 재결합을 요구하자 다시 교코에게 마음이 돌아간다. 이와 같은 흔들리는 심리변화는 교코, 아카시, 사다코 모두 다 마찬가지이다. 교코 역시 아버지의 의사에 따라 결혼한 미키오에게 반감을 품지만, 집안이 파산한 후 미키오의 아버지가 재결합을 요구하자 다시 미키오에게 마음이 기운다. 교코의 결혼 전 연인이었던 아카시 역시 결혼 이후에도 교코를 사랑했지만 그녀가 자신 이외에 또 다른 남자와 가까이 지낸다는 사실을 알고는 냉정하게 돌아선다. 사다코 역시 미키오를 간호하면서 사랑을 느끼지만, 교코와의 관계를 고려하여 미키오를 냉정하게 거절한다. 그러나 미키오가 자신의 여동생인 유키코를 사랑한다는 것을 알고는 다시 미키오에게 마음이 돌아서서 결혼까지 한다. 그럼에도 불구하고 미키오의 아버지가 미키오와 헤어질 것을 간곡히 부탁하고 교코가 나타나자 깨끗이 체념한다.

이와 같이 등장인물들은 주변 상황이나 인물들간의 관계에 따라서 언제든 변할 수 있는 일시적, 가변적, 우연적 존재로 조형되고 있다. 따라서 작품의 제목인 '천사'는 상황에 따라 미키오일 수도 있고, 교코일 수도 있고 사다코일 수도 있고, 아카시일 수도 있고, 유키코일 수도 있고, 또 마찬가지 이유로 이들은 '악마'가 되기도 한다. 이렇게 「천사」는 등장인물들의 심리묘사에 있어 '윤리적으로 견딜 수 없는 존재'라는 의미에서 우연성을 띤 통속적 요소를 드러낸다. 이는 요코미쓰가 「순수소설론」에서, 궁지에 몰린 순문학을 벗어나 '문예부흥'을 이루기 위해서는 '순문학과 통속소설을 하나로 한 순수소설'로 나가야 한다며, 통속소설을 구성하는 2대요소로 든 '우연과 감상성'의 실천이라 할 수 있다. 즉, 신문연재소설이라는 발표매체의 속성상 독자들의 흥미를 불러일으킬 수 있는 인물상 즉, 인간이란 고정된 개성을 가진 존재가 아니라 상황에 따라 변화하는 존재라는 통속적 인물상을 조형하고 있다.

두 번째로 주목할 것은 이들 등장인물들의 심리변화는 공간성과 밀접한 상관관계 속에서 묘사된다는 점이다. 아카시는 교코와의 실연을 잊기 위해 간사이(関西) 지역에서 경성으로 도망쳤다가 다시 도쿄로 돌아온다. 미키오는 아버지 헤에의 명령으로 경성, 봉천을 여행하는데 이 여행은 각각 사다코와 교코에 대한 사랑의 확인이나 화해, 재결합의 의미가 있다.

이와 같이 「천사」의 등장인물들은 고정된 절대적 주체가 아니라 상황과 공간에 따라 변화하는 유동적이며 우연적인 존재들로 그려지고 있다. 바로 이와 같은 유동성과 우연성으로 이루어진 개성적인 등장인물들이 조형되고 있다는 점이 바로 신문연재소설다운 통속성의 요소라 할 수 있다. 이는 평론 「순수소설론」에서 '순문학 통속소설'을 제창함으로써 그때까지 순문학이 배제했던 우연성을 중시하고 '모노가타리(物語)' 문학의 전통과 근대소설의 지적 기교를 결합시키고자 의도했던 작가 정신의 집약으로 이해해도 될 것이다. 바로 이와 같은 등장인물의 심리묘사와 공간의 결합이라는 우연성에 의한 통속적 요소야 말로 『경성일보』 게재 광고란에서 기쿠치 간 등이 '순문학의 예장' 요코미쓰의 '새 작품'이 '반도문단에 신선한 충격'을 주고 '우리 신문소설계에 신기원을 이룰 것'을 믿어 의심치 않는다고 했던 기대에 부합하는 요코미쓰의 소설 방법의 실천이라 할 수 있다.

그렇다면, 이와 같이 '순문학 통속소설'의 인간관과 소설의 방법론의 실천으로서 등장인물의 심리변화와 유기적으로 연계되어 묘사되고 있는 경성은 어떻게 표상되고 있을까? 「천사」 속 등장인물 조형과 경성 표상은 발표매체가 조선 총독부 기관지인 『경성일보』였다는 사실과 어떤 의미망으로 연결되고 있을까?

V. 요코미쓰와 식민지 근대도시 경성 표상

경성은 「천사」의 중요한 무대가 되고 있을 뿐만 아니라 등장인물의 성격, 작품 전체의 구도와도 관련이 되고 있다. 이와 같은 사실은 90회에서 100회에 걸쳐 상당한 비중을 할애하여 다루어지는 경성, 봉천여행 장면에 드러나고 있다. 작품 속 경성의 조선호텔 체류 장면은 요코미쓰의 두 번에 걸친 경성 체재 경험을 바탕으로 하고 있다.

요코미쓰는 「조선에 대해서(朝鮮のこと)」(1943)라는 에세이에서 조선을 세 번 방문했다고 밝히고 있다. 그 중 경성은 1922년 아버지의 죽음으로 처음 방문했고 두번째는 1930년에는 만철의 초대 강연으로 왔다고 하고 있다. 세 번째는 외국에서 귀국하는 도중 비행기의 불시착으로 평양에서 1박을 했을 때라고 한다. 우선 첫 번째인 1922년에는 1906년 군사도로 부설을 위해 조선에 건너온 아버지의 죽음으로 인하여 경성을 방문한 것이다. 대대로 번(藩)의 기술을 담당했던 집안에서 태어나 철도기사로서 유명하여 '철도의 신'으로 불리웠던 요코미쓰의 아버지 우메지로(梅次郎)는, 요코미쓰가 8살인 1906년 6월부터 군사철도 부설 공사를 위해 조선에 건너왔다. 이로 인해 요코미쓰는 어머니의 고향인 미에켄(三重県)으로 돌아가 초등학교 시절의 대부분을 그곳에서 보냈다. 남만주철도는 1906년 러일전쟁의 승리로 러시아에서 양도받은 동청철도(東清鉄道)의 부속지를 기반으로 설립된 것으로, 요코미쓰의 아버지는 그 부설 공사를 하러 온 조선 경성에서 1922년 8월 29일 향년 55세의 나이로 객사한다. 이로 인해 요코미쓰는 그 뒤처리를 위해 24세에 처음으로 혼자서 경성을 방문한 것이다. 이때의 상황과 심경은 「푸른 돌을 줍고서(青い石を拾つてから)」(『時流』1925.3, 『無礼な街』1925.6.20에 수록)에 나타나 있다. 내용은 K양에게 보내는 편지 형식

을 취하고 있는데, 조선에서 '아버지가 뇌일혈로 갑자기 돌아가셨다'는 전보를 받았지만, 누나는 고베(神戶)에 살고 조선에는 어머니가 혼자 남아서 자신이 그 뒤처리를 하러 갔다고 밝히고 있다. 그렇게 해서 처음 방문한 경성의 인상은 다음과 같다.

> 기차에서 내려 바다를 건너 조선에 도착해서 또 기차를 탔다. 일본인이 옆에 있던 낯선 조선인에게 손을 내밀며, '여보'라고 했다. 그러자 조선인은 담배를 물고 있던 그 일본인의 손에 성냥을 건넸다. 일본인은 옆을 보면서 가만히 성냥을 받아들었다. (중략)
>
> 경성은 노랬다. 그곳에서 내려 예쁜 일본인 여자의 얼굴을 보고 있자니 옆에서 내 소매를 당기는 사람이 있었다. 보니, 어머니였다. 나는 입을 다물고 있었다. 어머니도 아무 말도 하지 않았다. 두 사람은 역 앞 노란 광장으로 나왔다. 어머니가 풀이 죽은 표정을 한 채 위를 보길래 나도 보니 비행기가 날고 있었다. (중략)
>
> 나는 어머니의 뒤에서 상중이라고 쓰여 있는 유리창만 있는 것 같은 느낌의 집으로 들어갔다. 안에는 아무도 없이 어슴푸레한 빛 속에서 외양간처럼 파리떼들만 모여 있었다.[31]

경성의 첫인상은 아버지를 잃은 슬픔 때문인지 음울하고 슬픈 곳으로 묘사되고 있고 그것은 노란색으로 표현되고 있다. 이 때의 인상은 「조선에 대해서」에서도, '아버지의 유골을 거두기 위해 학생 혼자 하는 여행이었기 때문에 슬픔이 깊었고 간신히 눈물을 참고 있었지만', '처음으로 바다를 건넌 여행'인데다가 '먼 이경(異境)을 찾아왔다는 생각에 눈에 들어오는 것은 모두 신기하고 아름답게 보였'고, '느긋하고', '태연스런' '연선(沿線)의 들길'은

---

31   横光利一「青い石を拾つてから」(『定本横光利一全集』第二巻, 河出書房新社, 1981), pp.130-131.

자신을 몇 번이고 '위로를 해 주었다'라고 회상하고 있다.[32] 경성은 아버지를 잃은 깊은 슬픔을 느끼게 해 주는 곳임과 동시에 처음으로 바다를 건너 혼자 하는 '이경'으로서 신기하고 아름다우며 위로를 주는 곳이기도 했음을 알 수 있다. 또 한 가지 경성에 대한 인상에서 주목할 점은, 눈에 들어오는 사람들을 일본인과 조선인으로 나누어 인식한다는 점이다. 조선에서 처음 탄 기차 안에 있는 사람들은 남녀노소를 불문하고 일본인과 조선인 즉 식민자와 피식민자의 구분법으로 인식, 기술하고 있다. 경성역에서 내려서 눈에 띈 여자도 그냥 '예쁜' 여자가 아니라 '일본인 여자'로 인식하고 있다. 이와 같은 식민자로서의 자의식은 다음 문장에서 더 확실하게 드러난다.

> 이 민족은 어쩌면 역사의 정상에서 지쳐 있는 것 같다. 이는 확실히 저 하늘이 잘 못된 것이다. 웃음을 빼앗은 저 하늘이. 냉혹하고 어딘가 인간을 너무나 무시하는 하늘이다. 어디에서 바람이 부는지 모를, 저 하늘 아래에서는 도저히 민족은 발전할 수가 없다. 전혀 친근감이라고는 없는 하늘이다. 명징하고 허무하고 응원력이라고는 조금도 없고, 또 그렇다고 해서 만약 저 하늘이 흐린다면 도저히 올려다보기에도 두려워질 것이 틀림없다. (중략)나는 이제 차차 아무 것도 슬프지 않게 되었다. 그리고 나는 내 자신에게 냉정해지면 질수록 차츰 강해지는 것이 느껴졌다.[33]

식민지 지배민족으로서의 자타구분 의식이 직설적으로 드러나고 있음을 알 수 있다. 아버지를 잃은 개인적 슬픔은 조선의 민족을 '역사의 정상에서 지쳐 있는' 존재로 인식하게 한다. 이와 같은 자타구분의식은, '명징'한 하늘을 '냉혹'하고 '허무적'이며 '응원력'도 없고 친근감이라고는 전혀

---

32 橫光利一「朝鮮のこと」(『定本橫光利一全集』第十四卷, 河出書房新社, 1981), p.276.
33 橫光利一「青い石を拾つてから」, 앞과 같은 책, pp.131-132.

없는 '잘 못된' 하늘이며 만약 '흐린' 하늘이라면 올려다볼 수도 없을 만큼 '두려운' 대상이라는 조선의 자연에 대한 인식으로도 이어진다.

이와 같이 요코미쓰가 처음 경험한 경성은 아버지를 잃은 슬픔과 식민지 지배민족으로서의 자타구분의식의 획득에 의해 역사의 정상에서 지친 조선의 민족과 냉혹하고 허무하고 낯선 조선의 자연을 표상하는 이미지로 그려지고 있음을 알 수 있다. 경성역에 내렸을 때의 첫인상을 '경성은 노랗다'라고 표현한 것은 바로 이와 같은 경성을 시각적으로 이미지화 한 것이라 할 수 있다.

그러나 이와 같은 요코미쓰의 경성 표상은 그로부터 8년 후의 경성 방문으로 정반대로 변화한다. 앞에서 언급한 것처럼 요코미쓰는 1930년 남만주철도 초청으로 당시 문단의 거장 기쿠치 간을 주축으로 한 만철 연선(沿線) 강연 여행에 참가한다. 강연 참가자들은 9월 15일 일본공유회사(日本空輸会社) 여객기를 전세내어 여의도에 화려하게 도착한다. 그리고 당시 최고의 호텔이었던 조선호텔에서 1박을 한 후 만철 연선을 따라 수회 강연과 마작을 하는데, 이들의 강연 모습과 일정 등은 『경성일보』에 대대적으로 보도된다. 귀로는 육로 즉 철도로 경성에 와서 다시 한 번 문예 강연을 하기로 예정되어 있었다. 이들이 묵었던 조선호텔은 1910년 철도 간선이 완공된 이후 경성을 통과하는 외국인의 수가 늘자 서양식 호텔이 필요해짐에 따라 1914년 9월에 건설된 근대식 호텔이다. 건설은 만철회사가 담당했으며, 1920년대에 들어서서는 철도국 직영이 되었다. 호텔의 설비로서는 당시 동양 최고를 자랑했으며 대부분의 방에는 욕실과 전화, 세면대, 식당, 사교실, 난방, 소방시설, 주차장, 프랑스식 요리점, 황궁우(皇穹宇) 등을 갖추고 있었다. 고종은 1897년 국호를 대한제국으로 고치고 한국이 독립국임을 선포하며 환구단(圜丘壇)에서 제사를 지냈고, 황궁우란 1899년 그 환구단 북측에 건립한 것이다. 조선총독부는 환구단을 없애고 그 자리에 조선호텔을 설립하였으며 황궁우를 호텔 설비의 일부로 남겨둔 것이었다. 즉 조선호텔은 근대적 설비와 조선적 전통의 조화를 자랑하는 동양 최고의 호텔로서 조선총독부의 내선융화라는 식민 정책의 성공을 표상한다고 하는, 다분히 문화정치가 내재된 공간이었다고 할 수 있다. 이 때의 심정을 요코미쓰는 「조선에 대해서」에서 다음과 같이 기술하고 있다.

> 이 때는 비행기로 하늘에서 경성 위로 다가가자 그 주변에 아직 아버지가 살아 계셔서 어정버정 기쁘게 맞이하러 와 주는 것 같아 눈물이 나기도 했다.[34]

1906년 초창기부터 아버지가 17년간이나 몸을 담고 건설한 만철의 초청으로 경성에 와서 그 만철에서 세운 조선호텔에서 묵으며 화려한 조명을 받은 요코미쓰로서는, 조선호텔을 비롯한 경성은 아버지 세대가 건설한 자랑스럽고 정겨운 근대도시로 느껴졌던 것이다. 따라서 조선호텔의 역사에서 보이듯 그 식민지 근대도시 경성이 조선의 전통과 민족의 독립의지를 무너뜨린 자리 위에 건설된 다분히 식민지 문화정치가 내재된 공간이라고 의식할 여유는 없었던 것으로 보인다.

대신 이 때 경험한 경성의 조선호텔은 「천사」에서는 조화와 행복, 화해와 재결합의 공간으로 표상된다. 주인공 미키오가 첫 번째로 경성을 여행한 것은 아버지 헤에가 지배인에게 경영을 맡겨 놓은 호텔을 시찰하는 것이 목적이었다. 이러한 미키오의 경성, 봉천 여행은 90회에서 100회에 걸쳐 비중 있게 다뤄지며, 도쿄를 출발하여 시즈오카(静岡), 나고야(名古屋), 교토(京都), 고베(神戸) 등을 거치며 그곳의 호텔, 여관, 숙소 등의 위치나

---

34 橫光利一「朝鮮のこと」, 앞과 같은 책, p.276.

전망, 여종업원의 서비스, 건축, 요리 등에 대한 품평을 중심으로 기술된다. 미키오는 '숙소라는 것은 일종의 예술품 같은 것이에요. 방도 그렇고 여종업원도 그렇고 기물도 그렇고, 하나에서 열까지 모두 통일을 해서 손님의 감각을 만족시켜야 하니 이는 상당히 어려운 일이에요'[35]라고 하며, 숙소를 일종의 예술품에까지 비유하며 비평안을 드러낸다. 이렇게 숙소, 호텔을 일종의 예술품으로까지 인식하는 미키오는 경성의 조선호텔을 가장 높이 평가하며, 사다코와 결혼을 할 장소로 결정한다. 경성에 대한 미키오의 첫인상은 경성역에 내려섰을 때의 감상으로 대변된다.

> 두 사람은 경성역 앞 광장에 내리자 피곤한 탓인지 경성 전체가 샛노란 덩어리로 보여 한 동안 자동차를 타는 것도 잊었고, 미키오는 입을 딱 벌린 채 서 있었다.
> 二人は京城の駅前の広場へ降りると疲労のためであらうか, 京城全体が真黄色な固まりに見えてしばらく自動車に乗るのも忘れ, 「ぼう」と幹雄は云つたまま, 立つてゐた。[36]

두 사람 눈에 경성역은 '피로' 탓에 '샛노란 덩어리'로 비쳐지고 있다. 이는 8년 전 아버지의 죽음으로 처음 방문했던 경성에 대한 인상을 바탕으로 하고 있지만, 그 때 느꼈던 음울하고 슬픈 이미지는 아니다. 단지 피로 때문에 경성은 '샛노란 덩어리'로 묘사되기는 하지만, 곧 도착한 조선호텔에서는 전혀 반대의 감정이 일어난다.

"계통상으로는 도쿄의 스테이션 호텔이 이것과 비슷한데, 그것보다 음울하

---

35   橫光利一「天使」96回『京城日報』,1935.6.4,8面.
36   橫光利一「天使」97回『京城日報』,1935.6.5,8面.

지 않아. 교토 호텔은 내부의 취향이 메이지시대(明治時代) 초기 느낌이라서 박물관 안에 들어가는 것 같은데, 이곳은 정말이지 좋아."

혼자 들떠서 기뻐하던 미키오는 창문 커튼을 열어 보았다. 우선 장쾌한 북한산이 삼각산 맞은편에서 거대한 바위의 모습을 드러내고 있었다.

"이야, 이것 참 멋진 풍경이군. 사다코 씨, 저건 백운대야. 왼쪽에 있는 사각형으로 된 멋진 산은 인왕산이라는 곳이야. 정면의 삼각산 아래 유명한 경복궁이 있군."

사다코는 창문 바로 앞에 있는 육각당을 가리키며 말했다.

"이 육각당은 멋지군요. 맞은편에 있는 산이 멋져서 그런가?"

"그래요. 그렇지만, 육각당이 있는 곳은 로즈 가든이라고 해서 위치도 상당히 좋은 곳이에요."[37]

이 장면에서 경성은 행복한 기분을 자아내는 멋진 경치를 지닌 공간으로 그려지고 있다. 즉 삼각산, 인왕산, 백운대와 같은 조선의 자연, 경복궁, 육각당(=황궁우)과 같은 조선의 전통, 그리고 로즈 가든이라는 호텔의 근대 시설이 어우러지는 행복한 공간으로 표상되고 있는 것이다. 여기에서 그려지는 조선호텔은 더 이상 아버지의 죽음 때문에 음울한 인상을 주는 곳도 아니며, 조선 민족이 대한제국의 독립 의지를 천명한 곳과도 상관없는 공간이다. 조선 민족의 독립 의지의 핵심 장소인 환구단은 조선총독부의 근대적 설비인 조선호텔에 의해 은폐되고 망각되었으며, 호텔 설비의 일부로 남겨진 황궁우는 근대적 설비와 조선적 전통의 조화를 자랑하는 식민도시의 경성을 표상하는 공간일 뿐이다. 더 나아가 조선호텔은 호텔을 하나의 예술품으로까지 격상하는 미키오의 시선에 의해 내지의 호텔과 당당히 비교된다. 미키오는 수도 도쿄의 스테이션 호텔과 비교하며 '음울하지 않'고,

---

37 橫光利一「天使」,97回『京城日報』,1935.6.5,8面.

'내부의 취향이 메이지시대 초기 느낌이라서 박물관' 같은 교토 호텔보다 좋다고 평가한다. 그리고 이 분위기에 동화되어 미키오는 '경성 땅에 도착하자 갑자기 결혼이 하고 싶어'졌다고 토로하고, 사다코와의 결혼을 결심, 실행한다. 그리고 다음과 같이 그 기분을 표현한다.

> "우리들의 기념의 땅, 경성에 감사합니다. 경성이여, 만세."
> 미키오는 진지하게 이렇게 말을 하며 샴페인 잔을 거리를 향해 치켜들었다. 경성의 거리는 말이 없었다. 그래도 미키오는 만족스러웠다.[38]
> 결혼식은 만사 경사스럽게 끝났다. 이에 오랜 동안의 미키오의 마음의 상처는 사라져 버렸다. 경성에서 봉천으로 가는 기차 안은 미키오 부부에게는 그야말로 신혼여행이었다.[39]

이곳에서 경성은 에메랄드의 투명함으로 빛나는 행복한 융합의 기분으로 결혼을 하고 싶은 만족스럽고 경사스러운 공간으로 표상되고 있음을 알 수 있다. 즉 샛노란 덩어리로 보이던 음울한 경성은 에메랄드의 투명함으로 빛나는 행복의 공간으로 바뀌어 있으며, 식민자로서 조선의 자연, 공간에 완전히 융합되어 일본인, 조선인을 구별하지 않는 일체감을 드러내고 있다. 더 나아가 조선은 마음속 상처를 치유해주는 경사스런 공간이 되고 있다. 이제 미키오의 마음속 고통은 사라졌다.

미키오가 두 번째로 경성을 방문한 것은 사다코와 유키코, 교코 사이에서 갈등을 하다가 결국은 아버지의 의지에 의해 교코와 재결합을 하고 난 후의 일이다. 재결합을 한 미키오 부부는 관계가 회복되어 안정된 것 같지만, 미키오는 마음 한편으로는 사다코에 대한 생각으로 가끔 침울한 감정

---

38 橫光利一「天使」99回『京城日報』,1935.6.7,8面.
39 橫光利一「天使」100回『京城日報』,1935.6.8,8面.

그림 1. 「천사」97회 『경성일보』 1935.6.5.
〈경성의 조선호텔과 황궁우〉

에 빠져 있었다. 그러는 가운데 미키오의 아버지는 다시 이들 부부에게 봉천을 가라고 하고 둘은 안정되고 차분한 마음으로 첫 번째 여행과 똑같은 경로로 여행을 한다. 교코는 경성의 조선호텔에서 미키오와 사다코가 묵었던 방과 똑같은 방에 묵자고 하며, 과거 미키오와 사다코의 관계를 있는 그대로의 현실로 받아들인다. 육각 탑(=황궁우)을 배경으로 솟아있는 북한산과 인왕산을 바라보며, 교코는 미키오에게 '사다코 씨'를 생각해 주면 그만큼 '죄를 씻게 되는 것'이라며 남편을 용서하고 있는 그대로의 현실로 받아들이는 것이다. 조선호텔은 다시 화해와 용서, 그리고 행복을 구현하는 공간으로 표상되고 있는 것이다. 그리고 교코는 그간의 사정과 자신의 심경을 사다코에게 편지로 전한다.

　이상과 같이 작품에서 경성은 아버지 세대가 건설한, 조선의 자연과 전통, 근대, 자본주의, 식민지주의가 융합된 행복하고 만족스런 공간으로 표상되고 있다. 이는 「천사」의 작가 요코미쓰가, 만철 기술자로서 근무하던 아버지의 죽음으로 경성을 방문하고, 그로부터 8년 후 일제 식민지지배의 첨병 역할을 한 만철 주최 강연회에 참석하였으며, 그것이 계기가 되어 『경성일보』라는 총독부 기관지에 작품을 발표한 상황과 무관하지 않을 것이다. 즉 상황과 주변인물들과의 관계에 따라 변화하는 등장인물들의 심리와 감정을 공간의 이동과 조응하도록 묘사함으로써 「순수소설론」에서 주장한 통속소설의 구성요소인 '우연성'을 실현하였다고 한다면, 이와 같은 공간을 행복과 조화의 공간으로 표상함으로써 성공적인 식민정책을 선전하는 식민지 문화정책의 한 축을 담당한다고 하는 순문학의 사상성을 실현하고자 하였던 것은 아닌가 한다. 동시에 그와 같은 경성 표상은 단순히 동양 최고의 근대적 호텔이라는 외형적 성공만이 아니라, 조선의 자연과 사람, 전통 등과 조화를 이루는 내선융화라는 식민정책의 성공의 메타포라 할 수 있을 것이다. 따라서 단행본에는 미키오와 교코의 재결합 과정과 조선호텔에서의 화해의 과정을 그린 124회부터 127회까지는 생략된 채, 마지막 편지부분인 128회만 수록된 것은 자연스런 추이라 할 수 있다.

VI. 맺음말

요코미쓰의 「천사」는 총독부의 관제 강연회 외에는 금지되고 경찰에 의해 통제되던 문화정책 시기에 만철의 초대로 여행경비를 지원받고 만철 연선에서 이루어진 강연회를 배경으로, 『경성일보』에 게재된 작품이다. 동시에 이 작품은 게재 전 광고에서 요코미쓰가 「작자의 말」에서 천명하고 있듯이, 당시 「순수소설론」에서 밝힌 자신의 인간관과 소설의 방법론의 실천작, 즉 순문학이면서 통속소설인 순수소설의 실천작이라고도 할 수 있다.

따라서 「천사」의 등장인물들은 「순수소설론」에서 표방한 인간관과 소설의 방법에 의해, 고정된 인격이나 개성을 가진 존재가 아니라 놓여진 환경이나 공간에 따라서 변화하는 상대적 존재로 조형되고 있다. 즉 아내 교코, 사다코, 유키코에 대한 미키오의 감정이나 심리, 아카시의 교코, 유키코에 대한 감정, 사다코와 교코의 미키오에 대한 감정은 모두 등장인물들간의 관계에 따라 계속해서 변화하고, 이들의 감정과 심리는 도쿄, 간사이, 가마쿠라, 경성, 봉천 등의 공간의 이동에 조응하면서 변화하는 통속적 인물로 조형되고 있다. 이와 같은 인물조형에서 '시간'과 '공간'에 지배를 받는 '현실적 물상(物象)'의 변화에 따라 변화한다는 인간관과 그러한 현실적 물상을 대상으로 문학이 지니는 우연성과 감상성이라는 통속소설의 요소를 확인할 수 있다.

동시에 이와 같은 인물들의 심리와 감정을 공간성과 결부짓는데 있어, 1922년과 1930년 두 번에 걸친 경성 방문 체험을 바탕으로 식민지 문화정책의 이데올로기라는 사상성을 부여함으로써 순문학으로서의 리얼리티를 확보하고 있다. 즉 작품의 집필과 『경성일보』 게재라는 배경이 있었음을 증명이라도 하듯, 「천사」에서는 경성이 조화와 재결합, 화해를 표상하는 행복한 공간으로 그려지고 있다. 1922년 방문했을 때의 식민자(일본인)와 피식민자(조선인)를 구별하는 시선으로 파악된 경성은 음울하고 슬프고 냉혹한 '노란빛'을 띤 곳이었다 할 수 있다. 그러나 1930년 강연여행에서 경험한 경성은 같은 '노란빛'을 띠지만, 아버지세대의 숨결이 살아있는 자랑스럽고 정겨운 성공적 식민도시로 인식되었다. 만철이 조선의 독립의지가 담긴 환구단을 허물고 건설한 조선호텔은 동아시아 최고의 시설을 자랑하는 숙박시설이었고, 「천사」의 주인공들은 그곳을 화해와 새로운 출발을 결의하는 '에메랄드' 빛을 띤 행복의 공간으로 인식하고 있다. 이렇게 경성을 조선의 자연과 전통, 그리고 일제의 식민정책이 조화를 이룬 곳으로 표상함으로써, 그 식민지 근대도시 경성이 조선의 전통과 민족의 독립의지를 무너뜨린 자리 위에 건설된 다분히 식민지 문화정치의 이데올로기가 내재된 공간이라는 사실은 은폐되고 망각되고 만다.

이상과 같은 「천사」의 등장인물 조형과 심리묘사, 공간설정은 당시 요코미쓰의 인간관과 소설의 방법론이 식민지 문화정치와 만나는 지점에서 이루어진 것으로, 이와 같은 작품 읽기는 『경성일보』라는 발표 매체의 성격에 주목했을 때, 가능한 해석이라 할 수 있다. 이와 같은 의미에서 『경성일보』라는 식민지배 권력의 기관지에 작품을 발표한 일본의 주요작가들의 문학 활동에 주목하면, 일본이라는 일국 중심의 시각으로는 읽어낼 수 없는 일본어문학의 다양한 측면이 새롭게 보일 것이라 기대된다.

『경성일보』와
이시카와 다쿠보쿠(石川啄木)의 삼행시(三行詩)*

엄인경

* 본 논문의 초출은 한국일본언어문화학회 간행 『일본언어문화』 제47호(2019)

⌘

1. 한국과 다쿠보쿠의 단카(短歌)

근대 일본을 대표하는 요절한 천재시인이자 가인(歌人) 이시카와 다쿠보쿠(石川啄木, 1886-1912)는 최근 타계한 저명 일본문학 연구자 도날드 킨((Donald Keene, 1922-2019)이 그 보편성과 참신함을 일컬어 '최초의 현대 일본인'[01]이라 평가한 문학자이다.

일본 시가 문단에 영향 받거나 예민하게 감응하던 20세기 전반기 한반도의 문인들에게도 이시카와 다쿠보쿠는 중요한 이름이었다. 예를 들어 1930년대의 한국 시단을 대표하는 시인 백석(白石, 본명은 백기행)은 일본 유학 후 다쿠보쿠에 심취하여 필명인 '석(石)'을 따왔다고 한다. 또한 한국 근대작가 겸 평론가인 김남천(金南天, 1911-1953?) 역시 일본 유학중이던 1929년에 KAPF 도쿄지회에 입회하고 사회주의 리얼리즘에 기반한 문학이론을 연구한 인물인데, 그 또한 자신의 에세이에서 평양고등보통학교 재학 당시를 회상하며 동인잡지 활동을 통해 다쿠보쿠와 접하게 된 것이 얼마나 다행이었

---

01 도날드 킨(2018) 『도날드 킨 저술집(15) 마사오카 시키, 이시카와 다쿠보쿠』, 신초사, pp.258-260(초출은 2014년 『新潮』). 2016년 9월 19일, 도날드 킨 센터 가시와자키 개관 3주년 기념으로 열린 도날드 킨 씨와 국제다쿠보쿠학회 이케다 이사오(池田功) 회장과의 대담 제목도 '이시카와 다쿠보쿠 최초의 현대 일본인'이었다.

는지 술회하였다. 당시 근대 한국문학의 형성과 교육에 일본문학이 개입한 양상과 다쿠보쿠라는 이름값 및 그 자리매김을 잘 엿볼 수 있다.

문학자뿐 아니라 식민지 '조선' 출신의 세계적 무용가 최승희(崔承喜, 1911-1969) 또한 자서전에서 큰오빠 최승일(崔承一, 1901-?)에게 얼마나 큰 영향을 받았는지 언급하며, 그 과정에서 이시카와 다쿠보쿠의 시와 노래를 몹시도 애독하였고 그러한 감수성이 그녀 무용의 저류에서 원천력이 되었다고 했다. 다쿠보쿠의 시와 단카는 십대였던 그녀 안의 혈기를 앙등시킬 만큼 생생한 감동을 준 것이었다.

다쿠보쿠가 천재 문학자로 이름을 날리게 된 것은 그의 제1시집 『동경(あこがれ)』[02]을 계기로 한 것이지만, 진솔하고 보편적 문학 감수성으로 그의 이름을 기억하게 하는 장르는 일본 고유의 짧은 정형시가인 단카(短歌)라 할 수 있을 것이다. 그를 대표하는 서적 또한 『한 줌의 모래(一握の砂)』와 『슬픈 장난감(悲しき玩具)』과 같은 가집(歌集)이며, 일본에서 그의 단카는 지난 백년 간 꾸준히 인구에 회자되어 왔다.

아마 한국에서 가장 잘 알려진 다쿠보쿠의 단카라고 한다면 다음의 세 수 정도를 언급할 수 있을 것이다.

> • 동해 바다의 작은 섬 바닷가의 하얀 모래에
> 이내 몸 울다 젖어
> 게하고 노니누나
> (東海の小島の磯の白砂に/われ泣きぬれて/蟹とたはむる)

---

[02] 본명은 이시카와 하지메(石川一)인데 그의 첫시집 『동경』(엄인경 옮김, 필요한책, 2020)에 자작시 「딱따구리(啄木鳥)」, 우에다 빈(上田敏)이 써준 서시 「딱따구리」, 요사노 뎃칸(与謝野鉄幹)의 「발문」 등을 읽어보면, 1903년 무렵부터 딱따구리를 음독한 다쿠보쿠와 그 이미지 효과가 이 시인의 고유한 것이 되었음을 알 수 있다.

- 누군가 내게
  피스톨을 가지고 저격했으면
  이토 히로부미처럼 죽어 보여줄 것을
  (誰そ我に/ピストルにても撃てよかし/伊藤のごとく死にて見せなむ)
- 지도의 위에 조선이라는 나라 시커멓게도
  먹물을 칠하면서 갈바람 소리 듣지
  (地図の上朝鮮国に黒々と/墨をぬりつつ秋風を聴く)[03]

첫 번째 단카는 일본 문화와 문학, 특히 일본의 전통적 단시형 문학에 조예가 깊고, '축소지향의 일본인'이라는 독특한 일본 문화론으로 일본어와 일본 문화에 관한 새로운 해석 틀을 제시한 석학 이어령 씨도 언급하고 있는 삼행쓰기의 단카이다. 이어령 씨는 명저 『축소 지향의 일본인』에서 축소지향의 여섯 가지 모델을 거론하면서, 그 중에서 그릇 안에 그릇이 계속 들어가는 이레코형(入籠型)의 축소를 보여주는 대표적 사례로 다쿠보쿠의 위 단카를 들고 있다. 이 노래가 너무도 일본적일 수밖에 없는 이유는 어휘나 정서가 아니라 '의(の)'의 연용이라는 일본어의 언어형태상의 구조적인 특성 때문이라고 지적하고, 결국 넓은 공간인 바다에서 작은 섬으로, 바닷가에서 모래사장, 그 속에서 게와 놀고 있는 나의 눈물로, 점점 공간을 좁혀가는 시적인 이미지를 대표하는 일본적인 시가의 사례로 꼽고 있다.

두 번째 단카는 1909년 하얼빈에서 안중근 의사가 이토 히로부미를 저격한 것을 배경으로 하며 『한 줌의 모래』에도 실려 있다. 또한, 세 번째 단카는 1910년 일본의 잡지 『소사쿠(創作)』10월호에 실린 노래로 24세의 다

---

03 이 글에 인용한 다쿠보쿠의 단카는 엄인경이 옮긴 『한 줌의 모래(一握の砂)』(필요한책, 2017), 『슬픈 장난감(悲しき玩具)』(필요한책, 2018) 대역본에 의한다. 첫 수는 『한 줌의 모래』(p. 15), 두 번째 수는 『한 줌의 모래』(p. 89)에 실려 있다. 세 번째 단카는 다쿠보쿠의 가집에는 실리지 않았다.

쿠보쿠가 1910년 8월에 이루어진 한일병합 직후에 지은 것이다. 1909년 대역사건(大逆事件)에 대한 충격과 함께 일본 메이지(明治) 국가 권력이 한국을 병탄했던 1910년의 상황에 대해 비판적인 정서를 표현한, 보기 드문 일본의 시가라 할 수 있다. 또한, 조선을 직접 읊은 시가이기 때문에 지금까지 한국의 연구자들이 가장 많이 언급한 단카이기도 하다.

하지만 다쿠보쿠라는 가인이 일본 근대문학사에서 유지하고 있는 중요성과 지명도에 비해 본다면, 다쿠보쿠가 한반도에서 행해진 시가 문학에 어떤 영향을 끼쳤는지에 관한 선행 연구는 풍부하다고 보기 어렵다. 다쿠보쿠의 한반도 수용에 관해서는 한국 개별 시인과 다쿠보쿠의 개인적 영향을 논하는 경우가 많았으며, 이에 관해서는 이케다 아사오, 양동국, 하야시 요코[04] 등의 논고가 자세하다. 이러한 연구는 한국의 근대 문인들에게 다쿠보쿠라는 인물이 어떻게 수용되었는지를 검증한 것을 중심으로 하는데, 여기에서는 당시 '외지'였던 한반도에서 다쿠보쿠의 대표적인 시가나 다쿠보쿠라고 하는 인물이 인구에 회자되면서 여러 가지 표상과 언급을 낳고 있다는 것을 알 수 있다.

이 글에서는 식민지 시기인 시기에 한반도에서 다쿠보쿠 수용의 일단을 파악할 수 있는 『경성일보』 문예란의 일군의 시가 자료를 대상으로 하여, 다쿠보쿠 대표 노래집인 『한 줌의 모래』와 『슬픈 장난감』이 한반도에서 시

---

04 池田功(2006)『石川啄木−国際性への視座』(おうふう, pp.37-86), 池田功(2017)「韓国における 日本近現代文学の受容の考察」(『明治大学教養論集』524号, pp.23-41), 양동국(2016)「이시카 와 다쿠보쿠와 한국−한국 내의 수용과 문학적 영향을 중심으로」(『비교일본학』제37집, 한양 대학교 일본학국제비교연구소, pp.187-208), 양동국(2018)「다쿠보쿠의 한국 내 수용과 영향 은 특수한 것인가?」(『아시아문화연구』제48집, 가천대학교 아시아문화연구소, pp.281-305), 林 陽子(2006)「석천탁목(石川啄木)와 김소월의 시가에 나타난 "애(哀)"비교고찰−모래의 이미 지를 중심으로−」(『日本言語文化』8輯, 韓国日本言語文化学会, pp.283-300), 林陽子(2009)「韓 國近代文學과 石川啄木」(『日本語文学』47輯, 日本語文学会, pp.261-280)

가 문학, 혹은 시가 문단에서 파생시킨 현상 및 영향력을 실증하고자 한다. 이 일군의 자료란 20세기 전반 분명하게 다쿠보쿠를 인식 혹은 표상한 것으로 보이는 『경성일보』 지상의 삼행시(三行詩)라는 문예물을 가리키며, 관견(管見)한 바 이에 관한 한국과 일본의 연구는 찾아볼 수 없었다.

따라서 이 글에서는 일본 근대의 최고 시인 이시카와 다쿠보쿠와 한반도 시가 문학의 상관관계를 고찰하고자 하며, 『경성일보』의 문예란에서 일정 기간 존재했던 〈삼행시단〉에 초점을 맞추어 다쿠보쿠조(啄木調) 혹은 다쿠보쿠체(啄木体)가 '외지' 한반도에서 수용된 양상과 그 특징을 살펴보고자 한다.

2. 『경성일보』 내의 〈삼행시단〉 개관

다쿠보쿠의 그 드라마틱한 생애와 천재성, 그리고 생활감을 담은 단카가 한반도 시가 문단에 영향을 끼쳤을 것은 쉽게 추측할 수 있다. 이 글에서는 다쿠보쿠로 연상되는 삼행시가 한반도에서도 형식적으로 삼행으로 나누어 쓰는 돌출된 일군의 시가로 창작되었다는 점에 주목하였다. 다쿠보쿠조를 활용한 일군의 삼행시가 1920년을 전후하여 한반도의 일본어 시단에서 출현한 사실은 지금까지 거론된 적이 없었는데, 식민지 시기 한반도 최대의 일본어 일간지였던 『경성일보』 시가란에서 1919년 9월에 첫 등장하여 이듬해 1월 말까지 약 4개월간 계속된 〈삼행시단〉을 전면적으로 다룰 것이다.

참고로 '삼행시'라는 용어에 대해서는, 한국에서는 삼행시가 전통시가인 시조에 쓰이는 경우가 간혹 있을 뿐이고, 20세기의 일본어 매체에서는 도키 젠마로(土岐善麿, 1885~1908)와 다쿠보쿠에 의한 삼행의 단카를 일컫는 경우가 압도적으로 많음을 지적해 두고자 한다.

이 시기 『경성일보』에서 삼행시(유사한 형태를 포함)가 등장한 날짜와 수 등을 정리해 보면 다음의 표와 같다.

【표】『경성일보』의 삼행시 일람

날짜	수	난의 구분 및 제목, 비고
1919.9.23.	12	〈日報歌壇〉안타까운 밤(遣る瀬ない晩)
1919.10.22.	10	〈日報歌壇〉창백한 달빛(青白い月光)
1919.10.27.	5	〈三行詩〉작은 생명(小さき生命)
1919.11.19.	2	〈三行詩壇〉
1919.11.23.	5	〈三行詩壇〉
1919.12.2.	9	〈三行詩壇〉
1919.12.7.	5	〈三行詩壇〉
1919.12.13.	4	〈三行詩壇〉
1919.12.23.	6	〈三行詩壇〉
1920.1.13.	4	〈三行詩壇〉
1920.1.18.	5	〈三行詩壇〉
1920.1.23.	2	〈三行詩壇〉
1919.9.26.	8	슬픈 발자취(悲しきたどり)(4~5행)
1919.10.23.	5	〈三行詩〉가을 수확(秋の収穫)
1919.11.4.	8	나는 쓸쓸하네(俺は寂しい)
1919.11.22.	3	〈三行詩壇〉
1919.11.25.	3	〈三行詩壇〉
1919.12.3.	7	〈三行詩壇〉
1919.12.10.	17	〈三行詩壇〉(한 수 8행)
1919.12.21.	3	〈三行詩壇〉
1919.12.29.	11	〈三行詩壇〉크리스마스의 시(クリスマスの詩)
1920.1.15.	5	〈三行詩壇〉

1920.1.20.	3	〈三行詩壇〉
1920.1.28.	9	〈三行詩壇〉〈日報詩壇〉 따로 운영

우선 이 표에서 셈한 시가의 수는 151수이나, 2행에 그치거나 혹은 4행, 5행인 경우도 드물긴 하지만 섞여 있고, 엄밀한 의미에서의 삼행시라고 한다면 약간 줄어 140수 정도로 헤아릴 수 있다. 다만 후술하듯 2행, 4·5행의 시가도 같은 위치의 문예란에 수록되어 있고, 게다가 장시(長詩) 안에 연(聯)이 구분되듯 3행으로 나뉘어 있는 경우도 있기 때문에, 명확하게 구분 지을 수 없는 경우도 있다.

다음으로 〈삼행시단〉의 인적 구성을 보면, 표에 나타난 〈삼행시단〉의 난과 이와 가까운 위치에서 시가 창작활동을 하고 있는 사람이 35명(春木しげる, 福田こうろく, 脇町潤二, 佐田草人, 寺尾夢草, 砂丘はまぢ, 伴たすく, 花翁生, 鹿島胤女, 岩本紅花, 蠣舟生, ひさ女, 勉名子, 夥外, 美泉子, 石田清外, 山下淑夫, 浪次, 去来坊, 立花虹人, 同人, 幸子, TA生, 瀬野寛郎, 立花杜路, 無名草, 清水しげる, 北条左智夫, 柳田鹿野子, 真鍋境男, 繁田汀男, 久禮夜詩緒, 美沙曲路, 原乗之助, 相川暮汀, 江島寛)에 달하고, 표기된 주거지역을 보면 경성, 용산, 영등포, 인천 등 경인 지역이 압도적으로 많지만, 부산과 황해도의 신막(新幕), '만주'의 다롄(大連)에서의 참가도 더러 보인다. 그 중에는 삼행시와 장시—장시라고 해도 삼행시가 몇 수씩 이어져 있는 모양이거나 4행, 5행 연(聯)으로 이루어진 형태도 있음—를 둘 다 발표하고 있는 사람도 있으므로, 엄격한 삼행시라기보다는 일단 완만한 범위에서 〈삼행시단〉으로 인식하는 것이 타당해 보인다.

이 35명 중에서 가장 눈에 띄는 것이, 삼행시를 복수 투고한 반 다스쿠(伴たすく), 야나기타 가노코(柳田鹿野子), 비센시(美泉子), 스나오카 하마지(砂丘はまぢ), 사다 구사비토(佐田草人) 등이다. 이 중에서 사다 구사비토만

은 다음의 1919년 11월 30일 기사를 통해『경성일보』의 삼행시 담당자였던 이력을 알 수 있다.

> 《가단의 사람들에게》
> 　내년 봄 일찌감치 단카회를 열 생각입니다. 단카회에 관한 주문이 있으면 지금부터 들어두고자 합니다. ▲향후 삼행시 및 신체시의 선택은 편집 동인 사다 구사비토 씨에게 일임했습니다. ▲이상에 관한 희망 사항은 동인 앞으로 조회 바랍니다. [하나(葩)]

　이 글을 쓴 '하나(葩)'란 야바세 고바나(矢橋小葩)라는 인물로 보인다. 이 인물에 관한 자세한 사항은 찾기가 어렵지만, 1918년 11월 5일자『만주일일신문(満州日日新報)』에「세계 무비의 금 산지(世界無比の金産地)」라는 기사를 쓴 특파 종군기자였던 기록이 있으며, 1919년 당시에는『경성일보』기자로 〈일보가단〉의 담당이었으므로 문예에 직접 참가한 언론인으로 보인다. 짧은 위의 인용문에서는 〈삼행시단〉이 가단에서 분리된 경위와, 야바세 고바나에서 사다 구사비토로 책임소재가 넘어간 것, 그리고 삼행시와 함께 신체시도 일임되어 가단, 삼행시단,신체시단이 1919년 후반 단계에서 각각의 장르 의식을 키운 상황 등이 짐작되어, 당시의 한반도 일본어 시가 문단의 양상을 추측할 수 있기에 매우 흥미롭다.

　위의 표에서 이 기사에 이르기까지의 정보를 개관하여『경성일보』에 수록된 이들 삼행시의 발생과 장르의 위치에 대해 다음 두 가지를 말할 수 있다. 첫째,『경성일보』의 삼행시는 단카나 자유시와는 다른 특유의 장르 성립을 목적으로 하였다. 그 가장 큰 근거로는 1919년 9월 23일과 10월 22일에는 〈일보가단〉으로 명명되었던 난이, 다음날인 10월 23일과 27일에 〈삼행시〉로 변경되었고, 그 이후로는 〈삼행시단〉이 이용되었음을 들 수 있다. 둘째, 삼행시가 마지막으로 수록된 1920년 1월 28일에는 〈일보시단〉과 〈삼행시단〉이 따로 마련되어 병립된 것을 확인할 수 있다. 아울러 다음과 같은 용례에서는 삼행시가 장르 형성에 어려움을 겪었던 흔적도 엿볼 수 있다.

「안타까운 밤(遣る瀬ない晩)」

왠지 모르게 마음 울적한 것
그것은―
그냥 사랑이 아니야 사랑이 아니야
(何となく物憂いこつた/それは―/唯恋ぢやない恋ぢやない)
×
―나도 동정이던 시절이 그리워
하며 거칠어진 마음이
오늘도 부르짖는구나
(―俺だつて童貞の頃が慕はしい/と荒んだ心が/けふも叫んだよ)

하루키 시게루(春木しげる)

(1919.9.23)

이는 1919년 9월 23일 〈일보가단〉에 삼행시 형식으로 처음 등장한 사례인데, 경성 거주의 재조선 일본인 하루키 시게루가 쓴 「안타까운 밤(遣る瀬ない晩)」이라는 제목의 처음 두 수이다. 가단에 속해 있는 시가임에도 불구하고 글자 수가 각각 27자, 35자로 단카에 해당하는 31자라는 정형의 범주에 넣기 애매한 파격이다.

이는 10월 22일에 있었던 같은 〈일보가단〉의 「창백한 달빛(蒼白い月光)」이라는 가제로 나온 경성의 와키마치 준지(脇町潤二)에 의한 노래가 열수 중 네 수 정도가 5·7·5·7·7의 31자에 맞춘 것과는 대비되지만, 그 와키마치조차 나머지 여섯 수에서는 글자 수의 정형을 거의 유지하지 못한, 아

니면 의식하지 않은 것을 알 수 있다.

〈삼행시단〉의 장르 의식을 좀 더 탐색하기 위해 다음의 인용을 살펴보자.

① 밤 한 시에 드디어 끝마친 조사
   지쳐 있는
   내가 애처롭구나.
   (夜の一時漸く終へし調べ物/疲れていぬる/我のいとしも)

데라오 무소(寺尾夢草)

【평】조사에 들인 노력이 드러나지 않는다. 삼행시로서도 단카로서도 진
     부한 표현이다.
     《투고자들에게》예에 따라 서체를 정확히 써주기를 부탁합니다. 그리
     고 주소 성명은 물론 명기할 사항으로 투고시 보내는 곳은 경성일보사
     편집국 내의 삼행시단 앞으로 기재해 주기 바랍니다.

(1919.11.19)

② 현재에라도
   오시치 정도 되는 정열의 여자는
   있다고 말한 그대였지
   (現在にも/お七ぐらいの情熱の女は/ありと云ひし君かな)

이와모토 베니바나(岩本紅花)

【평】이렇게 타락해서는 곤란하다. 이와모토 군의 것에는 좋은 작품도 있
     는 대신 전혀 말도 안 되는 것도 많다. 이러한 시는 단카로부터도 버
     림받고 삼행시로부터도 외면당한다. 자포자기가 군의 화(禍)이다.

(1919.11.25)

③ 가을바람 부는 밤을
   배반당한 줄도 모르고
   기다리는 신세 초침을 새기는 소리
   (秋風の夜を/裏切られたとも知らで/待つ身にセコンドを刻む音)

이시다 세이가이(石田清外)

【평】리듬이 좋다. 역시 삼행시에도 리듬은 필요하다.

"진눈깨비가 내리네요"

침묵의 여인—

입맞춤하던 밤

(『霙が降ってますよ』/沈黙の女—/接吻したる夜)

오가와 무소(小川夢草)

【평】오가와 군의 시는 구어시와 혼동된 것 같다.

(1919.12.2)

1919년 11월 19일 〈삼행시단〉에서 삼행시 자체는 ①을 포함하여 두 수에 불과하지만, 그 창작 삼행시에 대한 【평】이 부기되어 있어, 단카와 구별되는 삼행시가 지향하는 바가 살짝 엿보인다. 그리고 《투고자들에게》라는 기사를 보면 이 시점에 〈삼행시단〉이 『경성일보』의 편집국 내부에 따로 마련된 것을 알 수 있다.

②는 그 다음 주인 11월 25일의 것으로, 인천에 거주하는 이와모토 베니바나의 삼행시를 타락한 것이라며 비판하고 있다. 이와모토의 시에 나오는 '오시치(お七)'는, 에도 시대인 17세기에 애인을 만나기 위해 방화를 저지르고 그 때문에 스스로도 화형에 처해져 이후 수많은 일본 문예 작품의 소재가 된 채소장수 오시치(八百屋お七)를 가리킨다. 이러한 인물을 소재로 하여 타락했다는 비판을 받았는지는 분명하지 않지만, 특히 【평】의 후반부에서 단카라고도 삼행시라고 할 수 없는 이 시의 난점이 지적되고 있으므로, 적어도 이 때 단카와 구별되는 장르로서의 삼행시가 요구되었음을 짐작할 수 있다.

다음 ③은 12월 2일 〈삼행시단〉에 수록된 아홉 수 중, 【평】이 붙은 인천 거주자 이시다 세이가이와 신막 거주자 오가와 무소의 삼행시이다. 평어를 보면 삼행시에 리듬이 요구되고 있고 구어시와 혼동된 점은 비판되는 것이 주목된다.

또한, 『경성일보』에 삼행시가 마지막으로 수록된 1920년 1월 28일의 사례로는 〈일보시단〉과 〈삼행시단〉이 병립되어 있음이 확인되는데, 이처럼 삼행시는 장르 의식의 혼란을 보이면서 단카와도 다르고 자유시와도 구별되는 단시형을 지속적으로 의식 및 도모하였다고 하겠다.

단카나 구어시와 구별되는 새로운 시형으로 삼행시를 독립시키려던 이러한 시도는 〈삼행시단〉이라는 난이 장기적으로 지속되지 못함으로써 결과적으로 실패했다고 볼 수 있을지도 모르겠다. 다쿠보쿠의 트레이드 마크와도 같은 삼행 띄어쓰기로 구성된 『한 줌의 모래』와 『슬픈 장난감』의 분명한 31글자 정형 음수율의 단카는 '외지' 한반도에서는 장르의 정착을 보지 못하고 단카나 자유시에서 애매한 거리를 둔 형태로 4개월 정도 창작되었다가, 마침내 소멸되는 결과가 초래되었다.

3. 〈삼행시단〉의 내용적인 이채

위에서는 『경성일보』에 나타난 〈삼행시단〉의 형식과 장르 의식 등 외면적인 부분을 개관하였다. 지금부터는 이 난에 수록된 삼행시들의 내용적인 특징을 살펴보려 한다. 다쿠보쿠가 구사한 삼행의 단가처럼 되지 않았던 〈삼행시단〉이 어떤 요소를 평가 기준으로 삼았는지는 아래 인용의 【평】이 참고가 된다.

① 산꼭대기에 있네—
　마을을 바라보며 오줌 누던 순간
　불현듯 떠오르는 젊은 날의 기억이로다.

(山の頂きにあり―/村を眺めて尿せし瞬間ぞ/ふつと浮く若き日の記憶哉)

스나오카 하마지(砂丘はまぢ)

【평】다케히사 유메지(竹久夢二) 씨의 그림을 보는 듯한 느낌이 든다.

(1919.11.22)

② 전등불 끄기에는 외로워
　　그렇다고 밝은 것도 싫으니
　　고민하는 채 '내일'만을 기다리노라.
　　(電灯を消すは寂し/されど明るさを厭}ふ/悩む侭『明日』をのみ待つよ)

반 다스쿠(伴たすく)

【평】근대의 맛이 있는 착상이 절묘하다.

　　낙엽에 뿌리는 빗소리에
　　아주 냉랭한 것은 내 연심―
　　창백한 상념이 떠오르누나.
　　(落葉にそそぐ雨音に/いと冷たきは我恋―/蒼き想ひの浮かぶなる)

가오세이(花翁生)

【평】전체적 분위기에 노블한 데가 있다.

(1919.11.23)

　　①은 11월 22일에 수록된 스나오카 하마지의 시와 평어이며 ②는 다음 날인 23일에 실린 반 다스쿠와 인천의 가오세이의 삼행시 및 그에 대한 평이다. 이러한 평가를 보면 다이쇼 로망의 유행으로 인기를 끌고 있던 다케히사 유메지의 세련된 회화나 근대미, 또는 노블한 느낌을 호평하고 있다. 이른바 모던한, 그러면서도 우아한 감성을 삼행시의 창작에서 찾고 있었음을 짐작할 수 있다.

　　더욱이 『경성일보』의 〈삼행시단〉은 분명 다쿠보쿠의 『한 줌의 모래』와 『슬픈 장난감』의 노래에서 정서와 시어, 나아가 그 시어에서 야기되는 분

위기 등을 수용한 측면을 지적하지 않을 수 없다. 예컨대 9월 26일 〈일보가단〉에서는 「슬픈 여정(悲しきたどり)」이라는 가제가 등장하는데, 이는 다쿠보쿠의 가집 『슬픈 장난감』을 의식한 제목임이 분명하다. 게다가 부제 또한 '고향에 있는 S코'라 되어 있어서, 이 역시 다쿠보쿠의 시가 세계의 키워드인 고향에 대한 그리움, 그리고 떨어져 살았던 만큼 더욱 그리워했던 다쿠보쿠의 아내 세쓰코를 연상시키는 'S코'라는 설정이 두드러진다. 10월 22일 〈일보가단〉에서도 「창백한 달빛」이라는 가제 아래 노래가 열 수 실려 있는데, 그 중 다음의 두 수는 특기할 만하다.

- 내뿜고는 다시 내뿜어 보는
  담배 연기 동그라미
  역시 혼자는 쓸쓸한 법이런가
  (吹かしては又吹かしみる/たばこの輪/やはり一人は淋しいものか)
  ×
- 단카를 모르는 녀석만큼
  서글픈 것은 없다고
  예전에 생각했지―지금도 그렇지만
  (歌を知らぬ奴ほど/哀れなものはないと/嘗て思うた―今もさうだが)

  와키마치 준지(脇町潤二)

  (1919.10.22)

위의 두 수에는 다쿠보쿠가 가장 애용하던 기호품인 '담배'와 그의 슬픈 장난감인 '단카'가 중요한 소재로 읊어지고 있다. 다쿠보쿠의 시그니처와도 같은 이들 가어(歌語)의 운용으로 정서와 표상이라는 측면에서 다쿠보쿠와 그의 삼행시 단카를 의식한 창작임이 분명히 드러나고 있는 흥미로운 사례라 하겠다.

그리고 다음날인 10월 23일부터 『경성일보』에는 곧 〈삼행시〉란이 등장하는데, 이 첫 번째 〈삼행시〉란에 실린 5수는 「가을 수확」이라는 제목이 붙어 있으며, 이 시가란의 담당자인 사다 구사비토 본인의 작품이다.

- 일신의 무사를 기원해야지
  내 아이 건강하게
  가을 태양과 더불어 지내기를
  (身の上を祈る可し/我児すこやかに/秋の太陽と共にあれ)
- 여러 가지 사람의 생각
  그 와중의 일들에
  축 늘어져 지친 채 귀가하는 밤길
  (いろいろの人の思わく/その中の仕事に/ぐつたりと疲れ帰る夜路)

사다 구사비토(佐田草人)

(1919.10.23)

여기에서는 자식에 대한 부정(父情)과 일과 사회생활에 대한 피로감이 잘 드러나 있다. 구사비토는 10월 27일의 〈삼행시〉란에서도 「작은 생명」이라는 제목으로 다섯 수를 수록하고 있는데, 여기에서도 역시 어린 자식에 대한 부성애와 피로, 쓸쓸함이 노래되어 있다. 이 역시 다쿠보쿠의 단카 세계를 표징하는 대표적 감성인 것은 말할 나위도 없다.

이처럼 다쿠보쿠를 연상시키는 소재를 사용하던 〈일보가단〉과 〈삼행시〉란에서 마침내 시 내부에 직접적인 시어(詩語)로서 다쿠보쿠가 등장하기에 이른다. 1919년 12월 2일 〈삼행시단〉에는 아홉 명의 시인이 한 수씩 게재하였는데, 그 중 이치메이시(逸名子)라는 필명의 시인이 지은 시는 다음의 시이다.

- 다쿠보쿠가 그리워
  아침 침상에서 단카 읊조리니
  나오는 숨결 하얗구나
  (啄木のなつかしく/朝の床に歌口吟めば/息の白かりし)

이치메이시(逸名子)

(1919.12.2)

마침내 '다쿠보쿠'라는 고유명사가 시에 직접 등장해 버리는 이 노래를
통해서도 알 수 있지만, 〈일보가단〉에서 〈삼행시단〉으로 이어지는 이 일련
의 삼행시들에는 다쿠보쿠라는 존재의 그림자가 매우 짙게 드리워 있다고
할 수밖에 없다.

물론 삼행시라는 스타일과 다쿠보쿠를 연상시키는 시어나 정서 등의 내
용뿐 아니라, 행의 첫 글자를 들여(=내려) 쓰거나 '―' 같은 부호를 구사한
다는 형식적인 점에서 보아도 『한 줌의 모래』와 『슬픈 장난감』이라는 다쿠
보쿠의 삼행시 가집이 한반도에서도 읽혔을 가능성이 높다. 그러나 특기할
만하게도 이 삼행시에는 다쿠보쿠의 산문에서 받은 영향을 짐작할 수 있
다. 그것은 다음과 같은 삼행시의 존재 때문이다.

- 밤안개가 낀 달을 보면서
  풀담 근처에서 오줌을 누니
  확 깨는 찰나―
  (夜霧の月を見つつ/草壁の辺で尿すれば/ずんーとする刹那―)

비센시(美泉子)

(1919.12.2)

이때 주목해야 할 시어는 역시 '오줌(尿)'인데, 시어나 단카에서 오랫동
안 기피하던 이 단어에 얽힌 다쿠보쿠의 산문 「단카에 관한 여러 가지(歌の

いろ/\)」에 다음과 같은 내용이 있다.

　도키 아이카(土岐哀果) 군이 11월 잡지 『소사쿠(創作)』에 발표한 서른 몇 수의 단카는, 이 사람이 지금까지 남의 품평은 차치하고라도 홀로 개척해 온 새로운 밭에 드디어 즐거운 수확의 계절이 다가왔음을 떠올리게 하는 것이었다. 그 중에
　불에 탄 자리 벽돌의 위에다가
　syoben(소변)을 보니 가슴속 깊숙하게
　가을 느낌이 든다.
　(燒あとの煉瓦の上に/syoben をすればしみじみ/秋の氣がする)
　라는 한 수가 있었다. 나는 좋은 단카라고 생각했다(소변이라는 말만 일부러 로마자로 쓴 것은 만든 이의 입장에서 보자면 아마도 이 말을 기존의 한자로 썼을 때 수반될 나쁜 연상을 막기 위해서겠지만, 그렇게까지 할 필요는 없다고 본다).

「단카에 관한 여러 가지」에서 위의 인용부분은, 다쿠보쿠와 함께 '생활 단카(生活短歌)'의 기수였던 도키 아이카(=도키 젠마로)가 발표하여 당시 화제를 모았던 'syoben(小便, 소변)', 즉 오줌 노래가 다쿠보쿠에 의해 좋게 평가되는 장면이다. 아(雅) 문학의 세계에서 전통적으로 사용이 기피되었던 이러한 대담한 시어의 선택이라는 점에서, 12월 2일의 비센시 노래도 마찬가지라 할 수 있는 것이다. 이처럼 금기(禁忌)의 분위기가 짙어서 대담하달밖에 없는 시어로는 '엽총'도 눈길을 끈다.

- 나날이 달라지는 하늘의 밝기
　엽총을 한 정
　사고 싶은, 마음 간절하구나
　(日ごとの空の明るさ/獵銃を一挺/買ひたき、心頻りなり)

　이 역시 〈삼행시단〉에서 가장 활발히 작품을 낸 경성의 반 다스쿠라는 사람의 작품이다. 엽총을 사고 싶은 마음은 이글 모두에서 언급한 안중근의

이토 히로부미 저격을 소재로 한 '권총'의 노래를 연상케 한다. 참고로 다쿠보쿠의 대표 가집 『한 줌의 모래』에는 피스톨(ピストル), 총(銃)이라는 가어가 네 번이나 사용되고 있다. 이처럼 섬뜩하거나 꺼리는 시어(가어)를 거리낌 없이 스스로 구사하거나 혹은 좋게 평가하는 것도 다쿠보쿠의 특징인데, 이것이 『경성일보』의 삼행시에서도 전승되고 있음은 거의 확정적이다.

그밖에 다쿠보쿠 특유의 감성 혹은 분위기는 다음과 같은 예에서도 나타난다.

① 폐병원의 양지바른 안쪽
　목숨 위태로운 사람
　오늘도 쓸쓸히 오포(午砲) 소리를 듣노라
　(肺病院の日向裏/はかなき人/今日も寂しく午砲を聞くなる)

　　　　　　　　　　　　　　　　　　다치바나 도로(立花杜路)

　　　　　　　　　　　　　　　　　　　　　(1919.12.10)

② 흩어져 버린 추억인가
　병상 불빛에 모여들어
　마음의 상처에 열을 덮는가
　(散らばった追憶か/病床の灯に集って/心の傷に熱を襲ふか)

　　　　　　　　　　　　　　　　　　마나베 교유(真鍋境勇)

　　　　　　　　　　　　　　　　　　　　　(1919.12.13)

③ • 문득 떨어진 담배의 재
　　─툭 하고
　　지나버린 쓸쓸한 그림자여
　　(不図落ちし煙草の灰/─ぼったりと/過ぎし淋しき影よ)

　　　　　　　　　　　　　　　　　　비센시(美泉子)

　• 열은 가시지 않고
　　잠이 부족한 눈동자로 붉은 등불을 보니

절절히 신세가 가엽도다

(熱は去らず/眠り足らぬ瞳に赤き灯みれば/沁々と身がいとほし)

구레이 야시오(久禮夜詩緒)

(1919.12.23)

지은이는 제각각 다르지만 ①은 1919년 12월 10일, ②는 12월 13일, ③은 12월 23일에 수록된 삼행시로 각각 폐병원, 병상, 담배, 열을 소재로 하고 있다. 이들은 폐병으로 죽은 다쿠보쿠와 그의 사후에 간행된 가집 『슬픈 장난감』의 주조를 이루던 그의 병색 짙은 단카와 같은 정서를 자아낸다.

또한 다음과 같은 삼행시 다쿠보쿠의 『한 줌의 모래』의 노래에서 잘 드러나는 빈곤과 가족들의 압력 및 다쿠보쿠의 중압감도 자연히 떠오르게 한다.

- 돈낭비하지 말아라 말아라며
  말하는 누이에게
  등질 마음은 내가 갖지 않았지만
  (あらづかひするな／＼と/言ふ姉に/そむく心はわが持たねども)
- 부자가 못되면 안 된다고
  쓰여져 있는
  편지를 태우고 눈물 흘렸지
  (金持ちにならねば駄目と/書いてある/手紙を焼いて泪降りぬ)

시게타 데이카(繁田汀果)

(1920.1.15)

이는 옛 '만주' 지역의 다롄에 거주하고 있는 시게타 데이카가 투고한 삼행시로 1920년 1월 15일에 게재되었는데, 도쿄로 홀로 상경하여 빈곤에 허덕이던 모습과 그에 어울리지 않는 다쿠보쿠의 '돈낭비(あらづかひ)'하던 행태, 그리고 어머니를 비롯한 가족들이 다쿠보쿠에게 편지를 보내 경

제적인 원조나 가족부양의 의무를 종용한 것은 일본 근대문단 내에서도 유명한 사실이다.

이러한 예와 더불어 다쿠보쿠를 환기할 수 있는 중요한 단어로 주목하고자 하는 것이 바로 다음 시에 등장하는 '동정(童貞)'이다.

> • ―나도 동정이던 무렵이 그리워
> 라며 황폐해진 마음이
> 오늘도 부르짖는구나
> (―俺だつて童貞の頃が慕はしい/と荒んだ心が/けふも叫ぶんだよ)
>
> 하루키 시게루(春木しげる)
>
> (1919.9.23)

다쿠보쿠는 도쿄로 상경하여 혼자 생활할 때 가난한 생활 속에서도 돈을 함부로 쓰는 기질 때문에 같은 하숙집에서 살던 일본어학자 긴다이치 교스케(金田一京助, 1882-1971)로부터 금전적인 도움을 받으며 지냈다. 그럼에도 불구하고 다쿠보쿠는 끝내 검소하게 절약하는 생활태도를 익히지 못했던 듯한데, 여하튼 1909년 센세이셔널한 시집 『사종문(邪宗門)』으로 문단에 큰 반향을 불러일으킨 기타하라 하쿠슈(北原白秋)를 아사쿠사(浅草)의 사창가로 데려가 그의 동정을 잃게 만든 것이 다쿠보쿠였다는 것도 꽤 알려진 일화이다. 〈삼행시단〉에 몸담았던 사람들은 이처럼 다쿠보쿠와 관련된 유명한 일화도 알고 있었기에 삼행시를 창작하거나 시어를 선택할 때 다쿠보쿠조의 분위기를 자아낼 수 있었다고 보아도 무방할 것이다.

요컨대 『경성일보』의 〈삼행시단〉에서는 다쿠보쿠가 직접 시어로 등장할 뿐만 아니라 그를 상징하는 사항―고향, 가족에 대한 그리움, 담배, 폐병, 가난, 돈낭비, 혹사, 동정 등―을 활용한 정서의 환기 수법이 확인된다. 이는

『한 줌의 모래』와『슬픈 장난감』이라는 다쿠보쿠의 두 가집에서 직접 수용된 정서임은 물론, 〈아사히가단(朝日歌壇)〉의 선자(選者)였던 다쿠보쿠가 시가에 대해 품었던 기준과 평가의 눈높이도 수용되고 있음을 의미한다.

4. 식민지 '조선'에서 창작된 삼행시

이처럼『경성일보』에 등장한 일군의 삼행시가 다쿠보쿠, 나아가서는 생활과 단카의 영향 아래에 생겨난 것은 확실하다. 그러나 이들이 한반도를 무대로 한 일간지인『경성일보』에서 전개된 일련의 시단 동향이었음을 고려할 때, 그 내용에서 조선적 특징이 드러나는 것 역시 간과할 수 없다. 따라서 한반도라는 지역성이 반영된 측면을 살펴보려 한다.

한반도에서 창작된 일본어 시가문학 세계에서는 1920년대 전반기에 이미 단카, 하이쿠(俳句), 센류(川柳)라는 일본의 삼대 단시형 문학은 각각의 장르별 문단을 형성하였고, 장르 내에서도 유파별로 전문 잡지를 간행하였다. 그리고 이 시기 필연적으로 한반도의 일본어 시가문학에서는 조선적인 지방색, 즉 로컬 컬러가 요청되었다. 아니, 실상은 1900년 초기라는 비교적 이른 시기부터 한반도에서 발신된 일본어의 시가문학에는 조선의 지명과 특징적인 풍물을 소재로 한 창작의 시도가 있었던 것이 사실이다.

1919년 후반부터 1920년 초에 걸쳐 잠시 조선의 시가문단에 모습을 보였던 이 〈삼행시단〉에서도 역시 이러한 경향을 읽어낼 수 있다. 다음의 몇몇 사례를 통해 그 경향의 일단을 살펴보고자 한다.

> ① 남산에 올라서 봤지—
>   오늘은 또 저 정상에서
>   너 있는 쪽을 바라보았지

(南山に登って見たよ—/今日は又あの頂上で/お前の方を眺めた)

하루키 시게루(春木しげる)

(1919.9.23)

② • 네가, 언제나

　　저 성벽을—가만히

　　따라가던 모습이

　　사랑스러워

　　(お前が、いつも/彼の城壁に—ぢつと/添うてる姿が/いぢらしい)

　　×…중략…×

• 뒷산에 버섯이 날 무렵이지

　　타국에서 지내는 가을이 아니라면

　　이다지도 젊은 그녀를………

　　너를 생각하지 않겠지만

　　무엇이 어떠하든 서글프구나

　　(裏山に茸が生え出す頃だ/他国の秋でなけりや/かうまで若女を………/お前
　　を想ふのぢやないが/何につけても悲しい)

후쿠다 고로쿠(福田こうろく)

(1919.9.26)

③ • 벌거숭이 포플러

　　달은 하늘에 얼어붙고

　　여자가 치어죽은 밤

　　(裸木のポプラ/月は空に凍って/女が轢死せし夜)

야마시타 요시오(山下淑夫)

• 성마른 들판에 해는 저물고

　　볕이 든 곳 내음은 쓸쓸하구나

　　조선의 나팔소리여

　　(枯野原にゆふくれて/ひなたの匂ひ侘びしく/朝鮮の喇叭よ)

하마지(はまぢ)

(1919.12.3)

④ 양지바른 곳 적적하게
　쉬고 있는 지게꾼들 무리
　하늘에 빙빙 도는 솔개 호로로 우는구나
　(日向侘しく/憩へる擔軍の群れ/空にくるめく鳶ホロに鳴く)

야나기타 가노코(柳田鹿野子)
(1919.12.21)

⑤ 휘릭, 휘릭 하며
　흙만두 같은 묘지 들판으로
　사라져가는 봄의 얕게 깔린 눈
　(ひやら, ひやらと/土饅頭の墓原に/消えてゆく春の淡雪)

아이카와 보레이(相川暮汀)
(1920.1.13)

　①은 9월 23일 삼행시의 한 수로 남산이 등장하는데, 원래 목멱산(木覓山)이라 불리던 남산에는 과거 왜성대(倭城臺)가 있었으며, 재조일본인들 사이에서는 조선통감부와 초기 조선총독부가 설치되기에 안성맞춤의 장소라는 어떤 강력한 컨센서스가 있었다. 후에 행락지 기능을 갖는 공원이나 종교 시설인 신사(神社) 등이 조성되면서 남산 기슭 일대는 일본인 마을과 번화가가 형성된 남촌(南村)이 되어간다.

　②는 9월 26일의 시로, 당시 곳곳에 남아 있던 경성 시내의 사대문과 여러 소문들을 잇는 성벽을 소재로 하고 있다. 또 이 시의 후반부에서는 조선이라는 '타국', 즉 먼 곳에 와 있기에 떨어져 있는 연인에 대한 그리움 탓에 모든 것이 슬프게 느껴진다는 정서를 노래하고 있다.

　③은 12월 3일의 시인데, 여기 나오는 벌거숭이 포플러는 1920년대 들어 문화정책을 통한 문예전문잡지 창간이 활발해지면서 일본어로 쓰인 시가 문학과 회화에서는 가장 조선적인 경치를 이루는 풍물로 주목받으며 빈번

히 묘사되던 소재다. 아울러 두 번째 수에서 '조선의 나팔소리'가 청각적으로 조선의 정서를 불러일으키는 효과를 노리고 있음은 말할 나위도 없다.

한편 지명과 자연경물로 조선의 특징을 드러내는 것 외에도 조선인의 생활이나 문화의 독특함을 묘사하는 경우도 있는데, ④와 ⑤가 그러하다. ④는 12월 21일의 삼행시로, 이 시에 배경처럼 그려져 있는 '지게꾼의 무리'는 조선 고유의 간단한 운반 기구인 지게에 짐을 싣고 나르거나 나뭇가지나 잎 등 땔감을 팔아 그 품삯으로 살아가는 조선의 극히 흔한 남성 노동자들을 말한다. 이 지게나 지게꾼 역시 오래도록 한반도의 회화와 문학에서 조선색을 구현하거나 상징하는 중요한 재료로 사용되었다.

마지막으로 ⑤는 1920년 1월 13일의 삼행시인데, 흙만두란 돌이 아닌 흙으로 불룩하게 매장된 관 위를 작은 산처럼 높여 만든 조선 특유의 무덤 모양을 가리키는 별명이다. 묘표와 달리 돌로 만든 묘석이 번듯하게 없거나, 누구의 무덤인지도 알 수 없는 그저 만두처럼 생긴 흙무덤은 재조일본인에게 마을 뒷산 등에서 흔히 볼 수 있는 지극히 이국적인 조선 풍물 중 하나였던 셈이다.

이처럼 『경성일보』의 삼행시에서는 '조선'이나 '남산'과 같은 직접적인 고유명사를 들기도 하고, '성벽', '나목의 포플러', '담군', '토만두' 등 조선적 정서를 드러내는 특유의 소재를 다루는 것을 확인하였다. 여기에서도 1920년대부터 20년 이상(경우에 따라서는 전후에까지도) 로컬 컬러로서 조선색을 표상하는 낯익은 소재들이 〈삼행시단〉에서 시어로써 선구적으로 사용되었고, 의식적이든 무의식적이든 '조선'의 삼행시임을 보여주려는 노력이 있었음을 알 수 있었다.

5. 다쿠보쿠를 실마리로 한 향후의 연구 과제

이 글에서는 20세기 전반 한반도에서 최대의 일본어 일간지였던 『경성일보』의 문예물 중에서, 3.1 독립만세운동 직후인 1919년 가을부터 겨울에 걸쳐 약 4개월 동안 지상에 등장했던 일련의 삼행시와 그 문단의 움직임을 검토해 보았다.

분명 이시카와 다쿠보쿠의 삼행쓰기 단카를 의식했던 『경성일보』의 〈삼행시단〉은 결국 단카의 정형 음수율도 제대로 지키지 못했고, 그렇다고 완전히 새로운 구어 자유시의 정착도 보지 못한 채 이윽고 일간지 문단에서 사라져 버렸다. 하지만 다쿠보쿠의 가집 『한 줌의 모래』와 『슬픈 장난감』은 물론, 다쿠보쿠를 상징하는 정서나 요소라고 할 수 있는 고향과 가족에 대한 그리움, 담배와 폐병, 지독한 가난과 그에 어울리지 않는 낭비벽 등 다쿠보쿠라는 인물에 얽힌 유명 일화와 분위기 등을 환기시키는 시어를 활용하는 수법을 확인할 수 있었다. 게다가 식민지 '조선'에서 창작, 유통된 삼행시인 만큼 조선 지명과 같은 고유명사와 성벽, 포플러, 지게꾼 등 조선색을 대표하는 특유의 풍물을 도입하여, 창작자 의도 여하에 상관없이 로컬 컬러를 드러내고 있는 점도 지적할 수 있었다.

흥미로운 것은 이들 삼행시에서 『경성일보』 학예부에 근무하는 일간지 내부자의 시선이나 입장이 아사히신문사에 근무하던 다쿠보쿠의 그것—가족과 떨어져 지낸 외로움, 경제적 빈곤에 지친 삶, 사랑을 추구하던 다쿠보쿠의 인물상과 정서 등—과 오버랩되는 측면이다. 그뿐 아니라 다쿠보쿠는 〈아사히 가단〉을 담당하면서 신문사에 접수되는 수많은 단카 속에서 소수의 작품을 선별하는 작업의 고단함과 고충을 「단카에 관한 여러 가지」라는 에세이에서 잘 기록하고 있다. 그런데 그 고단함과 고충이 야바세 고바나가 1919년 11월 18일자 『경성일보』에서 쓴 「가단의 사람들에게─선자의 태도 표명」에서도 비슷한 내용을 호소하고 있는 것을 볼 수 있다. 이는 즉 1920년을 전후하여 『경성일보』에서 대규모라고는 할 수 없지만, 확실한 다쿠보쿠 열풍과 참신한 장르 의식에 근거한 시도로서의 삼행시가 구현되었음을 보여준다고 하겠다.

여기에서는 『경성일보』라는 일간지에 국한하여 삼행시와 다쿠보쿠의 상관관계에 관하여 초점을 맞추어 고찰하였는데, 사실 한반도에서 간행된 여러 일본어 잡지나 신문의 기사 및 문예물에서도 다쿠보쿠, 『한 줌의 모래』와 『슬픈 장난감』의 수록 단카는 내용 안에서 자연스럽게 많이 언급되고 있다. 이러한 매체에서 1920년대부터 1930년대, 일제 말기라 일컬어지는 1940년대 전반부에 걸쳐 다루어진 다쿠보쿠의 인물상 혹은 단카상을 탐색하는 것 또한 일본 근대의 유명 문학자와 그의 작품이 '외지'에 변용된 양상을 연구하는 실증적인 연구가 될 것이다.

아울러 수집된 자료의 부족으로 이글에서 다 논하지 못한 몇 가지 사항들이 더 있는데, 특히 당시 『경성일보』의 〈삼행시단〉과 음악, 즉 악곡과 가요와의 연관성은 흥미로워 보인다. 예를 들어 1919년 9월 23일 삼행시에 등장하는 〈가을밤(秋の夜)〉이라는 곡명이나 같은 해 12월 23일 삼행시에 언급된 미카미 신사쿠(三上振策)의 〈돈의 노래(ゼニの歌)〉 등은 한반도에서의 단카와 삼행시, 구어시와 속요, 나아가 이 시기 가요를 비롯한 대중음악과의 관계를 알려줄 수 있는 중요한 단서가 될 수 있을 것이다.

향후 이러한 부분에 초점을 맞추어 20세기 일본 근대의 시가문학과 한반도의 일본어 시가문학, 그리고 창작하는 시가와 듣는 음악으로서의 가요의 상관관계가 어떠한 양상으로 생성되고 변화되었는지 추적하는 것도 의미 있는 과제라 여겨진다. 마지막으로 이시카와 다쿠보쿠의 경우는, 텔레

비젼 애니메이션이나 게임, 만화에도 개성적 캐릭터로 변모하여 빈번히 등장한다. 따라서 최근 일본에서 크게 유행하는 다양한 분야의 '문호물(文豪物)'에서 유명 문학인의 이미지가 어떻게 형성되고 선별되어 소환되는지, 나아가 현대의 캐릭터로 탈바꿈하는 현상까지도 연관시켜 논할 수 있는 여지 또한 충분한 시인이라고 할 것이다.

『매일신보』와『경성일보』의「괴담」연구*

1927년 8월에 게재된『매일신보』의「괴담」을 중심으로

나카무라 시즈요(中村静代)

* 본 논문의 초출은 동아시아일본학회 간행『일본문화연구』제56집(2015)

⌘

서론

일본에서 2013년부터 판매되기 시작한 닌텐도 3DS 게임 소프트 「요괴 워치」는, 요괴 만화를 대표하는 「게게게의 기타로(ゲゲゲの鬼太郎)」나 '유루캬라(ゆるキャラ)'라고도 하는 지역 캐릭터의 인기와 맞물려 전대미문의 요괴 붐을 일으켰다. 또한 2002년에 시작된 국제 일본 문화 연구 센터의 「괴이(怪異)·요괴 전승 데이터베이스[01]」에서 보이는 요괴와 괴이에 대한 대중의 높은 관심은 이미 민족학·구전 문학이라는 학문 연구의 틀을 뛰어넘은 것으로, 그러한 것들은 대규모 문화 연구로 관심이 쏠려있음을 보여주고 있다. 이러한 동향과 나란히 괴이를 이야기로 만든 '괴담'에 대한 문학적 접근도 괴담 전문 잡지 『유(幽)[02]』의 창간, 매년 계속해서 늘어나는 괴담 연구 서적, 각종 괴담 이벤트 등에서 다각적으로 이루어지고 있으며 이것이 일본 괴담의 현상이다.

일본의 「요괴 워치」는 한국에서도 빠르게 인기 만화로 부상하며 일본

---

01 국제 일본 문화 연구 센터 「괴이·요괴 전승 데이터베이스」는 민속학·요괴학 연구자와 일반인을 대상으로 하는 대규모 문화 컨텐츠 검색 시스템이다.

02 『유』는 주식회사 KADOKAWA가 2004년 6월에 창간한 괴담 문예 전문지. 괴담 평론가 히가시 마사오(東雅夫)가 편집장을 맡고 있으며 적극적으로 현대 괴담 문예를 생산하고 괴담 문학에 대한 비평 연구도 이루어지고 있다.

서민들 사이에서 오래전부터 전해져온 요괴들이 문화적 토양의 차이에도 불구하고 한국 어린이들에게 위화감 없이 수용되었다. 한국에서는 이러한 문화 공유의 관점에서 요괴에 대한 관심은 물론 학문적 접근에 의한 요괴·괴이 연구가 최근 활발하게 이루어지면서[03], 여러 각도와 시기에 따라 종래의 요괴나 괴이·괴담의 양상 및 변천이 논해졌다.

이러한 가운데 식민지 시기 조선의 괴담 문예에 대한 연구도 이루어져 당시 대중의 인기를 모은 '야담'과의 관계성(공임순 2013)이나 '기담'의 변천 과정(이주라 2013; 김지영 2010) 등이 논해져 왔다. 그러한 연구의 다수는 1930년대, 즉 대중 오락 잡지 『별건곤(別乾坤)』(1926~1934)에 많은 괴담이 게재되기 시작한 시기에 집중되어 있다. 하지만 대중 오락물로서의 괴담이 대량으로 나타난 1930년대에 한국의 근대적인 괴담이 시작되었다고 결론 짓는 데에는 신중을 기해야 한다.

이 점에 대해 이주라는 1930년대 괴담의 다수를 당시의 대중 오락인 '야담'과의 관련성 속에서 논하면서도 괴담의 독자적인 '공포'라는 관점에서의 변천 과정을 간과하고 있음을 지적하고, 1910년대부터 1930년대까

---

[03] 요괴·귀신·괴이 관련 연구 서적으로는 박전열·임찬수 외(2014) 『현대일본의 요괴문화론』, 제이앤씨, 신이와이단의 문화사 팀(2014) 『귀신·요괴·이물의 비교문화론』, 소명출판, 2014 등이 있다. 종래의 연구서로는 민족학에 입각해 도깨비와 도시 「괴담」을 연구한 김종대의 연구: 김종대 저·남근우 번역(2003) 『도깨비-한국요괴고』, 역사민속박물관 진흥회/(2005) 「도시에서 유행한 〈빨간 마스크〉의 변이와 속성의 대한 시론」, 『한국민속학』 제41호, 한국민속학회/(2005) 「학교괴담을 통해 본 전통문화의 수용과 변화에 대한 일고찰」, 『우리문학연구』 제25호, 우리문학회, 김정숙(2010) 「『전등신화(剪燈新話)』와 『요재지이(聊齋志異)』의 한일(韓日)에의 전래 그 변화와 수용의 궤적(軌跡)」, 『漢文學論集』, Vol.30 등이 있다. 또한 요괴, 귀신의 개념 연구로는 강상순(2014) 「조선 시대 필기·야담류에 나타난 귀신의 세 유형과 그 역사적 변모」, 서화룡(2014) 「중국의 요(妖)·괴(怪)·정(精) 이야기의 분류」 신이와 이단의 문화사 팀 저 『귀신·요괴·이물의 비교문화론』, 소명출판 등을 들 수 있다.

식민지 문화정치와 『경성일보』

지의 괴담에서 볼 수 있는 '공포'의 전환 과정을 명백히 밝히려 했다. 즉, 당시에 자주 사용된 괴담 전설의 수법은 더욱 리얼한 '공포'를 주기 위해 사실성을 강조하는 근대적 시각에서 탄생한 것이나, 그러한 의도와는 무관하게 일제 통치로 인한 대중의 시대적 불안 심리와 결합하여, 1930년대에 계속되는 전설의 수법을 취한 한국 괴기의 장르적 경향이 형성되어 왔다고 말한다(이주라 2015). 실제로 이후의 한국을 개관해 보면, 전설과 괴기라는 키워드는 떼놓을 수 없을 정도로 깊은 관계를 맺고 있음이 명확하다. 그러나 이러한 전설의 수법이 1927년 『매일신보』의 「괴담」에서부터 정착되기 시작했다는 출발점을 제시하는 것만으로는, 식민지 시기 일제의 기관 신문 『매일신보』에 괴담이라는 표제를 가진 게재물이 집중적으로 발신[04]된 매체의 문제, 괴담의 발신자와 지면 독자가 갖는 인식 차이의 문제, 더욱이 같은 시기 다른 일본어 신문에서 괴담이 갖는 위치와 질적인 차이의 문제 등이 남게 되어, 한국의 괴담 장르가 갖는 관습의 근본을 객관적으로 판단하는 데에 한계를 갖는다.

따라서 본고에서는 조선어 신문 『매일신보』에서 괴담이 질적·양적으로 1927년에 급격하게 변화한 것에 주목하면서, 『매일신보』의 자매 신문인 일본어 신문 『경성일보』(1906~1945)에서 같은 시기에 나타난 괴담을 조사한다. 조선어 대중 매체에서 '괴담'이라는 말은 만들어 낸 이야기, 근거 없는 이야기, 구전된 '사실담(事実談)'과는 대척되는 의미로 사용되고 있었다. 즉 1920년대 전반 또는 중엽에는 무서운 이야기라는 의미의 「괴담」 칼럼은 거의 찾아볼 수 없다. 그러한 시기에 1927년 여름 갑자기 『매일신보』에

---

[04] 『매일신보』에는 1927년 23회에 걸쳐 괴담이 연재된 것 이외에도 1910~1945년 사이에 총 84회 괴담이라는 타이틀의 기사 혹은 '괴담'이라는 말이 포함된 기사가 게재되었다.

23회에 걸쳐 괴담이 연재된 것은 실로 기이한 현상이다[05]. 따라서 본고에서는 1927년 8월 『매일신보』의 괴담들이 연재되기 1주일 전쯤까지 6회에 걸쳐 게재된 『경성일보』의 「괴문록(怪聞錄)」의 내용이 무엇인지 구체적으로 검증하고 『매일신보』의 괴담 연재와 갖는 관계를 고찰한다. 이 관계를 명확히 함으로써 전설이라는 형식을 취한 한국의 괴담 형성과 일제 또는 재조 일본인 문예와의 관련성이 보다 명확해진다고 생각된다.

제1장 『매일신보』와 괴담

조선총독부 기관지인 조선어 신문 『매일신보』(1910~1945)에는 1910년대부터 1945년까지 84회에 걸쳐 '괴담'이라는 말이 등장한다. 1920년부터 간행된 『동아일보』에 34회 등장하는 것에 비하면 '괴담'이라는 말의 사용 빈도가 매우 높다고 할 수 있을 것이다. 문제가 되는 것은 내용인데 『매일신보』에서는 1927년 이전에 '괴담'이라는 말이 사용된 횟수가 불과 5회이다. 이것은 당시 조선에서 '괴담'이라는 말이 아직 '무서운 이야기'라고 인식되지 않고 '근거 없는 소문', '날조', '까닭 없는 허튼 이야기', '괴상한 이야기', '사실이 아닌 가공의 이야기', '구비 전설처럼 전해지는 민담'이라는 인식 아래서 사용되고 있었다는 것과 관계가 있다. 더욱이 이 기사들을 하나하나 시간순으로 분석해보면 서서히 이야기와의 접점이 뚜렷해지며 변

---

[05] 당시 조선에서는 '괴담'이 '무서운 이야기'라는 개념이 아니었으며 근거 없이 만들어 낸 이야기, 날조, 구전되는 부류, 즉 사실성이나 근거가 결여된 것을 비유할 때 많이 사용되었고, 신문 내에도 '괴담과 같은 이야기'라는 서술이 빈번히 보였다. 1910년 합방 전 조선어 신문에서 사용되던 '괴담'과 1910년 이후 『매일신보』에서의 '괴담'은 개념상의 차이가 있으며 1910년을 경계로 신문상에서의 '괴담'에는 점차 이야기의 틀이라는 단어 개념이 생겼지만 명확하게 '유령', '귀신'을 다루는 무서운 이야기라는 개념에는 들어맞지 않았다.

천을 겪고 있음을 확인할 수 있다. 그리고 1927년의 「괴담」 이후 『매일신보』에서 '괴담'은 유령이나 귀신이 나오는 무서운 이야기 장르라는 인식이 고착화되며 단어의 개념이 크게 변한다. 기존의 '괴담'이 가리키던 거짓말, 유언비어, 꾸며낸 이야기, 소설 등의 의미에 더해져, '괴담'은 유령 이야기와 같은 무서운 이야기 장르로서 정착되어 간다(나카무라 시즈요 2015).

우선 그러한 변화의 가이드라인으로서 『매일신보』에 84회에 걸쳐 나타나는 괴담의 대체적인 내역을 더듬어 가보자. 중요한 것은 「괴담」이 기사 안에서 '유령'이나 '귀신'이 등장하는 무서운 이야기 장르로 사용되고 있는가, 아니면 상술한대로 '꾸며낸 이야기'를 시사하는 단어로 사용되고 있는가 하는 점이다. 분석을 위해 '장르' 또는 '기사'로 분류해 표기했다.

〈표1〉 『매일신보』에서 '괴담'이 사용된 기사와 횟수

게재연도	내 용	분류	횟수
1910~26	가십 기사	기사	5
1927. 7~8	「괴담」	장르	23
1928	가십 기사	기사	2
1930. 9	「괴담·기담 대모집」	장르	11
1932. 9	가십 기사	기사	2
1936. 6	「괴담」 1석~3석	장르	3
1936. 7	「괴담 흡시혈(吸屍血)」	장르	1
1936. 7	「전설·괴담 모집」	장르	2
1936. 8	「여름의 바라에테」	장르	3
1936. 10	최남선 「괴담」 ※ 논설	장르	10
1937.12	「전선(戰線)의 괴담」	기사	1
1937.12	최남선 「동물 괴담」 ※ 논설	장르	8

1938. 4	최남선 「변화 괴담」 ※ 논설	장르	10
1938.11	「괴담 심야의 묘지」	장르	1
1940. 9	「당세의 괴담문학에 대한 무이해」	기사	1
1941. 3	「경산의 괴담 거짓말 같은 실화가 일어났다」	기사	1
합 계			84

이 표에 따르면 총 84회 중 유령 이야기라는 장르 의식 하에서 사용된
예는 72회이다. 여기서 비교를 위해 1920년에 간행된 『동아일보』를 보면
1945년까지 '괴담'이라는 단어가 총 36회 사용되었는데, 그 중 무서운 이
야기라는 맥락에서 사용된 것은 일본 가이조샤(改造社)의 서적 광고 속 「괴
담 전집」이 1회(1928.8.19), 「조선소설사」라는 칼럼에 나오는 '일본 괴담'이
1회(1930.11.28), 어느 사건을 진술하는 부분에 나오는 「요쓰야 괴담」이라
는 고유 명사가 2회(1933.12.7), 「여름의 괴담과 우스운 이야기」라는 하계
원고 모집이 6회(1934.7.17~8.5), 경성 방송에서 김진구, 양백화, 유광렬, 윤
백남, 최남선이 「괴담 좌담회」를 진행한다는 예고 기사가 1회로, 괴담이 장
르적으로 사용된 것은 총 11회이다. 하지만 이것은 모두 일본과 관련된 가
운데 사용된 특정한 의미, 혹은 아직 완전히 정착되지 않은 과도기적[06]인
것으로, 유령 이야기를 괴담 특집이라는 타이틀로 게재한 사례는 확인되지
않았다. 물론 조선의 전설이나 귀신 이야기는 『동아일보』에도 시리즈로 게
재된 바 무서운 이야기가 지면에 전혀 나오지 않은 것은 아니다. 그러나 그
것을 '괴담'이라는 장르화된 타이틀을 사용해 소개하지는 않았다.

---

06 김진구, 양백화, 유광렬, 윤백남, 최남선의 「괴담 좌담회」의 예고 기사에는 「이러한 좌담
    회는 종래에 업는 첫시험이라하야 일반 청취자는 흥미를 가지고 잇다며…」와 같이
    일본에서는 근세에 크게 유행한 문화 행사인 괴담회가 새로운 시도로 소개되어 있다.

〈표1〉은 1927년 괴담이 연재되기 전 '괴담'이라는 단어가 포함된 5회의 기사를 일람한 것이다. 여기에서는 이 기사들과 1927년 괴담 시리즈의 경계를 확인하기 위해 타이틀과 내용을 다시 한 번 참고해 보고자 한다.

〈표2〉 1927년 이전의 『매일신보』 괴담 기사 목록

게재일시	게재면	타이틀
1914.12.29	1면, 가십	戰塵閑話: 獨帝의 怪談 이용
1915. 4.16	3면, 기사	海峽에 현하는 妃嬪의 紅怨, 다르다넬스 해협의 괴담 총애받던 임금에게 죽은 네 미인
1919. 6.21	3면, 기사	小說같은 怪談, 처녀와 총각의 추행, 총각은 뱀이 되어
1922. 3.11	3면, 기사	怪談: 服中의 將來 王妃, 17년 동안 임태한 일
1926. 1.18	2면, 기사	事實은 事實인 奇聞怪談 독갑이 작란에 구경군 답지해

〈표2〉의 게재면에서도 알 수 있듯이 이 기사들은 읽을거리라는 장르가 아니라 사건 기사로서 게재된 것이 큰 특징이다. 이렇게 기사로 게재된 괴담들에 대해 이주라는 귀신이나 도깨비 장난으로 사건을 해석하려 하는 당시 대중들의 미신적인 사고를 보여준다고 하는 동시에, 식민지 지배 체제와 새 제도가 현실을 명확하게 규명·해명하지 못하는 것에 대한 대중의 딜레마가 귀신이나 도깨비 이야기에 사실성이라는 권위를 부여해 현실의 불안을 봉합하려 했다고 말하고 있다(이주라 2015).

사실 괴담은 어떤 시대에든 인간과 사회의 이면 혹은 표면화되지 않은 어두운 부분에 대해 말하는 역할을 지니고 있다. 일제 통치로 생긴 한국 민중에 대한 규제는 민중의 관습과 생활을 구속하였고 종래의 생활로부터의 급격한 변화는 사람들을 불안하게 만들었으며, 그러한 것이 다양한 모습으로 사회에 나타났다. 가장 두드러진 사례는 1919년의 3·1 운동일 것이다.

신문지 지면에 보일 듯 말 듯한 이 '괴담'이라는 표제어 역시 이해하기 어려운 일을 기사로서 현실화하려는 불안한 심리가 드러난 것일 수도 있다. 하지만 실제로 이렇게 기사화된 괴담의 형태는 대중의 불안한 심리나 욕망에 의해 결정되었다기보다 일제의 어용 신문 매체로서 갖고 있는 성질에 큰 영향을 받았다고 생각된다.

1912년 정치 논조 중심이었던 『매일신보』는 판매 부진을 해결하기 위해 1면과 2면에는 국한 혼용문으로 정치 논설, 3면과 4면에는 문화·사회면을 마련하고, 순한글로 흥미 위주의 기사를 실어 민중 구독자를 확보하려는 지면 개혁을 단행했다(손민호 2009). 더욱이 총독부의 기관지 『경성일보』와 『매일신보』를 감독하던 도쿠토미 소호(德富蘇峰)는 메이지기에 일본 정부의 어용 신문 『국민신문』을 창간하고 괴담, 강담, 탐정 소설을 가십 기사와 섞어 싣는 것으로 민중 구독자를 확보하는 데 성공한 인물이다. 이러한 경험은 신문사의 경영 취지, 일제의 문화 정책과 맞물려 조선어를 매개로 하는 『매일신보』에도 충분히 적용되었을 것이다. 왜냐하면 식민지에서는 조선 민중에게 어떻게 일제의 정치적 메시지를 전달하는가가 어용 신문 『매일신보』의 과제였기 때문이다(송민호 2009).

이처럼 조선 민중 독자층의 확보를 표방하는 『매일신보』에 읽을거리로 등장한 것이 1927년의 23회에 걸쳐 연재된 괴담 시리즈이다. 그때까지 기사의 형태로 사회 기사란에 가십으로 섞여있었던 괴담은 문예란에서 '괴담'이라는 타이틀을 얻으며 무서운 이야기라는 장르를 획득하고 연재를 통해 크게 변모한다. 이렇게 연재된 것을 정리하면 아래와 같다.

〈표3〉 1927년 8월 『매일신보』 게재 「괴담」 일람

게재일	게재면	타이틀·작자	내용
1927. 8.9	3면 문예란	괴담(怪談)/狐帆生	도깨비의 못된 장난
8.10	3면 문예란	흉가(凶家)/雨亭生	시어머니에게 괴롭힘을 당해 목을 맨 며느리가 사람들에게 차례차례 들러붙어 벌을 받은 집의 이야기
8.11	3면 문예란	흉가(凶家)/雨亭生	
8.12	3면 문예란	흉가(凶家)/雨亭生	
8.13	3면 문예란	도깨비불/漢水春	도깨비의 못된 장난
8.14	5면 문예란	괴담(怪談)/YJ生	사탕을 사는 유령 이야기
8.16	3면 문예란	원귀(寃鬼)/楽天生	마을에 얽힌 원귀에 관한 미신을 이용한 에피소드
8.17	3면 문예란	원귀(寃鬼)/楽天生	
8.18	3면 문예란	원귀(寃鬼)/楽天生	
8.19	3면 문예란	자정 뒤(丑三刻)/体府洞人	선비의 담력 시험. ★마을의 영목(느티나무)을 무시한 선교사가 저주를 받는다
8.20	3면 문예란	★자정 뒤(丑三刻)/体府洞人	
8.21	6면 문예란	제사날 밤/冠岳山人	친구 y의 아버지 제사에 가던 도중 y의 아버지 유령과 조우한다
8.22	3면 문예란	相思구렁이/古紀子	민담 상사 구렁이를 각색
8.23	3면 문예란	相思구렁이/古紀子	
8.24	3면 문예란	우물귀신/太白山人	우물에 투신한 신부 유령 이야기
8.25	3면 문예란	死後의사랑/대머리생	정이 깊었던 죽은 아내가 찾아온다
8.26	3면 문예란	독갑이심술/五章生	어느 집에 불가사의한 현상이 일어난다
8.28	5면 문예란	독갑이우물/仙影人	도깨비의 장난으로 사람들이 우물에 빠진다
8.29	3면 문예란	귀신의문초/一憂堂翻案	아쿠타가와 류노스케 『덤불 속』 번안
8.30	3면 문예란	귀신의문초/一憂堂翻案	
8.31	3면 문예란	귀신의문초/一憂堂翻案	
9.01	3면 문예란	나무귀신/東唖子	신목을 벤 관료에게 화가 일어난다
9.02	3면 문예란	나무귀신/東唖子	

이렇게 연재된 괴담들을 그전의 가십이 혼합된 괴담과 비교해보면, 이야기마다 기괴한 삽화가 들어가 있으며 내용도 유령이나 도깨비, 신목(神木) 등 기괴함과 관련된 이야기로 한정되어 있다. 더욱이 미신을 무시해서 벌을 받는다는 등의 결말도 있는데 이는 독자에게 영험한 것에 대한 경이로움을 환기시키려는 괴담 장르가 분명하다. 또한 민중들이 잘 알고 있는 민담으로 구성되어 있는데 우물 귀신, 상사구렁이, 도깨비의 장난 등은 어느 마을에서나 전해져 내려오는 옛날이야기이다. 그러한 괴담들에는 어느 마을에서 누구에게 일어난 일인지가 명기되어 있어 유령이나 귀신 이야기는 실화가 되며 리얼리티를 부여받게 된다. 이 23회의 「괴담」은 모두 이전에 게재된 괴담 기사에서 비약하고 있으며, 이와 같은 『매일신보』 괴담의 갑작스러운 질적·양적 변화는 매개 주체에 의해 기획된 것임이 분명하다. 그러한 매개 주체의 기획 의도를 찾기 위해서라도 당시 『매일신보』의 자매지였던 『경성일보』의 1927년 동향을 확인해 볼 필요가 있을 것이다.

제2장 『경성일보』에 게재된 「괴문록」

「괴문록」은 1927년 7월 26일부터 31일까지 『경성일보』 조간 3면에 6회에 걸쳐 게재된 괴이한 이야기로 『매일신보』 「괴담」이 연재되기 불과 1주일 전쯤에 연재되었다

1면은 광고, 2면은 정치, 3면은 사회면인데 「괴문록」은 항상 3면의 7, 8단 부근에 게재되었다. 첫 번째로 연재된 「괴문록」 칼럼과 같은 페이지에는 「징병의 호기(好機)」라는 사설, 「깎아내려진 군축 회의」라는 평론, 그리고 「큰 의의, 어느 것도 나무랄만한 것이 없다-도쿠토미 씨의 박람회평」, 「조선 박람회-도쿠토미세이」라는 도쿠토미 소호의 박람회평이 게재되어

있고 도쿠토미의 평 아래에 2단 정도에 걸쳐 「괴문록」이 게재되었다. 이 칼럼은 일견 문예로는 보이지 않으나 이 시기(1920년대)의 『경성일보』 지면에서는 사회면 속에 섞여 「전설의 도시, 마을의 괴담」, 「전설 순례」, 「경일(京日) 동화」라는 칼럼명으로 괴이한 이야기가 게재된 것이 확인된다. 앞서 언급했지만 딱딱한 논설과 사회 평론 가운데 재미있는 읽을거리나 칼럼을 두는 것이 대중에게 발신되는 당시 미디어의 수법이었다.

「괴문록」에는 6화 모두에 '히라타(平田)'라는 집필자명이 기재되어 있다. 또한 「괴문록」은 각각 「도깨비불(怪火)」, 「뱀의 집념」, 「소의 유골」, 「늙은 자라」, 「유령」, 「신기한 온돌」이라는 제목으로 당시 일본에서 유행하던 괴담의 형식, 즉 기록 문학[07]과 같이 담담하게 쓰인 것이 특징이다. 아래에 각 칼럼의 서두 부분과 결말 부분을 인용한다.

① 「도깨비불」 1927.7.26. 3면

다이쇼 7년 7월에 있었던 일. 국경 모 군청의 직원 야마우에 쇼지는 데라시마라는 젊은 기사와 사람이 발을 들인 적이 별로 없는 소나무 산을 측량하기 위해 나섰다. 낮에도 어두운 고목 아래에는 가슴 높이까지 잔디와 풀이 무성하게 자라있어 이슬로 축축했다. 데라시마는 측량기를 들여다보고 쇼지는 볼을 가지고 선두에 나서서 풀을 헤치며 나아갔다. 산 중턱에 도착했을 때 쇼지는 목덜미가 근질근질해서 볼을 다른 손으로 바꿔 잡고 오른손으로 목덜미를 더듬어 보았다. 차갑고 길쭉한 무언가가 손에 닿았다. 그 순간 골수에서 털끝까지 감전된 것처럼 섬뜩한 느낌이 들었다. 정신없이 볼을 든 손을 뻗어 그것을 잡아채 땅바닥으로 내던졌다. (-중략-) 그 산에는 비가 올 듯이 몹시 어두운 밤에는 꼭

---

[07] 일본에서는 메이지 후기부터 다이쇼, 쇼와 초기에 걸쳐 괴담 붐이 일었다. 유명한 고이즈미 야쿠모(小泉八雲)의 「괴담」이나 괴담 작가로 알려진 다나카 고타로(田中貢太郎), 오카모토 기도(岡本綺堂)의 작품은 작품 하나가 매우 짧고 사실을 기록해 전달할 '실화 문학'의 서술법이 특징이었다.

도깨비불이 나타난다. 도깨비불은 항상 두 개가 나타나서 산기슭 쪽에서 봉우리 쪽으로 오르락내리락 하는데 둘이 사이좋게 붙어 다니기 때문에 부부 같다고 말한다. 작년 이웃 마을의 이(李) 씨라는 양반이 사는 집 뒷편에 있는 나무에 이 도깨비불 중 하나가 나타난 적이 있다. 그날 밤 젊은 신부가 이름 모를 잘생긴 남자와 가출했다가 며칠이 지나 산 중턱에서 무언가에 의해 목을 물려 죽었다.…비가 내리는 다음날 밤 쇼지는 그곳에 있는 요정 스미요시루의 안방에서 고시즈라는 작부와 면도칼로 동반 자살했다. 그날 밤 두 시쯤 같은 군청에 근무하는 쇼지의 친구 K가 숙직 중에 스미요시 요정의 지붕 위에 있는 도깨비불 두 개를 봤다고 말했다. 그때 쇼지는 스물여덟이었고 데라시마도 동갑이었는데 그후 얼마 지나지 않아 데라시마도 일을 그만두고 귀국했다.

② 「뱀의 집념」 1927.7.27. 3면

조선 남부의 T라는 마을에 오래 살고 있던 S군은 진지하게 이야기를 이어나갔다. 모처의 수비대는 매년 6월 무렵부터 9월 무렵까지 실탄 사격을 한다. 사격장은 마을에서 일리 정도 떨어진 산골짜기에 있는데 가는 길에 맑은 개울이 하나 있다. 그것은 여하튼 6월말쯤의 일이었다. 그 수비대의 스즈키라는 병사가 사격 근무 당번이어서 다른 병사 서너 명과 함께 아침 일찍 사격장으로 먼저 출발했다(-중략-) 개울에 놓인 다리 앞까지 왔을 때 스즈키는 혼자 멈춰서 소변을 보았다. 거기서 5간도 떨어져 있지 않은 물가에 열예닐곱살 정도로 보이는 예쁜 조선인 소녀가 빨래를 하고 있었다. 머리는 뒤로 묶어 늘어뜨린 채였다. 스즈키는 그때까지 많은 조선 여자를 봤지만 그 아가씨만큼 아름다운 사람은 처음이었다. 그 아가씨는 스즈키가 자기 쪽에 주의를 기울이고 있는 것을 알아차렸는지 갑자기 일어섰다. 그리고 스즈키의 얼굴을 돌아보며 생긋 웃었다. (-중략-) 그 다음날 밤에도 다다음날 밤에도 같은 시간에 소녀는 숨어들어 왔다. 소녀가 사는 곳이나 이름을 아무리 물어봐도 말해주지 않았다며 교묘하게 숨어드는 것이 보통 사람은 아닌 것 같다고 말하며 (스즈키)는 한숨을 내쉬었다.

그 다음날 아침, 스즈키는 기상나팔이 울려도 나오지 않았다. 그도 그럴 것이 스즈키는 별로 크지도 않은 뱀에게 목이 감겨 싸늘해진 채 발견되었다. 그의 얼굴에는 미소마저 감돌고 있었다.

③「소의 유골」 1927.7.28. 3면

한일 합방 전의 이야기. 평안북도 의주군 산간 마을에 음식점 하나가 있었다. 그곳에 김금홍이라는, 경북에서 왔다고도 하고 전남에서 팔려 왔다고도 하는, 세련되었으면서 어딘가 쓸쓸해 보이는 18세 작부가 한 명 있었다. 이 수상쩍은 미인은 금세 마을은 물론 인접한 면에서까지 평판이 자자해졌다. 이 미인을 중심으로 삼각 관계, 사각 관계가 생겨 친형제처럼 사이가 좋았던 마을 청년들이 서로 반목하다가 칼부림 사태까지 일어나게 되었다. 하지만 김금홍은 자기 때문에 이런 소동이 일어나도 몹시 냉담하여 눈길조차 주지 않았다. (-중략-) 다음날 마을에서는 음식점 작부와 양반가 아들의 모습이 보이지 않아 동민이 모두 나서서 산부터 강까지 수색했다. 그날 저녁 그의 연적이었던 동장의 아들과 동 서기는 마을 동쪽 산기슭에 있는 묘지에서 알몸으로 소의 해골을 안고 죽어 있는 박기식을 발견했다.

④「늙은 자라」 1927.7.29. 3면

압록강을 배로 거슬러 올라가면 조선 쪽에 오제암(烏啼岩)이라는, 강 한가운데 튀어나온 경치 좋은 절벽이 있다. 국경 전체에 걸쳐 거의 까치만 가득하고 검은 까마귀는 좀처럼 볼 수 없지만 이 바위 위의 노송에는 매일 아침 일찍 어디선가 까마귀가 와서 까악까악 울기 때문에 이런 이름이 붙었는데, 근처에 사는 사람도 울음소리만 들었을 뿐 검은 까마귀의 모습을 본 사람은 없다. 절벽 아래의 심연은 검푸른빛으로 고여 있어서 무서울 정도로 끔찍하며 동민들은 신령이 살고 있다고 말한다. 다이쇼 12년 무렵 이 부근에 김상봉이라는 젊은 남자가 있었다. (-중략-) 그 무렵 약으로 쓰기 위해 내지인이 자라를 사러 왔다. 원래 조선인은 자라를 먹지 못하는 것으로 여겨서 새끼를 낳으러 산을 오르는 자라를 보고도 거들떠보지도 않았지만 김상봉은 욕심에 휩싸여 재빨리 받았다. (-중략-) 노인은 서둘러 자신의 배를 물가에 대고 마을 사람들을 불러 분담해 흘러 내려가는 독목주(独木舟)를 끌어올리려고 보니, 손가락을 문 크고 늙은 자라가 목이 도려내진 채로 피투성이가 되어 괴로워하고 있었다. 다음날 조사해보니 그 큰 자라는 많은 새끼를 배고 있었다. 김상봉의 행방은 아직 묘연하다고 한다.

⑤「유령」1927.7.30. 3면

실제로 유령과 둘이서 하룻밤을 지새우며 이야기를 나누었다는 미망인에게 직접 들은 이야기. 평안북도 K읍내 수비대 정문 앞에 이노우에 상점이라는, 수비대 어용상으로부터 토목 건축 도급 일도 하는 큰 잡화 상점이 있다. 그곳의 주인인 이노우에 주노스케 씨는 사오년전 여름 읍내 공공 사업 협의인가 허가 신청인가로 총독을 만나러 가서 경성에 체재하던 중 뇌일혈로 총독부 병원에 입원했으나 치료의 보람도 없이 사망했다(-중략-) 미망인은 오로지 죽은 남편의 명복만을 빌었다. 1주기도 지난 어느 비오는 날 밤. 양자 부부도 가게를 닫고 잠에 빠진 오전 1시 무렵, 똑똑 가볍게 정문을 두드리는 사람이 있었다. 죽은 남편의 생전의 일을 회상하며 아직 잠을 이루지 못하고 있던 미망인은 의심스럽게 생각하면서 "누구세요"라고 문 안쪽에서 물었다. "나 주노스케야. 지금 돌아왔어 문 좀 열어줘" 그것은 분명히 남편의 목소리가 틀림없었다. (-중략-) 이 일은 아무에게도 말하지 않고 숨기고 있었지만, 며칠이 지나 수비대 병사가 갑자기 미망인에게 "아줌마 사오일 전 밤에 아무 일도 없었습니까"라고 물어봐서 (-중략-) 병사는 의심스럽다는 듯이 고개를 갸웃하며 "실은 제가 정문 보초 근무를 서고 있던 중이었습니다. 분명히 오전 3시 무렵에 당신의 안방 쪽 지붕에서 도깨비불이 날아 나온 것을 봤어요"라고 말했다. "이러한 일을 종합해 보면 남편의 영혼이 이 집 근처에 있으면서 언제나 집을 지켜주고 있다고 믿고 있습니다"라며 미망인은 굳은 신념을 갖고 말했다.

⑥「신기한 온돌」1927.7.31. 3면

미루나무 낙엽이 우수수 흩날리는 가을이 한창일 무렵, T라는 젊은 세관원과 조선 서부의 어느 시골을 여행했을 때의 이야기. 그 무렵에는 아직 자동차편이 없었기 때문에 인도인처럼 머리를 흰 무명천으로 빙글빙글 둘러 감싼 마부가, 긴 채찍을 뒤로 가게 쥔 채 고삐를 당겨서 딸랑딸랑 방울 소리 시원히 울리며 가는 노새에 올라타서, 동화 속 세계로 가는 듯한 유쾌한 기분에 잠겨서 탁 트인 산길을 지나, G라는 숙소에 도착했다. 그 마을은 앞이 강이고 전 헌병 주재소를 그대로 인계받았다는 순사 주재소와 관사의 흰 벽이 성곽처럼 지어져 있었고 그밖에는 열네댓채의 조선 가옥밖에 없었다. 노새와 마부의 숙소는 있어도 두 사람이 머물 숙소는 없었다. T는 주재소에 가서 하룻밤 재워줄 것을 부탁했다. (-중략-) "여기 관사에는 흔들리는 온돌이 하나 있다. 건물은 아직 낡지 않았는데 누가 들어가도 이삼일만에 나오고 마는 아까운 집이다"라는 이야기가 나왔다. 특이한 것을 좋아하는 혈기왕성한 젊은이인 T는 호기심에 온통 휩싸여 "오늘 거기서 저 혼자 자게 해주십시오"라고 부탁했다. 온돌에 불을 때러 온 조선인 아이는 T를 향해 "이 집에 귀신이 있다"고 일러주었지만 그 귀신이란 것이 무엇인지 T는 알지 못했다. (-중략-) 실내가 불현듯 울리고 램프가 흔들리기 시작해 "이거군"하고 주먹을 쥐고 눈을 크게 뜨고 지켜보니 담배합도 질주전자도 흔들리기 시작했다. 창문 미닫이도 빙빙 돌기 시작했다. 무거운 것이 가슴 근처에 육중하게 내려앉았다. 조선인 노인과 노파가 차례차례 나타나 무서운 얼굴로 T의 머리맡을 에워싸며 나란히 서 있었다. (-중략-) 그때 숙직 순사가 오지 않았으면 죽었을지도 모른다고 T는 말했다. (-중략-) 그곳은 옛날 참수한 죄인의 시체를 묻었다는 묘터이었고 흔들리는 온돌도 최근에 부수었다고 한다. (끝)

이 여섯 편의 작품을 보면 다음의 네 가지를 특징으로 꼽을 수 있다. 첫째로, 여섯 편 전체에 조선과 관련된 요소가 충분히 다뤄지고 있다는 점이다. 이는 일본어로 발행된 종합 잡지 『조선공론』(1913~1944)에 게재된 괴담과는 정반대의 성격을 갖는 것이라 할 수 있다. 『조선공론』의 괴담에는 재조 일본인 공동체 안의 이야기가 묘사되며 조선 민중이나 조선인과의 관계는 전혀 묘사되지 않았다. 그러나 상기의 작품에는 의식적이라 할 수 있을 정도로 조선의 민담을 기반으로 한 것, 혹은 조선의 지방 괴담 등이 이야기의 중심을 차지하고 있다.

두 번째로 언급할 점은 동물에 관한 이야기가 많다는 점이다. ①에서는 야마우에 쇼지의 목덜미에 닿은 '차갑고 길쭉한 것', ②에서는 스즈키의 목을 물어 죽인 '별로 크지 않은 뱀', ③에서는 양반가의 아들 박기식이 '소의 해골을 안고'라는 부분, 또한 ④에서도 조선에서는 먹지 않는 '자라'가 강의 신령으로 암시되고 '목이 도려내져' 피투성이가 된 '늙은 자라'와, 모습을 보이지 않는 '까마귀', 행방불명된 '김상봉'의 수수께끼가 묘사되었다. 이 괴담들은 정령적 존재인 동물과 접하며 끝내 죽음에 이르는 등 좋지 않은 결말을 맞는 이야기이다.

세 번째는 남녀 관계를 다룬 괴담이 몇 가지 있다는 점이다. ①의 야마우에는 뱀 같은 동물에 닿은 후, 부부 도깨비불 이야기와 이 씨 가문의 신부와 젊은 남자가 사랑의 도피를 떠난 이야기를 듣고 얼마 지나지 않아 작부와 동반자살을 한다. ②에서는 스즈키가 다리 앞에서 소변을 봤을 때, 머리를 늘어뜨린 소녀와 만나고 그 소녀가 수비대에 밤마다 숨어 들어와 관계를 맺는다. ③에서는 요염하고 수수께끼로 둘러싸인 작부 김금홍이 양반가의 자식인 박기식과 사랑의 도피를 하고 큰어머니집에서 하룻밤을 보낸다. ⑤에서는 재조 일본인인 미망인의 곁으로 죽은 남편이 찾아온다. 이것들은 「요쓰야 괴담」과 같은 인과응보적 복수극과는 이질적이며 사람들이 일상적으로 경험하는 남녀의 정의 세계를 묘사하고 있다고 할 수 있다.

네 번째로는 여섯 편에 공통적으로 나타나는 작품의 수법인데 ①~⑥까지 모든 이야기의 주인공은 실명으로든 복자(伏字)로든 이름이 명시되어 있다는 점이다. ①모 군청의 직원 야마우에 쇼지, ②수비대의 스즈키라는 병사, ③양반가의 장남 박기식, ④김상봉이라는 젊은 어부, ⑤뇌일혈로 사망한 이노우에 주노스케, ⑥T라고 하는 젊은 세관원 등이 그것이다. 이와 마찬가지로 다수의 이야기에 사건이 언제 일어났는지 일시가 언급되어 있다. '다이쇼 7년 7월의 일', '여하튼 6월말쯤', '사오년전 여름', 'T라는 젊은 세관원과 조선 서부의 어느 시골을 여행했을 때' 등. 이와 마찬가지로 각각의 사건이 일어난 장소 명기에 대해서도 말할 수 있다. 옛날이야기의 서두에서 흔히 '옛날 어딘가에 아무개가 있었습니다'라고 나타나는 기술 등과 비교하면 「괴문록」의 인명과 일시·장소 명기는 대단히 구체적임을 알 수 있다.

상기한 첫 번째부터 세 번째 특징을 정리해보면 「괴문록」은 일본인이 집필하고 일본인이 발신한 것이나 내용 면에서는 조선 민담과 조선 지역에서 보고 들은 진기한 이야기가 쓰여 있다는 것이다. 당시 조선에 사는 재조 일본인은 일본의 문화 풍습과는 이질적인 조선 문화와 옛날이야기, 미신, 야담을 종류별로 조사[08]해서 책으로 출판할 정도로 조선 민족담(민담)에 흥미와 관심을 갖고 있었다. 그 중 조선 총독부의 조선 민속 조사를 수행한 무라야마 지준(村山智順 1929)은 잡지 『조선공론』에 「괴이한 흰목덜미의 여인(変った白首)」라는 창작 괴담을 투고했다. 내용은 실화로 각색되어 있으나 실제로는 조선의 「용천담적기(龍泉談寂記)[09]」 중 「채 씨(蔡氏) 이야기」를 바탕으로 한 것이다. 무라야마가 조사를 통해 알게 된 조선의 채 씨 이야기를 바탕으로 괴담을 창작한 것처럼, 이국적인 조선 민담을 접한 재조 일본인은 괴담 속에 조선 민담을 잘 가공해 조선적인 이야기를 창작했다.

이와모토 반스이(岩元万翠 1940)는 『조선 공론』에 게재한 「조선의 민담」이라는 평론에서 아래와 같이 말한다.

요즘 누군가의 호의로 조선의 민담을 집록(集録)한 책 한 권을 숙독할 수 있는 기회를 얻었는데, 책의 저자가 여러 해 고심하며 조선 전역 각지의 고로(古老)들에게 직접 듣고 모은 설화만 있는 만큼 평소부터 이쪽에 적지 않은 관심을 가지고 있던 나로서는 크게 참고가 되었고 얻은 바가 몹시 많았다. (-중략-) 중

---

[08] 조선 총독부의 조사 사업과 동시에 민간에서도 조선 연구가 활발하게 이루어지고 있었다. 아오야기 쓰나타로(青柳綱太郎), 다카하시 도루(高橋亨), 우스다 잔운(薄田斬雲) 등을 시작으로 나라키 스에자네(楢木末實)(1913) 『조선의 미신과 속신(俗信)』 신분샤(新文社) 등 1910년대부터 수많은 관련 서적이 출판되었다.

[09] 「용천담적기」는 김안로가 1525년에 저술한 야담 설화집이다. 기이한 일(異事), 불가사의, 기문(奇聞)에 관한 이야기가 다수 수록되어 있다.

국과 내지의 민담이 그렇듯이, 조선의 민담도 남녀 관계를 중심으로 한 정화(情話) 같은 것이 대다수를 차지하고 있다. (-중략-) 조선의 경우에는 남녀 간의 관계에서 특히 활약의 정도가 높아지고, 내지의 경우와 같이 보복이나 원한을 중심으로 하는 것만 있지 않고 더욱 심각한 애정미를 담고 있는 것이 흥미롭다. 생전에 약혼자와 부부가 되지 못한 여자가 사후 영혼이 되어서 남자의 침소에 매일 밤 찾아오거나, 처녀로 죽은 아가씨가 자신의 무덤에 소변을 본 호인(狐人) 때문에 가까스로 남자를 알 수 있게 되어 저승에 갈 수 있게 되거나, 신혼 첫 날밤에 남편의 오해를 받은 여자가 남편의 오해가 풀릴 때까지 침실 밖으로 나오지 않고 음식을 섭취하는 것도 잊어 결국 죽고 영혼이 되어 한 번 자기를 떠난 남편이 돌아오기를 몇 년씩 기다린다거나, 멀리 여행을 나선 남편의 신변을 염려한 집에 있는 아내의 영혼이 살아있는 몸에서 분리되어 남편에게 끊임없이 달라붙어 지켜주는 것 등의 이야기는 하나하나 셀 수 없을 정도이며 유형 또한 대단히 많다.

그리도 또 하나. 조선의 민담에 나타나 있는 신비함은 동물의 변신에 의한 것이 상당히 많다. 여우와 너구리가 둔갑하는 것은 내지에도 흔히 있는 일이지만, 조선에서는 거의 모든 동물이 ○○로 둔갑하여 ○○와 ○○ 관계의 교섭을 행하고 가정을 꾸리고 ○을 마련한다. 곰, 호랑이, 뱀, 개구리 등이 여우와 너구리보다 활발하게 등장하는 것은 예로부터 조선에서 그러한 동물들이 인간의 생활 속에서 깊이 교섭하고 있었기 때문일 것이다.

이 평론에 따르면 재조 일본인에게 조선 민담은 신비하고 매력적인 관심사였다는 것, 조선 민담에는 일본 민담과는 이질적인 남녀의 애정미가 있다는 것, 더욱이 신비한 동물과 인간에 관한 것이 많았음을 엿볼 수 있다. 즉, 「괴문록」 6편에는 이와 같이 일본에는 없는 이색적이고 조선색이 진한 각색이 상당히 가해졌다. 특히 인용문 중 '처녀로 죽은 아가씨가 자신의 무덤에 소변을 본 호인(狐人) 때문에 가까스로 남자를 알 수 있게 되어 저승에 갈 수 있게 되었다'는 부분은 조선 괴담의 대표적인 특징 중 하나인 미혼으로 죽은 유령 '처녀 귀신'을 가리킨다. ②의 「뱀의 집념」을 보면 병사인 스즈키가 다리 앞에서 소변을 볼 때 만난 여성이 '5간도 떨어져 있지 않은 물가에 열예닐곱살 정도로 보이는 예쁜 조선인 소녀가 빨래를 하고 있었다. 머리는 뒤로 묶어 늘어뜨린 채였다'라고 되어 있어 그 소녀가 처녀임을 암시하고 있다. 그리고 수비대에 매일 밤 찾아 와서 스즈키와 관계를 맺는 내용은 상기한 이와모토의 기술에 나오는 '처녀 귀신' 민담의 예와 일치한다.

이 외에도 조선으로 건너온 재조 일본인에게 이 '처녀 귀신'은 일본에서는 볼 수 없는 드문 것으로서 '원귀', '도깨비'와 나란히 조선의 전설과 민담 연구, 귀신 연구에 관한 서적에 꼭 언급된다. 무라야마 지준(1929)의 『조선의 귀신』에는 '손각씨(孫閣氏)'로 나오는데 '조선인은 이것을 가장 무서워해 무녀는 이를 돈벌이 수단으로 사용한다'고 설명하고 있다.

「괴문록」의 필자인 히라타는 이 '처녀 귀신'과 마찬가지로 다른 이야기 속에서도 조선 민담이라는 출전을 밝히지 않고 보고 들은 것을 친근한 체험담으로 재현하고 있다. 무라야마 지준의 「괴이한 흰목덜미의 여인」에서도 이러한 수법이 쓰이고 있는데, 일본인이 조선 풍토 속에서 보고 들은 것이 자극적이면서도 신선했다는 것일 것이다. 메이지기부터 일본에서도 『마르코 폴로 견문록』을 시작으로 『유럽 견문록』, 『중국 견문록』, 『대만 견문록』과 같은 서적이 대량으로 출판되었는데 「견문록」이란 단순히 견문한 기록뿐만 아니라 새로운 풍토와 국토를 시찰하고 거기서 흥미를 이끌어내서 보고하는 '이국(異國) 신발견'과 같은 의미도 함축하고 있다. 예를 들어, 이와타가 말하는 '내지의 경우처럼 복수나 원한을 중심'에 둔 대표적인 괴담인 「요쓰야 괴담(四谷怪談)」은 에도 시대부터 메이지, 다이쇼, 쇼와에 이르기까지 가부키, 강담, 라쿠고, 문예 잡지의 서강담(書講談), 근대에 들어와서는 영화로도 반복되어 이야기되었기 때문에 식민지의 신문인 『경성일보』의 괴담으로는 너무 평범한 것이다. 그와 같은 전형적인 일본 괴담을 즐기기에 충분할 정도로 경성 시내에는 괴담이 넘쳐있었다.

실제로『경성일보』,『매일신보』에 매일 같이 실리는 책 광고 중에는『문예 클럽』의 괴담 특집이나 가이조사(改造社)에서 출판한『괴담 전집』광고를 어디서든 찾아볼 수 있으며 그런 책들은 내지와 마찬가지로 조선의 서점에서도 구입할 수 있었다. 또한 경성 시내에는 활동사진관, 가부키 극장이 약 10군데 정도 있어서 여름에는 항상 「요쓰야 괴담」이 상영·상연되고 있었다(나카무라 시즈요 2015).

즉, 히라타의 의도는 조선에서 일본인들이 아직 체험하지 못한 참신한 이국적인 이야기를 괴담과 같이 섬뜩한 것으로 바꾸어 독자에게 전달하려는 것이었다. 7월말과 같이 괴담을 즐기는 납량의 시기에 괴이한 이야기들이 「괴담」이 아니라 「괴문록」으로 나온 것은 이와 같은 의도였다고 생각된다. 또한 최남선(1937)은 '조선의 괴담은 담백한 것이 많다'고 「조선의 괴담」속에서 말하고 있는데, 본래 조선의 처녀 귀신담에서는 소녀의 영이 남성을 경험하고 성불할 수 있게 되자 나중에 남성에게 근사한 신부를 점지해주는 것으로 보은한다. 그러나 히라타의 「뱀의 집념」에서는 소녀의 영이 보은은커녕 스즈키를 물어 죽이는 무서운 뱀으로 둔갑해 대단히 잔인한 결말을 맞는다. 이와 마찬가지로 ①~④, ⑥의 괴이한 이야기는 시작은 담담하다고 해도 마지막에는 오싹함을 느끼게 하는 무서움을 갖고 있다. 즉 이 괴이한 이야기들은 단순히 불가사의한 이야기나 민담이 아니라 무서운 괴담으로 창작된 것이라고 할 수 있다.

제3장 『매일신보』에 게재된 「괴담」의 정체성

그럼 여기서 다시 한번 『매일신보』의 「괴담」에 주목해 보자. 8월 9일에 게재된 첫 회는 고한(狐帆)의 「괴담」, 19일에 체부동인(體府洞人)의 「자정 뒤(丑三刻)」는 상기한 채 씨 괴담과 동일하게 과부에게 홀린 남성의 이야기이다. 그 외에도 「도깨비불」, 「우물 귀신」, 「상사구렁이」, 「도깨비 심술」, 「도깨비 우물」 등이 있으며, 이것 역시 조선 민담에서 파생된 이야기라고 할 수 있다. 조선 민담을 주제로 하고 있다는 점에서 『매일신보』에 연재된 「괴담」은 『경성일보』의 「괴문록」과 취향이 완전히 일치한다. 특히 옛날이야기를 옛날이야기로 소개하지 않고 실화처럼 각색한 점, 즉 「괴문록」에서 볼 수 있듯이 장소나 인명 등이 어느 정도 명기되었다는 점에서도 거의 동일한 노선의 괴담으로 간주해도 지장이 없을 것이다. 그렇다면 두 가지 괴담이 가지는 공통점에 어떠한 의미를 부여할 수 있을 것인가.

『매일신보』의 「괴담」 제1회의 서두에서 고한(狐帆)(1927.8.9. 3면)은 머리말에서 다음과 같이 말하고 있다.

> 독갑이가잇느냐? 업느냐? 이것은 학자들이나 생각할 문제이다. 엇재는 어느곳치고 독갑이이야기 하나업는곳은 업고더욱히 녀름이면 그런 이야기가 경풍하다 이제 독가비에 대한 이야기를 사원들중에서 격거나 쪼는 사원의가족이 체험목도한 가장 밋을만한 이야기만을 택하야 몃칠동안 소개하야 독자의 흥미의 일난을 도웁고자 한다.

이 머리말에서 주목해야 하는 것은, 첫째 줄의 '독갑이가잇느냐? 업느냐? 이것은 학자들이나 생각할 문제이다'라는 첫머리 부분이다. 이러한 첫머리 부분의 '학자'에서 연상하게 되는 것은 조선 시대의 유학자, 성리학자의 귀신론 같은 것이다. 『매일신보』의 「괴담」에도 제사를 주제로 한 것, 무녀의 액막이 이야기 등이 있다. 하지만 그런 이야기들은 일본의 불교 설화처럼 일정한 종교나 사상 계몽보다는 민중이 생활화해 온 이야기의 재미에 중점을 두고 있다. 귀신이 있는지 도깨비가 있는지를 입증하려는 것도 아니다. 여기에서 '학자들이나 생각할 문제'라는 구절에는 조선 시대의 사상 및 학문뿐만 아니라 영혼 불멸을 증명하려 하여 문제가 되었던 근대적 심령학이나 이노우에 엔료(井上圓了)의 요괴학 등도 포함되어 있지 않았을까? 심령학은 메이지에서 다이쇼에 이르기까지 일본 내지에서는 사람들의 큰 관심사였는데 당시 조선에서는 어떻게 이해되고 있었을까?

1918년에 조선과 만주사(朝鮮及滿洲社)의 사장 샤쿠오(釋尾旭邦)(1918.5)가 「이노우에 엔료 박사를 동반해 하세가와 총독을 방문하다」를 『조선과 만주(朝鮮及滿洲)』에 투고했다. 요괴학의 권위자 이노우에 엔료는 식민지 조선을 방문 중이었고 그로 인해 요괴학의 진의인 '미신 타파'가 조선에서도 화제가 되었을 것이라고 상상할 수 있다. 또한 『동아일보』에는 1921년에 1회, 1924년에 2회, 1928년에 1회 '심령학'이라는 단어가 기사에 나타난다. 1924년 기사는 구체적인 심령 현상을 미국에서 이뤄지고 있는 과학 실험의 예를 통해 소개한 것이다. 그 후 1928년 기사에 「최 의사(崔医師) 자살 원인은 심령학에 잠심(潛心) 관계」가 있는데 삼사년 전(1924년쯤)부터 심령학에 경도된 의사가 신경 쇠약에 걸려 자살했다는 내용이다. 이것만 보면 일본에서 화제가 되었던 만큼 세상을 떠들썩하게 한 신학문이었다고 할 수는 없지만, 일본 유학 경험이 있는 지식인 또는 의사와 같은 일부 지식인에게 학문으로서 인식되었다고 생각된다.

당시 독자의 태반은 '학자'라는 말에서 유학자를 떠올렸을 것으로 생각되는데 괴담의 필자가 과연 유학자를 염두에 두고 '학자'라고 했는지, 아니면 심령 연구자를 가리켜 '학자'라고 했는지는 분명치 않다. 하지만 어쨌든

간에 괴담의 머리말에 학자 이야기를 꺼내며 근대 과학을 인용한 수법은 근대 일본에서 괴담을 말할 때의 방식과 명백히 같다. 아래는 일본 메이지기의 문예 잡지 『문예 클럽』(1895-1933)에 게재된 어느 괴담 강담의 머리말 부분이다.

실설 사라야시키(實說皿屋敷) 보유켄 하쿠치(猫遊軒伯知)
세상에 유령이 있는지 없는지는 학자분들조차 아직 연구 중이며 하물며 우리들 같은 천학(浅学)은 뭐라 단정을 내릴 수 없습니다. 요즘 영혼 불멸과 같은 설이 활발해지고 있는 것을 보면 육체는 멸해도 영혼은 항상 이승에 머무르며 자신에게 선하게 대한 사람에게는 은혜를 갚고, 자신에게 악하게 대한 자에게는 원한을 갚는 일이 있을지도 모릅니다. (猫遊軒伯知 1907.10:23).

일본에서는 메이지기부터 문예 잡지나 소신문(小新聞)이라는 미디어의 대중화로 심령 연구와 관련 실험에서 파생된 천리안 사건[10], 엔료의 요괴학이 대중 독자에게도 공유되는 화제가 되어 왔다. 산유테이 엔초(三遊亭圓朝)가 '유령이라고 하는 것은 없고 완전히 신경병이라고 말들을 하게 되었으니 괴담을 개화 선생님들이 싫어하시는 것입니다[11]'라고 비꼬며 라쿠고를 구연한 것은 유명한데, 위의 인용문처럼 잡지에 게재된 속기 강담인 괴담의 서두에도 유령에 관해 말할 때에는 과학이나 학문의 연구가 인용되는 일이 잦았다. 흔해 빠진 옛날이야기에 과학으로도 해명되지 않는 부분이

---

10 1909년 도쿄제국대학의 후쿠라이 도모키치(福来友吉)를 중심으로 진행된 심령 연구 및 실험을 가리킨다. 미후네 지즈코(御船千鶴子)의 투시 능력을 실험하고 초능력을 증명하려 했으나 결국 진상 규명에 이르지 못한 채 지즈코의 자살로 막을 내렸다. 영화 『링』의 사다코의 모델이기도 하다.
11 1888년(메이지 21년)에 라쿠고가 산유테이 엔초(1839~1900)가 구연한 『신케이가사네부치(真景累ヶ淵)』의 서두 부분이다.

있다 혹은 어려운 일은 학자들에게 맡겨두고 우리들은 괴담을 즐기자와 같은 괴담 특유의 한 구절은, 과학 지상주의에 빠진 사람들의 관념을 상대화시키는 효과를 갖는다.

또한 서두 가운데 '더욱히 여름이면 그런 이야기가 경풍(京風)하다'라는 구절에 보이는 '여름에는 괴담을 즐긴다'는 인식과 '괴담은 현대인의 체험담이어야만 한다'는 인식은 과연 당시의 조선 독자들과 공유되던 인식이었는가 하는 의문이 생긴다.

여름에 괴담을 즐기는 것은 현대 일본인과 한국인에게 극히 자연스러운 문화적 풍습이라고 할 수 있다. 그러나 1927년 당시 조선 사회에서는 '괴담'이라는 말이 무서운 이야기의 집대성인 것으로 정착되지 않았듯이, 여름과 괴담이 꼭 직결되었던 것은 아니다. 이는 1927년 이전의 조선어 신문『동아일보』와『매일신보』에 나타난「괴담」기사가 실린 시기가 여름에 집중되지 않았다는 것으로도 분명해진다. 즉 1927년 이후『매일신보』에서만 명확하게 '여름'과 '괴담'이 결부되어 게재되고 있었다.

여름과 괴담이 결부되게 된 기원은 일본 에도 시대로 거슬러 올라간다. 당시 민중의 인기 오락은 가부키였는데 여름의 가부키 극장에서는 무더위를 피해 거물 배우를 지방으로 피서 보냈다. 그리고 사람이 모이지 않는 이 시기를 이용해 신인 배우나 젊은 가부키 작가들의 신경향 자유 가부키가 시험적으로 상연되었다. 이 기회를 틈타 장치에 기예를 집중한 쓰루야 난보쿠(鶴屋南北)는「도카이도 요쓰야 괴담(東海道四谷怪談)」등 괴담 가부키로 큰 성공을 거두었다. 여름의 가부키는 나쓰교겐(夏狂言) 또는 본교겐(盆狂言)이라고도 불렸는데 의외의 전개로 인기를 얻은 괴담물은 매년 정례적으로 여름에 상연되게 되었고, 여름에는 괴담을 즐긴다는 민중 문화가 일본에 정착되었다(寺嶋初雄 1961). 이런 '여름과 괴담'은 일본의 독특한 납량 문화이다.

즉, 여기서 '더욱히 여름이면 그런 이야기가 경풍하다'라는 인식은 당시 조선 민중의 인식이 아닌 '괴담'을 신문에 끌고 온 필자 혹은 기획자의 인식이며, 그것은 어디까지나 일본의 괴담 문화를 근거로 한 것이었다.

마찬가지로 '독가비에 대한 이야기를 사원들중에서 격거나 또는 사원의 가족이 체험목도한 가장 믿을 만한 이야기만을 택하야'와 같이 체험담을 중시하는 괴담 수집은 근대 일본에서도 문학자나 전술한 심령학 또는 정신의학자, 심지어 민속학자에 의해서도 이루어지고 있었으며 '기괴한 체험담'은 학문적 수집의 대상이기도 했다. 다이쇼 시대 일본에서는 '실화 문학'이라 불리는 장르가 등장하는데, 언제 어디서 누구에게 일어난 사건을 기록 형식으로 전달한다는 점은 대중의 흥미를 이끄는 서술 형식이었다. 괴담에서의 체험담은, 꾸며낸 이야기라는 픽션성을 부정하고 독자를 낡고 회자될 만큼 회자된 스토리성으로부터 일탈하게 해주는 효과가 있기 때문에 괴담의 수법으로 상용되었다(나카무라 시즈요 2013). 어쨌든 이 머리말에 보이는 인식의 밑바탕에는 일본 괴담과 공유된 의식이 있음을 부정할 수 없다.

일제 기관지인 『매일신보』에 일본의 문화 의식이 반영되어 있는 것은 당연하다고 할 수밖에 없다. 그러나 이러한 '괴담'들의 출현과 괴담의 형태에는 단순히 일본의 영향으로 설명되지 않는 부분이 있다. 그것이 전술한 바와 같은 민담과 구비 전설을 주축으로 한 『경성일보』와의 공통점의 문제이다. 『경성일보』는 그때까지 일본인에게 친근한 「요쓰야 괴담」이 아니라 왜 조선의 민담을 괴담으로 만든 것인가. 이에 대해서는 『경성일보』의 괴담을 좀 더 파고들어 분석해 보아야만 한다.

제4장 조선 전설이 착종하는 매개 공간

『경성일보』에는 「괴문록」보다 1년 이른 1926년 여름에 「전설의 도시, 마을의 괴담」, 이어서 「전설 순례」라는 칼럼이 연재되었다. '내지의 전설 및 괴담과 매우 비슷한 이야기가 경성에도 여럿 있었기 때문에 재미있는 것을 모아 좀 더 써나가 보자'라는 머리말로 시작되어, 조선의 유적, 명승지에 얽힌 기괴한 내력이 속속 등장한다. 아래는 「전설의 도시, 마을의 괴담」, 「전설 순례」를 모아 표로 만든 것이다. 칼럼에는 연재 번호가 있고 두 칼럼은 총 15회인데 「전설 순례」의 첫 2회분에는 번호가 누락되어 실직적으로는 17회였다.

〈표4〉 1926년 『경성일보』에 게재된 「전설의 도시, 마을의 괴담」 목록

1926년 날짜	칼럼명	제목과 부제	사진/*투고자
6.17	전설의 도시 마을의 괴담	★아이를 죽인 신들린 은행 노목 신앙을 조소하자 원망을 품은 무서운 조선인들의 염원	행촌동의 은행 노목
6.18	전설의 도시 마을의 괴담	등명을 꾸민 정체를 알 수 없는 괴물 비오는 밤 원구단에 나타난 중국 고관의 불가사의한 예언	조선 호텔 원구단
6.19	전설의 도시 마을의 괴담	범종을 매다는 데 아름다운 동자가 낸 지혜 재주와 지혜를 두려워한 관리들이 잔인하게도 목을 쳤다	종로 보신각
6.20	전설의 도시 마을의 괴담	소달구지에 치여 죽은 순교자 3만명 광희문에 매단 시체와 원한으로 날뛰는 유령 도깨비불	광희문
6.22	전설의 도시 마을의 괴담	관우가 나타난 이희전 아래서의 꿈 무운장구를 비는 관우묘 4곳을 건설한 유래	관우묘 남묘

6.23	전설의 도시 마을의 괴담	불타는 산들을 노려보며 마신을 막는 해태—미신 속 경복궁 수호신에서 문화 의 전당 새 청사 앞으로	광화문 앞 해태
6.24	전설의 도시 마을의 괴담	자갈을 노려보며 서 있는 천하대장군— 순산의 수호신 천하여장군 두 장군이 생긴 내력과 호적 조사	천하대장군
6.25	전설 순례	노인의 꿈에 나타난 백발의 용신—다음 날 평양은 탁류에 잠겨 모란대 아래 대 동강이 흐르게 되었다	모란대 아래 대동강
6.27	전설 순례	사로잡힌 왕자가 숨었던 집에 내려진 벌 왕자를 숨겨준 인정 많은 농민은 가토 기요마사에게 쫓겨났다	왕자가 숨은 집에 가 까운 비문당(碑文堂)
6.29	전설 순례	여자가 죽은 곳에 화려하게 핀 은방울꽃 죽은 연인의 이름을 계속 부르다 미쳐 죽어	* 경성 혼마치(本町) 十字屋楽器店堤良次
6.30	전설 순례	버드나무 오백 그루를 어지럽게 던지는 쌍둥이 마침내 이 씨 성을 가진 숙장으로 전북 비비정의 유래	* 전북 足太郎
7.1	전설 순례	소의 목을 잘라 바치면 큰비 평안 맹산의 영험한 폭포에서 예전에 기우제를 지낸 일	
7.3	전설 순례	젊은 승려가 본 40년의 꿈 꿈에서 본 사랑하는 자식의 묘에서 나 타난 미타 삼존의 모습	* 한강길16 柿井方紅 島杜時夫
7.4	전설 순례	오래된 연못에 뜬 큰 도깨비 그림자 괴신(怪神)이 죽은 연못은 많은 사람을 삼켰다	* 경성부 혼마치 4초 메 石井無骨生
7.6	전설 순례	소년의 피를 녹여 부은 종 점쟁이의 말이 낳은 비극에 노부부도 죽다	종을 매달아둔 대동문 * 평양 이즈미초(泉町) 越後屋方小幡栄子
7.7	전설 순례	53불과 구룡의 다툼 광수(狂水)가 뜨거운 물로 바뀌다 유점 사 창건 유래	외금강 구룡연 *금강 고성 佐藤金時

| 7.8 | 전설 순례 | 나무꾼이 숨긴 선녀의 날개옷
정직한 야인의 아내로 천국의 아름다운
처녀 | 금강산 만물상 *금강
고성 佐藤金馬 |

〈표4〉를 보면 경성 시내의 유적에 얽힌 괴이한 이야기에는 각각 사진이 소개되어 있고 어느 칼럼이든 어떠한 조사나 자료가 토대가 되었다는 인상을 받는다. 「전설 순례」에서는 전설이 내려오는 지역에 관련된 사진에 더해 지방 각지의 투고자명이 명기되어 있다. 또한 이 칼럼을 게재하던 중인 1926년 6월 25일 『경성일보』 석간 5면에는 다음과 같은 전설 모집 광고가 실려 있다.

 '조선의 전설' 모집
　도시에도 지방에도 각 지역마다 괴이하게 흥미를 자아내는 기이한 전설이 있기 마련입니다. 전설이기 때문에 그 지역에서 구전으로 전해지든지, 숨겨져 있더라도 어떤 근거에 기반을 두고 있어야 합니다. '여름철 읽을거리'로 딱 알맞은 흥미로운 지방 전설을 모으고 있습니다.

전술한 이와모토 반스이의 「조선의 민담」이나 무라야마 지준의 「조선의 귀신」으로도 알 수 있듯이 당시 재조 일본인 공동체에서는 조선의 풍습이나 미신 조사가 매우 정력적으로 이루어졌다. 수집된 이야기는 서적으로 간행되거나 또는 신문사로 보내져 「전설의 도시, 마을의 괴담」이나 「괴문록」과 같이 여름철 읽을거리인 「괴담」으로서 독자들에게 향유되었다.

　경성일보사의 기자였던 야마사키 겐타로(山崎源太郎)는 1920년에 『조선의 기담과 전설』이라는 서적을 간행했다. 서문에는 경성일보사 사장인 가토 후소(加藤扶桑)(1920)의 추천사가 아래와 같이 쓰여 있다.

일본과 조선은 극히 오래된 인연이 있어 어차피 떼려야 뗄 수 없는 관계이다. 그런데 상대(上代)에는 친밀한 관계였으나 후세에는 소원해졌기 때문에, 근년까지 생판 남쪽처럼 양쪽 모두 서로에게 무관심했고 교류도 없었던 것이 몹시 유감스러울 따름이다. 그런 고로 일본과 조선의 관계에 대해 쓴 책은 제국 도서관을 찾아봐도 수백부도 없는 것으로 생각된다. 실로 유감천만인 일이다. 나는 일본과 한국의 두 민족이 동근동원(同根同源)일 것이라고 믿는 사람으로 미흡하나마 조사와 연구를 시도해보고 있었기 때문에, 만일 이러한 뜻이 조금이라도 들어가 있는 책이나 문서는 닥치는 대로 수집하고 소홀히 하지 않는다. 하물며 새롭게 출판되는 책이 있다는 데에 나는 만열(滿悅)을 금치 않을 수가 없다. 야마사키 겐타로 군은 작년 겨울까지 우리 회사에 있으면서 건필을 휘두르고 있었는데, 평소 일본과 조선의 관계 연구에 취미를 가져 견문한 대로 자료를 채록하였고 그 중 수십 항목을 골라내 『조선 기담과 전설』이라는 제목을 붙여 이번에 간행하게 되었기에 서문을 써달라는 부탁을 받고 기꺼이 한마디 덧붙이게 되었다.

또한 저자인 야마사키 겐타로(1920)는 머리말에서 아래와 같이 말을 이어나간다.

조선에 이주한 한 사람 한 사람이 모두 진정한 조선을 이해하고 조선인처럼 되어볼 마음가짐을 갖는다면, 그때야말로 진정한 융화·동화가 실현되지 않을까 하는 생각입니다. (-중략-) 저는 더욱 나아가 동화 방안 연구를 위해 조선인들 가운데 많은 친구를 만들어 보았는데, 한심하게도 다수의 조선인 제군은 자국의 역사를 모르며 중고(中古) 시대 이후 조선의 위정자가 종주국인 중국에 영합하기 위해 멋대로 조선사를 바꾸고 날조했다는 사실을 거의 모르는 사람들이 식자층에조차 상당히 많다는 것에 실로 기가 막혀 버렸습니다. (-중략-) 민간 측에서도 철저한 조선 연구가 일찍부터 시작되어, 경성일보사 사장 가토 후소 선생 및 기타 유지(有志)의 발기로 동원회(同源会) 등이 생겼기 때문에, 모든 면에서 제가 열망하는 진정한 내선인 융화가 머지않아 실현될 것으로 믿으며, 이를 마음 깊이 기꺼이 기원합니다. (-중략-) 나아가 지금까지의 신화 전설, 기이(奇) 또는 이언(俚諺), 속요(俗謠)와 같은 것을 섭독(涉独)하여 충분히 조선인의 성상

(性狀)을 터득하는 것이 동화·융화의 지름길일 것이라고 믿었기 때문에 (-중략-) 어느 분이든 문장에 능하시고 달필이신 분께서 본서를 소재로 훌륭한 문예 작품을 만들어 주시기를 바랍니다.

두 사람이 쓴 서문에는 재조 일본인이 왜 조선의 전설을 수집하고 연구하는지가 단적으로 나타나 있다고 할 수 있을 것이다. 여기에서 조선 이해에 의한 동화·융화 실현, 자국의 전설과 신화조차 모르는 조선인 계몽, 그리고 신선한 타국의 전설을 문예 작품의 소재로서 제공한다는 세 가지 목적을 확인할 수 있다. 또한 경성일보사의 가토는 '일본과 한국 두 민족의 동근동원'을 조사하고 내선융화를 목적으로 발기한 '동원회'는 1920년에 『동원』 제1호를 발간하고 2월 15일자 『경성일보』, 『매일신보』 두 신문의 1면에는 발간사가 게재되었다(김광식·이시준 2014). 이러한 동향은 조선의 조선어 신문 『매일신보』의 역할을 자연스레 보여주고 있다. '조선에 의한 조선 연구' 이전에 이미 일본에 의해 조사되고 연구된 조선이 있고, 그렇게 생긴 가이드라인으로 조선을 계몽한다는 역학(力學)은 내선융화의 벡터와 함께, 조선적인 것, 전설, 민담, 신화를 항상 축으로서 기능하게 했다.

이러한 조선 연구들의 결과 축적된 자료와 신문에서 모집된 방대한 조선 전설은 신문이라는 매체를 통해 일본 사회와 조선 사회에 다양한 형태로 발신된다. 조선의 전설은 전근대적인 옛날이야기가 아니라 근대적 민족 연구라는 지(知)의 틀로 흡수되었다.

〈표1〉을 보면 1930년 9월 『매일신보』에는 '괴담·기담 대모집' 광고가 11회 실려 있다. 이는 모집 광고인 동시에, 괴담과 기담을 고상한 문화로 의미 지우고자 하는 역학이 작용하고 있다.

괴담 긔담은 반듯이 한갓 이야기를 조와하고 심심한 사람에게만 필요한 것은 아닙니다. 우리 보통 인간으로서는 상상하기어려운 괴긔한 생각과 괴긔한 힘과 괴긔한 동작으로써 구성된 그이야기는 우리의 상상력을 더 넓히고 우리의 호긔심을 더일으키어 우리의 생활에 윤택을 주는동시에 그이야기가 가진 그시대의 생활에 종교관이며 인생관은 우리의 지식을 넓히게 됩니다. 하나절 괴로운일에 시달리다가 기퍼가는 가을밤 귀뚜람이 똘똘거리는 창아래등잔불을 밝히고안저 재미잇는 이야기를하고듯는 맛은 생각만하여도 가슴이 간질거립니다. 아모쪼록 만흔투고를 바랍니다.

여기에서 괴담이나 기담은 종래의 심심풀이 기사가 아니라, 사람들의 생활에 윤택함을 주며 지식을 넓히기 위한 문화적인 것으로 정의되고 있다. '그이야기가 가진 그시대의 생활에 종교관이며 인생관은 우리의 지식을 넓히게 됩니다'라는 구절에서 조선의 전설, 괴이한 이야기, 민담은 호기심을 채우는 일회성 이야기가 아니며 그것들에 어엿한 문화 연구 대상으로서의 위상이 부여되었음을 알 수 있다.

또한 1926년 6월 17일자의 『경성일보』 「전설의 도시, 마을의 괴담」의 1화 '아이를 죽인 신들린 은행 노목[12]'은 사실 1927년 8월 20일 『매일신보』에 게재된 체부동인의 「자정 뒤」(하)의 느티나무 이야기와 같다. 조선에 온 서양인이 지내는 집에 대대로 마을 사람들이 고사를 지내온 신목이 있었는데, 고사를 미신이라며 폐지하자 자신의 아들이 그 나무에 거꾸로 매달리게 되고 황급히 고사를 지내 난을 피했다는 이야기이다. 나무의 이름이 은행나무와 느티나무로 다르다는 점, 『경성일보』의 기술이 보다 상세한 역사 자료에 기반을 두고 있다는 점을 제외하면, '신목이 내린 벌'로 아이가 거꾸로 매달리게 되었다는 똑같은 이야기가 각각의 매체의 칼럼에서 공유되

---

12 두 작품은 〈표3〉과 〈표4〉에서 각각 ★로 표기했다.

고 있던 셈이다. 이것은 가토가 발기한 동원회나 『동원』의 정보가 『경성일보』, 『매일신보』에 게재되었음을 보면 당연한 것이라고 할 수 있을 것이다.

게다가 8월 21일자 『매일신보』에 「괴담, 제사 지내는 밤」이 실렸던 페이지의 「신간 소개」란에는 『조선 농민』 8월호 광고와 함께 『조선 사상 통신』 창립 1주년 기념 간행물인 『조선 및 조선 민족』이 소개되어 있다. 『조선 사상 통신』은 『매일신보』의 편집부장인 이토(伊藤韓堂)가 조선어 신문을 일본어로 번역해 간행한 신문이었다. 이와 마찬가지로 『조선 및 조선 민족』도 조선의 사상과 문화를 일본인에게 발신하기 위한 일본어 번역본이었다(정종현 2014). 이러한 매체의 목적은 전술한 경성일보사 사장의 취지와 같은 것으로 조선 이해와 내선융화에 있다고 간주할 수 있지만, 중요한 것은 조선어 신문이 일본어로 번역되었고 일본인에 의해 연구된 조선의 정보가 재차 조선인 사회로 발신되고 있다는 점이다. 즉 신문지 지면에 나오는 조선의 일상생활조차 일본인의 연구 대상이며, 그 중에서도 전설과 역사에 관련된 조선적인 것은 모두 일본인의 매체 속에서 수집되고 통제되고 있었음을 의미한다. 『매일신보』에서는 1929년 8월에 「향토 전설 현상 모집」이 나타나기 전까지, 전설 칼럼이란 연초에 간지(干支) 동물에 관한 전설을 싣는 정도였다. 그 이전에 『매일신보』에 보이는 전설 칼럼은 1920년 3월 다카하시 도루가 연재한 「단군전설에 대하야」, 「전설 불국사 고담(古談)」뿐이다. 이는 모두 일본인이 한 조사 및 연구가 조선어로 번역되어 조선으로 환원된 것이다. 『매일신보』의 지면은 일본인의 지의 틀로 구성되었으며 그들이 보는 조선에 관한 이야기로 채워져 있었다.

이러한 조선 연구를 둘러싼 일본인의 진의를 이해하고 다시 한 번 일제 기관지 『매일신보』에 집중되어 있는 「괴담」을 보면, 역시 일본 문화의 틀 속에서 분석된 조선 민중 문화가 보인다. 그것은 조선의 근본을 생각해야만 하는 '신화'가 아닌 까닭에 정치와는 가장 거리가 먼 것으로서 신문 지면에 등장했다. '여름에는 괴담'이라는 일본 오락 문화의 틀이 부여된 조선 괴담들은 깊이 연구될 틈도 없이 사람들을 즐겁게 하고는 여름과 함께 떠나갔다. 하지만 거기에는 조선담을 일본인의 시각으로 오려내어 조선 사회에서 소비물로 만들고자 한 역학이 존재했음을 간과할 수 없다.

야마사키는 상술한 책의 서문에 '많은 조선인 제군은 자국의 역사를 모르며 중고 시대 이후 조선의 위정자가 종주국인 중국에 영합하기 위해 멋대로 조선사를 바꾸고 날조했다는 사실을 거의 모르는 사람들이 식자층에조차 상당히 많다'고 조선인이 역사에 무지함을 비판했다. 일본인 조선 연구자는 조선인의 역사적 무지를 비판해왔으나 한편으로 이 인식을 극복할 수 있도록 1920년대 조선에서는 조선의 재발견, 재인식이 활발히 이루어졌다.

1927년 『동아일보』에서는 『매일신보』 「괴담」 연재보다 10일 늦은 8월 20일부터 12월 31일까지 69회에 걸쳐 「전설의 조선」이 게재되었다. 전년에는 최남선의 「단군론(檀國論)」이 지면을 장식했던 『동아일보』는 실로 '조선에 의한 조선연구'가 가장 먼저 나타나는 언설 공간(言說空間)이었다. 이러한 사실도 아울러보면 1927년 여름에는 『경성일보』의 「괴문록」, 『매일신보』의 「괴담」, 『동아일보』의 「전설의 조선」이 각각의 신문지 지면을 장식하고 있던 셈이다. 1927년에 대량으로 게재된 『매일신보』의 「괴담」이 왜 부자연스러운가? 그것은 같은 시기의 자매지 『경성일보』의 「괴문록」, 『동아일보』의 「전설의 조선」을 동일선상에 두고 보는 것으로 더욱 명확해진다. 일제의 조선 연구는 내선융화와 결부된 '이국 신발견'을 반복하는 것이었으며, 조선에 관한 방대한 자료를 일본 문화나 지의 틀을 통해 본떠가면서 신문을 통해 계속 발신해 나갔던 것이다.

결론

이상 1927년 8월 『매일신보』에 게재된 「괴담」과, 그보다 1주일 전까지 『경성일보』에 게재된 「괴문록」의 관계성에 대해 검토해 보았다. 선행연구에서는 『매일신보』의 「괴담」들이, 자극적인 유령 또는 귀신 삽화, 그리고 과거를 표상하는 민담과 실화의 수법이 절묘히 융합되는 것에 의해, 공포를 생산하는 오락물로서의 괴담을 형성했으며, 조선의 전설을 수법으로 삼는 괴담을 형성해 갔다고 말한다. 확실히 괴담의 원형이 되는 소복 차림의 유령 등의 이미지는 근대 조선 출판물의 선구인 「괴담」 연재에서 전파되었을 가능성도 크다. 유명한 「전설의 고향」 시리즈가 괴담의 대명사가 된 것도 사실이다. 그러나 『매일신보』의 괴담, 특히 1927년 8월 9일부터의 '괴담'이 큰 의미를 가지는 것은, 1920년대의 재조 일본인과 조선의 지식인이라면 누구나 주목했던 조선적인 것, 민담, 전설과 같은 이야기들로부터 '괴담'이라는 표제를 통해 귀신과 유령이 나오는 '무서운 이야기=괴담'이라는 장르를 확립했다는 것에 있다. 그리고 그러한 틀은 조선 민중의 기호나 필자의 시행착오에 의한 것이 아니라 『매일신보』 그리고 『경성일보』라는 일본 제국의 매개 주체에 의해 의도적으로 만들어진 것이었다. 『경성일보』의 「괴문록」 게재 시기는 7월 27일부터 7월 31일, 그리고 『매일신보』의 「괴담」은 8월 9일부터 9월 2일로 두 괴담은 약 1주일의 차이를 두고 게재되었다. 즉 이 두 괴담은 '여름에는 괴담'이라는 일본인의 인식을 바탕으로 이루어진 기획의 일본판과 조선판으로 파악해야 할 것이다.

더욱이 『경성일보』에서는 1년 이른 1926년에 「전설의 도시, 마을의 괴담」, 「전설 순례」와 같은 조선의 괴이한 전설이 사진과 함께 실증적으로 게재되었다. 일견 『경성일보』와 『매일신보』에 공통된 조선 민담에 대한 관

식민지 문화정치와 『경성일보』

심은 이국 문화의 신발견, 조선의 관점에서 보면 자국 문화의 재발견이라는 문화의 교류처럼 보이는데, 일본인은 내선융화를 표방하는 조선 연구를 통해 조선 문화를 수집하고 자유롭게 편찬했다. 『동아일보』 지면에 '조선에 의한 조선 연구'가 발신되었던 것과는 대조적으로 『매일신보』 지면에서는 이미 일본인에 의해 연구되어온 조선 전설과 민담이 일본 문화의 틀 안에서 재편성되었고 다시 조선어로 조선 민중에게 발신되고 있었다. 식민지 조선에서의 이러한 문화적 착종이 1927년의 두 신문 괴담에 표상되어 있음을 알 수 있다.

3. 미디어와 이동하는 제국의 문화

식민지 조선에서의 영화의 교육적 이용*

『경성일보』영화란의 성립과 그 역할을 중심으로

임다함

---

* 「植民地朝鮮における映画の教育的利用―『京城日報』の『映画欄』の成立とその役割を中心に」, 『跨境/日本語文学研究』8호, 2019년 6월 30일

⌘

1. 들어가며

　조선총독부(이하 '총독부')가 일제강점기 전반에 걸쳐 '영화'라는 매체가 지닌 파급력을 이용하여 식민지 조선에 대한 시정 방침을 보급하고자 했다는 것은 익히 알려진 사실이다. 총독부는 '활동사진반'을 조직하여 식민 정책을 선전하는 프로파간다 영화를 다수 제작하였고, 총독부의 일본어 기관지 『경성일보』는 '독자위안회'라는 명목으로 총독부 제작 영화의 전국 순회 상영을 실시함으로써 총독부 영화 정책을 뒷받침했다.

　그런데, 총독부 선전 매체로서 『경성일보』는 그 정치적 입장을 이러한 영화 관련 이벤트를 통해서뿐만 아니라 지면을 통해서도 활발하게 발신하고 있었다. 식민지 조선에 영화라는 새로운 미디어가 도입된 이후 가장 인기 있는 대중오락으로서의 지위를 획득함에 따라, 『경성일보』지면에도 영화 관련 기사가 늘어나게 된다. 물론, 이미 1910년대부터 〈연예(演藝)〉〈연극과 활동사진[01](演劇と活動写真)〉 같은 작은 란을 통해 경성의 각 영화 상설관(영화관) 상영 영화의 정보를 얻을 수 있었다. 하지만, 1925년 2월부터 주 1회 지면 한 면을 전부 할애한 〈키네마란(キネマ欄)〉[02]이라는 '영화란'이

마련되어 본격적으로 조선과 일본 영화계의 정보가 게재되기에 이르렀다.

주목해야 할 것은 『경성일보』 영화란 개설 당시 가장 많이 실린 기사가 '영화 교육' 및 '영화의 교육적·교화적 이용'에 관한 내용이었다는 점이다. 동시대 일본 내지에서는 문부성에 의한 '영화 교육 운동'이 일어나 영화가 국가 교육 정책의 수단으로 자리 잡게 되었다. 다시 말해서, 아직도 영화가 아동에게 미치는 '악영향'이 우려되던 이 시기에, 일본 내지에서는 영화가 교육 행정의 수단으로서 인식되기 시작했던 것이다. 1925년 전후로 『경성일보』 영화란에 게재된 영화 교육에 관한 일련의 기사들은, 식민지 조선에서도 영화를 교육적·교화적으로 이용하려는 움직임이 총독부에 의해 전개되고 있었다는 사실을 대변해준다.

그럼에도 불구하고, 지금까지 일제강점기 총독부의 영화 정책을 다룬 선행연구에서 『경성일보』에 게재된 영화 관련 기사가 부분적으로 인용되는 일은 있어도, 『경성일보』의 영화란이 본격적인 분석 대상이 된 연구는 거의 전무하다고 해도 과언이 아니다. 더구나, 일제강점기 조선에서 영화가 '교육'에 어떻게 이용되었는지 상세하게 탐색한 연구는 현 단계에서는 찾아보기 어렵다. 정충실의 연구(2016)가 식민지 조선에서 제작된 교육 영화의 상영 목적과 그 내용에 관하여 다루고 있으나, 연구의 대상을 1930년대 전후에 제작된 교육 영화에 한정하고 있기 때문에 이미 1920년대 중반부터 『경성일보』 영화란에 게재됐던 영화의 교육적 이용에 관한 기사가 등장한 시대적 배경을 이해하는 데에는 한계가 있다.

따라서 본 논문에서는 『경성일보』에 실린 영화의 교육적·교화적 이용에 관한 기사를 영화란 개설을 전후한 시기에 초점을 맞추어 검토하고자 한다. 그럼으로써 총독부에 의한 영화의 교육적 활용이 어떠한 배경에서 전개되었는지 살펴봄과 동시에, 지배측의 미디어였던 『경성일보』 영화란이 총독부가 표방하는 영화 정책을 재생산하는 장치로서 어떻게 기능하고 있었는지에 대해 고찰할 것이다.

2. 일본과 식민지 조선에서 공유된 영화 인식
─『경성일보』영화란의 성립까지

2.1 영화의 유해성을 둘러싼 논의

우선, 이 장에서는『경성일보』에 영화란이 개설된 1925년 3월까지 주로 교육 관계자들 사이에서 영화가 어떻게 인식되고 있었는지에 대해 살펴볼 것이다.

『경성일보』1916년 1월 12일자 지면에 게재된「소학교 아동에게 활동 사진[03]을 보여주어야 하나」라는 기사는 아동 영화 관람의 문제가 "가정과 교육자, 경찰과 흥행업자가 현재 머리를 싸매고 고민하는 문제"라며 "이번에 시내 각 소학교에서는 학생들의 활동사진관 출입을 금지했다"고 보도했다. 그리고 이번 단속에 대한 총독부 학무과장과 본정(本町) 경찰서장, 그리고 경성의 영화관주의 의견을 각각 싣고 있다. 그중 아래 인용할 학무과장의 의견은 당시 소학생의 영화 관람이 금지된 경위를 설명해준다.

> 소학교 학생의 활동사진 관람을 금지하겠다는 얘기는 지금 처음 나온 것이 아니라, 재작년부터 그러한 방침이었다. 그렇지만 몰래 숨어 들어가기까지 하면서 활동사진관에 들어가는 판국이라 그 실행이 곤란하다. 게다가 요즈음 그런 짓이 점점 심해져 학교 성적에도 영향을 받는 어린이들이 있어 이번에 그 단속을 한층 더 강화한 것이다. (「소학교 아동에게 활동사진을 보여주어야 하나」,『경

---

[03] '움직이는 사진'이라는 뜻으로, 영화의 옛 이름.

인용문에서 언급된 것처럼, 영화가 아동에게 미치는 악영향에 대해서는 이른 시기부터 반복적으로 지적되어왔다. 프랑스 괴도영화 〈지고마 Zigomar〉(1911)가 크게 흥행한 뒤 어린이들 사이에서 도둑을 흉내 낸 '지고마 놀이'가 유행하고, 지고마의 영향을 받은 범죄 보도가 잇따르는 등 사회적인 문제가 되자 영화 상영이 금지된 것은 그 대표적인 사례였다. 앞서 인용한 기사에 학무국장의 의견과 함께 실린 "풍속 습관을 달리하는 서양 영화가 지식의 정도가 낮은 아동에게 미치는 영향은 모두들 인정하는 바라고 여긴다"는 본정 경찰서장의 발언을 통해서도, 이 시기에는 아동에게 미치는 영화의 유해성에 대한 사회적 불안이 일반적으로 공유되고 있었음을 알 수 있다.

그런데, 이 시기의 영화의 유해성 논란이 '교육'과의 관련 속에서 이야기되고 있었다는 점에 주목해야 한다. 예를 들어, 『경성일보』1916년 6월 17일자에 게재된 「좋은 활동사진을 보여 주기 바란다」라는 기사에서 필자는 "실제로 활동사진에 심취한 '지고마 소년'이라든가 활동사진을 흉내 내어 기찻길 위에 누운 아이라든가, 따져보면 그 악영향이 어마어마하다는 사실에 놀랄 수밖에 없다"고 언급하면서도, 다음의 인용문에서 보듯 영화의 교육적 활용을 주장하고 있다.

◇ 그러나 이러한 단점만을 거론하며 활동사진을 공격하는 것도 결코 정당한 논의라고는 할 수 없습니다—재미있는 활동사진으로 관객을 즐겁게 하면서도 쉽게 교육할 수 있다는 점은 확실히 인정해야만 합니다 ◇ 미국에서는 뉴욕을 비롯해 보스턴 및 그 외 다른 여러 주에서 어린이를 위한 활동사진 설비를 갖추고 있습니다 ◇ 어린이용으로는 주로 역사 이야기, 세계의 풍속, 과학 영화

등을 채택하며, 고상한 극영화(劇映画)[04]도 많습니다. (「좋은 활동사진을 보여주기 바란다」,『경성일보』 1916년 6월 17일자)

이 인용문의 필자처럼, 영화의 교육적 활용을 주장하는 의견은 이후 『경성일보』 지면에서 종종 눈에 띈다. 이러한 기사들은 영화가 아동에게 미치는 악영향을 인정하면서도, 영화의 장점, 다시 말해 "재미있는 활동사진으로 관객을 즐겁게 하면서도 쉽게 교육할 수 있다는 점"을 교육에 이용하자고 일관적으로 주장하고 있다. 영화를 교육 자료로 활용함으로써 새로운 지식을 적극적으로 주입시키고자 하는 것이 이 시기에 영화의 교육적 활용을 주장하는 사람들 사이의 공통된 인식이었다.

2.2 문부성에서의 영화의 교육적 활용

이러한 영화 인식이 일본 문부성에서도 공유되고 있었다는 사실은, 1916년 3월 20일과 21일 두 차례에 걸쳐 『경성일보』에 게재된 당시 문부성의 교육 행정관 아키야마 데쓰타로의 논평에서도 확인할 수 있다.

아키야마는 이 논평을 통해 "말이나 글보다 더욱 강력한 인상을 줄 수 있기에 연극과 활동사진은 이를 어떻게 활용하는가에 따라 국민 교육에 매우 큰 영향을 미칠 것"이라고 영화의 교육적 효용 가치에 공감한 후에, "문부성에서도 크게 이 점에 주의하여 어린이용 활동사진을 교육에 이용하도록 하고 있지만, 아직 충분한 계획은 서지 않은 모양"이라며 아직 불완전하지만 일본에서는 영화의 교육적 활용을 위한 교육 행정 시스템의 정비가 시작되고 있음을 전하고 있다.

실제로 문부성에서는 이 시기에 '사회 교육'을 주창하면서, 학교 교육뿐

---

04 줄거리를 지닌 영화.

만 아니라 사회 전반을 의식한 총동원 교육 정책을 실시하였다. 이때 문부성은 누구나 저렴하게 관람할 수 있는 '민중 오락'으로서의 영화의 대중성을 교육적으로 이용하려고 했다. 그러한 영화 정책을 주도한 것은 1919년 6월 문부성 보통학무국내에 신설된 제4과로, 문부성에 의한 영화 추천제도(1920년)와 문부성의 영화 제작(1923년) 등을 기획·실시했다.

이 시기 문부성의 영화 정책은 영화에 대한 '단속'이라는 소극적인 정책에서 한 걸음 더 나아가, 영화를 교육으로 '선용'하는 것을 목적으로 하는 적극적인 정책으로 전환되고 있었다고 할 수 있다. 즉, 이 시기 문부성의 주도하에 일본에서 실시된 영화 정책은 영화를 어떻게 교육 수단으로 이용할 것인지에 대한 적극적인 정책 구상이었다. '영화 교육 운동'이라고도 불렸던 일련의 영화 정책은, 문부성의 정책을 전국 각지에서 꾸준히 실행할 만한 기구가 아직 갖추어지지 않았기 때문에 결과적으로는 만족스러운 결과를 얻지 못한 것으로 평가되고 있다. 그러나, 그러한 시행착오를 통해 중앙발신적인 정책의 한계를 깨닫게 된 문부성은 비로소 영화 행정 네트워크 구축의 필요성을 절실하게 인식하게 된 것이었다.

여기서 주목하고자 하는 것은, 당시 문부성이 추진한 일련의 영화 교육 정책에 동조하며 정책 구상에도 참여했던 내무성 관료들 중, 마쓰무라 마쓰모리(1886~몰년 미상)와 모리야 에이후(1884~1973)가 3.1 운동이 일어난 1919년 이후 조선에 부임했다는 사실이다. 총독부의 신임 학무과장으로 임용된 마쓰무라는 『경성일보』1921년 3월 5일자 지면에 「조선 교육 정책의 핵심-학교와 사회의 연계가 중요」라는 제목으로 다음과 같은 취임사를 싣고 있다.

식민지 문화정치와 『경성일보』

조선에서는 아직 교육이라는 것이 이른바 학교 교육의 범주를 벗어나지 못해, 내지처럼 학교와 사회가 연계하여 학교 교육을 중심으로 사회 교육 및 사회 개선을 실행하는 교육까지는 나아가지 못하고 있다. 즉, 학교라는 것이 내부에만 편중하여 외부와 교섭하지 않음은 교육을 쓸모없게 만드는 것이므로, 외부와 내부가 함께 가는 것이 중요한 것 같다. 조선에서는 특히 학교와 일반 사회와의 교섭이 밀접해야 할 필요성을 느끼는 것이다. 왜냐하면 총독 정치의 철저한 보급을 위해서는 학교의 노력이 가장 필요하며, 또한 그러지 않고서는 철저를 기할 수 없는 일이라고 생각하기 때문이다. (「조선 교육 정책의 핵심-학교와 사회의 연계가 중요」, 『경성일보』1921년 3월 5일자)

이 인용문을 통해 식민지 조선에서 교육 행정의 주무과장이 된 마쓰모리는 문부성이 진행해온 영화를 이용한 사회 교육, 다시 말해 사회 전체를 의식한 총동원 교육정책을 목표로 삼고 있었다는 것을 알 수 있다. 따라서 이후 총독부 학무과에서 추진한 교육 정책 수단으로 주목한 것도 문부성과 마찬가지로 '영화'라는 매체였다. 모리야 에이후의 주도 하에 1920년 4월 총독부 활동사진반이 설치되어 문부성 영화 이용의 움직임에 발맞춰 제작 활동을 전개한 것은, 그러한 사실을 뒷받침해주는 것이었다.

2.3 신조선교육령과 영화

그런데, 앞선 인용문에서 마쓰모리는 "조선에서 특히 학교와 일반 사회와의 교섭이 밀접해야 할 필요성"은 다름 아닌 "총독 정치의 철저한 보급"에 있다고 밝히고 있다. 1920년대 추진된 문부성의 영화 정책이 결과적으로 잘 이행되지 못했던 원인이, 그 정책을 전국 각지에서 꾸준히 수행할 만한 기구가 갖추어지지 않았던 데에 있었음은 앞서 언급한 바 있다. 그 시행착오의 과정을 중앙 관청의 관료로서 몸소 체험한 마쓰모리는, 식민지 조선의 교육 정책을 실시함에 있어 교육 행정 네트워크 구축의 중요성을 강조했다. 즉, "학교와 일반 사회와의 교섭"을 밀접하게 하기 위해, 총독부와 각급 학교를 유기적으로 연결하여 어린이부터 성인에 이르기까지 일관된 정책을 실행하자는 것이 그의 주장이었다. 그 목적이 식민지 조선에 있어서의 "총독 정치의 철저한 보급"에 있었음은 당연한 것이었다.

그러한 와중에 1922년 조선에서는 '신조선교육령'이 발포되었다는 사실에 주목할 필요가 있다. 1911년에 일본에 의해 제정된 '조선교육령'(제1차)은 3회에 걸쳐(1922년, 1938년, 1943년) 개정되었다. 1922년에 발포된 신조선교육령(제2차 조선교육령)은 조선 총독 사이토 마코토가 '내지연장주의'에 따라 일본과 동일한 교육제도를 조선에 도입하려고 한 결과 탄생한 새로운 교육령이었다.

신조선교육령이 발포된 후, 곧이어 1923년 7월 20일 총독부 학무국 산하에 '경성교육회'라는 어용교육단체가 창립되었다. 이 단체는 "조선교육회가 근원이자 경기도교육회가 그 지부라 할 수 있고 본 교육회는 그 분회로 봐야 할 계통[05]"이었는데, 회원은 경성부내 각 학교의 교직원과 부협의회 회원, 학교조합 회원, 그 외 민간 유지들로 구성되어 있었다. 약 500명이 참석한 창립총회에서는 다니 다키마 당시 경성부윤이 회장에, 그리고 총독부 학무과장을 포함하여 경성부의 각 학교장 28명이 평의원으로 선출되었다.

1925년 3월 경성교육회는 '교육영화부'를 신설하고 교육 영화의 보급에 주력하게 되었는데, 경성교육회 교육영화부의 활동은 『경성일보』의 지면을 통해 빈번하게 보도되었다. 1925년 5월에는 순회영화 상영을 위한 영사기를 구입하고 각 학교에 '영화의 취미와 이해를 가진 직원'을 '교육영화위원'으로 마련함으로써, 각 학교에서 자율적으로 아동 영화 교육을 실시한

---

05 「교육총회잡관」, 『경성일보』1923년 7월 21일자.

다는 계획을 발표했다. 아동을 위한 '활동사진의 날'을 개최한다는 계획이
보도된 1925년 5월 21일자 기사에서는 경성교육회가 영화 교육에 매진하
는 이유를 다음과 같이 밝히고 있다.

> 지금까지 경성부내 소학교 및 보통학교, 중등학교에서는 학동생도의 활동
> 사진 관람을 그 영화의 질과 상관없이 절대 금지해왔다. 영화는 직접적으로 눈
> 을 통하는 만큼 귀를 통한 교육보다도 일차원적이며 직선적이므로 결과적으로
> 초래할 교육적 악영향도 막대하다. 반면, 영화를 어떻게 활용하는가에 따라 순
> 수하게 두뇌에 인상을 남길 수 있으므로, 이과(理科) 및 그 밖의 이해와 정조 함
> 양에 크게 기여하는 부분이 많다. 이 때문에 조선교육령 개정에 따라, 경성부
> 교육위원회 성립 후 활동사진과 아동의 관람이라는 문제에 대해 각 방면에서
> 연구 중이다. (「아동을 위한 활동사진의 날-경성부교육회의 계획」, 『경성일보』1925년
> 5월 21일자)

인용문에서 언급된 바와 같이, 조선교육령 개정에 따라 탄생한 경성교
육회는 영화가 눈으로 하는 교육이기에 "일차원적이자 직선적"이라는 장
점을 교육 방면에 충분히 살릴 수 있도록 노력하는 교육단체였다. 이를 위
해, 경성부내 학생을 대상으로 한 영화 상영회를 활발하게 개최하고, 각 학
교에 학생들의 영화 이해를 돕기 위한 영화부 위원을 두어 영화 교육을 보
급시켜 나가도록 했다. 이는 과거 문부성의 영화 정책이 실패로 끝난 원인
으로 지적된, 영화정책을 각지에서 실행할 만한 기구가 미비했던 점을 보
완한 정책이었다고 할 수 있다. 총독부는 중앙 관청과 각 학교를 유기적으
로 연결하는 영화 이용의 '실행기구'로서 경성교육회를 활용하여 각 학교
에서 영화의 교육적 활용을 도모한 것이다.

3.『경성일보』영화란의 역할

3.1 영화교육에 관한 논의의 '장'

1925년 2월 신설된『경성일보』영화란【그림1】은 이러한 시대적 배경 속에서 탄생했다.『경성일보』는 지면을 통해 신조선교육령의 개정과 더불어 총독부 주도로 본격적으로 전개되기 시작한 영화의 교육적 활용의 당위성을 주장함으로써 총독부의 영화 정책과 연동하고 있었다.

【그림1】『경성일보』의 영화란의 예 (1925년 5월 15일자)

예를 들어 1925년 5월 15일자 영화란에는, 경성 사쿠라이 소학교장 아사노 기쿠타로의「영화를 어떻게 아동 교육에 도입할 것인가」라는 다음과 같은 기사가 실려 있다.

> 앞으로 영화가 더욱 성대하게 유행하리라는 것은 상상하기 어렵지 않습니다만, 모름지기 하루라도 빨리 이 문제에 대해, 영화를 어떻게 아동 교육에 도입할 것인지 연구하고 조사하고 의논해서, 적당한 시설을 만들어야 한다고 생각합니다. 영화 교육은 눈으로 하는 교육입니다. 눈으로 하는 교육이기 때문에 그 효과 및 영향은 직접적이며 인상적입니다. 직접적이며 인상적이지만, 그 영향은 깊이에 있어서도 힘에 있어서도 동일한 눈으로 하는 교육인 독서 교육보다 훨씬 큽니다. 영화의 교육적 가치와 사명은 이 점에 있는 것이 아니겠습니까. (「영화를 어떻게 아동 교육에 도입할 것인가」, 『경성일보』1925년 5월 15일자)

"영화 교육은 눈으로 하는 교육"이고, 그 효과가 "직접적"이고 "인상적"이기 때문에 교육의 효과도 크다는 필자의 주장은, 앞 절에서 인용한 경성교육회의 주장과 일맥상통한다.

이렇게 개설된 시점부터 『경성일보』 영화란에는 주로 경성교육회에 소속된 교육관계자들에 의한 영화의 교육적 이용에 대한 논평이 지속적으로 게재되었다. 그 중에서 눈길을 끄는 것은, 이 영화란이 이들 교육 관계자의 논평을 읽은 『경성일보』 독자들도 자유롭게 토론에 참여하는 '장'이 되어갔다는 점이다. 1925년 5월 21일부터 6월 11일까지 3회에 걸쳐 영화란에 연재된 경성 교동보통학교장 고노 다쿠야의 「교육자의 입장에서 영화계를 바라보며」라는 논평과, 이를 읽은 '무코바야시 무아'라는 독자가 투고한 논평은 그 대표적인 사례였다고 할 수 있을 것이다.

먼저, 경성교육회의 평의원이었던 고노 다쿠야는 논평을 통해 영화의 제작자와 흥행업자들이 '사회 공존'이라는 목적의식 하에 교육에 대한 이해를 지니며 교육적 측면에 대해 고려해야 한다는 입장에서, 그들에 대한 희망을 피력하고 있다. 고노는 무엇보다도 먼저 영화 상설관을 '민중오락

장'으로 활용할 것을 강력히 주장했고, 이를 위해서는 입장료의 차액을 줄여 될 수 있는 한 낮은 등급의 좌석이나 그 밖의 대우를 향상시킬 것을 주문했다. 상영 영화의 선택에 있어서도 '음악을 삽입한 영화' '이화학적 지식을 도입한 영화' '현재 사회에서 요구하는 덕목을 다룬 영화' '새롭게 제작한 영화'를 상영할 것을 요구했고, 영화를 설명하는 변사도 '민중의 교화 지도상의 선각자'로서 행동하도록 역설하고 있다. 즉, 고노는 영화의 교육적 이용에 있어서는 학교에서의 영화 교육도 중요하지만, 그보다 실제로 영화를 제작하고 상영하는 영화 제작·흥행업자들의 자각적인 협조가 긴요하다고 생각하고 있었음을 알 수 있다.

이러한 고노의 의견에 대해, 1925년 6월 18일자 영화란에는 무코바야시 무아의 「영화와 교육」이라는 글이 게재됐다. 무코바야시는 고노 보통학교장의 교육 영화에 대한 주장은 팬 입장에서도 찬성이지만, 고노의 의견이 '이상'에 불과하다고 지적했다. 무코바야시의 지적은 영화의 제작과 흥행을 영리 사업으로 삼는 영화업자를 상대로 사명감을 갖고 자각적으로 교육적인 영화를 중심으로 제작·흥행하라고 요구하는 것은 실행되기 어려운 이상에 불과하다는 비판으로 읽힌다. 무코바야시는 이 문장에서 고노의 의견에 대한 비판에 머무르지 않고, 그 대안으로 다음과 같은 의견을 제시하고 있다.

일찍이 내가 이런저런 영화 참고자료를 내지에서 받아보던 때, 나고야시의 상설관 중에서 세계관과 또 한 관(미나토나 치토세 극장 둘 중 하나)이 일요일 낮마다 아동영화주간으로서 교육영화만을 상영했던 적이 있었다(지금도 계속되고 있는지는 모른다). 그리고 이를 현(縣)이나 시 차원에서 꽤나 후원하는 것 같았다.

상설관과 직접 관계없는 내가 요금 운운하기는 싫지만, 그 때 세계관은 분명히 10전 내지 15전의 요금을 받고 있었다. 어린이에게 비싼 요금을 내게 하는 것은 학부모나 학교로서는 바람직한 일은 아니다. 그리고 어린이들의 미완성(이상한 말이지만) 상태의 머리에 어른들이 보는 자극이 강한 영화를 보여 주겠다는 것도 감탄할 만한 일은 아닐 것이다. 영화에 대해서는 소극적인 사회에서 시내 상설관이 이토록 적극적인 행동에 나섰다는 것은 우리들에게는 매우 바람직한 일이라고 생각한다.

인용문에서 보듯이 무코바야시는 '현이나 시' 등 정부 측 후원에 의한 기간 한정의 '아동영화주간'을 마련해 교육영화를 상영할 것을 제안하고 있다. 무코바야시의 의견은 영화업자의 자각적 협조를 요구한 고노보다는 현실적인 대안이었다고 할 수 있다. 실제로, 경성교육회 영화부 주최로 아동을 위한 '활동사진의 날'이 매월 1회 개최되었다. 이 사례는 『경성일보』 영화란을 통해 『경성일보』 독자와 경성의 교육 관계자들 사이에 활발한 의견 교류가 시작되었음을 보여 주는 것이었다.

3.2 시네마 리터러시의 향상

한편, 『경성일보』 영화란에서는 지면을 통해 독자의 영화를 읽고 해석하는 능력(시네마 리터러시)을 향상시키기 위해서도 노력하고 있었다. "조선에 있는 사람들은 영화에 대한 이해력이 떨어진다" "'경성 관객은 질이 나쁘다"는 지적은 지면을 통해 반복적으로 『경성일보』의 구독자들에게 전해져왔다. 당시 『경성일보』 편집진은 식민지 조선 관객의 영화에 대한 낮은 이해력이 영화의 악영향이 극심해진 원인 중 하나라고 여겨, 영화의 교육적 이용이 성공하기 위해서는 관객이 영화를 읽고 해석하는 능력도 육성할 필요가 있다고 생각한 것 같다. 다시 말하자면, 『경성일보』 편집진이 목표로 한 것은 영화를 읽고 해석하는 '관객'을 양성함으로써 대중이 지닌 영화에 대한 부정적인 인식을 바꾸는 것이었다. 그러기 위해서는, 일반 영화 팬들을 단순한 '구경꾼'에서 영화라는 예술을 감상하는 감상안을 지닌 '관객'으로 향상시킬 필요가 있었다.

따라서 먼저 영화란에 〈영화 용어〉([그림2-1], [그림2-2])라는 코너를 마련해 영화 관련 용어의 해설을 연재함으로써, 시나리오 용어나 영상기법에 대한 지식을 제공하는 데 힘썼다.

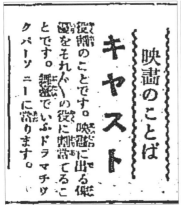 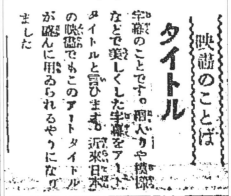

【그림2-1】〈영화 용어〉 (1925년 5월 2일자)　　　【그림2-2】〈영화 용어〉 (1925년 5월 8일자)

또한 『경성일보』의 영화란은 일방적으로 영화 관련 기사를 싣는 것뿐만 아니라, 영화와 관련된 투고만을 게재하는 독자투고란을 마련하고 있었다. 1925년 4월 3일부터 신설된 〈팬의 목소리〉([그림3])가 그것이다. 4월 3일자 〈팬의 목소리〉에는 "본란 투고를 환영합니다. 수신인은 『경성일보』사회부 연예계"라는 편집부 광고가 게재되었고, 이후 식민지 조선의 영화팬들의 투고를 모아 싣고 있다.

그런데, 영화 전용 독자투고란 〈팬의 목소리〉에는 어떠한 영화팬들의 투고가 게재되었던 것일까. 투고란의 개설 초기에는 영화에 대한 비평보다는 경성의 영화 상설관의 설비나 서비스에 대한 독자의 불만이 중심이었다. 예를 들어, 1925년 4월 3일자에 게재된 최초의 〈팬의 목소리〉에는 경성

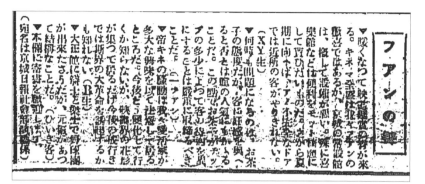

【그림3】〈팬의 목소리〉(1925년 4월 3일자)

의 영화 상설관인 희락관 문의 수리를 요구하거나('XY생'), 상설관내 안내원의 태도에 대한 불만을 토로하기도('팬')하였다.

그러나 회를 거듭할수록 〈팬의 목소리〉에는 독자의 영화 단평이나 영화 변사에 대한 비평이 실리게 되었다. 1925년 6월 18일자 〈팬의 목소리〉에는 다음 인용문과 같이 '어떤 의전생(醫專生)'이라고 자칭하는 독자가 보낸 본격적인 영화평이 게재되어 있어 눈길을 끈다.

◆ 사와쇼[06]의 〈쓰키가타 한페이타(月形半平太)〉[07]는 연극 무대를 그대로 옮긴 〈구니사다 주지(国定忠治)〉[08]나 너무 심심해서 별로 인기가 없었던 〈은수 저편에(恩讐の彼方に)〉[09]를 의식한 듯, 이번에는 과감하게 날뛰고 있다. 난투에 이은 난

---

[06] 일본의 영화배우 사와다 쇼지로(澤田正二郎, 1892~1929)의 애칭.

[07] 극작가 유키토모 리후(行友李風, 1877~1959)의 동명 원작 소설을 1925년 기누가사 데이노스케(衣笠貞之助, 1896~1982) 감독이 연출한 영화. 에도 막부 말기를 배경으로 '쓰키가타 한페이타'라는 검객이 주인공으로 등장하는 검극(劍劇) 영화이다.

[08] 에도시대 후기에 가난한 이들의 편에 서서 활약한 협객 '구니사다 주지(1810~1851)'는 강담(講談)·료쿄쿠(浪曲)나 영화, 대중연극의 인기 소재였다. 인용문에서 언급한 영화 〈구니사다 주지〉는 1923년 노무라 호테이(野村芳亭, 1880~1934) 감독이 연출한 〈실화 구니사다 주지: 기러기 떼(実説国定忠治 雁の群)〉일 것으로 추정된다.

[09] 1919년 발표된 기쿠치 간(菊地寛, 1888~1948)의 단편소설을 원작으로 1925년 마키노

투, 실로 팔팔하고 시원한 대영화다.

◆ 원작을 몰라도 줄거리가 무리하게 진행되는 듯한 느낌이 드는 것은 각색의 결점일 것이다. 하지만 기온(祇園) 세트장의 훌륭함에 감탄하면서 보았다. 모든 세트에 고심의 흔적이 담겨 있는데, 특히 난투 장면에서의 엄청난 컷백[10]은 오싹하더라.

◆ 특히 마음을 끈 것은 자막이었다. 마치 산문시라도 읽고 있는 듯한 기분이 들었다. 그걸 시미즈(清水)라는 변사는 국어책을 읽듯이 시시한 설명으로 영화의 분위기를 망쳐 버렸다. 후지(富士)군은 자막을 읽는 데 고심했고, 설명의 한 구절 한 구절이 문장으로서 말이 되었다. 설명도 잘 들렸다. 혼자서 연기해 주었으면 했다. (「팬의 목소리」, 『경성일보』1925년 6월 18일자)

인용문에서 보듯이 '어떤 의전생'이라는 독자는, 영화의 장면 분석으로 시작해서 각본의 구성과 세트 배치, 편집 기술, 영화의 자막, 그리고 영화 상영에서의 변사의 설명에 이르기까지 영화 〈쓰키가타 한페이타〉를 조목조목 비평하고 있다. 이후로도 〈팬의 목소리〉란 투고는 영화의 장르에 관한 의견이나 배우의 연기 혹은 자막 오자를 지적하는 의견 등, 보다 본격적인 영화에 관한 비평이 많이 접수되었다.

그런데 〈팬의 목소리〉 투고 독자 중에는 재조일본인뿐만 아니라 조선인도 포함되어 있었다. 1925년 5월 15일자 〈팬의 목소리〉에는 '조선인'이라 밝힌 독자의 "〈대지는 미소 짓는다(大地は微笑む)〉 한 편으로 조선이 영화계에 소개되는 것은 반가운 일이다. 쇼치쿠키네마 정도의 영화사가 한번쯤 조선 로케에 나서면 어떨까"라는 투고가 실려 있다. 영화 〈대지는 미소 짓는다〉는 요시다 모모스케(吉田百助)의 『오사카아사히신문』연재소설

쇼조(牧野省三, 1878~1929) 감독이 연출한 시대극.

10 '컷 백(cut back)'은 둘 이상의 다른 장면을 연속적으로 엇바꾸어 같은 시간에 여러 곳에서 일어나는 일을 보여주는 기법이다.

을 1925년에 영화사 쇼치쿠와 닛카쓰가 각각 영화화하여 개봉한 것으로, 당시 조선인이 주인공인 영화로 화제를 모으고 있었다. 이 투고는 『경성일보』를 재조일본인뿐만 아니라 조선인들도 구독하고 있었음을 증명하는 동시에, 그들이 스크린을 통해 '조선'이 내지 일본에 '소개'되기를 바라고 있었음을 나타내준다.

이후 〈팬클럽〉〈팬이 말하다〉〈팬의 목소리〉〈팬의 엽서〉 등 여러 차례에 걸쳐 명칭은 바뀌었지만, 이 독자 투고란에서 읽어낼 수 있는 것은 식민지 조선 영화팬들의 영화 정보의 습득·공유에 대한 열망이었다. 당시에는 일본 내지와 식민지 조선, 그리고 식민지 조선에서도 경성과 다른 지방 사이에 영화 수용의 '시차'가 발생할 수밖에 없었다. 이 때문에 『경성일보』영화란은 영화를 감상할 기회가 부족한 식민지 조선의 영화팬들에게 영화 감상 경험을 상상적으로 내면화 할 수 있는 매체로서도 기능했다. "상설관이 없는 시골에 있습니다. 저희들에게 본란은 실로 즐거움의 하나입니다"라는 독자의 투고는, 그러한 『경성일보』영화란의 역할을 대변해 주는 것이기도 했다.

4. 나가며

본 논문에서는 『경성일보』에 '영화란'이 설치된 1925년을 전후하여 일본 내지와 식민지조선의 영화교육정책 전개과정을 『경성일보』기사를 중심으로 살펴보았다. 1920년대에 일본 내지에서는 문부성에 의해 영화를 교육의 수단으로 한 영화 정책이 진행되고 있었지만, 그 정책을 현실적으로 실행해 줄 기구가 미비했기 때문에 결과적으로는 실패로 끝났다. 그 정책 구상에 관여했던 일본 내무성의 관료들에 의해, 신조선교육령을 계기로 식민지 조선에서도 영화의 교육적 이용정책이 시작되었다. 일본 내지의 '실패'를 통해 교육행정 네트워크 구축의 중요성을 깨달은 총독부 관료들은 총독부와 각 학교를 연계하는 기구로 '경성교육회'를 활용함으로써 식민지 조선의 '총독정치의 철저한 보급'을 도모하였다. 그리고 그 시기에 탄생한 『경성일보』의 '영화란'은 총독부의 영화정책을 백업하는 장치로서 독자의 영화를 읽고 해석하는 능력을 키울 수 있도록 지면 구성을 기획하고 있었던 것이다. 『경성일보』의 '영화란'이 1930년대 이후 총동원체제에 돌입한 총독부의 영화 정책에 어떻게 동원되어갔는지에 대한 구체적인 논의는 향후 과제로 남아있다.

미디어 이벤트로서의 신문 연재소설 영화화*

『경성일보』 연재소설 「요귀유혈록」의 영화화(1929)를 중심으로

임다함

---

* 「미디어 이벤트로서의 신문 연재소설 영화화 —『경성일보』 연재소설 「요귀유혈록」의 영화화 (1929)를 중심으로」, 『일본학보』제118집, 2019년 2월 28일

1. 머리말

일제강점기 조선총독부의 기관지였던 일본어 신문 『경성일보(京城日報)』(1906~1945)는 총독부의 선전미디어로서 더욱 강력한 대중적 영향력을 획득하기 위해 다양한 구독자 유인책을 고민했다. 그리하여 자사가 주최한 각종 문화행사를 활용하여 구독자를 끌어들임으로써, 식민지 조선에 거주하는 내선인(內鮮人)들에게 총독부의 식민정책을 널리 선전하려고 노력했다. 요시미 순야는 매스미디어가 기획·연출하는 이러한 문화행사를 '미디어 이벤트'로 규정하고, 다이쇼(大正期)시대부터 본격적으로 펼쳐진 일본 미디어의 각종 이벤트 사업이 제국일본의 국가적 전략에 대중의식을 동원시키기 위한 프로파간다 장치로서의 기능을 수행했다고 지적한 바 있다.[01] 그러므로 조선총독부 기관지였던 『경성일보』가 총독부의 선전미디어로서 식민지 조선 독자들의 의식 및 사상 형성과정에서 어떠한 역할을 담당했는지 다각적으로 밝혀내기 위해서는, 지면의 논조 분석과 함께 이 신문이 기획한 각종 미디어 이벤트의 취지와 내용, 그리고 그 파급효과를 구체적으로 살펴볼 필요가 있다.

---

01   吉見俊哉「メディア·イベント概念の諸相」津金澤聰廣(編)『近代日本のメディア·イベント』
同文館, 1996, pp.8-9.

정책적·대중적 목적으로 『경성일보』가 주최한 각종 미디어 이벤트에 대한 연구는 아직까지는 산견될 정도지만, 이 중 김정민은 『경성일보』가 1920년대 전반 자체 제작한 두 편의 선전 극영화의 제작과정과 순회상영회의 진행상황에 대해 구체적으로 밝혔다.[02] 『경성일보』는 1910년대부터 신문 구독자를 대상으로 한 '독자위안회(讀者慰安會)'를 통해 총독부 활동사진반이 제작한 선전영화를 비롯한 각종 영화의 전국 순회상영을 꾸준히 실시해왔다.[03] 독자위안회는 신문 구독자의 확보를 목적으로 시행된 미디어 이벤트였는데, 이 이벤트에서 가장 빈번하게 이용된 독자 유인 수단은 영화였던 것이다. 이는 가장 인기 있는 오락물이었던 영화의 대중적 파급력을 이용하여 식민지 조선에 대한 시정방침을 보급하려 한 총독부의 의도가 반영된 것으로, 이에 따라 총독부 기관지였던 『경성일보』 역시 영화 사업에 관여하게 되었고, 1920년대 전반에는 독자적으로 극영화 제작에 나서게 된 것이다.

1922년 『경성일보』 5천호 기념사업으로 진행된 각종 미디어 이벤트의 일환으로 기획·제작되어 독자위안회에서 공개된 영화 〈더없는 사랑(愛の極み)〉과 〈빛나는 죽음(死の輝き)〉은 『경성일보』가 '내선융화'의 이념을 내걸고 제작한 극영화이다. 이 두 영화는 필름이 현존하지 않기 때문에 그 구체적인 내용을 파악할 수는 없지만, 신문 기사에 실린 내용 등을 통해 추정해볼 때 〈더없는 사랑〉은 조선인 청년과 일본인 여성의 사랑을 그림으로써

---

02 金廷珉「1920年代前半における『京城日報』製作映画に関する研究-『愛の極み』を中心に」『マス·コミュニケーション研究』80, 2012, pp.271-289.

03 조선총독부 활동사진반의 성립 배경에 대해서는 복환모(2004), 1920년대 전반 제작 영화의 상영에 대해서는 배병욱(2006), 1920년대 후반 총독부가 민간 영화제작회사에 의뢰하여 제작한 선전 극영화에 대해서는 임다함(2018)을 참조할 것.

내선융화를 강력하게 선전하는 멜로드라마이며[04], 〈빛나는 죽음〉은 물에 빠진 제자를 구해내고 순직한 대구중학교 일본인 교사의 실화를 담은 교육 영화이다.[05]

김정민은 〈더없는 사랑〉이 식민지 조선에서 제작된 최초의 극영화일 가능성을 제기하면서, 1920년대 중반 조선의 민간 영화 제작자들이 본격적인 극영화 제작에 돌입하기 한발 앞서 『경성일보』가 극영화 〈더없는 사랑〉을 제작하여 전국적으로 상영한 점에 주목하고 있다.[06] 현 시점에서 이 두 편의 영화 이외에 『경성일보』가 직접 제작한 극영화는 확인되지 않는다. 그러나 『경성일보』측은 영화제작에서 손을 뗀 이후에도 신문 연재소설의 영화화를 기획하는 등 대중성 확보를 위해 노력하는데, 이러한 과정에서 일제강점기 전반에 걸쳐 식민지 조선에서의 영화 제작 및 흥행계에 큰 영향을 미쳤다.

그럼에도 불구하고 지금까지 한일영화사 연구 분야에서 『경성일보』가 주도한 영화 관련 미디어 이벤트와 조선영화계의 관련성에 주목한 연구는 거의 찾아보기 힘들다. 이에 본 논문에서는 1929년 『경성일보』의 후원으로 제작된 영화 〈요귀유혈록(妖鬼流血錄)〉에 주목하고자 한다. 1928년부터 1929년까지 『경성일보』에 연재된 하세가와 신(長谷川伸)의 시대소설 「요귀유혈록」을 일본 내지의 영화사인 가와이(河合)프로덕션이 각색하여 제작한 이 영화는, 당시 지면을 통해 "신문소설의 영화화는 반도 공전(空前)의 기획[07]"인 미디어 이벤트로서 대대적으로 선전되며 일본 내지와 식민

04　「巡回活動『愛の極み』劇撮影終了す」『京城日報』1922年3月21日

05　「本社フィルム 死の輝き梗概」『京城日報』1922年9月9日

06　金廷珉, 앞의 논문, p.181.

07　「映画となる妖鬼流血録」『京城日報』1929年3月20日

지 조선에서 개봉되었다. 본 논문에서는 이 영화의 제작배경과 제작과정을 『경성일보』의 기사를 중심으로 상세히 밝혀냄으로써, 총독부 선전미디어로서 『경성일보』가 '신문 연재소설의 영화화'라는 미디어 이벤트를 통해 독자를 유인하고 대중성을 획득하여 그 영향력을 더욱 키워가는 미디어 전략을 구사했음을 확인해볼 것이다.

2. 『경성일보』의 연재소설 「요귀유혈록」

2.1. 신문 연재소설의 미디어믹스 전략

그렇다면, 먼저 『경성일보』가 구독자 확보를 위한 방안으로서 신문 연재소설을 적극적으로 영화화하는 전략을 구사하게 된 배경을 살펴보자. 일본에서는 메이지(明治)시대 이후, 신문 연재소설이 구독자를 끌어들이는 큰 요소가 되어 각 신문은 경쟁적으로 인기 작가를 확보하여 연재소설을 게재하게 되었다.[08] 연재소설이 구독자를 끌어들이는 주된 요소가 된 이유는 다른 단편적인 기사나 논설들에 비해 소설의 '연재' 형태는 연속성이 있어, 독자들이 신문을 지속적으로 구매하게 만들었기 때문이었다.[09] 마찬가지로 식민지 조선에서도 신문 연재소설은 구독자 수를 좌우하는 중요한 요소였고, 신문 연재소설의 인기 여부에 따라 신문 판매부수의 차이가 발생하기도 했다.[10]

『경성일보』 또한 구독자 수를 늘리기 위해 연재소설 기획과 인기작가

---

08 岩本憲児『時代映画の誕生』吉川弘文館, 2016, p.143.
09 이영아 「1910년대 『매일신보』 연재소설의 대중성 획득 과정 연구」 『한국현대문학연구』 23, 한국현대문학회, 2007, p.48.
10 같은 논문, p.48.

확보에 많은 힘을 쏟았다. 총독부의 선전미디어로서 일본의 식민정책을 널리 선전하고 알리기 위해서는, 무엇보다도 우선 신문을 읽는 구독자가 많이 확보되어야 했기 때문이다. 『경성일보』가 창간 당시부터 연재소설을 사설, 주요 기사와 함께 1면에 게재했던 것은 그만큼 연재소설의 역할을 중시하였음을 대변해준다.

『경성일보』는 1910년대 중반부터 연재소설란을 확대 편성하여, 소설과 강담(講談)을 조간과 석간에 각각 한 편씩 게재하였다. 지면 편성은 변동이 있지만 대략 조간 1면에는 풍속소설이나 번역소설 등이 연재되었고, 강담은 삽화와 함께 석간에 연재되었다. 1920년대에 들어서 연재소설은 3편으로 늘어나, 1921년 9월 2일자 지면의 경우 조간 1면에 풍속소설 「아아 대도쿄여(あゝ大東京よ)」가 삽화 없이, 6면에 강담 「간에이 어전시합(寬永御前試合)」, 8면에 연애소설 「부초(浮草)」가 각각 삽화와 함께 실려 있다. 이는 『경성일보』측이 연재소설의 장르를 다양화시키고 삽화라는 시각적 이미지를 더하여 다양한 볼거리를 확보함으로써, 보다 많은 독자를 끌어들이기 위한 대중성을 추구하려한 전략이라 할 것이다.[11]

그런데 『경성일보』와 더불어 총독부의 선전미디어였던 한글신문 『매일신보』는 신문에 연재되었던 연재소설을 연극 무대에 올리는 등, 보다 적극적으로 독자 유인을 위한 미디어 전략을 펼쳤다. 1912년 7월 17일부터 1913년 2월 2일까지 연재된 조중환의 번안소설 「쌍옥루(雙玉淚)」는 신문 연재소설의 첫 각색 연극으로서 1913년 4월 29일부터 5월 1일까지 혁신단에 의해 성황리에 공연되어, 이후 각색 공연이 활발하게 기획되는 계기를

---

11 송민호 「초기 『매일신보』 연재소설 삽화면의 풍경 (1)-최초의 삽화가 야마시타 히토시(山下鈞)」 『한국학연구』 제43집, 인하대학교 한국학연구소, 2016, p.293.

마련했다.[12] 이영아는 이러한 시도를 "신문사가 소설 뿐 아니라 연극까지 동원하여 구독자의 확대와 대중문화의 확산을 도모했던 것"이라고 평가하고 있다.[13] 신문과 연극 등 복수의 미디어에서 동일한 소재를 전개함으로써 각 미디어의 상승작용을 꾀하는 이러한 마케팅 방식은 이른 단계의 '미디어믹스' 전략이라 할 수 있다.

마찬가지로 『경성일보』도 구독자의 확대를 위하여 이러한 미디어믹스 전략을 일찍부터 실행했는데, 이때 『경성일보』측은 무엇보다도 영화를 적극적으로 활용했다. 1913년 가을부터 1914년 봄에 걸쳐 『경성일보』에 연재된 것으로 추정되는[14] 야마가타 이소오(山縣五十雄)의 번역소설 「과거의 죄(過去の罪)」의 연극 공연 및 영화화는 『경성일보』의 연재소설을 활용한 첫 미디어믹스 사례라 할 수 있다. 소설 「과거의 죄」는 연재가 종료되기 전인 1914년 1월경 고토 료스케(後藤良介)·후지노 히데오(藤野秀夫) 일좌에 의해 경성의 고토부키좌(壽座)에서 13일간 연극으로 공연되며 "경성 극계의 기록"[15]을 세웠고, 이후 일본 내지의 신파(新派)배우 무라타 마사오(村田正雄) 일파에 의해 일본 각지에서 신파극으로 상연되며 호평을 얻자 일본의 영화 제작회사인 덴카쓰(天活)에 의해 1917년 영화화되었다. 영화〈과거의 죄〉는 먼저 오사카에서 개봉된 후 식민지 조선으로 건너와 1917년 6월 2일부터 경성의 일본인 전용 영화상영관인 황금관에서 공개되었는데[16], 『경

---

12 이영아, 앞의 논문, p.60.
13 같은 논문, p.60.
14 1913~1914년 발행된 『경성일보』는 현재 소실된 상태이다.
15 「本紙連載小説『過去の罪』」『京城日報』1917年6月1日
16 일본에서는 〈과거의 죄〉가 아닌 다른 제목으로 공개된 것으로 추정된다.

성일보』독자에게는 입장료를 특별 할인해주었다.[17]

그렇다면, 식민지 조선의 『경성일보』 독자들은 이러한 미디어믹스 전략을 어떻게 받아들였을까. 『경성일보』 1917년 6월 7일자 지면에는 익명의 독자가 투고한 다음과 같은 영화 〈과거의 죄〉 관람평이 실렸다.

경성일보 연재소설 「과거의 죄」를 황금관에서 상영한다고 듣고 3년 전 고토부키좌의 성황을 떠올리며 호기심에 이끌려 황금관에 들러보았다. [중략]

이어서 목적했던 〈과거의 죄〉를 보았다. 몇 년 전 고토부키좌에서 15일간 만원사례를 기록했던 극이라 사진[18]은 어떤가 비교해보게 되었다. 그런데 역시 전설변사(前説辯士)[19]의 말대로 제일 먼저 눈에 들어온 것은 배경이었다. 과연 연극으로는 볼 수 없었던 실경(實景)을 응용하고 있었다. 무라타 마사오 일파가 예전에 이곳에서 연기했던 적도 있고 배우들도 열연했기 때문에 필름의 속임수를 이용한 사진의 새로운 부분은 개봉되자마자 소문이 났던 만큼 좋았다.[20]

이 관람평을 쓴 독자는 지면을 통해 연재소설 「과거의 죄」를 읽은 후 공연된 연극 〈과거의 죄〉를 관람했으며, 영화 〈과거의 죄〉가 개봉되자 예전에 보았던 소설과 연극의 기억을 떠올리며 영화와 비교하고 있다. 소설이라는 활자미디어가 연극과 영화라는 시각적인 미디어와 결합하면서, 단일 미디어를 통해서는 "볼 수 없었던" 것들을 독자가 "새로운 부분"으로서 체험하게 된 것이다. 이렇듯 동일한 소재가 복수의 미디어 사이를 이동하며 만들어내는 미디어 간의 상승작용을 통해, 독자는 보다 입체적인 문화적 체험이 가능하게 되었다.

---

17 「演芸案内」,『京城日報』1917年6月3日
18 '활동사진(活動寫眞)'의 준말로서 영화의 옛 명칭이다.
19 영화 상영에 앞서 영화의 개요를 설명해주는 변사를 가리킨다.
20 「黄金館の過去の罪-中々立派な写真であつた」『京城日報』1917年6月7日

1920년대 중반 이후 영화 산업이 확대되고 관객의 수요가 급증하면서, 일본 내지에서는 신문 연재소설의 영화화가 활발하게 진행되었다. 신문은 영화화를 통해 구독자의 확대를 노렸고, 영화는 신문 구독자를 관객층으로 흡수하기를 꾀하며 상호 미디어에 활기를 불어넣었다.[21] 연재 도중에 영화화되어 소설이 영화의 뒤를 쫓아가듯이 상호 영향을 주고받으며 경합하는 경우도 있었고, 신문 연재는 보통 장편이었으므로 영화 역시 시리즈로 제작되어, 연재소설과 연속영화가 동시진행의 흥분을 독자와 관객에게 안겨주기도 했다.[22] 영화 제작회사 측에게는 신문 연재소설이야말로 특별한 광고 없이 흥행을 보장할 수 있는 좋은 소재거리였다.[23] 이 때문에 인기 연재소설의 경우에는 복수의 영화 제작회사가 경쟁적으로 영화화를 진행하기도 했다.

반면 식민지 조선에서는 1920년대 후반에 이르기까지 신문 연재소설의 영화화가 본격적으로 진행되지 않은 상태였다.『경성일보』의 연재소설 역시 1917년의 「과거의 죄」이후로는 영화화되지 않고 있었는데, 일본영화계에서의 연재소설 영화화붐을 타고 '가와이 프로덕션'이라는 신생 중소 영화사가 식민지 조선의 신문 연재소설에 눈을 돌리게 된다. 바로 1928년 8월, 일본 내지와 식민지 조선에서 거의 동시에 연재를 시작한 「요귀유혈록」이다.

---

21 岩本, 앞의 책, p.143.

22 위의 책, p.144.

23 한정선 「1920년대 문학과 영화의 영향관계에 관한 고찰 - 영화소설의 등장과 그 배경」『일본학연구』 제33집, 단국대학교 일본연구소, 2011, p.331. 1920년대 중반 일본영화계에서 진행된 신문 연재소설의 영화화 정황에 대해서는 한정선의 논문을 참조하였다.

2.2. 소설 「요귀유혈록」의 줄거리

영화 〈요귀유혈록〉의 필름은 현존하지 않기 때문에 구체적인 텍스트 분석은 불가능하지만, 영화의 대략적인 줄거리는 당시의 신문·잡지의 기사 등을 통해 추정 가능하므로 제작과정에서 영화와 연재소설이 어떠한 교섭과 갈등 양상을 보였는지 비교할 수 있을 것이다.

영화 〈요귀유혈록〉의 원작이 되는 소설 「요귀유혈록」은 1928년 8월 29일부터 1929년 4월 8일까지 『경성일보』 석간 1면에 총 211회에 걸쳐 연재되었다. (【그림①】참조)

【그림①】 「요귀유혈록」 제1회 (『경성일보』 1928년 8월 29일)

이 작품은 당시 인기 대중소설가·극작가였던 하세가와 신(長谷川伸)과 그의 수제자이자 "『선데이마이니치(サンデー毎日)』의 현상 대중소설에 1등으로 추천되었던[24]" 경력을 지닌 신인작가 기무라 데쓰지(木村哲二)가 공동으로 집필한 것이었다. 삽화는 신진화가로서 『도쿄일일신문(東京日日新聞)』에 연재된 구니에다 시로(国枝史郎)의 시대소설 「검협수난(剣侠受難)」의 삽화를 담당했던 이토 기쿠조(伊藤幾久造)가 맡았다.[25] 『경성일보』 1928년 8

---

24 「近日揭載夕刊一面連載妖鬼流血録」 『京城日報』 1928年8月18日
25 같은 기사.

월 18일자 「요귀유혈록」 연재 예고기사에서는 이들의 소설을 싣게 된 경위를 다음과 같이 밝히고 있다.

> 석간 1면에 대중작가의 걸작을 연재하는 것은 근대 대신문의 일반적인 풍조이다. 본지는 이에 돌이켜보건대 진작부터 여러 대중작품을 연재해왔으나 잠시 그 연재가 중단되었다. 신작 중의 신작, 걸작 중의 걸작을 물색하여 새로운 경지를 열기 위해 고심한 결과였다. 본사는 이를 위해 크나큰 희생을 치러 하세가와, 기무라 양씨에게 대작 집필을, 이토 화백에게 삽화의 휘호를 간절히 요청하여 수락된 것을 행운이라 생각한다. 이 작품은 드디어 근일 중 연재될 것인데, 작가가 작가이고 화가가 화가인 만큼, 양측이 어우러져 독자 제군의 만족을 얻을 것임을 확신하고 있습니다.[26]

소설 「요귀유혈록」은 『경성일보』의 연재 시기와 거의 동시기인 1928년 8월 24일부터 1929년 4월 12일까지 일본 내지의 『규슈일보(九州日報)』에도 연재되었던 사실이 확인되기 때문에, 하세가와와 기무라가 『경성일보』와 단독 집필계약을 맺었다고 보기는 어렵다.[27] 그러나 연재 시작은 『규슈일보』쪽이 조금 더 빠르지만 완결은 『경성일보』쪽이 더 먼저였다는 점, 그리고 다음 장에서도 서술하겠지만 『경성일보』측이 「요귀유혈록」의 영화화를 알리는 기사에서 "이번 가와이(河合) 프로덕션의 간청으로 영화 제작권을 부여하게 되어[28]"라고 보도하고 있는 점 등으로 미루어, 적어도 『경성일보』와

---

26 같은 기사.
27 『규슈일보』1928년 8월 15일자 석간 2면에도 『경성일보』에 실린 연재 예고기사와 동일한 내용의 연재 예고기사가 실려 있다. 그러나 이 예고기사에서 "석간 1면에 대중작가의 걸작을 연재하는 것은 근대 대신문의 일반적인 풍조"라 일컫고 있음에도 『규슈일보』는 이후 소설 「요귀유혈록」을 석간 3면에 게재하고 있어, 이 예고기사는 『경성일보』측에서 작성했을 가능성이 높다.
28 「映画化される妖鬼流血録」『京城日報』1929年3月13日

『규슈일보』가 동시 계약을 맺었을 가능성이 큰 것으로 추정된다. 혹은 하세가와 측이 『경성일보』와 집필 계약을 맺는 조건으로 내지에서 먼저 연재를 시작하기를 요구한 것은 아닐까 하는 추측도 가능하다. 어쨌든 소설 「요귀유혈록」은 기무라 데쓰지와의 공동 집필이기 때문인지 하세가와 신의 작품 리스트에서 누락되어 있으며, 지금까지 거의 알려지지 않은 작품이다.

그러면, 소설 「요귀유혈록」의 줄거리를 간단히 살펴보자. 「요귀유혈록」은 분세이(文政) 13년(1830년)의 에도(江戸)를 배경으로, 술 따르기를 강요하는 다이묘(大名)를 거부하며 발로 찬 뒤 강물에 몸을 던져 도망치는 바람에 '물갈퀴 오센'이라는 별칭을 갖게 된 유녀(遊女) 오센(おせん), 그리고 뛰어난 검술을 지녔으나 아무런 죄책감 없이 살인을 일삼아 '악귀'로서 악명을 떨친 낭인 헤이도 시즈마(兵堂志津摩)를 중심으로 한 시대소설이다.

소설의 기둥을 이루는 줄거리는 이들을 중심으로 조직된 '야쿠자 집단'인 '악귀조(惡鬼組)'가 다이묘의 보물을 뺏고 빼앗기는 이야기지만, 악귀조에 속한 다양한 등장인물들의 파란만장한 인생역정과 애정관계 또한 독자의 흥미를 끄는 요소였다. 오센은 가난한 어부의 딸로 태어나 유랑극단을 전전하다 연인에게 배신당하고 아이까지 잃고서는 홧김에 유녀가 되었지만, 다이묘를 발로 차 모독한 죄로 쫓기는 몸이 되자 자신을 구해준 해적 세이지(清次)와 함께 바다의 범죄자로 전락하고 만 기구한 운명의 인물이다. 시즈마는 본디 자신의 출신 번(藩)에서 가장 촉망받는 무사였으나, 사모하던 스승의 딸 사사노(笹野)가 친우인 혼다(本田)를 선택하자 상심하여 고향을 떠나 살인귀 낭인이 되어 에도까지 흘러들었다. 악귀조에서 시즈마의 심복으로 대활약하는 소매치기 마쓰키치(松吉)와, 시즈마를 짝사랑하는 기생 오사토(お里)는 부모와 생이별한 뒤 돌아갈 집도 가족도 없는 천애고아이며, 시즈마의 오른팔인 구와바라 곤하치로(桑原権八郎)는 모시던 주군을 배신한 낭인이다. 시즈마가 우연히 생명을 구해준 미장이 야스고로(安五郎)의 백치 동생 겐타(源太)는 도벽 때문에 가는 곳마다 소동을 일으킨다. 「요귀유혈록」은 이렇듯 각각 기구한 사연을 짊어진 갈 곳 없는 이들이 '악귀조'라는 범죄 집단에 모여 절도와 사기, 살인 등 갖은 범죄를 저지르다 점차 동지애와 의리, 그리고 인정(人情)을 알게 된다는 내용을 담은 소설이었다.

2.3. 소설 「요귀유혈록」의 의의

「요귀유혈록」의 메인작가인 하세가와 신은 시대소설 중에서도 '유랑물(股旅物)'이라는 장르를 개척한 작가로 평가된다. 유랑물이란, 주로 에도시대를 배경으로 전국 각지를 유랑하며 살아가는 도박꾼이나 야쿠자들의 세계를 풍부한 정서로 그려낸 작품군을 가리킨다.[29] 매우 불우한 어린 시절을 보낸 하세가와는 다양한 직업을 전전하며 성장했는데, 그러한 개인적 체험을 통해 법 밖에서 살아가는 무법자들에 대한 공감을 안고 유랑물 장르의 소설을 쓰게 되었던 것으로 전해진다. 이 때문에 하세가와의 작품 속에 그려지는 인간 군상은, 「요귀유혈록」의 등장인물들처럼 대부분 어두운 과거를 짊어진 채 정처 없이 떠돌아다니는 별난 사람이거나 사회적인 약자 혹은 패자들이었다.[30]

하세가와의 작품세계에서 한 번 고향을 떠난 사람은 다시는 고향으로 돌아갈 수 없으며, 범죄세계에 발을 들인 이상 보통의 생활로 돌아가고자 해도 돌아갈 수 없다. '야쿠자'라는 입장이기에 품을 수밖에 없는 '일상'에 대한 동

---

29 長谷正人「長谷川伸と股旅映画─映画を見ることと暮らしの倫理性をめぐって」十重田裕一(編)『横断する映画と文学』森話社, 2011, p.251.

30 山折哲雄『義理と人情─長谷川伸と日本人のこころ』, 新潮社, 2011, p.5

경과 체념이 하세가와의 유랑물을 지배하는 정서라고 할 수 있는 것이다.[31]

소설 「요귀유혈록」의 등장인물들 역시 고향을 떠나 각지를 유랑하는 사회적 패자들이었지만, 종종 야쿠자 생활에 대한 후회와 평범한 일상에 대한 동경을 드러내는 장면이 등장한다. 악귀조의 악명 높은 소매치기였던 마쓰키치는 다이묘의 보물을 훔치려다 칼을 맞고 치명적인 부상을 입는데, 죽음의 문턱에서 과거를 돌아보며 회한에 잠긴다.

생사불명의 아버지의 얼굴, 어머니의 모습이 환상처럼 떠오른다. 유모의 손에 자라며 있는 대로 사치를 부리던 무렵의 일들도 눈앞에 스쳐간다.

"나에겐 분명 예쁜 오레루(おてる)라는 여동생이 있었지…."

헤어진 여동생도 그리워진다.

자신도 모르는 새 발을 들이고 만 악의 세계. 그리고 미시마(三島)의 집에서 큰돈을 훔치고 쫓기다 포위당해 다 죽게 됐을 때, 우연히 도와주었던 젊은 무사-헤이도 시즈마의 은의(恩義)를 평생 가슴에 새기게 되었던 애초의 기이한 인연-. 시즈마와 지기가 된 후 이른바 악귀조의 일원으로서 마쓰키치는, 더욱 더 진기한 존재여야만 했다.

게다가 오사토를 알게 되고부터 마쓰키치는, 악귀조에서 중요한 역할을 맡으면서도 오사토와 함께 보낸 연애의 기억 같은 것들이 떠오르며, 파란만장했던 생활사의 추억이 계속해서 샘솟는 것이었다.

"어쩌다가 나는 이런 야쿠자가 되어버린 걸까…."

마쓰키치는 스스로 이런 질문을 던져보았다.

"아버지는 나를 걱정하셨겠지…이제 다시는 만날 수 없는 걸까…."

그러자 눈시울이 뜨거워졌다.

"건실한 사람이 되고 싶다. 성실한 사람이 되고 싶어…."

그 눈가에는 눈물이 빛났다.[32] [방점은 원문대로]

---

31 長谷, 앞의 책, p.258.
32 長谷川伸·木村哲二「妖鬼流血録」(186)『京城日報』1929年3月12日

마쓰키치는 '야쿠자'가 된 것을 뼈저리게 후회하며, 다시 '건실한 사람' '성실한 사람'으로 살고 싶다고 간절하게 바란다. 하지만 결국 그는 다시는 고향 땅을 밟지 못한 채 야쿠자로서 비참한 죽음을 맞는다.

그러나 하세가와가 유랑물을 통해 그려내는 인물들은, 사회가 정해둔 법의 테두리 밖에서 살아가면서도 마음 한 구석에서는 의리와 인정을 갈구하는 사람들이기도 했다. 야마오리 데쓰오(山折哲雄)는 하세가와가 "유랑 생활 중에도 사람을 그리워하고 인정을 간절히 원하던 무법자들이, 깊은 인정을 깨달았을 때의 놀라움과 감격을 그려내는 데 탁월했다[33]"고 평가하고 있다. 위 인용문에서의 마쓰키치 역시, 야쿠자가 된 것을 후회하면서도 자신의 목숨을 구해준 악귀조의 우두머리 시즈마에게는 '은의'를, 악귀조에서 만나게 된 연인 오사토에게는 깊은 '애정'을 품고 있다. 소설의 결말에서도 체포를 피해 뿔뿔이 흩어졌던 악귀조는 관청에 붙잡혀간 오사토를 '의리'와 '인정' 때문에 포기하지 못하고 그녀를 구해내기 위해 무모한 마지막 싸움을 벌이다 죽음을 맞이한다.

이렇듯 고향을 떠나 유랑하는 무법자들의 삶을 의리와 인정의 세계로 그려낸 하세가와 신의 작품을 가리키는 '유랑물'이라는 용어가 처음 정식으로 사용된 것은 1929년 희곡 『유랑하는 짚신(股旅草鞋)』이 발표된 이후부터라는 것이 정설이다.[34] 그러나 기무라 데쓰지와의 공동 집필이라 하더라도 소설 「요귀유혈록」은 그 내용에 있어, 『유랑하는 짚신』에 앞서 본격적인 하세가와 유랑물의 등장을 예고하는 작품으로서 주목할 만하다.

또한 「요귀유혈록」을 통해 선보인 하세가와 신의 작품 세계는 식민지

---

33 山折, 앞의 책, p6.
34 セシル·サカイ(著), 朝比奈弘治(訳)『日本の大衆文学』, 平凡社, 1997, p.62. 岩本, 앞의 책, p281.

조선의 독자들—특히 고향을 떠나 외지 조선에 정착하여 살던 재조(在朝)일본인 독자들을 크게 매료시켜, 하세가와는 「요귀유혈록」이후에도 두 차례에 걸쳐 『경성일보』에 장편소설을 연재하기에 이른다.[35]

3. 영화 〈요귀유혈록〉(1929)

3.1. 제작 배경 및 과정

한편, 연재소설 「요귀유혈록」이 종반에 다다른 1929년 3월 13일자 『경성일보』 지면에 이 작품의 영화화를 알리는 기사가 게재되었다.

> 본지 석간 연재중인 하세가와 신, 기무라 데쓰지 두 사람의 합작인 강담 「요귀유혈록」은 회를 거듭할수록 독자의 비상한 호평과 갈채를 받고 있는데 이번 가와이(河合) 프로덕션의 간청으로 영화 제작권을 부여하게 되어, 작가의 양해를 얻어 현재 동사(同社) 미무라 신타로(三村伸太郎) 씨가 각색중이다. 배우는 동사 전속의 신구파(新舊派) 올스타 캐스트이며 가와이 프로덕션은 이 작품을 올해 제1회 초특작영화로서 제공할 것을 결정하여, 총지휘는 가와이 류사이(河合龍齋) 씨, 감독은 소네 준조(曾根純三) 씨, 살진(殺陣) 장면은 혼다 구니요시(本田国義) 씨, 촬영은 하나자와 요시유키(花澤義之) 씨가 맡아 매우 분발하고 있다. 이 영화는 목하 제작을 서두르고 있으므로, 늦어도 이번 달 중에는 경성을 비롯한 전선(全鮮)에 걸쳐 개봉될 듯하다.[36]

위의 인용된 기사에서 『경성일보』로부터 연재소설 「요귀유혈록」의 "영화 제작권"을 취득했다고 전하고 있는 '가와이 프로덕션'이란, 1928년 2월

---

35 하세가와 신은 이후 『경성일보』에 1932년 11월 28일부터 1933년 4월 19일까지 『的田雙六』를 연재했고, 1937년 7월 22일부터 1938년 4월 17일까지 『国定忠治』를 연재했다.

36 「映画化される妖鬼流血録」, 『京城日報』 1929년 3월 13일

에 일본에 설립된 신생 영화제작회사였다. 가와이 프로덕션은 설립 당시 쇼치쿠(松竹)와 마키노(マキノ) 등 메이저 영화사에서 유명 감독 및 각본가와 배우들을 다수 영입했는데, 이적 과정에서 계약 위반 등의 잡음이 생기는 바람에 구설수에 오르기도 했다.[37] 영화 〈요귀유혈록〉의 메가폰을 잡은 소네 준조 감독과, 남녀 주연배우인 스즈키 스미코(鈴木澄子)와 야마모토 레이자부로(山本禮三郎)도 이때 교토의 마키노 프로덕션에서 이적해왔다.[38]

신생 영화사인 가와이 프로덕션이 영화화 경쟁의 과열화로 포화상태에 다다른 일본의 신문 연재소설에서 눈을 돌려, 식민지 조선의 『경성일보』에 영화 제작 교섭을 해온 점은 흥미롭다. 이는 중소 영화사인 가와이 프로덕션이 쇼치쿠, 닛카쓰(日活) 등 대형 영화사와의 경쟁에서 살아남기 위해, 일본 내지가 아닌 식민지 조선이라는 새로운 시장을 개척하기 위한 전략을 취한 것이라고도 볼 수 있을 것이다.

영화 〈요귀유혈록〉은 전3편 30권을 연속영화로서 순차 개봉하게 되었다.[39] 당시 일본영화 한 편이 약 7~8권[40] 정도의 길이였으므로 전30권 길이의 〈요귀유혈록〉은 가와이 프로덕션이 소속배우를 총출연시켜 "지금까지 개인 프로덕션에서 만들어진 영화중에서 이 정도의 캐스팅은 도저히 바랄 수 없었을[41]" 정도로 총력을 기울인 "초특작품[42]"이자 대작이었다.

당시 일본의 영화 전문잡지 『키네마순보』 1929년 4월 1일호에는 영화

---

37 「映画街漫歩」『朝鮮公論』1928年4月号
38 田中純一郎『日本映画発達史 (2) 無声からトーキーへ』, 中公文庫, 1976, pp.194-195
39 경성에서 전편(前篇, 전편 6권과 중편 4권을 묶어 공개)의 개봉일은 1929년 4월 1일, 속편 (續篇)은 1929년 5월 15일이었다.
40 '권(卷)'은 필름을 세는 단위로 한 권의 상영시간은 약 10~15분 정도의 길이였다.
41 YI生「『妖鬼流血録』その他を見る」『京城日報』1929年5月18日
42 「妖鬼流血録」『キネマ旬報』1929年4月1日

식민지 문화정치와 『경성일보』

〈요귀유혈록〉의 전면광고가 크게 실렸다. (【그림②】참조)

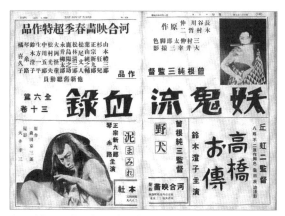

【그림②】〈요귀유혈록〉 전면광고 (『키네마순보』1929년 4월 1일)

이 광고에 함께 실린 스틸 사진은 주인공 '오센' 역을 맡은 스즈키 스미코의 극중 모습을 담고 있는데, 스즈키는 원래 연극무대에 섰던 검극배우 출신으로서 당시 '요부·여해적' 등의 역할을 많이 맡았고, 특히 뛰어난 난투장면을 연기하여 관객의 인기를 얻고 있었다.[43] 때문에 『키네마순보』에 실린 〈요귀유혈록〉 광고는 관객의 흥미를 끌기 위해, 오센을 연기한 당대의 '요부' 스즈키의 성적 매력을 전면에 내세우도록 의도한 연출임을 알 수 있다.

이에 비해, 식민지 조선에서 영화 〈요귀유혈록〉의 선전은 조금 다른 방향으로 전개되었다. 영화 〈요귀유혈록〉의 조선과 만주에서의 상영권·배급권은 인천 표관(瓢館)의 관주였던 닛타(新田)가 가졌고, 4월 1일부터 일주일 동안 경성의 일본인 전용관이었던 중앙관(中央館)에서 개봉하게 되었다.[44]

---

43 岩本, 앞의 책, p.131.

44 「描き出される情痴の世界-映画『妖鬼流血録』に早くも大きな期待」『京城日報』1929年3月

1929년 3월 13일에 영화화를 알리는 최초의 기사가 실린 이후 전편(前篇) 10권 분량이 공개된 4월 1일까지, 『경성일보』는 집중적으로 영화 〈요귀유혈록〉의 제작 상황을 전하고 있다. 공개 이후의 영화평까지 포함하면, 〈요귀유혈록〉 관련기사는 전편만으로도 14건에 이른다. 이들 일련의 기사는 영화의 스틸 사진을 빈번하게 게재함으로써 독자의 시선을 끌려고 했다. 예를 들면 3월 30일에는 주연 배우의 스틸 사진([그림③-1], [그림③-2]참조)[45]과 함께 영화에 관한 정보를 싣고 있다.

그렇지만, 『경성일보』가 이 영화를 선전할 때 가장 강조한 점은 일본 내지에서처럼 스즈키 스미코 등 주연 배우의 인기나 지명도가 아니었다. 다음 인용문은 영화 〈요귀유혈록〉 관련기사에서 발췌한 것이다.

신문소설의 영화화는 내지 각 신문에서는 여러 차례 볼 수 있었지만 조선에서는 아직 그 시기에 이르지 않았으나 이번에 드디어 읽을거리로서의 「요귀유혈록」이 스크린에 등장하는 것은 반도에서는 처음 있는 일인 만큼 이 영화에 대한 기대는 또한 다른 방면으로부터도 연결되어 있다[46].

어쨌든 조선으로서는 신문소설의 영화화가 처음이므로, 가와이 프로덕션이 총력을 기울여 제작했다는 점에서 더한층 이 영화의 가치를 찾아내보자[47] [밑줄은 인용자에 의함]

인용문에서 보듯 당시 영화 〈요귀유혈록〉은 식민지 조선에서 "신문소설 최초의 영화화"로서 주목받았다는 사실을 알 수 있다. 1925년에 조선인 영

23日

45 「素晴らしい映画となつた本紙の『妖鬼流血録』」『京城日報』1929年3月30日

46 같은 기사.

47 一記者「『妖鬼流血録』を見る」『京城日報』1929年4月2日

화 제작자에 의해 『오노가쓰미(己が罪)』의 번안소설로서 『매일신보』에 연재되었던 「쌍옥루」가 영화화된 적은 있다. 그러나 오리지널 신문 연재소설의 영화화는 『조선일보』에 연재된 최독견의 소설 『승방비곡(僧房悲曲)』의 영화화가 실현된 1930년이 그 시작이다. 그렇게 되면, 재조일본인 미디어와 조선인 미디어를 통틀어, 영화〈요귀유혈록〉은 식민지 조선에서 연재된 신문소설의 첫 영화화라 할 것이다. 이 때문에 『경성일보』는 이를 "반도 공전(空前)의 기획⁴⁸"으로 선전하며 대대적인 미디어 이벤트로서 진행하였다.

【그림③-1】헤이도 시즈마 역의
야마모토 레이자부로

【그림③-2】오센 역의 스즈키 스미코

48　「映画となる『妖鬼流血録』」

3.2. 영화 〈요귀유혈록〉의 개봉과 관객 반응

영화 〈요귀유혈록〉은 소설의 연재와 마찬가지로, 식민지 조선과 일본 내지에서 거의 동시에 공개되었다.[49] 일본에서의 반응도 상당히 호의적이라, 영화 전문잡지 『키네마순보』에서는 전편이 공개되기 전 전면광고를 싣는 외에도, "신문물(新聞物)은 가끔 산만해져서 흥미의 중심을 잃기 쉬운데, 이 작품은 장면마다 재미있다" "문자 그대로 올스타 캐스트, 그리고 내용도 탄탄하고 재미있다. 그러므로 각지에서 많이 반길 작품이다[50]"라며 이 영화의 흥행 가치를 높이 평가했다.

한편, 경성에서 개봉에 앞서 열린 시사회를 통해 영화를 한발 먼저 감상한 『경성일보』의 영화 담당기자도 다음과 같이 호평하고 있다.

> 대중 강담을 영화화한 대중적 흥미를 노리고 만들어진 작품인 만큼 비평의 주안점을 여기에 두고 이른바 예술영화와 동급으로 논해서는 안 될 것이다. 흥미 있는 내용을 담고 있으므로 일반 관중에게 인기를 얻을 것임에 틀림없다.
>
> 우선 자막이 좋다. 어조가 잘 어울리고 기분이 좋다. 이토[51]를 흉내 낸 구석이 있는 것이 마음에 걸리지만 가와이의 작품으로서는 잘 만들어졌다.[52] [밑줄은 인용자에 의함]

---

49 앞서 언급한대로 경성에서는 전편과 중편이 4월 1일, 속편은 5월 15일에 개봉되었고, 일본에서는 전편과 중편이 1929년 3월 29일에, 속편은 5월 3일에 공개되었다. 영화 〈요귀유혈록〉 관련기사는 소설이 동시 연재되던 『규슈일보』에도 보도되었으나, 『경성일보』 정도로 빈번하게 게재되지는 않았다.

50 水町靑磁「妖鬼流血錄」『キネマ旬報』1929年5月1日

51 1920년대 시대영화 감독으로 활약하던 이토 다이스케(伊藤大輔)를 지칭하는 것으로 추정된다. 이토는 당시 니힐리즘과 반항으로 가득찬 시대영화를 연출하여 명성을 얻고 있었다(岩本, 앞의 책, p.103).

52 一記者, 앞의 기사.

이 기사에서는 『경성일보』측이 연재소설 「요귀유혈록」을 영화화했던 목적이 어디까지나 구독자 확보를 위한 "대중적 흥미"를 끄는 데 있었음을 명시하고 있는데, 기자는 영화의 상업성 측면에서는 "잘 만들어진" 작품으로 평가하며 영화의 흥행 성공을 점쳤다.

예상대로 경성 관객의 반응은 폭발적이었다. 1929년 4월 2일 지면에는 중앙관을 가득 메운 관객들의 사진과 함께, 중앙관의 "2층과 1층 모두 가득 차 올해 동관(同館) 흥행 기록을 세웠다[53]"고 개봉 당일의 성황을 생생히 전하는 기사가 실렸다.

> 마지막에 상영된 〈요귀유혈록〉은 떠들썩한 박수와 함께 시작되었는데 중앙관 악장 미우라(三浦) 씨가 이끄는 20여명의 일본식과 서양식 악기가 섞인 합주단의 반주와 더불어 흥미 깊은 내용이 관중의 심금을 울려 2시간이 넘는 영사 시간 중에는 관중의 속삭임조차 들리지 않아, 대단히 성대하게 첫날 낮 상영을 마쳤다.[54]

〈요귀유혈록〉의 경성에서의 상영이 성황리에 종료된 이후에는 인천을 필두로 부산에 이르기까지, 전국 순회상영이 이어졌다. 앞서 언급한대로 조선과 만주에서의 상영 및 배급권을 재조일본인인 닛타가 가지고 있었기 때문에, 확인할 수는 없지만 〈요귀유혈록〉은 만주에서도 상영되었을 것으로 추정된다.

다만, 식민지 조선에서 〈요귀유혈록〉을 관람한 관객은 거의 대부분 재조일본인이었다. 개봉관이었던 중앙관은 경성의 일본인 전용관이었고, 『경성일보』가 '내선융화'라는 메시지의 전달을 최대의 목적으로 제작한 〈지극한

---

[53] 「大人気の『妖鬼流血録』初日」『京城日報』1929年4月2日
[54] 같은 기사.

사랑〉과 〈빛나는 죽음〉의 개봉 때와는 달리, 『경성일보』의 한글판 신문인 『매일신보』에도 영화 〈요귀유혈록〉의 광고는 게재되어 있지 않다. 당시는 무성영화 시대였기 때문에 보통 영화 상영은 변사의 설명으로 진행되었다. 따라서 일본인 전용관에서 상영된 〈요귀유혈록〉도 일본인 변사의 설명에 맞추어 상영되었다.[55] 즉, 처음부터 『경성일보』는 이 영화를 신문의 주된 구독자 층인 재조일본인을 타겟으로 한 미디어 이벤트로서 기획했던 것이다.

4. 맺음말

본 논문에서는 『경성일보』의 연재소설을 바탕으로 1929년에 만들어진 영화 〈요귀유혈록〉에 최초로 주목하여 그 제작배경을 밝히는 것을 목적으로 삼았다. 당시에는 식민지 조선에서 '신문 연재소설의 최초의 영화화'로서 대대적으로 선전되었음에도 지금까지 전혀 주목받지 못했던 이 영화의 제작과정은, 식민지 조선에서 연재된 소설이 일본 내지의 영화제작회사에 의해 영화화되어 식민지 조선뿐만 아니라 내지와 만주로까지 확산되어간 대형 미디어 이벤트의 일례로서 주목된다. 1920년대 후반, 새로운 영화 기술의 발명으로 그때까지 영화계를 지배하던 무성영화 제작시스템이 유성영화로 옮겨가던 무렵, 이러한 미디어믹스 전략을 통해 시대소설의 인기와 영화라는 매체의 인기는 상호 상승작용을 일으키며 대중성을 확보해나갔다. 그 과정에서 『경성일보』는 영화의 제작·배급·흥행에 이르는 전 단계에 관여함으로써, 직접 영화제작을 하지 않고도 식민지 조선을 중심으로 유통

---

55 'YI生'이라는 필자가 〈요귀유혈록〉의 속편 상영 당시 "사쓰키(五月)군의 해설과 더불어 전속 관현악단의 반주 등 모두 장면과 딱 들어맞아 영화의 가치를 높이고 있다"는 감상평을 적고 있는 것으로 미루어, 일본인 변사에 의한 상영이 진행된 것으로 보인다(YI生「『妖鬼流血録』その他を見る」『京城日報』1929年5月18日).

되는 대중문화 컨텐츠의 '기획자'로서의 역할을 담당했다고 할 수 있다.

　1920년대 전반 『경성일보』가 직접 제작한 내선융화를 선전하는 내용의 두 편의 극영화인 〈지극한 사랑〉과 〈빛나는 죽음〉은 대중성 부족으로 관객의 흥미를 끄는 데 실패했기 때문에, 이후 『경성일보』는 수지가 맞지 않는 극영화 제작을 단념한 바 있다. 그러나 신문 연재소설의 영화 제작권을 내지의 영화제작회사에 판매하여 『경성일보』가 그 제작과 흥행을 후원하는 형식으로 만들어진 영화 〈요귀유혈록〉의 경우, 동시대의 신문 연재소설이 영상화되는 것을 최초로 체험한 식민지 조선의 관객은 이 영화에 열광적인 반응을 보였다. 신문 연재소설의 영화화란 구독자가 매일 익숙하게 읽던 이야기에 이미지를 불어넣어 독자에게 입체적인 문화적 체험을 가능하게 할 뿐만 아니라, 복수의 미디어를 통해 보다 많은 대중에게 자사의 컨텐츠를 대량으로 확산해감으로써 대중성을 확보하는 매우 효과적인 미디어 전략이었던 것이다.

　이후 『경성일보』는 연재소설을 비롯한 자사의 오리지널 컨텐츠를 최대한 활용하여, 조선총독부의 선전 미디어로서 영화를 지속적으로 이용하게 된다. 그렇지만 애초 『경성일보』가 구독자 확보를 위한 마케팅 전략으로서 시작하였던 영화를 중심으로 한 미디어믹스 전략은, 1930년대 군국주의 시대로 접어들면서 프로파간다의 수단으로 변용되어 간다. 오쓰카 에이지가 지적한대로, 사람들을 영화관 앞으로 '동원'하는 방법과 전장(戰場)에 '동원'하는 방법은 의외로 비슷하게 닮아 있었기 때문이었다.[56]

56　大塚英志「まえがき」大塚英志(編)『動員のメディアミックス』思文閣出版, 2017, p.5.

영화관객으로 재조일본인을 상상하기

일본어신문 『부산일보』를 중심으로

양인실

1. 들어가며

이 글은 식민지기 부산에서 일본어로 발행되던 『부산일보(釜山日報)』(이하, 『부산일보』)[01]가 부산지역의 문화면에 접할 수 있는 귀중한 기회를 제공했다는 점에 주목하여 영화관객으로서의 재조일본인의 영화경험을 재구성하려는 시론이다.[02] 영화라는 시각매체와 신문이라는 활자매체를 연결해서 생각해보면, 신문은 영화관객에게는 영화에 대한 정보를 얻을 수 있는 수단이었으며 영화관 쪽에는 영화 개봉 전에 미리 영화에 대한 인기를 모을 수 있는 후원수단이었다. 또한 영화관객 이라는 점에서 보면 일본어문해능력이 있던 재조일본인들에게 일본어신문은 유용한 영화홍보수단이었다고도 할 수 있는데, 이들은 일본어 영화의 관객이면서 일본어신문의 독자층이기도 했을 것이다.[03]

---

[01] 식민지기 발행됐던 『부산일보』는 현재 국립중앙도서관이나 국사편찬위원회, 한국사데이터베이스 등을 통해서 원문기사검색이 가능하지만 전 호가 실려있지는 않다. 본 연구도 이런 자료의 한계에서 자유롭지 못했다는 점을 미리 밝혀둔다.

[02] 『부산일보』의 영화관련기사에 대한 연구업적으로 홍영철(2009)를 들 수 있다. 이 연구는 식민지기 부산의 영화관에서 상영된 영화를 목록화한 것인데 연구분석이나 고찰까지 이르진 못했지만 식민지기 부산에 주목하여 여기서 발행된 발행된 『부산일보』나 『조선시보』의 영화관련기사를 모아30년에 이르는 영화상영정보를 망라하고 있다.

[03] 본 연구서에 실린 임다함의 글은 일본어 신문이 독자들을 확보하기 위해 미디어 이벤

여기서는 신문의 독자층과 영화의 관객층이 겹치는 지점을 일본어신문의 영화관련기사로 보고, 『부산일보』의 영화란과 영화관련기사를 중심으로 재조일본인의 재조일본인의 영화경험을 지역신문의 영화관련기사에서 추론해보려고 한다. 지금까지 재조일본인과 영화와의 관계를 논한 연구로는 다나카(田中, 2004), 정충실(鄭忠実, 2013), 임다함(任ダハム, 2014)을 들수 있다. 간략하게 내용을 살펴보면 영화초장기에 조선으로 건너간 배우겸 영화제작자 도야마 미쓰루에 대한 연구, 경성의 흥행면에 대한 연구, 한국영화사 속 재조일본인의 역할을 다룬 연구 등이다.

이 글에서는 선행연구의 문제의식을 공유하면서 더 나아가 재조일본인을 관객으로 본다면 어떻게 그들의 영화경험을 재구성할 수 있을지를 생각해 보도록 하겠다. 재조 일본인의 영화관람수기나 영화비평들이 현존하는게 비교적 많지 않고, 특히 동 시대 재조 일본인 잡지[04]나 영화전문잡지들이 주로 경성의 재조일본인들에 초점을 맞추고 있는 상황에서 부산에서 발행된 『부산일보』는 많은 시사점을 준다. 이처럼 영화연구에서 활자매체를 1차자료로 활용하려는 움직임에 대해 곤도 가즈토(近藤和都)는 오프 스크린(オフスクリーン)이라는 개념으로 영화관이 발행했던 영화관 뉴스나 영화관 프로그램, 영화제작사의 사보 등을 자료로 사용할 것을 제언한다. 이

트중 하나로 영화를 기획하고 제작하는 과정을 설명하고 있다. 식민지기의 『경성일보』는 조선총독부의 어용신문으로 영화를 제작할 수 있는 역량을 가지고 있었지만, 『부산일보』가 주최한 미디어이벤트는 독자우대권발행과 영화상영회 후원정도였다.

[04] 일본어잡지 『조선공론(朝鮮公論)』의 경우 영화관련기사들을 정기적으로 게재하고 있지만 대부분 경성중심의 기사들이고, 부산의 영화관련기사는 1922년 11월호의 「선만영화계 인물 총평-경영자평론＝해설자 평론(朝満映画界人物総捲り−経営者評論＝解説者評論)」이 거의 처음이다.이 기사에서는 사이와이칸(幸館), 아이오이칸(相生館), 호라이칸(宝来館) 소속되어 있는 설명변사의 특징과 인물에 대해 평을 하고 있는데 부산 영화계가 열기를 더해 가고 있음도 설명하고 있다.

런 자료들을 발행하지 못했거나 발행하더라도 활자매체가 남아있지 않은 식민지 조선의 지역에 거주하던 재조일본인과 영화를 살펴보려면 이들 자료를 대신하여 일본어 신문을 1차자료로 사용할 수 있을 것이다.

동 신문의 영화관련기사를 1차자료로 삼아 재조일본인의 영화경험을 재구성하는 이 글에서 주목하는 것은 재조일본인의 영화관객으로서의 모습이다. 이 글에서는 우선 지역신문으로서의 『부산일보』의 특징을 살펴보고, 식민도시로 출발한 부산지역의 로컬리티와 그 안에서의 영화관의 흥행, 그리고 영화관객으로서 재조일본인들의 양상을 고찰해보도록 하겠다.

본 연구에서 재조일본인의 영화경험을 재구성하는 데 『부산일보』의 기사에 주목하는 이유는 다음과 같다.

첫째, 내지와 조선을 왕래하던 많은 영화인들이 배와 기차를 갈아타면서 이동했다. 이 환승시간에 영화인들은 부산역 앞에 있는 동 신문사와 인터뷰를 나누기도 했다.

둘째, 식민지지배에 의해 형성된 개항도시 부산에서 피식민자였던 재조일본인과 영화와의 관계를 나타내는 자료를 동 신문이 제공하고 있다.

셋째. 동 신문은 부산에서 발행된 지역신문이지만 조선전역과 만주, 내지에도 지사와 지국을 두고 있었다. 그래서 동 신문기사는 부산뿐만 아니라 부산근처의 마산이나 진해 등의 영화관련기사도 게재하고 있었다. 발행초기에는 영남지방의 각 지역판(김천판, 남해판 등)을 발행했지만(홍선영 2003), 1917년 11월부터 경성판이 신설되면서 다른 지역판은 사라지게 된다(임상민 외 2016). 이 1917년판의 동 신문에는 지역판의 개편 이외에도 큰 변화가 있었다. 동 신문은 발행초기부터 지면 전체를 일본어로 발행했었는데, 1917년부터 1918년까지의 1년동안 조선어지면을 만들어, 「최대한 신동포를 동화시켜, 비교적 지식이 저급한 선인을 계발, 조선의 이차원을 개척」[05]하려고 했던 것이다. 배병욱은 이런 방침이 동 신문의 사장이었던 아쿠타가와가 국가주의적 식민주의를 실천한 사례의 하나라고 보고 있다(배병욱 2012).

2. 식민도시 부산의 로컬리티와 지역신문

2.1. 부산의 재조일본인

본론에 들어가기 전에 우선 제국일본내 부산의 지정학적 위치와 부산의 재조일본인에 대해 잠깐 살펴보도록 하겠다. 식민지기 부산은 내지(이하, 내지)와 식민지 조선(이하, 조선)을 잇는 관부연락선[06]이 다녔고 더 나아가 식민지 조선의 중심도시 경성과 철도로 이어지는 제국 일본내 교통의 요충지였다. 조선총독부가 숙박시설을 운영했던 장소를 1930년의 조선총독부 철도국 광고로 살펴보면 부산과 대전, 경성, 평양, 대전에 운수사무소를 설치하고 있으며 직영호텔로 경성의 조선호텔, 평양의 철도호텔, 부산과 신의주의 스테이션호텔, 금강산의 온정리장안사호텔(『新聞及新聞記者』1930년 5월호)인데 이들 지역은 교통의 요충지 혹은 주요관광지였다.

부산의 이런 지역적 특징은 19세기 말부터 이미 제국 일본의 대륙진출 교두보로 인식되어 1910년 당시에는 약 2만 명의 일본인이 부산에 거주하고 있었다. 1906년에 부산의 재조일본인 인구는 18,236명, 경성은 17,114명이었는데, 2년 후인 1907년에는 부산이 19,734명, 경성은 22,059명으로 경성의 재조일본인 수가 부산보다 많아졌다. 1912년에 발행된 『조선총

---

05 「本紙の過去および将来」『釜山日報』1917.4.4
06 관부연락선은 제국일본내에서 내지와 외지를 잇는 유일한 수단이었다. 이에 대해서는 홍연진(2007)을 참고할 수 있다.

독부 통계연보(朝鮮総督府統計年報)』(통감부 관방과 문서과 편(統監府官房文書課編))에 따르면 1910년 당시의 경성의 일본인 인구는 38,397명, 부산은 24,936명, 인천은 11,126명의 순이었다. 이 중에서도 특히 부산의 일본인 수는 1920년이 되면 40,532명으로 거의 2배의 증가율을 보였다.

부산은 이렇게 인구 규모로만 보면 식민지조선에서 경성에 이은 두 번째 규모의 도시였다. 그러나 전통적인 도시의 형태를 지니고 그 위에 식민지도시의 모습이 덧칠해진 경성과 달리 부산은 식민지 지배가 시작됨과 동시에 일본인마을이 중심이 되어 도시가 형성된 식민지지배가 낳은 개항도시(橋谷 2004)라고 할 수 있다. 그래서 식민지기 경성의 문화지도가 1930년대중반까지 에스닉경계가 분리되어 조선인영화상설관이 있는 북촌(종로)과 일본인영화상설관이나 백화점이 있는 남촌(명동, 충무로)으로 나뉘었다면, 부산은 일본인인구가 많은 부산역과 부산항 중심으로 번화가가 형성되었고 영화관거리도 이 근처에서 형성되었다. 부산에서 일본어로 발행되던 신문 『부산일보』는 「동아의 관문인 부산역 앞에 굉장한 사옥을 건축하여 내용과 외관 모두 내실을 기해 보도의 신속함과 기사의 정확함으로 이미 정평」(中村 1937 : 48 - 49＝井川 2017 : 164 - 166)이 나 있었다고 하는데, 이런 동 신문사의 변천은 식민도시 부산의 발전을 그대로 반영하는 것이기도 했다. 또한 내지일본에서 발행되던 영화전문잡지 『키네마준포(キネマ旬

報)』[07]나 『국제영화신문(国際映画新聞)』[08] 『일본영화(日本映画)』[09] 등도 조선
에서 구독할 수 있었지만 영화에 대한 가장 많은 정보를 제공한 매체는 일
본어 신문이었다. 영화전문잡지들은 월간이나 격주발행이었고, 영화에 대
한 깊고 광범위한 정보를 얻을 수 있었지만 지역의 영화관련정보는 매일
발행되는 신문에서 얻어야 했던 것이다. 재조일본인들은 내지의 중앙지였
던 『오사카마이니치신문(大阪毎日新聞)』(현 『마아니치신문(毎日新聞)』)이나
『오사카아사히신문(大阪朝日新聞)』(현 『아사히신문(朝日新聞)』)을 주로 구독
(『半島の新聞』1931 : 1)했지만 "비행기운송이 아닌 한 아무리 초특급이어도
조선해협의 운송시간을 단축시킬 수 없으니" 지역신문은 중앙지와 비교했
을때 뉴스를 하루 일찍 보도할 수 있는 '특권'이 있었다(앞 기사).

당시 부산의 영화계에 대한 기사를 보면[10], 내지와 비교해 열악한 상황이
었음을 알 수 있다. 인구 10만의 부산에서 영화관이 3개관밖에 없으며, 후
쿠오카에서 상영되고 있는 〈벤허〉[11]는 부산에 언제 올지도 모르는 상황이

---

07 1919년7월 창간, 1907년 7월에 창간하여 매달 1일, 11일, 21일의 3회 발행되던 외국영
    화전문잡지였다. 간토대지진을 겪으며 잡지의 성격과 발행빈도가 바뀌게 되었다. 2019
    년 창간100주년을 맞이했으며 현존하는 영화전문잡지중 가장 오래된 잡지이다. 1924
    년부터 해외영화베스트10선정, 1926년부터는 일본영화베스트10도 같이 선정하기 시
    작했다.

08 1927년 창간됐지만 1940년 신문잡지통폐합으로 폐간되었다. "영화사업가나 투자가, 상
    설관경영자, 영화사업에 뜻이 있는 젊은 이들이 손에 들고 읽을만한 보도기관이 없는"
    상황을 타파하고 "영국의 『키네마토그라프(キネマトグラフ)』같은 이론과 실제를 본위
    로 하는 영화사업연구잡지를 창간"하는 게 그 목적이었다고 한다(「創刊のことば」『国際映
    画新聞』1927年7月号). 동 잡지는 2005년에 복각판으로 발행되었다.

09 1936년부터 기쿠치 칸(菊池寛)이 간행했고 전시기에도 유일하게 발행되는 영화전문잡
    지였다. 동 잡지는 2002년에 복각판으로 발행되었다.

10 「釜山通信」『キネマ旬報』(1928年11月11日号)

11 〈Ben-Hur: A Tale of the Chris〉(1925) Fred Niblo 감독, MGM, 1928년도 『키네마준
    포』 외국영화 베스트텐 4위를 기록할 정도로 일본에서 인기가 있었다.

다. 게다가 부산의 상설관들은 내지와 달리 영화 그 자체를 무시하고 뉴스도 발행하지 않으며 해설자는 재능이 없고 음악도 좋지 않은데 영화관들은 관객을 끌어들이기 위해 "단지 입장료를 싸게 할 뿐"이다. 게다가 식민지에서 영화상설관을 운영하는 이들은 예술에는 관심이 없고 사욕에만 눈이 멀어있다고 하며 그나마 부산일보사의 영화란이 영화에 관심있는 이들에게 '기쁨을 주고 있다'고 한다. 부산의 재조일본인들에게『부산일보』의 영화란은 내지에서 건너오는 영화전문잡지보다 더 빠르게 거주지역의 영화정보를 전해주는 '오프스크린'이었다.

2.2.『부산일보』의 이력서

1905년 1월 15일 구즈우 요시히사(葛生能久(修吉))[12]가 부산에서『조선일보』를 창간했다. 같은 해 11월에는『조선일보』를 구즈우로부터 이어받은 우치야마 모리타로(內山守太郎)가 이를『조선시사신보(朝鮮時事新報)』로 개칭했지만 재정난으로 같은 해 5월부터 휴간에 들어갔다. 그런데 이『조선시사신보』에는 1906년부터 아쿠타가와 다다시(芥川正)가 주필로 초빙되어 있었는데 그는 휴간중이던 동 신문을 이어받아『부산일보』로 개제했다. 아쿠타가와가 재정난에도 불구하고『부산일보』를 이어받을 수 있었던 것은 고쿠류카이(黑龍会)의 도움과 고주하치은행(五十八銀行) 부산지점장이던 기타무라 게이스케(北村敬介)의 원조가 있었기 때문이었다(金泰賢 2011 : 33).

그런데『부산일보』가 창간된 1905년 1월에서 8개월이 지난 1905년 9월 이후 식민지조선에서는 일본어신문 발행붐이 일었다. 이상철에 따르면 러

12　구즈우 요시히사(1874-1954). 지바현(千葉県) 출신으로 전후에 A급전범으로 재판에 회부되지만 불기소석방된다.

일전쟁에서의 일본의 승리이후 조선으로 건너가는 일본인이 급증했는데 「그 중에는 신문기자나 신문경영을 꿈꾸는 기업가」(李相哲 2009 : 95)들도 있었다. 이들 일본인 중에는 「조선인을 모욕하고, 부당한 상거래를 하는 이도 많아서 조선인 중에는 일본인을 증오하고 피하는 자들이 늘어나」는 경우가 있어 「이런 혼란을 피하기 위해 각 지에서 일본인 스스로가 상법희의소나 여러 거류민단체, 조합을 조직」했고 「이를 모체로 하여 신문을 창간하는 경우가」 늘어나고 있었다(李相哲 2009 : 95-6)[13].

한편 아쿠타가와가 동 신문을 이어받은 후 재정난은 해소되었고 그 세력을 조금씩 확장시키기 시작했다. 1919년 2월 1일부터는 자본금 25만 원의 주식회사가 되었는데 규모만 보면 말 그대로 거대미디어에 편입되었다고도 할 수 있다. 당시의 식민지조선을 대표하는 전국 대상 신문의 『조선신문』[14]의 자본금이 30만원, 1921년의 『경성일보』[15]의 자본금은 16만 원이었다(배병욱 2012 : 49)는 점을 생각하면 동신문의 자본금25만 원이 얼마나 대단한 규모였는지를 알 수 있을 것이다.

『부산일보』는 이런 막대한 자본을 등에 업고 조선뿐만 아니라 제국일본 각지에 지사와 지국을 설치했다. 1929년의 자료(中村 1929 : 142＝井川 2017 : 167)를 보면 지사는 경성과 도쿄, 오사카, 대구에, 지국은 춘천, 진주, 전주, 마산, 통영, 광주 등지와 간도, 봉천, 대련, 하얼빈 등 27개소에 그리고 총무소를 3군데 설치했다.

---

13 이런 신문발행붐은 외무성이 보조금을 지원했기 때문이었다(李相哲 2009 : 96)고 한다.
14 1881년 경성에서 창간된 일본어발행 민간신문이다(中村 1929 : 116＝井川 2017 : 140)
15 『경성일보』는 한국통감부가 1906년 9월 1일에 창간한 기관지였다. 그 발행목적은 「대한보호정치(対韓保護政治) 시행에 임해 이를 대외에 표명하고 오인과 의혹을 일소하기 위해」였다고 한다(李相哲 2009 : 98).1910년 조선총독부 설치 이후에는 조선총독부의 기관지로서 식민지지배가 끝날 때까지 발행되었다.

그리고 아시아태평양전쟁이 악화되던 1940년대에는 부산근처지역의 신문을 흡수하여 영남지방을 대표하는 일본어신문이 되었다. 이런 동 신문의 1927년 당시의 판매부수를 보면 경상남도(9819), 경상북도(2229, 강원도(658), 전라남도(621), 충청남도(423), 경기도(380)조선외 지역(1930)등 전국에 구독자가 분포하고 있었음을 알 수 있다(金泰賢 2011). 또한 동 신문은 도쿄, 오사카, 하카타 등의 내지 각 지역과 중국과 만주지역(봉천, 신경, 대련, 상해, 북경, 천진, 하얼빈 등)까지 그 지국을 만들어 세력을 확장했다.

(사진 1) 1937년 부산일보 사옥(출전 中村 : 1937)

1929년 당시 동 신문은 "정당정파 혹은 관권민권에 편향되지 않아서 독자들의 신뢰를 얻어 그 판매구역이 확대되고 있으며 조선은 물론이고 국경을 넘어 만주의 깊숙한 곳에 이르기까지 본 지의 애독자를 보지 않은 곳이 없다"(中村 1929 : 140＝井川 2017 : 164)고 할만큼 지역신문이면서도 일본 제국의 곳곳에서 구독되고 있었다. 조간과 석간 12면씩 발행되었으며 주필 겸 사장이었던 아쿠다가와 다다시가 병으로 죽은 1928년 이후에는 가시이 겐타로(香椎源太郎)가 대표이사를 맡았지만 사장은 공석이었다. 1932년 2월 25일자 동 신문은 전무이사

인 아쿠타카와 히로시(芥川浩)를 사장으로 추대한다고 전했다.[16]

3. 부산의 영화관과 조선키네마주식회사

3.1. 부산의 영화관에서 영화보기

한편, 1900년대 부산에서는 일본인거류지를 중심으로 극이나 볼거리를 공연할 수 있는 극장이나 영화관이 조금씩 생기고 있었다. 1904년에는 난빈초(南彬町)[17]에 있는 사이와이자(幸座)나 마쓰이자(松井座)에서 내지에서 들어온 활동사진이나 환등, 그리고 조루리(浄瑠璃) 등의 무대공연이 행해지는 등, 1910년대까지 일본인 거류지에는 7개의 극장이 만들어졌다(홍영철 2009). 앞서 말했듯이 경성이 조선인거리 북촌(종로)과 일본인 거리 남촌(명동과 충무로 일대)으로 에스닉경계가 나뉘고 영화관도 이에 따라 일본인 상설경영관과 조선인 상설경영관으로 분리되어 있었다면 부산은 주로 일본인거주지역에 영화상설관이 만들어졌고 이는 대부분 재조일본인을 위한 것이었다. 이는 앞에서 말했듯이 경성과 부산의 도시발달형태가 달랐기 때문이다.

그래서 1935년 조선최초의 토키영화 〈춘향전〉[18]이 나올 때까지 부산의 일본인 상설영화관에서 조선영화는 상영되지 않았다(홍영철 2009)[19]. 부산

---

16 「本社社長に芥川浩氏」『釜山日報』1932.2.25
17 현재의 자갈치시장 근처 해안가에 있는 광복동을 지칭한다.
18 1935년 이명우 감독, 경성촬영소제작, 단성사 개봉.
19 토키영화 등장전까지 변사의 역할이 중요했음을 생각해본다면 일본인상설극장에 조선인변사가 없어 조선영화가 상영되지 않았을 가능성도 있을 것이다. 무성에서 토키영화로의 변화는 영화에 다시 국경을 만들고 경계를 나누었으며 언어문해력이 없는 관객들을 영화관에서 내몰았지만, 부산의 경우에는 이를 반대로 생각해볼 수도 있을 것이다. 이에 대해서는 좀 더 많은 자료를 살펴볼 필요가 있다.

에서 조선영화 상영은 『동아일보』나 『조선일보』의 부산지국이나 경성에 있던 단성사의 지방순업부의 키네마경영대회나 독자를 위한 영화대회 등 상설상영이 아닌 비정기적 상영이 주를 이루고 있었다.

그렇다면 구체적으로 『부산일보』에서 읽어낼 수 있는 부산지역 재조일본인의 영화관람경험은 어떤 것일까. 여기에서는 『부산일보』의 영화관련기사를 중심으로 재조일본인의 영화관람경험중 일부를 살펴보도록 하겠다.

1925년 당시 『부산일보』에는 부산의 영화관 사정을 알 수 있는 기사가 게재되었다. (동 신문,1925년 2월 1일자). 부산에서는 아이오이칸(相生館), 사이와이칸(幸館), 호라이칸(寶来館)의 3개 영화상설관과 다이헤이칸(大平館), 고쿠사이칸(国際館), 고토부키자(寿座), 소료유카쿠칸(草梁遊郭館), 마쓰시마유엔치엔게이칸(松島遊園地園芸館) 등의 연예관이 있었는데 1924년을 통틀어 흥행일수는 1457일, 입장객수는 33만7천228명으로 부산 인구 8만명이 평균 4회 정도 영화를 본 셈이며 전 입장객의 7할은 이 세 상설관에서 영화를 봤다고 한다

이를 조선 전국으로 확대해, 시기는 조금 다르지만 1934년판 『국제영화연감』을 참조해서 구체적인 수치를 살펴보자. 1932년 당시 일본인이 경영하는 흥행장의 관객 중 내지인 비율은 전체의 66%, 조선인비율은 34%였는데 조선인이 경영하는 흥행장의 내지인 비율은 15%, 조선인비율은 87%였으며 공동명의인 곳은 내지인 비율이 5%, 조선인 비율이 95%였는데 전체비율로 계산하면 내지인 관객이 54%, 조선인 관객이 45%였다고 추정할 수 있다(『国際映画年鑑』 1934 : 141쪽). 다만 조선의 전체인구에서 일본인이 차지하는 비율을 볼 때 영화흥행장의 관객층에서 일본인이 차지하는 비율이 높았음을 알 수 있다. 또한 1933년 당시 전 조선의 내지인이 53만3천명, 조선인은 20,037,000명이었는데, 연간 영화관람횟수는 내지인일 경우 1인

당 6회미만, 조선인인 경우 23명당 1명이 1회 영화를 보고 있었다(『国際映画新聞』1933年11月下旬).

부산의 경우 인구에 비해 영화관은 많지 않았는데 "만선으로 가는 입구라고 해도 내선인을 합해 14만, 상설관 3곳은 걸핏하면 한숨을 내쉬면서도 정월이 가까워지면 영화를 선전하는 종이나 큰 북을 울리며 떠들썩해지는 부산".(『国際映画新聞』1934년 1월 하순호)의 분위기가 있었다.

이런 부산의 영화거리의 분위기는 염상섭의 소설 『만세전』에도 나오는데 주인공 이인화가 환승시간에 부산역 근처 시내를 걸으면서 "(전략)얼마도 채 못가서 전찻길은 북으로 꼽들이게 되고 맞은편에는 극장인지 활동사진인지 울그데불그데한 그림조각이며 깃발이 보일 뿐이다"라고 묘사한 부분이 바로 부산의 영화관 거리이다. 이 작품에서도 알 수 있듯이 부산의 영화관 거리는 부산역, 부산항과 걸어서 갈 수 있는 거리에 있었으며 환승시간을 즐길 수 있는 볼거리를 제공하고 있었다.

3.2. 조선키네마주식회사와 『부산일보』

그러나 부산의 영화시를 이야기할 때 일본인거류지 중심의 영화관흥행과 별도로 1924년에 만들어진 조선키네마주식회사를 빼놓을 수 없을 것이다. 한국영화사에서 최조의 영화제작회사로 기록되는 조선키네마주식회사가 바로 부산에서 만들어졌기 때문이다.

내지에서 조선영화에 대해 소개하기 시작한 1920년대에 영화잡지 『활동잡지(活動雜誌)』는 「조선에서 영화제작 개시」(『活動雜誌』1924年7月号)라는 제목하에 다음과 같은 내용을 게재했다.

영화계 발전에 따라 조선에서도 많은 상설관이 경영되고 있는데 조선인 배우들에 의해 제작된 영화는 아직 누구도 계획하지 않고 있었다. 이번 부산의 명류들이(중략) 영화에 의해 내선친화의 결실을 도모함과 동시에 내지인들에게도 널리 조선의 사정을 소개하게 되었다(중략) 동 사의 영화는 닛카쓰쇼치쿠등과 제휴하여 내지의 각 영화관에서 상영하게 되었다고 한다

이 기사에서 주목할 점은 조선의 영화제작 출발이 「내선친화의 결실을 도모함과 동시에 내지인들에게 널리 조선의 사정을 소개하」기 위한 것이었다고 인식하고 있다는 점이다. 또한 1920년대 조선에서 영화제작사가 처음 생긴 곳이 부산이었음을 명시하고 있기도 했다.

부산에서 처음 생긴 영화사는 조선키네마였는데 정식 명칭은 조선키네마 주식회사(이하, 조선키네마)였다. 처음에는 당시 부산을 중심으로 연극공연활동을 하고 있던 연극단체"무대예술연구회"의 구성원들과 부산의 재조 일본인, 부산의 실업가들이 출자했다. 조선키네마의 1회 작품 〈해의 비곡〉(1924)은 승려였던 다카사 간초(高佐貫長, 조선명 왕필렬)가 감독 및 각본을 담당했고 제주도에서 촬영이 이루어지기도 했다. 1925년에 정식으로 내지에 수입되어 도쿄의 아사히(朝日)회관에서 시사회가 열렸다.

이 시사회이전에 오사카미쓰코시포목점(大阪三越呉服屋)에서 『오사카 마이니치 신문(大阪毎日新聞)』의 후원하에 1924년 10월 14일부터 20일까지 영화전람회가 개최되어, 〈해의 비곡〉이 처음으로 일본에 소개되었다. 여기에서는 문부성, 오사카부, 쇼치쿠(松竹), 닛카쓰(日活), 데이코쿠키네마(帝国キネマ), 도아(東亜), 조선키네마, 유나이티드 아티스트, 파라마운트, 폭스, 유니버설의 각 지사, 스타 필름, 니치베이영화(日米映画), 데블리(デヴリー), 오사카아쿠메(大阪アクメ), 데라타(寺田), 아사누마(浅沼), 고베후지오카(神戸藤岡), 이리스상회(イリス商会)의 각 상품과 오사카 마이니치의

출품이 있었다(寺川 1925 : 206). 〈해의 비곡〉은 삼천 원의 흑자를 기록했는데 이 흑자를 계기로 조선인 감독과 배우들을 회사에 전속시키기로 하고 그 1회 감독으로 윤백남이 입사하게 된다.

그런데 이 영화전람회를 개최했던 오사카마이니치신문 출판부는 1924년 10월에 『극과 키네마(芝居とキネマ)』를 창간, 창간호에서 「조선키네마와 쇼치쿠의 조선극」이라는 기사를 게재한다. 여기서 영화 〈해의 비곡〉의 이주경과 이채전, 「조선키네마의 스타인 여우 이월화」를 사진으로 소개하고, 12월호에는 「여배우의 집(2)」에서 방에서 뜨게질을 하고 있는 이월화[20]의 사진을 게재했다.

또한 1930년대가 되면 부산의 영화관업계는 경성보다 이른 시기에 대형화를 도모하면서 조선 전국뿐만 아니라 만주까지 그 비교대상을 넓히는 등 영화관의 규모의 경쟁이 시작되었다. 보기를 들어 1930년에 화재로 전소한 사이와이칸은 다음해인 1931년 8월 영화관 경영자 사쿠라바 미키오(櫻庭幹雄)가 지역유지인 오시마 요시스케(大島芳輔)의 투자로 남쪽 해안에 있던 부산빌딩 옆에 새로 영화관을 지을 수 있게 되었다. 아이와이칸에는 공연에도 사용할 수 있는 무대와 엘레베이터, 수세식 화장실, 난방 및 환기 송풍기구 등을 설치하여 「만선유일의 영화전당으로서 또 동아현관의 자랑」이 되기도 했다(『朝鮮と建築』 1931年8月号).

그런데 『부산일보』에서 〈해의 비곡〉를 다루는 방식에 잠깐 주목할 필요가 있다. 『부산일보』에서 조선영화를 다룬 몇 안되는 기사중 하나를 살펴보자. 여기에서는 조선영화의 사명으로 "민중오락의 패자인 활동사진의

---

20   이외에도 『영화와 연예(映画と演芸)』 1934년 11월호에서는 이월화가 다시 「조선키네마 주식회사의 스타」로 소개되었다.

융성, 일선동화운동을 주안으로 해야 한다"며 "조선에서 처음 만들어진 영화제작사 조선키네마 주식회사"를 보기로 들고 있다.[21] 여기서 이 작품에 대해 비판하고 있는데 그 내용은 "부산을 사랑한 부산시민이 그 토지에서 발생한 특수한 사업에 대해 특별한 흥미와 애무를 가지고 있다는 것을 생각하여 그 성장을 보다 의미있는 것으로 하기 위해서 일부러 이런 문장을"쓰고 있으며 〈해의 비곡〉과 〈바그다드의 도적〉[22]을 비교하고 있다. 이 기사에서는 부산이라는 지역의 로컬리티를 강조하고 있는데, 1928년 12월에 영화연구단체가 만들어졌으며(1928년 12월 5일자), 부산제7소학교에서는 소학생을 대상으로 하는 영화교육(1932년 10월 5일)이 행해졌다는 등의 기사들도 이런 로컬리티를 강조하고 있다.

4. 지역영화저널리즘으로서의 『부산일보』

4.1. 『부산일보』, 〈그대와 나〉를 말하다

동 신문은 앞에서도 말했듯이 전국적으로 지사나 지국이 분포되어 있었다. 이런 지사나 지국의 분포는 『부산일보』가 주최하는 활동사진 순회상영과도 연결되어 보기를 들면 1930년 7월 4일자 기사에 부산일보 순회활동사진에서 7월 4일에서 10일 사이에 사천, 고성, 통영, 장소미정, 여수, 순천, 벌교의 순으로 순회상영을 했다는 기사가 실리기도 했고 각 지역별로 어떤 영화가 상영되었는지에 관한 정보가 게재되기도 했다. 지역별 영화상영 정보 기사를 구체적으로 보면, 대구(1938년 10월 11일자, 10월 13일자, 10

---

21 『朝鮮キネの使命(1)』『釜山日報』1925.2.15
22 〈The Thief of Bagdad〉, 1924, 라울 월쉬감독, 더글라스 페어뱅크스 주연및 제작, 유나이티드 아티스트

월 21일자, 10월 25일자), 진주(1915년 6월 18일자 등), 진해(1915년 6월 8일자 등), 밀양(1925년 5월 25일자 등), 강경(1925년 6월 14일), 대전, 포항(1930년 7월 5일자, 1931년 1월 20일자 등), 함안(1933년 11월 5일), 김천(1929년 4월 7일자, 1930년 10월 26일자 등), 이리(1925년 9월 25일), 천안(1929년 4월 5일자), 경주(1932년 11월 10일), 춘천(1925년 9월 26일) 등이다. 이렇듯 전국 지역별 영화상영사정을 게재한 일자를 보면 1910년대부터 1930년대까지 꾸준히 지역별 영화사정에 관심을 기울이고 있었음을 알 수 있다.

또한 부산은 앞에서도 말했듯이 내지와 외지를 잇는 관부연락선과 조선 국내 지역과 경성을 잇는 경부선이 교차하는 곳이기도 했다. 관광객뿐만 아니라 여러 직업을 가진 이들이 부산을 경유해 어딘가로 이동했다. 「부산을 경유하는 다양한 신분의 여행자들(보기를 들어 신문기자, 변호사, 교사 등)」이 배와 기차의 환승시간을 이용해서(임상민, 이경규 2016 : 214)부산관광을 하거나 동 신문과의 인터뷰를 했다.

동 신문의 영화인 인터뷰기사에서 주목할만한 기사는 히나쓰 에이타로(日夏英太郎) 관련기사이다. 그는 영화 〈그대와 나(君と僕)〉[23]의 후반작업을 위해 내지로 떠나면서 짧은 시간에 인터뷰를 남겼고, 같은 해 11월에는 제국 일본 및 만주지역, 태국지역 등에서의 개봉일정을 논의하기 위해 경성으로 가는 도중에도 인터뷰기사를 남겼다. 이외에도 영화 〈그대와 나〉 상영과도 관련하여 많은 기사가 게재되었다.

우선 1941년 9월 21일 석간에 「그대와 나 촬영배우 일행 오늘 밤 부산 통과(君と僕撮影俳優一行 今夜釜山通過)」라는 기사가 실렸는데, 그 다음날 조간에는 후속기사로 「지원병영화의 〈그대와 나〉 내선배우의 융화기분 어

---

23 허영(히나쓰 에이타로) 감독, 1941년 조선군보도부 제작

제밤 일행 부산통과 귀동(志願兵映画の "君と僕" 内鮮俳優の融和気分 昨夜一行釜山通過帰東)」가 2면에 실려 히나쓰 에이타로(허영) 감독의 인터뷰기사도 게재되었다. 관부연락선을 타기 직전 부산의 잔교에서 히나쓰는 이 영화에 대해 다음과 같이 말했다.

이것으로 대체적으로 결정된 거 같습니다만 종래의 개인적 배우보다 한층 더 나아간 국민으로서의 각오로 열심히 해 준 것에 대해 무엇보다도 기쁠 따름입니다. 군부는 물론이고 철도와 그 외 각 방면에서 진심어린 원조를 받아 다행히 좋은 영화를 탄생시키고 싶습니다. 단순히 영화로서 좋고 나쁨이외에도 내선배우들의 마음과 마음이 연결되고 앞으로 서로 손잡고 나갈 기운이 생긴 것도 기쁜 일입니다. 앞으로는 오후나(大船)에서 한달 예정으로 세트촬영이 있어서 개봉은 10월하순이나 11월 상순이 되리라고 생각합니다. 모든 출연자가 열심히 한 연기가 어떤 화면이 되어 나타날 지 부디 여러분의 기대에 따르길 바랄 뿐입니다

히나쓰는 같은 해 11월에도(개봉 직전에) 다시 부산에서 동 신문사와 인터뷰를 하는데 9월 인터뷰 때보다 시간을 많이 할애해서 영화에 대한 이야기를 하게 된다.[24]

과거 1년동안 이 영화 제작에 말그대로 마음과 혼을 불어넣은 연출가 히나쓰 에이타로 씨와 순정의 주연여배우 문예봉 씨가 15일 아침 관부연락선 도쿠주마루로 부산에 상륙하여 특급 "아카쓰키(あかつき)"로 경성으로 향했다. 히나쓰는 우방 태국에서 개봉하기 위한 프린트를 가지고 문예봉 씨와 나란히 앉아, 지금부터 출발날짜 그 외에 대해 조선군과 사전모임을 한다며 지금까지 보기 힘들었던 흥분한 얼굴로 이것 또한 보기 드물게 달변으로 〈그대와 나〉의 감격을 말했다. 도게키(東劇, 인용자주-도쿄극장)에서 12일 봉절했을 때에는 황실에서

---

24 「泰国で封切りされる志願軍映画『君と僕』日夏英太郎 釜山で語る」『부산일보』1941년 11월 16일자

도 봐주셨고 경성에서는 일부러 미나미(南) 총독과 이타가키(板垣) 군사령관이 축전으로 보내주셔서 그것을 읽어갈 때의 기분은 단지 감개무량이었습니다. (중략) 조선에서는 오는 24일 경성, 평양, 부산, 대구, 함흥에서 일제히 개봉합니다. 이어서 일주일후에는 만영 및 관동군의 배급으로 만주에서 개봉합니다. 또한 이타가키사령관을 만나뵙고 태국 개봉을 위해 나가기로 되어 있습니다. 지금 태국 영화라고 해도 전부 항일영화인데 이 그대와 나의 상영으로 미국과 영국의 식민지정책과 일본의 반도통치책이 얼마나 근본적인 차이를 가지고 있는지를 알릴 수 있으면 합니다.

『부산일보』의 지면에는 항상 「연락선 상륙객(連絡船上陸客)」이라는 제명하에 1등석과 2등석, 3등석에 탄 각각의 승객명단이 게재되었다. 모든 승객리스트가 신문에 게재된 것은 아니지만 일부 유명인들의 이름이 게재되어 부산을 경유하는 사람들의 면모를 파악할 수 있다. 부산역 앞, 부산항 가까이에 사옥을 지은 부산일보는 교통의 요충지라는 부산의 장점을 이용하여 영화인들의 환승시간을 활용한 인터뷰기사를 게재할 수 있었을 것이다. 『부산일보』뿐만 아니라 부산에서 발행되던 일본어 신문 『조선시보』도

(그림2) 후반작업을 위해 도쿄로 가는 〈그대와 나〉 출연자 일행 마침, 『釜山日報』(1941년 9月 22日일자, 왼쪽)과 후반작업을 끝내고 경성으로 가는 문예봉(1941년 11월 6일자, 오른쪽)

같은 기사 「관부연락선 상륙객(関釜連絡船 上陸客)」을 게재했다. 관부연락선이 드나들어 내지와 조선을 잇는 교통의 요충지 발행되는 나오는 두 일본어신문은 재조일본인들에게 제국을 횡단하는 사람들에 대한 중요한 정보를 제공하고 있었다.

이 틈새시간에 인터뷰를 하고 동 신문에 관련기사를 실은 영화관련자중에는 〈그대와 나〉의 출연배우 문예봉도 있었다. 도쿄에서 후반작업을 끝내고 경성으로 돌아가는 도중 부산에서 인터뷰에 임한 문예봉은 이 "영화 출연을 계기로 눈물흘리는 영화가 아니라 정말로 국가에 도움이 되는 건전한 영화에 출연하고 싶다"고 말한다.

또한 『국제영화신문』을 발행하는 등 활발한 영화저널리즘 활동을 펼쳤던 이치카와 사이(市川彩)는 "오후 10시 50분 부산선창에 도착, 쇼와칸의 사쿠라바 미키오, 호라이칸의 다나카 도미오, 아이오이칸의 하시모토 세이로 군이 마중을 나왔는데, 관부연락선의 출발 시간까지 반도영화계의 향후와 신인 진출의 기회에 대해 이야기를 나누면서 나의 2주간의 만선영화계 특급시찰여행은 끝났다."(『国際映画新聞』1935年2月下旬号)고 한다. 만선시찰에서 돌아오는 길에 배웅나온 부산의 영화인들과 이야기를 나누기에 부산의 선창이나 부산역은 환승시간을 이용할 수 있는 적절한 장소였던 것이다.

4.2. '우대받는 독자'와 할인받는 관객

동 신문의 영화관련기사는 조선에서 일본으로 돌아가는 영화인들의 관문이었던 만큼 부산거주 일본인들의 영화에 대한 인식뿐만 아니라 조선전체의 영화동향, 그리고 부산근처 도시의 영화관련소식들도 전하고 있었다. 이는 이 신문이 전국에서 읽히고 있었기 때문이라고 추측된다. "반도유일의 실업신문"(中村 1929 : 141＝井川 2017 : 165)으로 경제와 상업기사중심이었던 동 신문은 1920년대에 이르면 영화의 산업적 측면에 대해서도 다루기 시작한다. 보기를 들어 다음 기사를 보자.[25]

> 영화는 1896년 조지 이스트먼 씨와 토마스 에디슨 씨에 의해 발명되었다. 미국에서는 목하 대공업중 하나이다. 오늘날 미국에서는 2만개의 영화상설관이 있다. 매주 영화를 보러 가는 남녀노소는 실로 1억에 이른다고도 한다. 세계에서 제작되는 영화의 87퍼센트는 미국에서 만들어지는 이유이다. 12달 즉 1년을 통틀어 영화관람료수익은 놀라지 마시라 11억원이상. 전미 영화상설관 수용인구는 8백만명

여기에서 영화를 「대공업」 중 하나로 간주하며 수익을 올릴 수 있는 산업중 하나로 보며 영화의 흥행면에 주목하기 시작했음을 알 수 있다. 이미 1920년대 중반부터 적어도 부산에서 영화흥행은 경기의 호황과 불황을 읽을 수 있는 기준이 되기도 했다(1925년 2월 1일자).

또한 『부산일보』는 1920년대 말부터 부산시내의 각 영화관에서 개봉되는 영화정보나 부산출신의 배우관련기사, 부산근처 지역의 영화상영정보를 게재하는 등 영화관련기사를 확대해갔다. 영화검열과 취체관련기사, 다른 지역의 영화상영관련기사부터 내지일본의 영화동향을 살펴볼 수 있는 내용까지 다채로운 기사를 게재하기 시작한 것이다.

1920년대 이 『부산일보』기사에서 주목할만한 점은 1925년 2월 18일부터 호라이칸(寶来館)에서 상영된 〈혈전(血戰)〉[26]의 홍보기사이다. 「본지 애독자에게 할인권, 지참한 분에 한해 다음과 같이 할인한다」고 하며 「일등석

---

25 「映画茶話」,『釜山日報』1927.12.2
26 〈혈전(血戰)〉(1924), 데이코쿠키네마엔게이(帝国キネマ演芸) 아시야촬영소(芦屋撮影所), 마쓰모토 에이치(松本英一)감독

80전을 60전에, 이등석 60전을 40전으로 할인」하고, 「소학생이하 등 반액, 중학생 20전, 소학생 10전」의 할인행사를 진행했다(1925년 2월 19일자). 부산일보사가 주최하고 제국재향군인분회가 후원한 이 영화를 홍보하면서, 2월 18일자 신문을 배포할 시에는 「독자우대권」을 같이 넣기도 했다(1925년 2월 18일자). 이 영화입장료는 당시 『부산일보』의 한달 구독료가 1원이었던 점을 감안하면 다른 취미생활에 비해 결코 저렴한 편은 아니었다.

또한, 1937년 3월 31일자 동 신문에서는 독일과 일본의 합작영화 〈새로운 땅(新しき土)〉[27]의 '독자우대영화대회'가 열리는데 입장료 1원을 『부산일보』 독자에 한해 70전으로 우대, 할인해준다는 기사가 있다. 『부산일보』 통영지사의 후원하에 하루 2번, 통영좌에서 상영되는 〈새로운 땅〉에 애독자에 한해 우대할인해준다는 것인데 신문사의 이런 독자우대영화대회는 영화의 관객과 신문의 독자가 조우하는 장이기도 했다. 이외에도 『부산일보』는 애독자데이를 마련하여 신문의 애독자를 위한 영화상영회를 개최하는 등 영화와의 협업을 지속했다.

한편 부산에서는 『부산일보』 외에도 『오사카마이니치신문』의 독자우대권이 발행되기도 했다. 내지에서 『오사카아사히신문(大阪朝日新聞)』과 항상 치열한 독자경쟁을 벌이던 『오사카마이니치신문』은 영화교육에도 관심을 기울이고 있었는데, 신문사의 네트워크를 이용하여 필름라이브러리, 학교 순회영화연맹, 공장영화연맹 등을 계속 만들어나가고 있었다(赤上 2013 : 16). 이들 중앙지는 식민지조선의 재조일본인사회에서도 구독되고 있었고 조선에서도 두터운 독자층을 형성하고 있었다. 1910년대 중반부터는 외지

---

27 〈새로운 땅(新しき土)〉(1937), J.O스튜디오(Ｊ.Оスタジオ), 도와상사 영화부(東和商事映画部), 일독판 감독 아놀드 펑크(アノルドファンク), 일영판 감독 이타미 반사쿠(伊丹万作)

판(外地版)과 조선판(朝鮮版)까지 발행하여 독자층을 확대해가기도 했다.

이렇듯 신문사의 애독자 우대권은 영화관의 흥행전략이었는데, 지역신문이외에도 영화관이 재조일본인들이 구독하는 신문과 협업하여 우대권을 발행했었다. 보기를 들어 1936년 1월 4일 쇼와칸이 『오사카마이니치신문』의 애독자우대권을, 아이오이칸이 그 다음날인 1월 5일에 우대권을 발행했는데, 쇼와칸이 "기선을 제압"했다(『国際映画新聞』1936年2月上旬号). 그리고 같은 시기 닛카쓰(日活)의 〈대보살고개(大菩薩峠)〉[28]가 연일 만원사례를 이루었는데 여기에는 『부산일보』 이외의 지역신문 『조선시보』[29]의 엄청난 후원이 있었다(앞 자료). 부산의 이런 사례들은 영화라는 시각매체의 등장으로 활자매체인 신문이 사라지는 것이 아니라 영화와 신문이 공존하고 있음을 보여주고 있는 것이다.

5. 나오며

본 연구는 식민지기 부산에서 발행된 일본어신문 『부산일보』의 영화관련기사를 대상으로 그 기사에서 재조일본인의 영화경험을 읽어내려는 시

---

28 〈대보살고개(大菩薩峠)〉(1935) 닛카쓰(日活), 이나가키 히로시(稲垣浩). 1936년 1월 상영시에는 『조선시보』의 후원, 같은 해 6월에 2편이 상영될 때에는 『부산일보』의 후원이 있었다. 두 시기 모두 상영관은 호라이칸이었다. 〈나카자토 가이잔(中里介山)〉 원작의 미완성 신문소설을 영화화한 것인데 내지에서는 미야코신문(都新聞), 마이니치신문(毎日新聞), 요미우리신문(読売新聞)에 각각 연재되었다. 그리고 『부산일보』에는 1934년 10월 11일 석간에 『대보살고개-오소레잔 권(大菩薩峠－恐山の巻)』이 연재되기 시작하는데 이는 『요미우리신문』 연재보다 하루 빠른 것이었다.

29 1892년 12월 부산에서 창간된 신문으로 휴간과 재발간을 거듭했다. 처음에 부산상업현황을 보도할 목적으로 『부산상황(釜山商況)』으로 창간되었고 이후 『동아무역신문』으로 이름이 바뀌었는데 경영난으로 휴간, 1894년 7월에 『조선시보(朝鮮時報)』로 다시 발간되었지만 1920년 7월말로 다시 휴간되었다. 이후 예전 간부들의 논의하에 합자조직형태로 재간되었다.

론이었다. 물론 일본어신문의 영화저널리즘은 일본어해독이 가능한 이들을 위한 것일 수 밖에 없다. 조선의 활자미디어를 생각할 때 이천만 조선인을 위한 조선어신문보다 일본어로 발행되는 신문의 종류가 훨씬 많았음을 생각해본다면 재조일본인들에게 일본어신문은 재조일본인들에게 일본어신문은 내지의 정세와 문화에 더해 생활기반을 둔 조선의 각종 정보를 전해주는 매체였을 것이다.

1930년에 경성일보사에서 열린 좌담회에 참가한 『조선상공신문(朝鮮商工新聞)』 사장 사이토(斎藤)는 당시 조선에서 일본어신문을 읽을 수 있는 조선인은 2천만 명 중 2할 정도이고 일본어신문은 약 20만부, 조선어신문은 약 10만부 정도가 발행되고 있었다고 말한다. 이는 재조일본인 40만 명이 한 세대당 2부반 정도 읽을 정도인데 조선인의 경우 일본어 문해력과 구매력이 일치하지 않았(『新聞及新聞記者』1930년 9월호)음을 생각해보면 일본어 신문의 영화정보는 일본어 문해능력이 있던 조선인이 아니라 신문 구매력이 있는 재조일본인을 위한 것이었다고 추측해 볼 수 있다.

신문은 인쇄기술의 발명이후 근대국가라는 상상의 공동체를 만들어내는데 가장 큰 역할을 수행해 왔다. 영화라는 시각매체가 등장한 이후에도 신문이라는 활자매체로서의 역할이 축소되는 게 아니라 영화와 신문이 서로 협업하면서 관객층과 독자층을 형성했다. 본 글에서는 『부산일보』가 영화관과 협업하여 독자우대권을 발행하거나 작품의 소개, 혹은 영화인들의 인터뷰기사를 싣는 등 관객들에게 영화에 대한 정보를 적극적으로 제공했으며 이 지점이 영화의 관객과 신문의 독자가 만나는 장임을 논했다.

한편 영화연구가 후지키 히데아키(藤木)는 1910년대에서 1920년대에 걸쳐서 "민중", 1930년대부터 현재에 이르기까지 "국민", 1930년대후반부터 1940년대전반까지 "동아민족", 1920년대말부터 1960년대까지 "대중"

의 개념으로 관객을 분류했다. 여기에서는 영화관객의 개념을 보다 능동적이고 다층적인 것으로 보며 각 시대별로 영화관객의 특징을 규정해 관객이 단지 영화를 [보는 손님(観る客)]이 아니라 사회의 주체임을 고찰하고 있다. 이 시점에서 본다면 식민지기 부산의 재조일본인들은 일본어 신문의 독자였으며 상상된 공동체를 지향하면서 제국일본의 국민, 그리고 동아민족으로 영화를 관람했다고 할 수 있다. 그리고 일본어신문은 이런 동아민족으로서의 관객을 상상하며 영화관련기사를 게재했고 영화관과 협업을 진행하며 제국일본의 국민을 형성해갔다.

그리고 조선의 중심지 경성과 내지와 비교하면서 부산이라는 로컬리티에 '부산시민'이라는 아이덴티티를 창출해내기도 했다. 부산의 재조일본인들은 부산의 일본어 신문 『부산일보』를 통해 자신들의 위치를 (재)확인할 수 있었고, 식민지 조선과 비교되는 근대 일본을 상상할 수 있었다.

셰익스피어 번안극『오셀로』와 식민지 대만*

1910년대 『대만일일신보』를 중심으로

우페이천(吳佩珍)

* 이 논문의 초출은 『이문화이해와 퍼포먼스(異文化理解とパフォーマンス)』(春風社, 2016.7)임.

1. 들어가며

청일 전쟁의 결과 중국은 일본에게 패배했고 시모노세키 조약에 의해 1895년에 대만은 일본의 첫 식민지가 되었다. 일본 최초의 『오셀로』 번안극은 일본·대만 역사의 맥동과 깊은 관련을 맺고 있다. 에미 스이인(江見水蔭)이 번안한 『오셀로』는 일본 식민지 초기의 대만을 무대로 1903년 2월 잡지 『문예 클럽(文藝俱楽部)』에 게재되었으며 같은 해 같은 달 가와카미 오토지로(川上音二郎)와 사다얏코(貞奴)에 의해 도쿄 메이지좌(明治座)에서 초연되었다.[01] 이 번안극 『오셀로』에 관한 선행 연구에 대해 말하자면, 이케우치 야스코(池内靖子) 등의 연구자들은 메이지 유신 이후 일본의 대외 확장과 일본 근대 연극의 개혁 운동의 관련성에 초점을 두고 논의를 이어왔으나, 번안극의 무대가 되는 식민지 대만과의 관계에 대해서는 지금까지 그다지 자세히 논의되지 않았다.[02] 번안극 『오셀로』는 극의 주요 무대를 펑

---

01 에미 스이인이 1903년 2월에 번안한 『오셀로』는 『문예 클럽』에 게재되었다. 가와카미 오토지로는 에미 스이인에게 번안을 의뢰하고 스스로도 펑후를 시찰했다. 에미 스이인 「오셀로」 『문예클럽』(1903년 2월). 가와카미가 펑후를 방문한 후 귀국한다는 보도에 대해서는 『대만일일신보(臺灣日日新報)』(1902년 12월 5일) 참고.

02 이 번안극의 선행 연구에 대해서는 이케우치 야스코(池内靖子) 「근대 일본의 『오셀로』 번안극—제국의 시선과 의태(「近代日本における『オセロ』の翻案劇—帝国のまなざしと擬態」)(『아트 리서치』『アート・リサーチ』) (제3호, 2003년 3월), 요시하라 유카리(吉原ゆか

후(澎湖)와 대만 본토로 설정함으로써 일본이 새로 영유하게 된 지역의 분위기를 강조한다. 또한 이러한 설정을 통해 일본 내에서 평후와 대만이 갖는 전략적 위치가 번안극 제작자들에게 강렬히 의식되고 있었음을 짐작할 수 있다.

번안극 『오셀로』에서 원작의 키프로스섬은 '평후섬'으로, 무어인 오셀로는 '신평민(新平民)' 출신으로 후에 대만 총독이 된 무로 와시로(室鷲郎) 장군으로 바뀌었다. 이 번안극이 갖고 있는 또 하나의 중요한 특징은, 1895년 일본이 오래된 제국인 중국을 이기고 전적을 현창(顯彰)하는 것 이외에 영토 확장과 야심과 욕망을 분명히 드러내고 있다는 점이다. 키프로스섬을 '평후섬'으로 바꾼 것은 평후섬이 갖는 전략적 위치의 중요성뿐만 아니라 일본의 대만 통치가 정당함을 강조하기 위해서이다. 무로 와시로가 속해 있는 신평민 계급은 메이지 유신 이전 도쿠가와 정권 하에서 사회 계층의 최하층에 있었던 '부락민(部落民)'이다. 이 번안극 속에서 무로 와시로는 메이지 유신 이후 일본의 현대화가 가져온 '사민평등'의 혜택을 누리며 '신평민'으로서 일약 일본의 새 식민지 대만의 총독이 된다.

り) 『에미 스이인 번안·가와카미 오토지로 일좌 상연 『오셀로』(1903) 연구』(『江見水蔭 翻案·川上音二郎一座上演『オセロ』(一九〇三年)の研究』)(쓰쿠바대학 박사 학위 논문(筑波 大学博士学位論文), 2004년), 요시하라 유카리(吉原ゆかり) 「「생만」 오셀로」『번역의 〈권 역〉』(「「生蛮」オセロ」『翻訳の〈圏域〉』(쓰쿠바대학 문화 비평 연구회 편筑波大学文化批評研 究会編)(이제브(イセブ), 2004년), 石婉舜 「川上音二郎的《奧瑟羅》與台灣—「正劇」主張, 實 地調查與舞台再現」(『戲劇學刊』第八期, 2008년 7월)을 참고. 또 이 번안극과 식민지 표상 에 대한 논문으로는 오패진(呉佩珍) 「셰익스피어 번안극과 대만 표상—일본 『오셀로』 와 대만 『템페스트』를 중심으로」(「シェークスピア翻案劇と台湾表象—日本『オセロ』と 台湾『テンペスト』を中心に」)(『동오외어학보(東呉外語学報)』)(제25기, 2007년), Peichen Wu, "The Peripheral Body of Empire: Shakespearean Adaptations and Taiwan's Geopolitics," Re-playing Shakespeare: Performance in Asian Theatre Forms (Palgrave, 2010)이 있다.

이러한 설정은 원작에서 유색 인종인 무어인이자 뛰어난 공적으로 장군에 등극해 군사 중진으로 키프로스섬에 파견된 오셀로와 대조된다. 번안극에서는 '신평민' 출신인 무로 와시로 장군을 통해 메이지 유신 이후 일본에서 '신평민'의 입신출세가 가능하게 되었으며, 또한 제국의 인종 계층(hierarchy)이 새 영토의 선주민인 〈생번(生蕃) 또는 생만(生蛮)〉의 존재에 의해 새롭게 바뀌었음을 보여주고 있다. 그러나 결말에서 무로 와시로는 아내인 도모네(鞆音)와 가쓰오(勝雄)가 관계를 맺고 있다는 거짓말을 믿고 도모네를 교살하고 만다.[03] 돌이킬 수 없는 실수를 저질렀음을 깨달은 무로 와시로는 스스로 목숨을 끊기 전에 다음과 같은 말을 내뱉는다. '스스로 자신의 보물을 내던지고 나중에 후회해도 돌이킬 수 없다. 어리석은 생만인 같은 무로 와시로의 최후.'[04] 일본이 대만이라는 새로운 영토를 획득하기 전에 와시로는 일본 내에서 최하층에 위치해 있었다. 번안극 『오셀로』에서는 대만 원주민의 '미개'한 상태가 반복되어 묘사되는데 이는 제국의 영토 확장에 의해 제국 내부에서 '신평민'의 위치가 상승했음을 강조하는 것이다. 마지막에 무로 와시로가 스스로를 '생만인'에 비유하는 것에서 알 수 있듯이, 인종적으로 선주민을 멸시하면서 문명화가 부동의 가치로 인식되던 세계정세 속에서 일본이라는 신흥 제국은 '후진'이라는 '미개함'의 딱지가 붙는 것을 우려하고 있었음이 읽힌다.

　이 번안극은 일본의 연극 개량 운동이라는 움직임에서 탄생한 것이라고도 할 수 있다. 일본 연극 운동의 연출 양식은 당시까지 일본의 전통 연극

03　원작의 오셀로 장군의 부인인 데스데모나에 해당한다.

04　에미 스이인 「오셀로」 『문예클럽』 『메이지 번역 문학 전집 신문·잡지편 4』(『明治翻訳文学全集 新聞雑誌編 四』) 가와토 미치아키(川戸道昭), 사카키바라 다카노리(榊原貴教) 編, (오조라샤(大空社), 1997년) 75쪽. 굵은 글씨로 강조한 것은 필자에 의한 것이다.

이었던 가부키와는 달랐다. 번안극 『오셀로』는 셰익스피어의 정전(canon)으로서의 가치, 그리고 일본이 이미 '문명국'의 행렬에 들어가 있음을 상징하고 있다.

번안극 『오셀로』는 지금까지 식민지 대만에서 상연된 적이 없다고 여겨져 왔다. 그러나 일본의 대만 점령 이후, 가장 발행 기간이 길며 중요한 일본어 신문인 『대만일일신보』를 조사하면서 번안극 『오셀로』가 대만에서 상연된 적이 있을 뿐만 아니라 일본에서 초연되고 채 2년이 지나지 않아 대만에서 상연되었음이 밝혀졌다. 동시에 대만 신문은 도쿄의 메이지좌에서 이 번안극이 초연되었을 때부터 이미 관심을 갖기 시작했고, 추적 보도가 계속되었음도 밝혀졌다.

본고의 목적은 상술한 번안극 『오셀로』의 연구 현황에 입각해 이 번안극의 대만 상연 기록을 검증하고, 일본 연극 개량 운동과 이 번안극의 관계를 해명하는 데 있다. 본고에서 다루는 번안극 『오셀로』의 대만 상연 기록은 『대만일일신보』의 연극란에 의한 것이다. 당시의 『대만일일신보』는 식민지 시기 대만의 연극 정보를 가장 자세하게 보도하는 신문이기도 하다.

2. 번안극 『오셀로』의 대만 초연

1880년대의 연극 개량 운동에 따라 일본 연극은 서양의 연출 양식을 도입하며 저명한 희곡, 특히 셰익스피어를 번역·번안하고 상연하기 시작했다. 에미 스이인이 번안한 『오셀로』는 그 성과물 중 하나라고 할 수 있다.[05]

---

05 에미 스이인, 본명은 다다카쓰. 오카야마시 출생. 상경해 스기우라 준고(杉浦重剛)의 쇼코숙(称好塾)에서 공부하고 이와야 사자나미(巌谷小波), 오마치 게이게쓰(大町桂月)를 알게 된다. 1888년(메이지 21년) 겐유샤(硯友社) 동인. 1892년에 에미샤(江水社)를 세우고 『고자쿠라오도시(小桜縅)』를 창간, 다야마 가타이(田山花袋), 오타 교쿠메이(太田玉

이 번안극은 1903년 2월 11일에 도쿄의 메이지좌에서 초연되었다. 대만의 『대만일일신보』는 같은 해 2월 20일에 「가와카미 일좌(一座)의 개량극」이라는 제목으로 이 뉴스를 보도하고 '이번 오셀로는 주인공은 물론 무대도 대만으로 번안한 것'[06]임을 강조했다. 더욱이 이 번안극이 내지의 극장에서 성황리에 상연된 것에 대해 '나날이 늘어나는 입장객으로 입장권 판매가 중지될 만큼 호황이라는 소식'[07]이라고 보도했다. 대만의 신문이 빠르게 『오셀로』에 주목한 이유는 무대를 대만으로 설정했기 때문인 것으로 생각된다. 1905년 1월 28일 『대만일일신보』에는 내일부터 타이베이의 사카에좌(栄座)에서 번안극 『오셀로』가 상연된다는 뉴스가 나왔다. '사카에좌에서 내일부터 『오셀로』를 상연한다는 소식이 있는데 이 극은 말할 것도 없이 셰익스피어의 걸작을 재작년 에미 스이인이 가와카미 오토지로를 위해 고쳐 써서 번안한 것으로 대만에서는 첫 공연이나 필시 갈채를 받을 것이다.'[08] 『대만일일신보』가 대만에서의 상연이 인기를 얻을 것이라고 확신한 이유는 번안극의 무대가 되는 대만에서 초연이기 때문인 것으로 되어있다.

그러나 비가 이어지고 있는데다가 극장 설비도 잘 갖춰져 있지 않았기 때문에 1905년 2월 5일 『대만일일신보』는 이 극의 초연일이 같은 해 1월 29일에서 2월 6일로 연기되었다고 보도했다. 상연 일정이 연기된 것 이외

茗)를 세상에 알렸다. 그 후 『주오신문』, 『요미우리 신문』, 『태평양』, 『니로쿠신보(二六新報)』 등에서 저널리스트 활동을 하는 한편 창작도 계속했다. 대표작으로는 『女房殺し』(1895년), 『新潮来曲』(1897년) 등을 수록한 『스이인 총서』(하쿠분칸(博文館), 1910년) 등과 귀중한 문헌 자료인 『自己中心明治文壇史』(1926~27년)가 있다.
「에미 스이인」 『일본 대백과전서:닛포니카』 (2015년 11월 30일 열람)
〈http://japanknowledge.com〉
06 「가와카미 일좌의 개량극」(「川上一座の改良劇」) 『대만일일신보』 1903년 2월 20일
07 전게지
08 「사카에좌의 『오셀로』」(「栄座のオセロ」) 『대만일일신보』 1908년 1월 27일

에도 공연 상연 시간이 길기 때문에 오후 4시 30분으로 시작을 앞당긴다는 것도 예고되었다. 이날의 『대만일일신보』에는 출연자 목록 및 각본 정보도 제공되었다. 이 보도에서 알 수 있듯이 대만에서 초연된 『오셀로』는 1903 년 메이지좌에서 상연한 버전과 동일한 것으로 11막으로 구성되어 있다. 무로 와시로(오셀로)는 무라타 마사오(村田正雄), 무로 와시로의 부인인 도 모네(데스데모나)는 후쿠이 모헤(福井茂兵衛)가 연기했다.

1905년 2월 6일 타이베이에서 상연된 후 '메노지'라는 기자가 같은 해 2월 10일에 『대만일일신보』에 극평을 게재했다. 극평에는 2월 9일이 『오셀로』의 대만 초연 마지막 날로 적혀 있다. 즉 『오셀로』의 대만 초연은 1905 년 2월 6일부터 9일까지 4일간 4회였다.

「사카에좌의 『오셀로』」 극평은 서두에서 『오셀로』는 '근래 비할 바 없는 큰 인기'를 누렸고 그 때문에 2월 9일까지 추가 공연을 했다고 기술하고 있다. 동시에 '좌주(座主)도 이전과는 달리 인색하게 굴지 않고 어느 정도 비용을 들였기 때문에 무대 분위기가 크게 바뀌어 외관상 훌륭했고' 배우도 전력을 다해 연기했다고 말한다. 또 이 『오셀로』는 여느 때보다 훌륭한 연출이었다고 칭찬했다. 기자는 극평을 통해 '대만에서 소시시바이(壯士芝居) 이래로 훌륭한 작품이었다고 해도 좋을 것이다'라고 하며, 무로 와시로를 연기한 무라타 마사오를 '그 사람 이상은 있을 수 없으며 혹자는 가와카미 이상이라고 말하나 기자는 가와카미를 보지 못했기 때문에 비교는 할 수 없다.'[09]고 극찬했다. 가와카미 오토지로는 처음에 이 번안극의 주인공 '무로 와시로'를 연기한 배우이다. 이 '메노지'라는 기자가 무라타를 얼마나 격찬했는가는 『오셀로』에 같이 출연한 다른 배우에 대한 평과 비교하

---

[09] 전게지

면 더욱 명백해진다. 고가미(小神)가 연기한 이야고는 이 극단에서 유일하게 적절한 배역을 맡아서, 앞서 말했듯이 마구잡이가 아니라 신중히 연기해서 크게 만족스러웠다. 후쿠이가 연기한 도모네는 길쭉한 말상이어서 늙어 보이는 것이 흠이었다. 스에키치(末吉)가 연기한 오미야(お宮)는 필사적으로 연기하는 것으로 같아 대단히 훌륭했으며 다른 인기 배역을 맡은 기타 배우도 무난한 실력으로 열심히 연기한 것에 감사한다.'[10] 이 극평에 따르면 대만에서 번안극『오셀로』의 초연은 성공했다고 할 수 있을 것이다. 이어서 같은 해 2월 16일『대만일일신보』연극란에서 알 수 있듯이『오셀로』의 대만 첫 공연이 끝난 후 무로 와시로를 연기한 무라타 마사오는 원래 2월 10일에 내지로 돌아올 예정이었으나, 결국 대만에 남아 후쿠이 모헤와 2월 16일부터 엿새 동안『진위 판명(真偽判明)』을 공연할 예정이라고 보도되었다.[11] 이러한 사실은 무라타 마사오와 후쿠이 모헤에 의해 제작된 번안극『오셀로』의 대만 초연이 상당히 성공했음을 뒷받침하고 있다.

그런데 번안극『오셀로』의 대만 초연은 왜 이 두 신극(新劇) 배우에 의해 이뤄진 것일까. 두 사람은 대체 어떤 사람들이었을까.

사실 후쿠이 모헤는, 번안극『오셀로』를 준비하고 초연한 가와카미 오토지로와 예전부터 알고 지내던 사이였다. 1890년대에 두 사람 모두 자유민권 운동과 관련된 소시시바이에 관여한 적이 있으며 동시에 일본의 연극 개량 운동, 즉 신극 운동의 시작에도 깊이 관련되어 있었다.

일본의 연극 개량 시기, 즉 1890년대부터 1910년대에 걸쳐 후쿠이는 자신의 극단과 가와카미의 순회 극단 모두에 관여하고 있었다. 이는 당시 극

---

10 전게지
11 「사카에좌와 무라타 마사오」(「栄座と村田正雄」)『대만일일신보』1905년 2월 1일

단 경영이 어려웠기 때문에 조금이라도 연출할 기회가 많은 편이 극단 유지에 도움이 되었기 때문이다.

그렇다고 해도 왜 후쿠이와 무라타는 1905년 2월 대만에서 번안극『오셀로』를 연출했을까. 사실『오셀로』의 초연은 또 다른 연극 개량 운동과 관련되어 있다. 이 신극 개량 운동의 제창자가 바로 후쿠이 모헤와 무라타 마사오였다. 1886년 도쿄에서 연극 개량 운동의 첫 번째 흐름이 나타난 이후 1902년에 연극 개량 운동의 두 번째 흐름이 교토에서 나타났다.[12] 교토 지역 연극계의 일부 관계자가 이 두 번째 운동에 참여했다. 그 중에는 교토제국대학 교수 다카야스 겟코(高安月郊), 그리고 시마바나(島華水)도 포함되어 있었다. 다카야스 겟코는 입센을 일본에 소개한 사람이기도 하다. 그는 1930년에 출판된 「후쿠이 모헤와 교토 연극 개량회」에서 다음과 같이 회상하고 있다. 가와카미는 후쿠이에게 제2차 연극 개량회에 협력하지 않겠다는 뜻을 전달했기 때문에 후쿠이는 혼자 연극 개량 운동을 시작하려 했다. 가와카미가 유럽 순회 공연을 마치고 일본으로 돌아와 고베항에 도착했을 때 마중 나온 후쿠이는 가와카미에게 연극 개량 운동 이야기를 꺼냈다. 그러나 이때 가와카미는 다른 연출 계획을 갖고 있었기 때문에 후쿠이는 가와카미가 참여하지 못해도 스스로 개혁을 시작하기로 결심했다. 이 연극 개혁 운동 속에서 셰익스피어가 다시 중요한 역할을 맡게 되었다.

후쿠이와 무라타가 관여하고 있었던 연극 개량 운동의 초연을 장식한 것은 다음의 세 작품이다.『겟쇼(月照)』는 메이지 유신 이전 사이고 다카모리와 그의 친구인 승려 겟쇼가 나눈 우정을 다루는 이야기이다. 다음으로

---

12 후쿠이 모헤와 무라타 마사오가 참여한 교토에서의 연극 개량 운동에 대해서, 일부 역사적 배경은 오자사 요시오(大笹吉雄)『일본 현대 연극사 메이지·다이쇼편』(『日本現代演劇史明治·大正篇』)(햐쿠스이샤(白水社), 1985년)을 참고

셰익스피어의 『심벨린』과 『리어왕』에 기초한 『어둠과 빛(闇と光)』이 있다. 『어둠과 빛』은 『리어왕』의 일본 첫 번안이기도 하며 역시 무라타와 후쿠이가 연출했다. 이 일련의 셰익스피어 번안극 연출은 특히 학생과 인텔리 사이에서 호평을 받았다. 번안극 개편은 영문학 교수 다카야스 겟코와 시마바나의 손으로 이루어졌고 그 때문에 후쿠이 등이 거둔 성공은 셰익스피어 원작의 정신을 이해한 연출에 의한 것으로 여겨졌다. 또한 전통적인 희곡, 예를 들어 가부키 등과는 다른 연출 양식을 택한 것 또한 이런 높은 평가와 깊이 관련되어 있다.

후쿠이 등에 의한 연극 개량 운동에서 당시까지의 연출 양식과 가장 달랐던 부분은 사실적인 연기를 최대한 피하고 예술성을 추구한 것이라고 할 수 있다. 또한 배우는 각본에 충실히 따르고 극작가가 해석한 인물의 성격을 무대 위에서 여실히 재현하려 했다.

이와 같이 셰익스피어라는 정전을 통해 서양 연극의 연출 양식이 서서히 일본에 침투되면서 동시에 셰익스피어 번안극은 일본의 연극 개량의 기준이 되고 있었다. 가와카미 오토지로와 후쿠이 모헤를 비교하면 이와 같은 경향을 알 수 있다. 예를 들어 1903년에는 에미 스이인이 번안한 『오셀로』가 이미 '신극'의 대표적인 작품이었으나 당시의 극평론가는 가와카미 오토지로의 연출을 별로 높게 평가하지 않았다. 그러한 이유는 가와카미가 원작의 정신에 충분히 주의를 기울이지 않았기 때문이다. 가와카미는 번안극을 '일본화'하는 경향이 있었고 서양 연극의 연출 양식보다 일본 전통 연극의 연출 양식을 채택했다. 가와카미 오토지로의 번안극 『오셀로』 초연에 대한 반응에 비해 후쿠이 등의 연출은 높게 평가받았는데, 이러한 높은 평가는 후쿠이 등의 연출 양식이 가와카미 오토지로의 연출 양식이 갖고 있는 단점을 보완한 것에서 비롯된다고 이해된다.

재정난으로 인해 후쿠이 등의 연극 개량 운동은 1903년 6월로 종지부를 찍고 말았다. 이 연극 개량 운동으로 얻게 된 성과는 대만에서의 번안극 『오셀로』 상연에 나타나 있다. 이러한 성공은 연극 개량 운동 이후 '신극'의 비약적인 발전을 뒷받침하는 것이다.

가와카미 오토지로는 번안극 『오셀로』를 제작하기 위해 1902년 11월에 대만과 펑후섬을 방문하고 연극의 무대가 된 새 식민지를 시찰했다. 시간상으로는 후쿠이 모헤가 가와카미 오토지로에게 교토의 연극 운동 개량회에 참여하도록 권유한 전후이다.

가와카미 오토지로가 다른 계획이 있다는 이유로 개량회 참가에서 물러난 것은 아마 1903년 3월에 도쿄 메이지좌에서 열린 『오셀로』의 초연을 준비하기 위해서였을 것이다.

가와카미는 훗날인 1911년에 70명 이상 규모의 극단을 이끌고 대만으로 건너가 순회 공연을 한 적이 있는데, 조사한 바로는 가와카미가 대만에서 번안극 『오셀로』를 상연한 적은 없었다. 1911년 가와카미 대만 순회 공연은 당시 대만 도진샤(同仁社)의 사장이자 아사히좌(朝日座)의 좌주(座主)였던 다카마쓰 도요지로(高松豊次郎)의 요청에 따른 것이다. 가와카미를 제외한 순회 공연 일좌의 멤버는 가와카미의 아내인 여배우 사다얏코, 1905년 2월에 대만에서 『오셀로』를 초연한 후쿠이 모헤, 그리고 가와카미 극단의 근거지인 데이코쿠좌(帝国座)의 무대 감독 노무라(野村)와 데이코쿠좌의 스태프이다. 이 대만행의 목적은 1911년에 개축된 타이베이 아사히좌의 개장 기념 공연을 하기 위해서였다.

그런데 상연 목록에는 개량 신극의 대표작이자 대만을 무대로 한 『오셀로』가 들어가 있지 않았다. 그렇게 된 원인은 명확하지 않으나 몇 가지 이유를 추측해 볼 수 있다. 『대만일일신보』의 극평을 추적하던 중에 1905년

2월 후쿠이 모혜와 무라타 마사오가 사카에좌에서 번안극 『오셀로』를 초연한 후 사카에좌가 이 번안극의 전매권을 거의 독점하고 있던 것과 다름 없었다는 사실이 밝혀졌다. 당시 타이베이에서 사카에좌와 아사히좌는 양대 극장으로 라이벌 관계였다. 『대만일일신보』는 가와카미에 대해 보도할 때 그가 『오셀로』의 대명사인 것처럼, 거의 항상 그를 『오셀로』의 대표적인 배우로 소개하고 있다. 1910년대 아사히좌의 경영권을 인계받은 다카마쓰 도요지로는 개축한 아사히좌의 개장 기념 공연을 위해 가와카미 극단을 초빙하면서, 가와카미가 라이벌 극장인 사카에좌의 간판극 『오셀로』의 연출을 맡게 두는 데에는 주저할 수밖에 없었을 것이다. 그 후 후쿠이와 무라타가 1905년 2월에 『오셀로』를 초연한 이후 두 사람의 연출은 셰익스피어 번안극의 전범이 되어 갔다. 특히 대만에서는 무라타를 높이 평가했기 때문에 아마 무라타를 뛰어넘기란 어려웠을 것이다. 이는 1906년부터 1908년에 걸쳐 사카에좌에서 상연된 『오셀로』에 대한 혹평으로도 짐작할 수 있다. 또한 『오셀로』에 출연한 배우는 항상 초연 때의 배우였던 무라타와 후쿠이와 비교당했다는 것도 알 수 있다. 오토지로가 대만에서 순회 공연을 하면서도 대표작인 『오셀로』를 상연하지 않았던 것은 아마 이런 이유 때문일 것이다.

3. 그 이후 셰익스피어 번안극 상연에 대해

1906년 9월에 대만에서 순회 공연을 한 고토 료스케(後藤良介)의 극단이 받은 혹평은 전형적인 예라고 할 수 있다. 1906년 9월 13일 『대만일일신보』에 따르면 고토 료스케의 극단은 타이베이의 사카에좌에서 『오셀로』를 다시 상연하고 있었는데 이 보도로부터 대만의 극평론가와 연극 애호가는 공연을 애타게 기다리고 있었음을 알 수 있다. 같은 기사에 따르면 이 극단의 공연 예정 작품은 기쿠치 유호(菊池幽芳)의 『이상한 남자(妙な男)』, 『두견새(時鳥)』, 『오셀로』였는데 가장 주목받은 것은 역시 『오셀로』였다.[13] 또한 같은 달 15일의 보도에서는 고토 일좌의 야간 공연에 대해 다음과 같이 말한다. '고토 일좌(중략)는 오늘 밤부터 상연을 시작하는데 상연 작품은 가와카미가 상연했던 작품 가운데서도 간판작인 셰익스피어의 4대 비극 『오셀로』로 정해졌고 다음과 같이 장(場)과 배역이 나뉘어졌다. 본 작품은 일찍이 무라타 마사오가 같은 극장에서 한 번 공연해 호평을 받았던 것이다. 대만 공연 초연작으로 낸 『오셀로』는 고토 일좌의 시금석이라 할 만하며 연극 애호가는 놓쳐서는 안 될 것이다.'[14]

고토 일좌의 공연 후 극평론가인 나다이오(名代男)는 『대만일일신보』 1906년 9월 18일자 극평 「사카에좌의 『오셀로』」에서 고토 일좌의 연출을 신랄하게 비판했다. '비극 오셀로는 스이인이 문학상의 희곡으로서는 성공시켰으나 무대상의 희곡으로서는 실패한 것인데, 그럼에도 불구하고 가와카미는 관객의 면전에 서양극을 방불케 하기 위해 분장 및 기타에 주의를 기울여 적어도 번안극이 갖는 부자연스러움을 보완하고자 노력했다. 이를 생각지 않은 다른 배우들은 오셀로 연기에 임하면서 일본극과 완전히 동일하게 다루었으니 그것이 무대 위에서 성공하기를 바라는 것은 실로 큰 착각이라고 말할 수밖에 없다.[15]

이상의 평가에서 알 수 있듯이 『대만일일신보』의 극평론가들은 일본 전

---

13 「이원잡조」(「梨園雜組」) 『대만일일신보』 1906년 9월 13일
14 「사카에좌 신연극의 개연」(「榮座新演劇の開演」) 『대만일일신보』 1906년 9월 16일
15 나다이오(名代男) 「사카에좌의 「오셀로」」(「榮座の「オセロ」」) 『대만일일신보』 1906년 9월 16일

통 희곡과 서양 희곡의 원용, 그리고 양자의 차이를 명백히 의식하고 있다. 극평론가 나다이오는 연극의 무대가 대만인데 고토 일좌의 연출은 무대의 배경인 대만의 관객에게 실감나는 전달을 하는 데 실패했다고 말한다. '특히 이 오셀로가 배경을 대만으로 삼고 있는 만큼, 그만큼 관객이 (대만을) 연상하는 것을 어렵게 해서 배역에 모여야 할 법한 동정심이 옅어지게 되는 것은 자연스러운 이치이다.'[16] '극적 성공에 큰 손실이 생기는 것을 피할 수 없다.', '이번에 고토가 새롭게 와서, 더욱이 첫 대만 공연작으로 이 오셀로를 고른 것은 강한 자신감을 보여주는 방편이라고는 하나, 극의 성공에 크게 위험한 행동이라고 할 수밖에 없다.'[17]

이와 같은 혹평은 역시 『오셀로』의 대만 초연과 크게 관련되어 있다. '먼저 무라타가 오셀로를 연기하고 큰 성공을 거둔 것은 관객이 무라타의 연기법에 믿음을 갖고 있기 때문임이 틀림없다. 그러나 스이인의 진기한 번안, 가와카미의 기발한 순회 공연이 대만 관객의 주의를 크게 끌었기 때문이기도 하다고 하지 않을 수 없다.'

요컨대 대만에서 『오셀로』라는 연극은 무라타의 대만 초연이 성공했기 때문만이 아니라, 에미의 번안, 그리고 가와카미의 순회 공연이 가진 신기함 등이 모두 합쳐져 대만 관객의 이목을 모았던 것이다. 이 극평론가에게 무라타의 연출은 여전히 인상 깊게 남아있었음을 알 수 있다.

더욱이 배우가 무대 분위기를 여실히 자아내지 못한 점, 대사 표현을 멋대로 바꾼 점, 그리고 무로 와시로와 이야고(伊屋剛) 등의 군인 계급 호칭을 틀린 점을 나다이오는 비판하고 있다. 동시에 '내지' 관객보다 대만 관

---

16 전게지
17 전게지

객이 본 연극의 수가 훨씬 많으며, 그 때문에 대만 관객의 반응이 틀림없이 극단의 평판에 영향을 미칠 것이라고 신랄히 지적하며, 식민지 관객의 수준에 자부심을 품고 있다. 극평의 마지막에서는 고토 일좌는 스스로의 문제점—연구 부족이라는 문제를 극복해야 한다고 말하며 '연구시대(研究時代)라는 네 글자를 실제 무대에서 응용하기를 바란다.'[18]며 끝맺고 있다.

그 후 1909년 후지와라 극단은 동시에 두 편의 셰익스피어 번안극 『오셀로』와 『햄릿』을 상연했다. 같은 해 10월 1일 상연 기록에 따르면 이날은 『오셀로』가 상연되었다. 10월 3일자 『대만일일신보』에는 교카(鏡霞)라는 극평론가 극평이 게재되었는데 후지와라 일좌에 혹평을 내렸다. '사카에좌에서 상연된 햄릿과 오셀로를 보았다. 세계적 명배우라 일컬어지던 영국의 어빙조차 충분히 소화해내지 못했다고 할 정도의 작품을, 마구잡이로 권총소리를 내거나 식칼을 휘둘러 대면서 이 무능한 일좌가 뻔뻔스럽게 상연한 것은 물론이거니와 스스로의 역량조차 헤아리지 못하는 어리석음에 민망함을 느낄 수밖에 없다 ▲전체적으로 이 일좌는 좌장 후지와라를 시작으로 모두 십년은 뒤떨어진 케케묵은 두뇌를 가진 자들이 모인 집단이다. 신파(新派)가 가장 피해야 할 부자연스러운 언동, 묘하게 억양이 담긴 가부키식 백발 흔들기(白廻), 특히 후지와라가 번번이 반복하는 가부키 특유의 과장된 동작 등은 도저히 현대극처럼 보이지 않는다.'[19] '햄릿 (중략) 무서울 만큼 신경과민인 청년이나 결코 광기를 가장하고 있는 것은 아니다.'[20] '후지와라의 오셀로는 좀도둑처럼 볼품없는 얼굴 분장에 중장일 법한 사람이

---

18 전게지
19 교카(鏡霞) 「사카에좌의 셰익스피어극」(「栄座の沙翁劇」) 『대만일일신보』 1909년 10월 3일
20 전게지

참모 영관의 복장을 하고 있는 것 등은 관객을 멸시한 너무나 터무니없는 것이다.'[21] '각본 속 인물의 성격을 어떻게 무대 위로 실수 없이 옮겨낼 것인가 이것이 배우가 가장 깊이 연구하고 궁리해야 할 근본적인 것이다.'[22]

『오셀로』 초연 이후 대만에서 셰익스피어 번안극에 대한 혹평은 대부분 '연구 부족'이라는 지적을 받고 있다고 해도 무방할 것이다. 극평론가가 추구하는 연출 양식은 이미 전통 연극과는 동떨어져 있을 뿐 아니라 '각본'에 충실할 것, 그리고 인물의 성격을 '여실'히 무대 위에서 재현할 것이 요구되고 있었음을 비평에서 엿볼 수 있다. 후쿠이와 무라타가 교토에서 일으킨 연극 개량 운동이 성공을 거둔 것은 실로 이상의 연출 기준을 충족했기 때문이다. 또한 『오셀로』의 대만 초연이 성공을 거둔 것도 같은 이유라고 추측할 수 있다.

4. 결론

상술한 대만에서의 『오셀로』 상연 기록에서 알 수 있듯이 초연된 『오셀로』는 당시 대만에서 현대 연극의 모범이 되었다. 후쿠이 모헤와 무라타 마사오가 대만에서 거둔 성공은 셰익스피어가 이미 일본 연극 개량에서 권위적인 존재가 되어 있었음과 동시에, 일본의 새 식민지였던 대만에서의 신극 감상 수준, 그리고 연출 수준에 대한 요구가 이미 '내지' 수준에 달해있었음을 말해준다. 그 때문에 극단이 대만에서 한 연출이 성공했는지 아닌지가 극단의 평판에 영향을 미칠 정도였다. 『대만일일신보』에 게재된 순회 극단의 셰익스피어 연극에 대한 신랄한 비평은 신극의 연출 양식이 이미

---

21 전게지
22 전게지

대만에 전해져 연극을 평가하는 기준이 되었을 뿐만 아니라, 이 시기 대만의 신극 감상 능력이 이미 일본 국내(내지)에 육박했음을 뒷받침하고 있다.

1910년대 대만에서의 『오셀로』를 시작으로 하는 셰익스피어 번안극 상연 기록과 일본 연극 개량 운동의 상관 관계를 통해, 우리들은 정전으로서 셰익스피어가 갖는 가치가 일본 연극 개량 운동 속에서 원용되었을 뿐만 아니라, 일본이라는 국가가 근대화 그리고 문명화의 대열에 합류하는 데에서 보증으로도 작용했음을 간파할 수 있다. 동시에 셰익스피어 정전으로서의 가치가 일본 근대 연극의 계보 속에서 새로운 기원을 복제했으며, 그것을 일본의 식민지인 대만에 다시 원용해 식민지 대만의 근대 연극을 구축하는 기준이 되었음을 알았다.

(이훈성 역)

『경성일보』의 네컷만화의 시작*

이와모토 쇼지의 연재아동만화를 중심으로

이현주

* 본 논문의 초출은 한국일어일문학회 간행 『일어일문학연구』 105권 2호(2018)

1. 들어가며

일본의 만화연구는 1980년대 말에 시작되어 1990년대에 들어서면서 본격적으로 시작되었고, 연구 분야도 다양하게 이루어져 왔다. 그 중에서도 신문·잡지미디어를 중심으로 한 만화연구는 시미즈 이사무(淸水勲)의 「만화의 역사」(1991년, 岩波書店)를 시작으로 「일본근대만화의 탄생」(2001년, 山川出版社) 등이 대표적이다. 또한 아동만화에 관한 연구는 다케우치 오사무(竹内オサム)의 「어린이 만화의 거인들 락텐에서 데쓰카까지」(1995년, 三一書房)를 들 수 있다. 이 저서에서는 기타자와 락텐(北沢楽天)으로 시작하여 오카모토 잇페(岡本一平), 미야오 시게오(宮尾しげを), 다가와 스이호(田河水泡), 시시도 사코(宍戸裂左行), 오시로 노보루(大城のぼる), 야마카와 소지(山川惣治), 데즈카 오사무(手塚治虫)에 이르기까지 일본의 아동만화 60년을 다루고 있어, 아동만화연구의 대표연구서로 손꼽힌다. 또한 최근에는 신문·잡지미디어와 아동만화를 심층적으로 비교·분석하는 연구가 이루어지고 있다. 최근 연구서인 조엔(徐園)의 「일본의 신문연재아동만화의 전전사」(2013, 日本僑報社)에서는 신문만화의 탄생에서 태평양 전쟁 전까지의 신문아동만화에 한정되어 있으나, 신문연재아동만화의 내용을 시대별로 구체적으로 다룬 연구서로써 주목받고 있다. 그러나 이러한 일련의

한국과 일본의 신문연재만화연구는 각각의 국내 만화연구에 국한되어 있고, 해외에서 발간된 일본어 신문·잡지의 연재만화연구에 대한 실적은 미미한 것이 현실이다.

본 연구의 목적은 조선총독부의 기관지 인『경성일보』에 게재된 연재아동만화의 검토를 통하여, 일제강점기의 아동연재만화가 형성되어가는 과정을 명확히 하는 것이다. 또한 본 연구를 통하여 한일본연재만화사에서 누락된 부분을 명확히 하는 것이다.

『경성일보』의 만화는 연재만화, 시사만화, 광고만화 등 크게 3가지로 분류할 수 있으나, 본 논문에서는 가장 지면을 차지하고 있는 연재아동만화를 중심으로 한다.

2.『경성일보』의 연재아동문화의 경향

『경성일보』에는 1931년 3월 11일에 최초로 연재만화가 게재된다.『경성일보』에 게재된 연재만화를 표로 정리해 보면 다음과 같다.

(표1- 미완성)

게재기간	작가, 만화가	제목
1931.3.11.-3.28	岩本善倂文, 岩本正二畵 이와모토젠베 글, 이와모토쇼지그림	昭六ノ才話第一話-森ノ春 (쇼로쿠 이야기 제1화 숲의 봄)
1931.3.31.-4.12	岩本善倂文, 岩本正二畵 이와모토젠베 글, 이와모토쇼지그림	昭六ノ才話第二話-夢野ノ原 (쇼로쿠 이야기 제2화 꿈의 들판)
1931.4.14.-4.26	岩本善倂文, 岩本正二畵 이와모토젠베 글, 이와모토쇼지그림	昭六ノ才話第三話-誕生日 (쇼로쿠 이야기 제3화 생일)
1931.5.6.-5.26	岩本善倂文, 岩本正二畵 이와모토젠베 글, 이와모토쇼지그림	昭六ノ才話第四話-湖 (쇼로쿠 이야기 제4화 호수)
1931.11.17	岩本善倂文, 岩本正二畵 이와모토젠베 글, 이와모토쇼지그림	昭六ノ才話第十一話-煙 (쇼로쿠 이야기 제11화 연기)

1931.12.9.-12.20	岩本善併文, 岩本正二畵 이와모토젠베 글, 이와모토쇼지그림	昭六ノオ話第五話-雪ノ日 (쇼로쿠 이야기 제5화 눈오는 날)
1932.1.19-	岩本善併文, 岩本正二畵 이와모토젠베 글, 이와모토쇼지그림	猿ノ喜々坊(원숭이 키키)
1933.2.24.-	春海浩一郎文, 岩本正二畵 하루우미고지로글,이와모토쇼지그림	トリチヤンとキキー坊(도리짱과 키키)
1934.1.8-	요시모토 삼페이(吉本三平)	グルグル太郎(빙글빙글 타로)
1934.3.3-	이와모토 쇼지(岩本正二)	しくじりタツチャン(실수쟁이 타짱)
1934.1.12- 1934.7.26~8.10.3	이와모토 쇼지(岩本正二)	三四ちゃんバンザイ(미요 만세)
1934.8.16-	이와모토 쇼지(岩本正二)	力太郎武勇傳=定義ノ杖 (지카라타로 무용전=정의의 지팡이)
1934.10.12	요시모토 삼페이(吉本三平)	トンカチトンベー(도카친 돈베)
1935.3.12	요시모토 삼페이(吉本三平)	無敵ターチャン(무적의 타짱)
1936.1.7-	시마다게이죠(島田啓三) 외6인	七人連作ドンドン閣下(探偵の卷) (7인연작 돈돈각하(탐정의 권)
1937.1.21-4.20	노모토 도시카즈 野本年一(本社學藝部)	チントラタロウ(1-52)(진토라 타로)
1939.6.4-	기타소노 류지(北園龍二)	吉川·ども子皇軍慰問 (요시카와·도모코황군위문)
1939.6.30-	아소유타카(麻生豊)	連續漫画頑張り部隊(연속만화 노력부대)
1945.8.30	간바야시 히사오(神林ひさお)	ほがらかさん(유쾌한 씨)
1945.11.18	유윤상(劉允相)	玉童(옥동자)

위의 표의 만화제목을 살펴보면 대부분 아동만화를 중심으로 연재된 것을 알 수 있다. 『경성일보』에 아동만화가 연재되는 과정과 특징을 명확히 함으로써 한일 신문연재만화의 한 영역을 확고히 하고자 한다. 또한 『경성일보』의 아동연재만화 연구를 통해 1900년대 어른들의 전유물이었던 만화가 1920년대 이후 아동의 전유물로 이동하는 과정도 명확히 하고자 한다.

일본국내에서는 다이쇼말기부터 아동만화가 인기를 얻기 시작하여, 쇼와기에 들어서 아동만화는 그 인기가 점점 높아졌다. 일본의 신문사로서는 『요미우리신문』이 아동만화에 지대한 관심을 가지고 어린이를 위한 만화를 적극적으로 게재하게 된다.

『요미우리신문』은 메이지42(1909)년부터, 다른 모든 신문보다 빠르게 어린이를 위한 「어린이 신문」란을 설치하였다. 또한 다이쇼13(1924)년에 「어린이 페이지」와 쇼와3(1928)년에 「어린이란」을 마련하고, 또한 쇼와6(1931)년에는 『요미우리 어린이신문』을 발간했다. 이렇게 『요미우리』신문은 일찍부터 어린이독자를 중시해 왔다.[01]

『경성신문』에도 부인과 어린이를 위한 「부인과어린이란」과 「아동독서물」(그림1)과 같은 란을 마련하여 〈어린이와 과학〉〈동화〉 등을 적극적으로 소개하였다. 또한 초등학생 독자들의 투고문을 소개하고 있는 것으로 보아 『경성일보』도 어린이 독자를 적극적으로 확보하려는 신문사의 방침을 엿볼 수 있다.

또한 경성일보사에서도 어린이 신문 『경일소학교신문』을 발간한 것에도 주목해야한다. 그리고 『경성일보』에서 가장 많은 연재아동만화를 게재

(그림 1)『경성일보』(1932년 12월 3일)

---

01   여원 『일본의 신문연재어린이만화의 전전사』 日本?報社 2013년, p.99

한 이와모토쇼지가 『경일소학교신문』에서도 편집과 삽화를 담당하고 있었다는 사실도 확인할 수 있다.

> (전략) 소학생 신문편집부에 새롭게 모인 인물로서 이름이 오른 사람은, 이와모토쇼지(岩本正二), 간바야시 히사오(神林久雄),아키요시미네(秋吉嶺)이고, 홍재선이라는 조선인도 소개되고 있다. 또한 이 서적에 의하면, 소학생신문에서 하는 일은 정치, 사회, 국제문제 등의 기사를 소년들을 위해 알기 쉽게 문장을 고쳐서 게재하거나, 어린이에게 작문투고를 호소하고, 학교행사 등에 취재도 있었다고 한다.[02]

『경일소학교신문』이 어린이 독자의 눈높이에 맞게 기사를 알기 쉽게 게재하고, 어린이들의 적극적인 투고를 장려하는 등 어린이 독자를 위한 경성일보사의 방침을 명확히 알 수 있다. 그리고 『경성일보』에 게재된 연재만화의 다수가 아동만화인 것도 이를 뒷받침 해준다. 앞서 게재한 표에서도 알 수 있듯이 재조선 일본인 만화가인 이와모토 쇼지의 만화가 다수 게재되어있다. 이에 관해서는 제3장에서 상세하게 언급하기로 한다. 그리고 일본 국내에서 「새끼 곰 고로스케(コグマノコロスケ)」(『유년구락부(幼年俱樂部)』1935년-1941년)를 연재하여 큰 인기를 얻은 요시모토 삼페이(吉本三平)의 만화도 다수 볼 수 있다. 요시모토 삼페이가 일본에서 「새끼 곰 고로스케」를 연재하기 전에 『경성일보』에서 만화를 게재한 사실과 1940년 40세의 젊은 나이에 요절하여 만화작품이 적은 것을 생각하면 『경성일보』에 게재된 요시모토 삼페이의 연재만화는 일본 만화사에 있어서도 큰 의미를 부여할 수 있다. 또한 1933년 결성된 〈일본아동만화협희〉의 동인인 시

---

02 고성준(2013)「재조선일본인만화가 활동에 대하여-이와모토쇼지를 중심으로」pp.9

마다 게이조(島田啓三)를 포함한 7명의 만화가가 릴레이만화 형식으로 「돈돈각하」을 실은 것도 주목할 만 하다. 1931년 3월 이와모토 쇼지의 만화를 시작으로 『경성일보』의 아동연재만화는 1934년에는 요시모토 삼페이의 「둥글둥글 타로」와 이와모토 쇼지의 「미요짱 만세」두 작품이 함께 게재될 정도로 인기가 많았다는 것을 확인 할 수 있다. 경성일보사에서 적극적으로 지원을 받은 아동연재만화는 1937년 7월 중일전쟁의 발발과 함께 전쟁과 관련된 만화로 이동해 간다.

3. 『경성일보』와 이와모토 쇼지의 연재아동만화

(1) 이와모토 쇼지의 연재아동만화와 일본만화의 영향

이와모토 쇼지는 『경성일보』에 가장 많은 연재만화를 게재한다. 이와모토 쇼지는 1912년 조선에서 태어나고 성장한 재조선일본인 만화가이다. 부친인 이와모토 요시후미는 『만조보』의 기자로 근무하면서 『북조선의 개척』(1928년)을 집필한다. [03]그리고 형인 이와모토 젠베는 『경성일보』와 『조선공론』에서 이와모토 쇼지와 함께 활동하였다. 「경성만담풍경」(『조선공론』1931년7월-10월, 글 이와모토 젠베, 삽화 이와모토 쇼지), 「만(漫)·묘(苗)·안(顔)」(『조선공론』1931년7월-10월, 글 이와모토 젠베, 삽화 이와모토 쇼지) 등이 있다. 「경성만화풍경」에서는 경성 사람들의 일상생활의 모습을 풍자하거나, 이와모토 쇼지가 재조선일본인으로서 느낀 경성의 풍경과 인물을 묘사한 것이 특징이다. (그림2)는 경성에서 박람회가 개최되고, 조선의 기생이

---

03 이와모토는 『조선공론』(1931년) 「아버지 요시후미를 말한다」에서 아버지에 대해 회상하는 글을 실었다.

박람회에서 활약하고 있는 모습을 풍자
적으로 묘사한 것으로 두 명의 기생이 조
선을 대표하여 박람회라는 가마를 지고
있는 것이 인상적이다.

「만(漫)·묘(苗)·안(顔)」에서는 자화상와
정치가, 유명인의 인물화를 그린 후, 그
인물에 대한 부가설명을 하고 있다. ' 그
림을 연구하면서 만화로 인물을 그리는
것은 상당히 효과가 크다. 만화 따위 쉽게
그릴 수 있지 라고 말하는 사람이 있는데,

(그림 2) 「경성만담풍경」(『조선공론』
1931년7월)

정말이지 만화는 일반 그림보다 그리기 어려운 것입니다'(「漫·苗·顔」(『조선
공론』1931년7월)라고 만화 작업의 어려움을 언급하고 있다. 또한 하루우메
고이치로(春梅浩一郎)의 창작품인 「마마의 항아리」(『조선공론』1931년11월)
의 삽화를 담당한다. 이 「마마의 항아리」의 삽화(그림3)를 보면 알 수 있듯
이, 마치 사진과 같이 사실적이고 관능미가 강조되어있다. 이것은 동시기의
『경성일보』의 연재아동만화와는 전혀 다른 필치로서, 이와모토 쇼지는 잡
지『조선공론』에서 만화의 다양한 형식을 시도했다는 것을 알 수 있다.

고성준는 '이와모토 쇼지가 만화가로서 데뷔한 것은 1931년으로, 『조선
공론』220호의 지면이었다' 라고 언급하였으나, 이 시기가 1931년 7월인 것
을 생각하면 이와모토 쇼지가 만화가로서 데뷔한 것은 1931년3월 11일 『경
성일보』의 「쇼로쿠 이야기-숲의 봄」인 것을 알 수 있다. 고성준이 「재조일본
인 만화가의 활동에 대하여-이와모토 쇼지를 중심으로」에서 이와모토 쇼지
의 『조선공론』을 중심으로 한 활동과 전후의 활동에 대하여 상세히 언급하
고 있으나, 『경성일보』에서의 활동에 대해서는 전혀 언급하고 있지 않다.

(그림3)『조선공론』「마마의 항아리」(1931년11월)

　　이와모토 쇼지가 형인 이와모토 젠베와 함께 『경성일보』에서 최초로 만화를
연재하는 것은 1931년3월 11일 「쇼로쿠 이야기-숲의 봄」이다. 이 「쇼로쿠 이야기」
시리즈가 이와모토 형제의 데뷔작임과 동시에 『경성일보』로서도 최초의 연재만
화인 것이다. 먼저 「쇼로쿠 이야기-숲의 봄」의 형식을 살펴보면, 일본 국내에서
소년소녀들에게 큰 인기가 있었던 네컷만화와 스토리만화인 것을 알 수 있다.

　　(전략) 「쇼짱의 모험」(오다 쇼세이(織田小星)글·가바시마 가쓰이치(樺島勝一)
그림, 『아사히구라브』연재) 등의 작품으로 인해, 어린이 취향의 스토리만화는
소년소녀들에게 받아 들 일 수 있다는 소지가 있는 것이 증명되었다. 그리고 고
단사가 「들개 검둥이」「탱크탱크로」등 개성이 강한 캐릭터에 의해 아동만화를
소개하고, 쇼와 어린이만화 붐을 일으킨 것이다.[04]

　가바시마 가쓰이치의 스토리 만화형식의 「쇼짱의 모험」이 소년소녀들
에게 인기를 얻으며, 쇼와시대 초기의 어린이만화의 붐을 일으킨 것에 대
해 언급하고 있다.

---

[04]　시미즈 이사무(淸水勲)(1991)『만화의 역사』이와나미 신서, p.138-139

다이쇼 말부터 소와 초기에 걸쳐 스토리가 강한 만화가, 만화로서의 형식과 내용을 모색한 시대였다. 특히 어린이 취향의 만화, 또는 그림책이야기에 이러한 경향이 강하다. 단행본의 출판이 아직 드문 시대에 만화잡지와 신문을 주 무대로하여, 독립된 장르 확립을 목표로 하였다. 「쇼짱의 모험」에는 이러한 시대상이 명확히 나타나 있다.[05]

다케우치 오사무도 「쇼짱의 모험」이 만화잡지와 신문을 중심으로 어린이 취향의 스토리만화 형식이 중심이었다고 서술하고 있다.

이와모토의 〈쇼로쿠 이야기〉시리즈의 만화형식이 가바시마 가쓰이치의 「쇼짱의 모험」[06](『아시히신문』 1923년 10월)과 유사한 것에 주목하고 싶다. 위 만화는 두 만화작품의 앞부분으로, 주인공 소년이 언덕 길을 오르는 장

(그림4)「쇼짱의 모험」『아사히신문사』1924년 7월 6일

---

05 다케우치 오사무(竹内オサム)(2003) 「만화사로서의 「쇼짱의 모험」(가바시마 가쓰이치, 쇼가쿠관, p.136

06 처음에는 「正チャンのばうけん」이란 제목으로 1923년 1월 『아사히 구라브』의 창간호부터 9월 최종호까지 연재되었다. 이 후에는 『아시히신문』 조간에 연재되었고, 같은 해 10월 20일부터 「正チャンノバウケン」, 「お伽正チャン冒険」, 「正チャンの冒険」등 수회 제목을 변경하면서 연재되었다. 또한 1926년 2월 12일부터 5월 18일까지는 「쇼짱의 모험 그 후」가 연재된다.

(그림5)『경성일보』1931년 3월 11일

면이 상당히 유사하다는 것을 확인 할 수 있다. 그리고 스토리 만화는 이야기와 말풍선을 동시에 사용하는 만화형식이고, 가바시마 가쓰이치가 「쇼짱의 모험」을 통해 일본만화계에 보급했다고 알려져 있다.[07] 이와 같이 만화형식과 함께 평범한 소년의 모험이야기를 판타지성을 강조하는 내용은 당시의 어린이 독자에게 큰 반향을 일으켰다. 이 후 일본의 신문 네컷 아동연재만화를 살펴보면, 시시도 사코(宍戸左行)의 「스피드 타로」(『요미우리신문』1930년12월-1934년2월), 이모토 스이메이(井元水明)의 「모험 타로」(『도쿄니치니치신문』1932년6월-12월), 마에카와 센판(前川千帆)의 「류센타로」(『요미우리신문』1935년6월-12월) 등 모험과 판타지를 소재로 한 아동연재만화가 일본전국의 신문지면에 실리게 된다.

이와모토 쇼지가 「쇼로쿠 이야기」시리즈에서 스토리 만화의 형식을 취하면서 소년의 모험이야기를 판타지 넘치는 연재만화로 결정한 것은 일본국내의 만화계의 상황을 면밀히 파악하고 있었다는 것을 뒷받침해 준다. 이와모토 쇼지의 「쇼로쿠 이야기」시리즈는 가바시마 가쓰이치의 「쇼짱

---

07   주8과 상동,p139

(그림6)「쇼짱의 모험」
(『아사히신문』 1924년 9월 10일)

(그림7)『경성일보』
(1936년 3월 4일)

의 모험」의 만화형식 만이 아닌, 소년이 숲속에서 경험하는 다양한 모험의 세계를 그리고 있는 것에도 주목해야한다. 이와 같은 이와모토 쇼지의 만화의 흐름은 「쇼로쿠 이야기」시리즈가 끝난 후의 만화에서도 볼 수 있다. 1934년 9월 4일 게재한 「힘쌘 타로 무용전-덴구퇴치」의 편에서는 덴구[08]와 싸우는 주인공의 모습이 묘사되어있다.

그림7)과 같이 목이 잘린 덴구로부터 공격당하는 장면과 소년이 덴구를 반격하는 장면이 가바시마 가쓰이치의 「쇼짱의 모험」과 상당히 유사하다는 것을 알 수 있다. 소년이 덴구와 싸우는 장면을 비교해 보면, 이와모토 쇼지가 가바시마의 덴구를 묘사한 것을 그대로 받아드려 묘사했다는 것을 알 수 있다. 그리고 「쇼짱의 모험」에서 또 한가지의 특징은 주인공 캐릭터의 설정을 들 수 있다. 주인공인 쇼짱과 언제나 함께 하는 친구인 다람쥐의 존재이다. 이러한 동물을 주인공의 친구로 묘사하며 항상 함께 다니는 설정은 당시의 만화에서는 찾아 볼 수 없는 완전히 새로운 것이다. 이러한 캐

---

[08] 일본민간신앙에서 전해 내려오는 요괴로 얼굴이 빨갛고 코가 크며, 날개가 달려 날라 다니는 것이 특징이다. 주로 사람들을 나쁜 길로 인도하는 마귀로 알려져 있다. 그림6, 그림7과 같이 얼굴부분만 날라 다니는 모습은 좀처럼 볼 수 없는 장면이다.

릭터의 설정이 이와모토 쇼지의 연재만화에서도 찾아 볼 수 있는 것은 당시의 일본만화계 특히 가바시마 가쓰이치의 만화의 특징을 구체적으로 알고 있었다는 것을 뒷받침 해준다. 이와모토 쇼지의 「도리짱과 짝궁 키키」(『경성일보』 1933년 2월 24일)에서는 주인공 도리짱의 친구로 원숭이 키키가 설정되어있다. 일본 만화계에서도 가바시마의 「쇼짱의 모험」이후에 주인공의 친구로 사람이 아닌 동물을 등장시키는 설정이 대유행하는 것을 생각하면, 이와모토도 이러한 일본만화계의 영향을 받았다고 할 수 있다.

『경성일보』의 이와모토쇼지의 연재아동만화는 당시 일본국내의 만화계가 잘 반영되어 있고, 특히 그중에서도 소년소녀들에게 큰 인기를 끌었던 가바시마 가쓰이치의 「쇼짱의 모험」시리즈의 영향을 받은 것을 명확히 하였다.

(2) 이와모토 쇼지의 연재아동만화와 경성일보사의 의도

이와모토 쇼지의 「쇼로쿠 이야기」시리즈와 일본국내의 만화계의 상황, 특히 가바시마 가쓰이치의 「쇼짱의 모험」과의 관련성을 중심으로 논하였다. 본 장에서는 이와모토 쇼지의 「쇼로쿠 이야기」시리즈의 주인공에 대한 인물설정이 일본국내의 연재아동만화와는 다른 것에 주목하고 싶다.

예를 들면 「쇼짱의 모험」의 주인공은 서양풍의 모자와 복장을 하고, 주변의 풍경도 이국적인 장소가 등장하고 있는 것과 대조적으로 「쇼로쿠 이야기」시리즈의 인물상은 일본의 전통의상과 머리스타일을 하고 있는 전형적인 일본의 무사의 모습을 하고 있다. 이러한 만화의 주인공캐릭터는 특히 일본 아동만화의 주인공으로 묘사된 것은 극히 드문 현상이다. 동시기에 일본국내의 아동만화의 캐릭터를 살펴보면, 서양만화의 영향을 받아 〈쇼짱〉과 같은 서양풍의 인물상이 다수 눈에 띈다. 또한 소년의 이름이 〈쇼로쿠〉로 지어진 것은 「쇼로쿠 이야기」시리즈의 인물상에 일본의 전형적인

식민지 문화정치와 『경성일보』

(그림 8) 『경성일보』(1931년 6월 20일)

무사상을 강조하고, 쇼와6년이라는 시대의 상징으로서 만들어졌다는 것을 알 수 있다.

쇼와6년은 경성일보사의 주최로 〈경일어린이 대회〉가 성대하게 개최된 해이기도 했다. 그리고 「쇼로쿠 이야기」의 주인공인 〈쇼로쿠〉는 경성일보사가 개최한 쇼로쿠 축제의 일환인 경일어린이대회의 상징으로서 등장한다. 이는 〈경일 어린이 대회〉에서 연재만화의 주인공인 〈쇼로쿠〉(그림8)의 기사를 보면 알 수 있듯이, 실제로 소년소녀를 대상으로 모집하고, 선발하는 행사가 이루어진 것에서도 짐작할 수 있다. 또한 이와모토쇼지의 「도리짱과 키키」(1933년 2월 24일)에는 비행기가 나는 장면에서 (그림9,10)과 같이 비행기의 동체에 〈경일〉이라는 문자가 쓰여있는 것에서도 『경성일보』의 시대상을 반영하고 있다는 것을 알 수 있다.

『경성일보』의 최초의 아동연재만화인 「쇼로쿠의 이야기」시리즈는 그

(그림9)『경성일보』
(1933년 3월 2일)

(그림10)『경성일보』
(1933년 3월 3일)

당시 일본국내의 어린이를 타겟으로 한 만화의 유행을 받아들이면서, 『경성일보』가 조선총독부의 기관지였던 당시의 시대성이 반영되어 탄생되었다고 말 할 수 있다.

4. 나오며

『경성일보』에는 1931년3월부터 1937년까지 아동연재만화가 다수 게재되어있다. 재조선일본인 만화가인 이와모토 쇼지의 만화형식은 1920년대에 일본국내의 신문아동연재만화에서 자주 등장하는 네컷만화와 스토리만화인 것을 알 수 있다. 그 중에서도 당시 일본국내에서 소년소녀들에게 큰 인기를 획득한 가바시마 가쓰이치의 「쇼짱의 모험」의 영향을 상당히 받았다는 것을 명확히 밝혔다. 내용적으로 소년의 모험이야기를 판타지성을 강조한 이야기로 이루어져 있다. 그리고 만화의 주인공 인물설정은 〈쇼와〉라는 시대의 상징으로 강조되었고, 『경성일보』가 조선총독부의 기관지라는 시대성이 농후하게 나타나 있다. 결론적으로 『경성일보』에 게재된 이와모토 쇼지의 아동연재만화에는 일본국내의 만화의 유행을 수용하면서도 경성일보사의 〈식민지 통치〉라는 시대성이 반영되어있다는 것을 명확히 하였다.

| 저자 |

김효순(金孝順)

고려대학교 글로벌일본연구원 교수. 일본근현대문학, 번역
학 전공.

편저서로 『동아시아의 일본어문학과 문화의 번역, 번역의
문화』(역락, 2018), 역서로 『다니자키 준이치로의 열쇠』(민
음사, 2018), 『현상소설 파도치는 반도·반도의 자연과 인간』
(『경성일보』 문학·문화 총서 01, 역락, 2020. 5), 『장편소설 평행
선·천사』(『경성일보』 문학·문화 총서 02, 역락, 2020. 5), 『장편
소설 생활의 무지개·격류』(『경성일보』 문학·문화 총서 04, 역
락, 2020. 5), 주요 논문에 「'에밀레종'전설의 일본어번역과
식민지시기 희곡의 정치성-함세덕의 희곡 「어밀레종」을 중
심으로-」(『일본언어문화』제36호, 2016.10) 외 다수.

나카무라 시즈요(中村 静代)

홍익대학교 교양학과 조교수. 일본근현대문학 전공.
공저서 『식민지 조선 괴담집 경성의 새벽 2시』(역락, 2015),
논문 「식민지 조선 매체 속의 은행나무 괴담 고찰—괴담 장
르의 전설과 실화의 경계 영역을 중심으로—植民地朝鮮のメ
ディアに現れた怪銀杏譚の考察-怪談ジャンルにおける伝説と
実話の境界領域を中心に-」(『日本学報』제111호, 2017) 외 다수.

시에후이쩐(謝恵貞)

문조외국어대학(文藻外語大學) 일본어문계 부교수. 일본통
치기대만문학, 대중문화, 문학 등 연구.
주요 논문으로, 동아시아에 있어서 요코미치 리이치 「피

부」 수용의 사정—류나오 「유희」, 오도 「잔설」, 이상 「동해」
를 둘러싸고(東アジアにおける横光利一「皮膚」受容の射程—劉
吶鷗「遊戯」、翁鬧「残雪」、李箱「童骸」をめぐって)」(『대만일어
교육학보(台灣日語教育學報)』33집, 2019.3), 「히가시야마 아키
라 『내가 죽인 사람과 나를 죽인 사람』론(東山彰良『僕が殺し
た人と僕を殺した人』論)」(『정대일본연구(政大日本研究)』17기,
2020.1). 공저로 『월경하는 중국문학—새로운 모험을 찾아
(越境する中国文学──新たな冒険を求めて)』(동방서점(東方書
店), 2018.2), 『동아시아에 있어서 지의 교류: 월경·기억·공생
(東アジアにおける知の交流 : 越境·記憶·共生)』(국립대만대학출
판중심(國立臺灣大學出版中心), 2018. 5) 등이 있다.

양인실(梁仁實)

이와테대학(岩手大学) 인문사회과학부 준교수.
주요 논문으로는 「1930년대 경성과 『여/성』표상—2010년
대 이후 한국영화를 중심으로(1930年代京城と『女/性』表象—
2010年代以降の韓国映画を中心に)」(『알테스 리베라레스(アル
テス リベラレス)』, 2020), 「복합영화상영관 메이지좌의 사회
사」 『명동 길거리 문화사』(2019, 야마모토 조호 편, 한국학중앙
연구원 출판부), 역서로 『식민지기 조선의 경찰과 민중세계
1894-1919』(신창우 저, 김현수·양인실·조기은 공역, 2019, 선인)
등이 있다.

엄인경(嚴仁卿)

고려대학교 글로벌일본연구원 교수.
주요 논문에 「『京城日報』の三行詩と啄木」(『일본언어문화』47,
2019), 「한신·아와지대지진(阪神淡路大震災)의 문학화와 전

쟁 기억—오다 마코토(小田実)의 『깊은 소리(深い音)』를 중심으로—」(『한일군사문화연구』27, 2019)」 등.

주요 저서에 『문학잡지 『国民詩歌』와 한반도의 일본어 시가문학』(역락, 2015), 『한반도와 일본어 시가문학』(고려대학교출판문화원, 2018) 등.

에구치 마키(江口真規)

쓰쿠바대학(筑波大学) 인문사회계 조교수.
〈애니멀 스터디의 국제적 동향과 일본문학, 문화에서의 접근〉에 대해 연구 중.
주요 논문으로 「아베 코보 작품에 있어서 양의 표상—만주 면양사육과의 관계에서(安部公房作品における羊の表象—満洲の緬羊飼育との関係から—)」(『비교문학(比較文学)』58집, 2016.3), 「면양의 변용과 전후 점령기문학에 있어서 양의 표상-다카미 준패전일기, 오에 겐자부로 인간의 양을 중심으로-(らしゃめんの変容と戦後占領期文学における羊の表象—高見順『敗戦日記』・大江健三郎「人間の羊」を中心に—)」(『문학연구논집(文学研究論集)』33집, 2015.2). 저서로는 『일본근대문학에 있어서 양의 표상(日本近現代文学における羊の表象)』(채류사(彩流社), 2015.12) 등이 있다.

요코지 게이코(横路啓子)

전 푸런대학(輔仁大学) 일본어문학과 교수. 현 자유 집필 중.
주요 논문으로 「식민지대만의 명탐정 탄생-「이오카형사」를 예로 들어(「植民地台湾の名偵探誕生—「飯岡刑事」を例に—」(『일본어일본문학(日本語日本文学)』47기, 2018.7), 「대만사회와 일본문학(台湾社会と日本文学)」(『과경(跨境)』3기, 2017.2). 저서로 공저 『이향으로서의 일본(異郷としての日本)』(면성출판(勉誠出版), 2017.10) 등이 있다.

우페이천(吳佩珍)

국립정치대학(国立政治大学) 대만문학연구소(台湾文学研究所) 준교수 겸 소장. 일본근대문학, 일본식민지기 대북비교문학 전공.
주요논문으로 「아일랜드문학과 포모사의 해후—세이라이안 사건과 기쿠치 간 『폭도의 아이』를 둘러싸고(「アイルランド文学とフォルモサの邂逅—「西来庵事件」と菊池寛「暴徒の子」をめぐって—)」(『과경 일본어문학연구』제6호, 2018.6), 「「청탑」동인을 둘러싼 섹슈얼리티 언설(「青鞜」同人をめぐるセクシュアリティー言説)」(『언어문화연구(言語文化研究)』, 2016.12). 저서로는 『여성과 투쟁-잡지 『여인예술』과 1930년 전후의 문화생산(女性と闘争—雑誌『女人芸術』と一九三〇年前後の文化生産)』(청궁사(青弓社), 2019.5) 등이 있다.

이현주(李顯周)

인하대학교 강사. 일본근현대 문학, 문화 전공.
주요논문 「이문화의 수용과 수용층의 세대연구」(『일본언어문화』제40호, 2017.10) 「다자이의 「오토기조시」의 가공의 세계와 고전의식」(『일본사상』제38호, 2020. 6)

이현진(李賢珍)

고려대학교 글로벌일본연구원 연구교수. 일본근현대문학 전공. 주요 논문으로는 「일제강점기에 간행된 〈일본동화집〉

연구」(『일본어문학』제82집, 2018), 「구루시마 다케히코(久留島武彦)의 구연동화와 식민정책」(『일본어문학』제89집, 2020) 등이 있고, 주요 저서로는 『탐정취미-경성의 일본어 탐정소설』(편역, 문, 2012), 『경성의 일본어 탐정 작품집』(공편, 학고방, 2014), 『일제강점기 조선의 일본어 아동문학』(편역, 역락, 2016), 『후나토미가의 참극』(역서, 이상, 2020) 등이 있다.

임다함(任다함)

고려대학교 글로벌일본연구원 연구교수. 현재는 영화뿐만 아니라 광고, 라디오 드라마, 대중가요 등 일제강점기 한일 대중문화의 교류 및 교섭과정을 살피는 것을 향후 연구과제로 삼고 있다.

주요 저역서로는 공저 『비교문학과 텍스트의 이해』(소명출판, 2016), 『재조일본인 일본어문학사 서설』(역락, 2017), 『여뀌 먹는 벌레』(민음사, 2020), 공역 『일본 근현대 여성문학 선집 17 사키야마 다미』(어문학사, 2019)』, 편역 『1920년대 재조일본인 시나리오 선집 1, 2』(역락, 2016) 등이 있으며, 주요 논문으로는 「1920년대 말 조선총독부 선전영화의 전략—동시대 일본의 '지역행진곡' 유행과 조선행진곡(1929)」(『서강인문논총』제51집, 2018.4), 「미디어 이벤트로서의 신문 연재소설 영화화—『경성일보』연재소설 「요귀유혈록」의 영화화(1929)를 중심으로」(『일본학보』제118집, 2019.2) 등 다수가 있다.

정병호(鄭炳浩)

고려대학교 일어일문학과 교수. 일본근현대문학·일본문예론 전공.

최근에는 주로 '식민지 일본어문학'과 '한일 재난문학'을 중심으로 연구하고 있으며, 저서 『일본문학으로 보는 3·1운동』(고려대학교출판문화원, 2020), 공역서 『일본의 재난문학과 문화』(고려대학교출판문화원, 2018), 편서 『동아시아의 일본어 잡지 유통과 식민지문학』(역락, 2014) 등이 있다.

ㅣ역자ㅣ

이훈성(李勳晟)

고려대학교 일반대학원 중일어문학과 석사과정 수료.

이보윤(李保潤)

고려대학교 일반대학원 중일어문학과 석사 졸업.

한채민(韓采旼)

고려대학교 일반대학원 중일어문학과 박사과정 중.

『경성일보』 문학 · 문화 총서 ⑬

식민지 문화정치와 『경성일보』
:월경적 일본문학·문화론의 가능성을 묻다

초판 1쇄 인쇄 2021년 1월 20일
초판 1쇄 발행 2021년 1월 29일

지은이   김효순 · 나카무라 시즈요 · 시에후이쩐 · 양인실 · 엄인경 · 에구치 마키
         요코지 게이코 · 우페이천 · 이현주 · 이현진 · 임다함 · 정병호
펴낸이   이대현
편집   이태곤 권분옥 문선희 임애정 강윤경 김선예
디자인   안혜진 최선주
마케팅   박태훈 안현진
펴낸곳   도서출판 역락
주소   서울시 서초구 동광로 46길 6-6 문창빌딩 2층
전화   02-3409-2060(편집), 2058(마케팅)
팩스   02-3409-2059
등록   1999년 4월 19일 제303-2002-000014호
전자우편   youkrack@hanmail.net
홈페이지   www.youkrackbooks.com

ISBN   979-11-6244-634-8 93730